PATRICIA HOLLAND MORITZ

Die Einsamkeit des Chamäleons

MORDE, RECYCELT Rebekka Schomberg ist keine Ermittlerin, sondern eine vermögende Frau, die aus ihrem Leben eine Forschungsreise in menschliche Abgründe macht. Rebekkas Großvater hinterließ ihr ein Erbe von abscheulicher Herkunft. Mit diesem Wissen begibt sie sich auf die Seite derer, die im Leben keinen Beistand zu erwarten haben.

Rätselhafte Todesfälle in einer Berliner Recyclingfirma bringen Rebekka zur Familie des letzten Opfers. Bei ihren Nachforschungen stößt sie neben Ungereimtheiten innerhalb der Familie, mit der sie bald freundschaftlich verbunden ist, auf eine weitere mysteriöse Spur: Von der Recyclingfirma ausgehend läuft ein schwungvoller Handel mit Kunstgegenständen in einer Szene, die nur virtuell zu existieren scheint. Als sie dabei ist, die Verbrechen an den Recyclingmitarbeitern aufzudecken, setzen die Täter alles daran, Rebekka verschwinden zu lassen, was einfach ist: Rebekka Schomberg ist ein Mensch wie ein Chamäleon, das unsichtbar ist und somit auch von niemandem vermisst wird.

Patricia Holland Moritz wurde im ehemaligen Karl-Marx-Stadt geboren. Sie arbeitete in Leipzig als Buchhändlerin, in Paris als Speditionskauffrau, studierte in Berlin Nordamerikanistik, war dort später als Tourneeveranstalterin tätig und ging dann nach München, um für ein Verlagshaus zu arbeiten. Mittlerweile lebt sie wieder in Berlin und ist beruflich nach wie vor in der Verlagsbranche tätig. Sie ist Autorin der Kolumne »The Spirit of Kasimir« auf www.patriciahollandmoritz.wordpress.com und Co-Autorin der Autobiografie des Pfarrers Christian Führer »Und wir sind dabei gewesen« (Ullstein 2009). »Die Einsamkeit des Chamäleons« ist ihr erster Roman bei Gmeiner.

PATRICIA HOLLAND MORITZ

Die Einsamkeit des Chamäleons

Rebekka Schombergs erster Fall

Original

GMEINER

Ausgewählt von
Claudia Senghaas

Personen und Handlung sind frei erfunden.
Ähnlichkeiten mit lebenden oder toten Personen
sind rein zufällig und nicht beabsichtigt.

Besuchen Sie uns im Internet:
www.gmeiner-verlag.de

Im Ehnried 5, 88605 Meßkirch
Telefon 07575/2095-0
info@gmeiner-verlag.de

1. Auflage 2014

Lektorat: Claudia Senghaas, Kirchardt
Herstellung: Mirjam Hecht
Umschlaggestaltung: U.O.R.G. Lutz Eberle, Stuttgart
unter Verwendung eines Fotos von: © kids.4pictures – Fotolia.com
Druck: GGP Media GmbH, Pößneck
Printed in Germany
ISBN 978-3-8392-1487-9

Ich widme dieses Buch in Liebe meinem Vater,
Karl-Georg Holland-Moritz.

Wer eine gute, verständige und schöne Frau sucht, sucht nicht eine, sondern drei.

Oscar Wilde

PROLOG

Die Mutter war aschfahl, als sie Rebekka den Brief mit dem Absender Erich Schomberg *reichte. Rebekka wohnte damals längst nicht mehr bei ihr. Sie hielt sich nach der erneuten Absage für ein Journalistikstudium mit Nachtschichten auf dem Postamt und einem Leben in den Wohnheimen der Stadt über Wasser. Für sie bestimmte Briefe wurden immer noch an die Marzahner Wohnung geschickt.*

›Er will mich sehen. Seinen Letzten Willen mit mir besprechen. Was hat das zu bedeuten, Mutter?‹

›Dass er reinen Tisch machen will. Und im schlimmsten Fall eine Haushaltsauflösung an dir hängen bleibt.‹

Damit brachte die Mutter unmissverständlich zum Ausdruck, dass sie nichts mit diesem Mann zu tun haben wollte, der ihr Schwiegervater war.

›Was war das zwischen euch?‹

›Ein luftleerer Raum. Mehr nicht. Ich habe ihn auf der Beerdigung deines Vaters zum letzten Mal gesehen. Dein Großvater ist nichts als eine dunkelrote Bazille. Erst braun, dann rot. Immer ganz den Umständen angepasst. Wie dein Chamäleon damals.‹

›Was hat er getan?‹

Die Mutter schaute ihre Tochter an, und Rebekka wusste in diesem Moment, dass sie diesen Ausdruck in ihrem Gesicht nie wieder sehen würde. Sie trat ganz nah an ihre Mutter heran, nahm ihr Gesicht in ihre Hände. Wusste, dass es auch diesen Augenblick der Nähe nie wieder geben würde. Und sie wiederholte ihre Frage, weil sie wusste, dass es auch diesen Moment der Wahrheit nie wieder zwischen ihnen geben würde.

›Was hat er getan?‹

Monika Schomberg setzte sich. Diese ganze Sache ging sie nichts an. Mit ihrem Mann war auch dessen Vater für sie gestorben. Und dass er sich nun aus dem Off gemeldet hatte bei ihr und ihrer Tochter, den letzten beiden, die ihm offensichtlich noch blieben, konnte nur eine der letzten perversen Ideen des Erich Schomberg sein.

Mit einer Handbewegung bat sie Rebekka um ein Glas Wein. Die offene Flasche stand neben dem Herd. Widerwillig griff Rebekka zu einem Glas und füllte es randvoll, weniger hätte die Mutter nicht akzeptiert.

›Setz dich.‹

Rebekka gehorchte.

›Ich weiß nicht viel, aber genug. Dein Vater hatte mir davon erzählt. Ich sollte seinen Vater wohl gar nicht erst kennenlernen. Und so war es dann auch. Ich habe mich von diesem Mann ferngehalten. Ich weiß …‹, sie trank ihr Glas mit wenigen Schlucken leer und stellte es geräuschvoll auf den Tisch, ›… nicht viel, aber genug. Er war bei einem Massaker dabei gewesen in Frankreich. Das war das eine. Und dieses Massaker hat ihn zu einem wohlhabenden Mann gemacht. Das ist das andere. Und dass solche Typen unbehelligt in der Deutschen Demokratischen Republik unter Hammer, Sichel und Ährenkranz weiter Karriere machten, ist das ganz andere … Ist das, was mich in diesem Scheißstaat, der nun endlich den Bach runtergeht, am meisten kaputtmacht. Und du dachtest immer, es ist der Alk oder der Umstand, dass ich deinen Vater nicht mehr habe?‹

Sie schaute Rebekka an, und Rebekka spürte, dass ihre Mutter tatsächlich eine Antwort von ihr wollte.

Noch am selben Tag hatte Rebekka ihn aufgesucht.

Von einem Besuch konnte keine Rede sein, denn sie ging zu ihm, um sich zu vergewissern, dass es gut gewesen war, ihn als Kind nie wahrgenommen zu haben und seiner großväterlichen Obhut entkommen zu sein, die er wahrscheinlich pflichtgemäß an den Tag gelegt hätte beim Anblick seines einzigen Enkels, beim Gedanken an seinen einzigen Sohn, der so früh verstorben war.

Erich Schomberg wohnte in einem Neubaublock in Köpenick, unweit einer idyllisch anmutenden Bootsanlegestelle. Er öffnete ihr die Tür und betrachtete sie stumm. Stahlblau *war der Begriff, der Rebekka als Erstes einfiel, als sie ihm in die Augen schaute. Keine freundliche Regung war seinem Blick zu entnehmen. Bei Rebekkas Großvater hatte alles seinen Platz. Die Brille saß wie festgesteckt auf seiner breiten Nase, das schlohweiße Haar lag geglättet an seinem Kopf und kräuselte sich nur im Nacken etwas. Eine schwarze Strickjacke, aus deren Brusttasche ein glattgebügeltes Taschentuch ragte, umspannte das blütenweiße Hemd. Seine Hände lagen an der Hosennaht der ebenfalls glattgebügelten Anzughose, und alles in allem ergab er das Bild einer Schaufensterpuppe, Mode für den Herrn ab 60, Ton in Ton von Weiß über Grau bis Schwarz.*

Rebekka vermied es, ihm die Hand zu reichen und hoffte, er würde sie einfach hereinbitten, ihr ein paar oberflächliche Fragen stellen und so etwas wie einen Versuch starten, ihr zu erklären, was nicht zu erklären war.

›Komm rein.‹

Instinktiv hatte sie erwartet, gesiezt zu werden. Da es in Erich Schombergs Welt aber zwei Sorten von Menschen zu geben schien, die eine, die er schätzte, die andere, die sich seine Wertschätzung erst erarbeiten musste, wusste sie sofort, in welche Kategorie sie für ihn gehörte. Sie war auf seine Bitte hin hier und sie wollte diesen Pflichtbesuch schnell hinter sich bringen. Die Wohnung wirkte in ihrer kargen Möblierung unpersönlich und kalt, aber auch hier hatte alles seinen Platz. Der Fernseher war ein altes Modell, die Wände waren seit Jahren nicht mehr gestrichen worden, die Möbel in der Küche und das Bad sahen so hinfällig aus, dass Rebekka sich fragte, wie sich ein solcher Anblick jeden Morgen aufs Neue ertragen ließ. Da ihr Großvater offenbar weit schlimmere Anblicke ungerührt ertragen hatte, war dieser hier wohl eher einer der besseren. Und es hatte Rebekka nicht zu interessieren, wie er sein einsames Leben in dieser Einöde von Wohnung lebte.

›Deine Mutter hatte wohl keine Lust, mitzukommen?‹

›Nein.‹

›Das wundert mich nicht. Sie hat noch nie den Kontakt zu mir gesucht. Umso mehr freut mich dein Besuch.‹

Ein Lächeln umspielte seinen faltigen Mund. Es waren tatsächlich Lachfalten, die Rebekka dort und um seine Augen herum entdeckte. Doch ein Zeichen des Erkennens oder gar der Verwandtschaft war in seinen Gesichtszügen nicht vorgesehen.

›Kommen wir gleich zur Sache, Rebekka.‹

Es war beängstigend, ihren Namen aus seinem Mund zu hören. Wenn sie ihrer Mutter glaubte, dann war Menschen, die ihren Namen aus Erich Schombergs Mund vernommen hatten, nichts Gutes widerfahren.

›Mein Letzter Wille ist hier in diesem notariell beglaubigten Schriftstück festgehalten. Eine Durchschrift liegt in dieser Kanzlei.‹

Er schob ihr eine Visitenkarte über den Tisch.

Er hatte ihr nichts zu trinken angeboten. Es war Stille im Raum. Nur das Ticken der Wanduhr hackte die schleichende Zeit in kleine Stücke.

›Ich möchte, dass du mich hier rausholst, wenn ich sterbe. Dass ich auf dem Köpenicker Friedhof anonym bestattet werde und du von dem Geld, das dann bereits auf deinem Konto liegen wird, die Kosten dafür bestreitest. Was du mit dem Rest des Geldes machst, ist mir egal. Der Krempel hier kann direkt in die nächste Haushaltsauflösung. Und solltest du noch ein paar Fotos von deinem Vater haben wollen‹, mühsam stand er auf und ging zu einer Kommode, ›die sind hier drin.‹

Er zog ein Schubfach auf und nahm neben zwei Fotoalben auch ein grün gebundenes Notizbuch heraus.

›Und hier drin findest du, was du über mich wissen solltest.‹

Rebekka fühlte sich, als habe er ihr soeben den Schlüssel zu einem Giftschrank gegeben. Sie dachte an die Worte ihrer Mutter. Dass er ein Unverbesserlicher gewesen sei, und zwar in beiden Systemen. Dass er den Ulbricht an der Wand hatte. Sie schaute sich um. Von dem Bild war nichts zu sehen, auch kein weißer Fleck, auch kein Honecker-Porträt. An Erich Schombergs Wänden hingen überhaupt keine Bilder. Die Wohnung hatte nichts Persönliches. Jeder hätte hier leben können, ohne etwas ergänzen oder wegnehmen zu müssen.

Für ihn war das Gespräch beendet. Rebekka nahm die Alben und das Heft an sich, die Karte vom Notar und ging, ohne sich noch einmal umzusehen.

Am nächsten Tag klingelte das Telefon in der Marzahner Wohnung. Die Nachbarin von Erich Schomberg hatte am Morgen einen Zettel in ihrem Briefkas-

ten gefunden, sie solle umgehend den Hausmeister holen und die Tür zu Schombergs Wohnung aufbrechen lassen. Gegen Mittag fanden sie Erich Schomberg. Er hatte sich im Schlafzimmer erhängt.

Innerhalb nur einer Woche hatte Rebekka alle Formalitäten erledigt. Sie konnte es nicht erwarten, diesen Mann unter der Erde zu wissen, anonym und eines Tages von der Welt vergessen, auf der er eine blutige Spur hinterlassen hatte.

Innerhalb einer weiteren Woche eröffnete ihr der Notar, sie sei Alleinerbin von Erich Schombergs Vermögen. Wie in Trance betrat Rebekka die Marzahner Wohnung und hielt ihrer Mutter das Schreiben mit der schier unglaublichen Ziffer unter die Nase.

›Das Geld werden wir behalten‹, sagte Rebekka, ›und ich weiß auch schon, was wir damit machen werden.‹

Ihre Mutter schaute sie nur mit glasigen Augen an. ›In dieser Sache gibt es kein wir. Du wirst. Nicht ich. Mach damit, was du willst. Ich lebe. Frei von diesem Dreck. Prost!‹

KAPITEL 1

Vielleicht war es ein Waschbär gewesen bei den Mülltonnen an der Hauswand. Vielleicht ein Marder unter einem der geparkten Autos. Vielleicht aber auch ein Tritt, der unbeabsichtigt laut geraten war auf den dürren Zweigen, die der Winter auf der Wiese zurück gelassen hatte wie Spielzeug, dessen er überdrüssig war. Manchmal gingen Biber nachts hier um, Frettchen und Wildschweine. In einem Lied hieß es, in Brandenburg würden wieder Wölfe leben.

Rebekka griff zur Taschenlampe, die neben ihrem Bett lag und die Dimensionen eines Fleischklopfers hatte. Ein Fenster war gekippt. Sie öffnete es ganz, lehnte sich hinaus, aber da waren nur der Zaun und dahinter der Acker und weder ein Waschbär noch ein Marder zu sehen. Sie öffnete das Fenster, das nach vorn auf die Straße führte. Sogar Ratten hätte sie in Kauf genommen oder einen verirrten Frischling. Aber nichts war schlimmer, als nichts zu entdecken, nur den gewohnten Ausblick zu haben auf einen geparkten *Wartburg* und einen Gartenzaun mit Buchsbäumen dahinter.

Rebekka war ein ausgeglichener Mensch mit einem gesunden Gespür für Gefahr in all ihren Variationen. Und hier draußen war sie nicht in Gefahr. Es war vergeudete Kraft, sich auch nur einen Moment zu ängstigen. Angst war ein Gefühl, das sie ausbremsen und ihr wertvolle Zeit stehlen würde, die sie so dringend zur Erholung brauchte. Also durfte sie keine Angst haben. *Es war der Marder. Bresecke wird sich freuen.*

Rebekka schloss das Fenster. Es wurde allmählich hell.

Wie der Rest der Welt hatte nun auch Rebekkas Lieblingsradiosender die Esoterik entdeckt. Die Vielfalt an Radioempfang war limitiert auf dem Land, und auch wenn sie ein Internetjunkie war, hätte Rebekka nie auf eine Radiostation zurückgegriffen, die sie nur im *Google*-Fenster finden konnte. Also schraubte sie jeden Tag aufs Neue an dem Knopf der Sendersuche herum und blieb dann doch wieder dort hängen, wo es an jenem Morgen hieß:

Wenn Sie weniger Elektrosmog in Ihrer unmittelbaren Umgebung haben wollen, dann schließen Sie weniger Geräte an!

Dieser Tag würde ein sonniger werden.

Rebekka kroch zurück ins Bett. Die geblümte Bettwäsche roch nach frischer Bergluft, seit sie einmal pro Woche ein Kissenparfüm mit tatsächlich diesem Duft ansprühte. Sie streckte sich und spürte, wie die Schwere aus ihren Gliedern wich. Solange sie noch nach jedem Lauf Muskelkater hatte, war sie nicht leistungsfähig genug, also würde sie noch mehr trainieren müssen. Sie wollte fit sein, um weglaufen zu können, wenn es notwendig war.

Ihre Gedanken kreisten um einen unheimlichen Verdacht. Es musste um die 20 Todesfälle gegeben haben in dieser Berliner Recyclingfirma. Ungefähr einen im Monat, wenn Rebekka die Traueranzeigen mit immer demselben Logo in ihrer *Berliner Zeitung* richtig deutete. Sie konnte nicht wieder einschlafen. Es war ihr unerklärlich, wie so etwas möglich sein konnte, ohne dass es jemanden kümmerte. In dieser Stadt wurde jedes Falschparken geahndet, und Schwarzarbeiter wurden noch auf der Baustelle festgenommen. Aber 20 Mitarbeiter ein und derselben Firma konnten in nur zwei Jahren wegsterben, ohne dass wenigstens ein Angehöriger Alarm schlug.

Es gab einen weiteren Grund, weshalb Rebekka nicht wieder einschlafen konnte. Da war diese Sache, eine Ansammlung von Zellen, die stoffwechselten, ein Haufen aus Urin und Kot und unverdauter Nahrung, frisch gehalten durch Atmung und etwa fünf bis sieben Liter Blut, durchsetzt von haufenweise perversen Gedanken, das Ganze umspannt von etwa zwei Quadratmetern Fläche aus Haut. Diese Sache saß in einer schmalen grauen Gefängniszelle in Paris. Diese Sache war das Böse. Und Rebekka wartete nur auf den Tag, an dem es herausgelassen wurde wie der Geist aus der Flasche.

KAPITEL 2

Auf der Straßenseite gegenüber dem *Hackendahl* in der Friedrichstraße klebten zwei Männer ein schaufenstergroßes Plakat von Andrew Cascones *Moon-series* auf das Schaufenster eines leerstehenden Geschäftes. Rebekka mühte sich, das Logo der Kunstsammlung auf dem Plakat zu erkennen und wäre vor Anstrengung fast vom Barhocker gefallen, als ihr Handy klingelte.

»Ich sage es ungern, aber dein Verdacht hat sich bestätigt. Zumindest sieht es für mich danach aus.«

Im selben Moment hatte sie Andrew Cascone, den neuen Stern am Berliner Kunsthimmel und ihren heimlichen Internetflirt, vergessen und drückte den Hörer nah an ihr Ohr.

»Mark!«

Sie spürte, wie er mit sich gerungen haben musste, um überhaupt zum Hörer zu greifen. In dem Telefon, das er gerade benutzte, war ihre Nummer als einzige gespeichert, und er hatte es nur dann bei sich, wenn sich für ihn eine der seltenen Gelegenheiten ergab, Rebekka zu treffen.

Sie saß im *Hackendahl*, nippte an ihrem Bier und gab dem Barkeeper das Ichmöchtezahlen-Zeichen. Den Hörer noch immer ans Ohr gepresst, legte sie die *Berliner Zeitung* zur Seite und saß kerzengerade.

»Was ist passiert?«

Mark atmete hörbar aus. Sie sah ihn vor sich und verspürte sofort das vertraute Kribbeln, für das ihr allein seine Stimme genügte.

»Du *willst* es hören, ja?«

»Was auch immer es ist. Wird ja wohl etwas Wichtiges sein.«

Natürlich genoss Rebekka den Moment. Aber mehr noch: Sie ahnte, dass Mark sie nun auf Augenhöhe betrachtete, und das war in Ergänzung dazu, dass sie seine Geliebte war, ein vielversprechender Umstand.

»Es gibt wieder einen Todesfall in dieser Firma. Ein Mann, Ende 50. Lag neben einer Werkbank in der Halle mit den Metallabfällen. Du … hör mal … Rebekka …«

»Wie ist er gestorben?«, unterbrach sie ihn.

»… ich hab das nur bei den Kollegen, die vor Ort waren, mitgehört. Seit du mir davon erzählt hast, geht mir die Firma nicht mehr aus dem Kopf, und nun höre ich den Namen nur noch. Hast mich halt aufgeschreckt mit deinem Verdacht …«

»Wie ist er gestorben, Mark?«

Rebekka wurde ungeduldig. Jenes ungute Gefühl, das ihr so oft die Luft zum Atmen nahm, machte sich wieder in ihr breit. Dieses wie Hinter-schalldichtem-Glas-Sitzen. Alle können einen sehen, doch die Zeichen nicht verstehen. Worte verhallen ungehört und sind nur als Mundfratzen sichtbar. Es wird abgewinkt und weitergegangen.

»Offenbar wie 18 andere vor ihm.«

»Es waren … 18? Du hast die Zahl?«

»Der Letzte war offenbar der Tropfen, der das Fass … Ach Kleines, du weißt schon. Es geschehen Grausamkeiten am laufenden Band, und dann gibt es diesen einen Vorfall … und die ganze Chose kocht hoch.«

Rebekka schloss die Augen und holte tief Luft.

»Vielleicht hattest du ja doch den richtigen Riecher«, sagte Mark vorsichtig, da er das Brodeln am anderen Ende der Leitung beinah körperlich spüren konnte.

Nein. Ich lese Zeitung und bemerke alle zwei Wochen eine Traueranzeige immer derselben Berliner Recyclingfirma.

»Vielleicht handelt es sich aber auch um Todesfälle, die keinerlei kriminellen Hintergrund haben, und den Ärger, der dann folgt, willst du nicht haben.«

»Aber das alles kann doch kein Zufall sein!«

Mark am anderen Ende schlug einen väterlichen Ton an.

»Wir müssen vorsichtig sein.«

Seit sie sich kannten, hatte er vermieden, von »wir« und »uns« zu sprechen. Es war für beide eine Variante des Vermeidens von Versprechen, die nicht gehalten werden würden.

»18 verstorbene Mitarbeiter einer Firma in zwei Jahren sind kein Umstand, anhand dessen sich eine polizeiliche Ermittlung durchführen lässt. Einer von uns beiden muss über eine bedenkliche Art von Fantasie verfügen, um hier eine Mordserie zu erkennen.«

»Dann sind es jetzt 19«, sagte Rebekka unbeirrt und malte sich ein Gesicht hinter jeder einzelnen Ziffer aus. 19 Mal geboren werden, aufwachsen, rebellieren, sich fügen, planen, lieben, hassen und zu früh für alles sterben.

»Außerdem ist es unlogisch, dass ein Mörder seine Opfer per Annonce anzeigt.«

Rebekka schreckte aus ihren Gedanken hoch.

»Genau diese Frage habe ich mir zuerst gestellt. Und auch sofort die Antwort gefunden.«

»Die da wäre?«

»Dass die Firma jeden Todesfall zur Traueranzeige macht und damit in die Öffentlichkeit bringt, ist ein Zeichen dafür, dass es sich bei den Verstorbenen um vorschriftsmäßig angestellte Leute gehandelt hat. Und wenn ein Mitarbeiter stirbt, dann kommt das in die Zeitung. Zumindest bei den großen Firmen. Und wenn keine Anzeige geschaltet wird, werden Fragen gestellt. Es müsste ein Leichtes sein, die Personalakten durchzugehen.«

»Ich bin in dieser Sache ganz bei dir, Rebekka, keine Angst. Nur musst du dir über das Risiko im Klaren sein, das du eingehst, wenn du hier etwas lostrittst.«

»Lostreten kann ich nur, was bereits lose herumliegt.«

»Sicher. Es wird allerdings schwer, an die Namen der Verstorbenen heranzukommen, und ich selbst habe keinerlei Handhabe, dort herumzuschnüffeln. Die Kollegen waren routinemäßig vor Ort, weil der Mann an seinem

Arbeitsplatz verunglückt ist, haben alles aufgenommen, nichts Verdächtiges entdeckt, und das war's.«

»Dann war das jetzt wohl ein Auftrag für mich?«

Mark konnte nicht sehen, dass Rebekka sich schon die ganze Zeit Notizen machte, doch er wusste, dass sie verstanden hatte.

»Okay, Kleines, sein Name ist Karl-Heinz Otto. Die Todesursache ist vermutlich …«

»Ja?«, hakte sie nach, »ich bin noch dran!«

Er riskierte viel, wenn nicht sogar alles, wenn er Rebekka diese Art von Informationen gab.

»Ein Schlag.«

»Auf den Kopf? Ins Genick?«

Rebekka erkannte sich in ihrer Abgeklärtheit selbst kaum wieder und trank zwei hastige Schlucke aus ihrer Bierflasche.

»Lass dich nicht bitten!«

»Bist schon nah dran. Ich darf dir nichts weiter sagen, Süße!«

Das vertraute Kosewort holte Rebekka zurück in die Realität. Von diesem Moment an war Mark nicht mehr der Ermittler bei der Berliner Kripo. Er wurde wieder zu dem Mann in ihrem Leben, den sie nie heiraten und doch immer lieben würde.

»Wann sehen wir uns?«

Seine Frage war das übliche Schlusswort ihrer seltenen Unterhaltungen am Telefon. Rebekka schaute auf die Uhr. Bis zum *Vico House* war es nicht weit, und da Freddy, ihr bester Freund unter den Angestellten, Dienst hatte, konnte sie ihr Zimmer mieten, selbst wenn es nur für einen Tag oder den Rest davon war.

»Heute.«

»Ich weiß«, entgegnete Mark in seiner selbstbewussten Art, die das Kribbeln in Rebekkas Körper nun direkt in ihren Unterleib dirigierte. »Wenn ich frage ›wann‹, dann will ich wissen, um welche Uhrzeit.«

»Ich brauche eine halbe Stunde.«

»Ich nur 20 Minuten. Also warte ich auf dich.«

Der Barkeeper des *Hackendahl* winkte ihr noch mit einem Geldschein hinterher, der sein übliches Trinkgeld übertraf, doch Rebekka war schon aus der Tür und bog in die Torstraße ein.

KAPITEL 3

Schon als Kind hatte Rebekka ein Faible für Statistiken gehabt. Aus ihrem Kinderzimmer blickte sie damals runter auf die Straße und notierte, wie viele Autos pro Stunde vorbeifuhren. Sie hockte vor der Kaufhalle und zählte die Leute, die hineingingen und herauskamen, und wirkte so noch seltsamer, als es sowieso schon der Fall war. Sie war der kleine Feuermelder gewesen, der überall herumstand. Und wo es etwas zu zählen und zu notieren gab, entwickelte sie die eine oder andere neue Erkenntnis. Stoßzeiten im Straßenverkehr und in der Kaufhalle zum Beispiel, wie viele Leute *Wartburg* und wie viele *Skoda* fuhren, und welche Menschen es waren, die bitteres Tonicwasser kauften. Rebekka war damit einer Marktanalyse sehr nahe gekommen, nur dass die keinen interessierte, weil es den Markt dafür noch nicht gab. An der Seite ihrer mit sich selbst beschäftigten Mutter war Rebekka von klein auf Einzelkämpferin gewesen und hatte sich ihre ganz eigene Meinung vom Leben gebildet.

Daher war es eine logische Folge, dass die Optik des sich immer wiederholenden Logos der Berliner Recyclingfirma unter schwarz gerahmtem Text der Traueranzeigen Rebekkas Interesse geweckt hatte. Die gleiche Wirkung erzielten Werbeplakate auf Straßen und in Bahnhöfen. Hatte sie nur oft genug das gleiche Haarfärbemittel darauf gesehen, kaufte sie es als Nächstes. Und selbst von einem Sänger wie Roland Kaiser wusste sie bei penetranter Plakatierung ganz genau, wann er wo in Berlin ein Konzert gab, auch wenn seine Schlager die letzte Musik war, die sie hören würde. In Wirtschaft, Politik und Religion wurde dieser Trick erfolgreich angewendet, die Menschen fielen darauf herein und ließen sich willig an der Nase herumführen. So auch Rebekka Schomberg. Sie würde auch jetzt wieder routiniert behutsam mit einer Recherche beginnen, diesmal jedoch im Recyclinggeschäft. So wie damals, als sie als absolute Dilettantin auf dem Gebiet der bildenden Kunst einem Fälscher auf die Spur gekommen war. Er hatte Menschen übers Ohr gehauen, die ihr gesamtes Erspartes in ein einziges Kunstwerk gesteckt hatten, um dessen Anblick und Besitz genießen zu können, ihn anderen Menschen in einem eigens geschaffenen Museum mit interaktiven Spielen für Kinder zugänglich zu machen und die sonst nicht viel besaßen.

Rebekka würde sich auch jetzt wieder in ein neues Umfeld begeben, sich unter die Familie eines der Verstorbenen mischen. Sie würde der Sache vor Ort nachgehen, in der Firma, in der Branche, überall, wo recycelt wurde, um zumindest den Auslöser der Todesserie bei *Recycling, Verschrottung und Co.* zu finden. Es gab genau zwei Beweggründe, aus denen heraus sie sich mit den Angelegenheiten anderer, ihr völlig fremder Menschen befasste. Zum einen, weil sie es konnte, weil sie die Zeit dafür hatte, die Mittel und das Talent. Sie hätte es selbst als schwierig empfunden, jemandem zu erklären, warum ihr Lebensinhalt darin bestand, Ermittlerin ohne Auftrag zu sein. Schließlich wurde sie auch sofort stutzig, wenn ihr jemand etwas predigte und dabei betonte, es gehe ihm nur um sie und ihr Wohlbefinden. Bücher und Predigten waren voll von Lebensweisheit und in Wahrheit nur so ehrlich gemeint wie der Verkauf eines Staubsaugers. Der andere Beweggrund, sich einzumischen, wenn sie ein Verbrechen witterte, eine Ungerechtigkeit oder Vertuschung, war die Schuld, die ihr Großvater ihr aufgebürdet hatte, und deren Wiedergutmachung Rebekkas Lebensinhalt war. Die Erinnerung an ihren Großvater und das Vermögen, das er ihr hinterlassen hatte, war der tote Winkel in Rebekkas Gehirn.

KAPITEL 4

Mark zog sich an.

»Bin ich eigentlich erpressbar? Sagst du es irgendwann meiner Frau?«

»Damit sie dich verlässt und ich dich für immer an der Backe habe? *No way.*«

»Dabei denkt meine Frau, ich könnte sie eines Tages mit einer Jüngeren betrügen. Wenn sie wüsste, wie sehr sie sich da täuscht …«

»Allein für diese Bemerkung hast du zwei Ohrfeigen in einer verdient.«

Rebekka ließ Wasser in die Wanne laufen.

Er legte die Arme um sie. »Du hast mal gesagt, du könntest nie mit mir zusammenleben. Warum nicht?«

»Weil ich dir nie vertrauen könnte. Nicht mal auf einem Auge, während ich das andere zudrücke.«

»Warum bist du dann so gern mit mir zusammen?«

»Mit *gern* hat das nichts zu tun. Du bist mein Zugang zu polizeilichen Interna. Ich brauche deine Hilfe.«

»Du nutzt mich also nicht nur sexuell aus.«

»Richtig.«

Beide lachten. Er küsste sie auf den Nacken. Dann ging er hinaus und zog die Tür hinter sich zu.

Mark liebte Rebekka für all das, was ihm an noch keinem anderen Menschen begegnet war. Sie war wie die Natur, die sich selbst heilte. Wie ein Stück Rasen im Schatten eines Baumes, durch den nur wenig, aber ausreichend Regen auf die Halme fällt. Als brächte der morgendliche Tau ihren Körperhaushalt immer wieder auf Vordermann.

In Mark Tschirners Leben gab es genau zwei Frauen: die eine, die er geheiratet hatte, und die andere, die er nicht geheiratet hatte. Diesen Zustand empfand er als ideal und hoffte von Tag zu Tag und jedes Mal, wenn er Rebekka traf, dass sie ihr Interesse an dieser unverbindlichen Verbindung nie verlieren möge. Aber alles, was er ihr bieten konnte, war Liebe ohne Familie und ohne Alltag. Und genau diese Art von Liebe musste für Rebekka alles andere als verlockend klingen.

Sie hatten sich kennengelernt, als er noch Kriminalhauptmeister war. Berlins Kunstszene erstarrte unter einem Fälscherskandal, und Mark ermittelte für das LKA im Rahmen eines Ermittlungshilfeersuchens. Die Rothaarige im grauen Hosenanzug war Mark sofort aufgefallen. Typ Sekretärin mit Haarknoten, Brille. Sie lehnte auf dem Flur vor dem Gerichtssaal in Moabit und schien auf etwas oder jemanden zu warten. Später, viel später, beharrte Rebekka darauf, sie habe auf ihn, Mark Tschirner, gewartet. Und zwar genau dort.

›Was gestern noch Kunst war, ist heute schon *Bianchi*‹, hatte sie gedankenverloren gesagt, als stünde hinter Pietro Bianchi noch etwas Größeres als der soeben verhandelte Fälscherskandal. Von diesem Maler sprach damals die ganze Welt, zumindest ein nicht unerheblicher Teil davon, der wegen ihm Millionen von Euro für wertlose Kopien ausgegeben hatte.

Mark hatte einen abwertenden Blick auf ein paar vorbei eilende Fotografen geworfen, um sich dann sofort wieder der Rothaarigen zuzuwenden.

›Überschätzen Sie die ganze Sache nicht ein wenig?‹, fragte er und versuchte dabei, sich seine Aufregung nicht anmerken zu lassen.

Mit einem Ruck wandte sie sich ihm zu und sah ihm direkt in die Augen. ›Wie bitte?‹

Mark errötete bei ihrer heftigen Reaktion auf seine gedankenlos dahin gerotzte Frage.

In einem bestimmten Ton, aber ohne jede Arroganz, wies die Rothaarige ihn zurecht.

›Das hier ist der größte Kunstfälscherskandal der Nachkriegszeit, sowohl was Umfang und Perfektion, als auch was die Vermarktung von Fälschungen betrifft.

Und Sie glauben tatsächlich, das könne man überschätzen?‹

›Die Gemälde *wurden* ganz offensichtlich überschätzt.‹

Mark freute sich selbst ein wenig darüber, wie gekonnt er diese Kurve genommen hatte.

›Ja klar! Weil jeder Idiot ein Bild malen und nur ein Genie es verkaufen kann.‹

Sie lehnte sich wieder an die Wand und schien weiter zu warten.

Mark war fasziniert von ihrer unkomplizierten Art. Und nun stellte sie sich auch noch als klug heraus.

›Ist nicht von mir‹, fügte sie hinzu, als habe sie seine Gedanken gelesen.

›Muss es auch nicht. Die Bilder waren ja auch nicht von Max Pechstein.‹

An jenem Tag im Gericht war Mark als Zeuge befragt worden. Die Rothaarige schien nur Besucherin zu sein in dem Prozess, der öffentlich geführt wurde, und bei dem Sitzplätze den Wert von Goldstaub hatten. Die Verhandlung war gerade zu Ende gegangen, Mark wollte seinen Chef im Auto mitnehmen und hielt ungeduldig nach ihm Ausschau. Doch eigentlich wollte er alles andere als weg von hier. Er bot sich an, Kaffee zu holen. Die Rothaarige bedankte sich und versprach, auf dem Flur auf ihn zu warten. Er beeilte sich. Wusste, dass jede jetzt vertane Minute für ein behutsames Annähern an die Frau auf dem Flur für immer verloren wäre. Er lief zurück, zwei Kaffeebecher in der Hand, und stellte sich vor.

›Mark. Mit k.‹

›Wie Rebek… k… ka‹, war ihre Antwort.

Sie stießen mit ihren Kaffeebechern an.

›Was treibt Sie hierher?‹

›Pure Neugier.‹

›Kunstfälscher ziehen die Massen doch eigentlich weniger an als Mörder.‹

Rebekka schaute ihn herausfordernd an. ›Sie sind also ein Ermittler in dieser Sache?‹

Dieser Moment gehörte zu jenen, in denen Mark wirklich stolz war auf seinen Beruf, der ihm in der Anfangsphase doch eher mitleidsvolle Blicke eingebracht hatte. Allerdings fiel ihm auf, dass das Interesse dieser Frau offensichtlich einen anderen Grund als seine Arbeit und ihre gefährlichen Momente hatte. Sie taxierte ihn wie einen potenziellen Angestellten. Vor allem aber schien sie ihn für einen gut aussehenden Mann zu halten und in ihm das zu sehen, was eigentlich unsichtbar und nur bei einer stimmigen Chemie zu erkennen war.

Vom Ende des Flurs kam Nebel angetrabt, Marks Vorgesetzter, der auf eine Mitfahrgelegenheit hoffte. Mark nahm seinen ganzen Mut zusammen. Er hatte nichts zu verlieren.

›Kann ich Sie wiedersehen? Dann erzähle ich Ihnen mehr von … meiner Arbeit. Wenn Sie das wollen.‹

Ob sie ihn nun als charmant empfand oder sich nur für ihre eigenen Zwecke an seiner Arbeit interessierte, war ihm völlig egal, da sie in eine Verabredung einwilligte. Zu erwähnen, dass er verheiratet war, wäre albern gewesen. Dann hätte er gleich mit erwähnen müssen, dass er sie wahnsinnig gern ins Bett kriegen würde.

Es wurde ein wunderbares Date. Sie wirkte weich, sinnlich, absolut anziehend auf ihn. Vom ersten Moment jenes Abends an war ihm klar, dass sie ihn begehrte wie er sie und ihm keine Sekunde länger würde widerstehen können.

Sie verließen das *Bocca di Bacco* in der Friedrichstraße, liefen zielstrebig durch die schlendernde Touristenmasse hindurch zu seinem Wagen, den er in der Mohrenstraße geparkt hatte und nun mit einem Knöllchen versehen wiederfand. Den Nachteil, das dann gegenüber seiner Frau erklären zu müssen, ignorierte er in jenem magischen Moment, als er den Papierschnipsel wegwarf und Rebekka die Tür aufhielt. Wie in einer abgeschirmten Kapsel saßen sie eng aneinander gedrückt, Mark drehte nur hin und wieder locker am Lenkrad, seine Rechte lag auf Rebekkas Oberschenkel, sie lehnte an seiner Schulter. Im Seitenblick nahm er ihre halbgeschlossenen Augen wahr, den leicht geöffneten Mund und das zufriedene Lächeln, das darauf lag. Die ganze Frau war Vorfreude auf ihn, die Spannung in der Luft so stark, dass jedes Wort gestört hätte. Er bog in die Torstraße ein, fuhr auf das *Vico House* zu und rechts ran, setzte den Blinker. Er hatte noch wenige Sekunden, wofür er lieber die ganze Nacht gehabt hätte. Sie nahm ihre Handtasche, lehnte sich zu ihm. Ihr Gesicht war nun ganz nah an seinem, und die Lippen, an denen er bereits im *Bocca di Bacco* bei jedem Wort gehangen hatte, dieser Mund, der beim Essen die Gabel umschlossen hatte, dass ihm vor Erregung fast schwindlig geworden war, dieser Mund war nun nah genug an seinem für einen Kuss. Ihre Lippen berührten sich, sie öffnete seine mit ihrer Zunge und ließ ihn ganz behutsam spüren, dass sie ihn genauso begehrte wie er sie in diesem Moment.

›Ich würde dich gern nach oben begleiten, aber …‹ Er brachte es nicht fertig.

›Danke, Mark. Ich will nicht die Nacht mit dir verbringen. Aus dem einfachen Grund, weil du mich sowieso nicht vergessen und in zwei, drei Tagen von dir aus anrufen wirst. Und der Sex, den wir dann haben werden, wird besser sein als alles, was wir heute Nacht hätten haben können … Machs gut.‹

Sie warf ihm eine Kusshand zu und stieg aus.

Er hatte nicht mal einen Tag gewartet, sondern sie schon am nächsten Morgen angerufen.

Warum er seine Frau zum ersten Mal betrog, war Mark selbst schleierhaft. Er konnte nicht einmal sagen, dass sie oder das gemeinsame Leben ihm zu fad geworden wären. Er betrog seine Frau, weil es eine Frau wie Rebekka gab.

Seine Frau bot ihm alles, was er sich wünschen konnte. Wo andere Ehefrauen bequem wurden, legte sie richtig los. Versauerten andere abends vor dem Fernseher, hatte sie einen neuen Yogatreff ausgemacht, zu dem sie regelmäßig ging. Stumpften andere ab, belegte sie einen Online-Sprachkurs. Nahmen andere unkontrolliert an Gewicht zu, widmete sie sich ständig neuen Diäten. Seine Frau sah fantastisch aus, hatte sehr guten Geschmack für Kleidung und Make-up, ihr Körper war eine Augenweide. Die zwei Geburten sah man ihr nicht an, und sie war eine exzellente Mutter. Ihre Arbeit in einer Steuerkanzlei schien sie optimal auszulasten, aber nie kam sie müde oder schlecht gelaunt aus dem Büro. Die Wohnung war ein Zufluchtsort und strahlte Gemütlichkeit und Harmonie aus. Seine Frau stellte keine verfänglichen Fragen, und selbst ein Knöllchen wie das aus der Mohrenstraße wurde bis zur Zahlung kommentarlos an die Pinnwand in der Küche geheftet, neben Einkaufszettel und *Weight-Watcher's*-Punkte-Tabelle.

Rebekka hingegen war das ganze Gegenteil. Sie war eine verschlossene Frau mit Problemzonen und keinem festen Zuhause. Sie roch einen Braten, noch bevor er auf dem Herd stand, und war ein schlafender Vulkan. Musste sie vor ihm gehen, bat sie ihn, die Tür hinter sich zu schließen. Keine Frage, ob er noch da wäre, wenn sie wiederkam, denn Verbindlichkeit war keine Option. Mark hätte jedes Mal in ihren Sachen stöbern können, wenn er es nur gewollt hätte. Doch er wusste, dass er sowieso nichts finden würde. Den Sex mit Rebekka machten weder skurrile Orte noch akrobatische Einlagen aus. Mit ihr zu schlafen war ein Mehrgänge-Menü, das angemessen sättigte. Und für all das hätte Mark Tschirner immer wieder aufs Neue seine Ehe aufs Spiel gesetzt.

KAPITEL 5

Der Stift in seiner Hand rauschte nur so über das Papier und malte Pferdeköpfe, bis ihn eine ganze Herde anstierte aus stechenden, schwarzen Augen.

»Der Tod von Otto fährt uns voll in die Parade! Was hat das zu bedeuten?«

»Ich war nicht dabei, falls du das wissen wolltest.«

Der eine bekam die Aufregung des anderen mit. Zwei Hunde, so weit voneinander weg angekettet, dass sie sich sehen, riechen, die Ängste des anderen wittern und Drohgebärden ausstoßen konnten, ohne sich zu beißen und dabei ernsthaft zu verletzen.

»Ab jetzt ist die Sache ein Selbstläufer. Es sind genügend Stücke im Umlauf. Die momentane Aufmerksamkeit schadet uns. Ein jungscher Schnüffler ist dabei, ein gewisser Mark Tschirner. Behalte den auf dem Kieker, der will sich hier nur Sporen verdienen. Öffentlichkeitsarbeit ist dein Terrain. Nun sorg bitte dafür, dass sie sich im brauchbaren Teil der Öffentlichkeit abspielt und nicht im Rahmen einer polizeilichen Ermittlung.«

»Das hab ich verstanden! Ich schaffe das irgendwie aus der Welt. Ideen sind herzlich willkommen.«

»Auch für Ideen bist du zuständig. Gleich beim ersten Zwischenfall keine mehr zu haben, spricht nicht wirklich für deine Qualifizierung in dieser Sache.«

»Dieser erste *Zwischenfall*, wie du es nennst, kann uns alles kosten. Wieso hauchte der ausgerechnet an seiner Werkbank sein Leben aus?«

»Kollateralschaden. Wie Beifang beim Thunfisch. Auch da geht hin und wieder ein Delfin mit ins Netz.«

»Der Mann hat vier Kinder, die allesamt nicht auf den Kopf gefallen sind.«

»Im Zusammenhang mit der Todesursache des Mannes eine bemerkenswert poetische Metapher.«

»Du scheinst die Sache nicht sonderlich ernst zu nehmen.«

»Ich habe die Sache in dem Moment ernst genommen, als die Polizei auf dem Tableau erschien. Und dass sie erst mal ohne weitere Ermittlungen wieder abgezogen ist, halte ich für einen ziemlich brauchbaren Beitrag meinerseits zu dieser – wie du es nennst – *Sache*.«

»Ja ja! Ich hab verstanden. Sieh einfach zu, dass die Wogen flach bleiben, keinen Wind um nix, und schon geht alles wieder seinen gewohnten Gang.«

»Dann sieh du zu, dass du alles auf die Reihe kriegst, ich hoffe, du hast mitgeschrieben.«

»*Sire, ich eile.*«

Es war ein Abtasten gewesen. Die erste ernst zu nehmende Situation. Der größte anzunehmende Unfall. Und der eine konnte ihn nicht dem anderen in die Schuhe schieben. Es gab einen Dritten im Bunde, den beide nicht kannten und der beide wie ein kalter Windhauch berührte, obwohl das Fenster geschlossen war.

KAPITEL 6

Auf dem weißen Holztisch neben Rebekkas Bett lagen zwei Bücher, die auf den ersten Blick wie Schmöker aussahen. Tatsächlich war das eine ein Aufsatz über Resozialisierungsmaßnahmen in Gefängnissen und das andere das ›Lexikon der Serienmörder‹.

Sie hockte in ihrer Kissenburg, das Radio dudelte leise vor sich hin. Rebekka schaltete die Leselampe ein und las ein paar Seiten über die ›totale Institution Gefängnis‹, konnte sich nicht konzentrieren und stand auf. Ihr Großvater war während des Zweiten Weltkrieges am Massaker von Tulle beteiligt gewesen. Das giftgrüne Notizbuch, in dem er die Kontenbewegungen und das Guthaben der in Tulle getöteten Familie Taubman akribisch notiert hatte, lag auf Rebekkas Kommode. Sie ging täglich daran vorbei und spürte eine seltsame Wirkung, die das Buch auch jetzt wieder auf sie hatte. Die einzige Überlebende dieser Familie war die Tochter gewesen, Swetlana Taubman. Ausgerechnet Swetlana Taubman hatte dann dieser

Abschaum erwischt. In der Nacht, in der Mathieu Ceva in Paris auf dem *Montmartre* seinen ersten Mord beging, fiel in Berlin gerade die Mauer. Drei Jahre später wurde Swetlana Taubman sein Opfer. Die Frau hatte den Krieg überlebt, um Zufallsopfer eines Kleinkriminellen zu werden. Für 200 Francs, die er aus ihrer Kommode stahl. Jeder Cent, den Rebekka vom Erbe ihres Großvaters auf die Rache an Ceva verwendete, war Tausende von Cent wert. Der Gedanke an ihn tickte in ihr wie ein Zeitzünder. Es war nur eine Frage von Wochen oder Monaten, dass ihre innere Uhr auf null schalten und eine Explosion auslösen würde, deren Folgen Rebekka nicht abschätzen konnte. Auf den Tag der Entlassung des Monstrums aus seinem Pariser Gefängnis steuerte Rebekka zu wie die Davidianer auf den Weltuntergang, und bis dahin würde sie sich mit den Toten in der Recyclingfirma befassen.

Draußen im Garten lief Rebekka ohne Schuhe durch den feuchten Rasen bis zum Zaun. Ihr Blick war wach und aufmerksam, obwohl es hier im wahrsten Sinne des Wortes nichts zu sehen gab. Von dieser Gegend wurde allerdings auch nichts anderes erwartet. Hier wohnte, wem Berlin zu müllig oder zu teuer wurde. Hierher zog, wer noch ein bisschen Hoffnung hatte, diesem Landstrich und seinen Menschen etwas Leben einzuhauchen. Auf Stoppeläckern wuchsen fette Unkräuter, die sich trotzig über jede ölige Bodenverschmutzung hinweg vermehrten. Die Wälder hier reichten immer genau bis zum nächsten Weidezaun, der ein Feld umschloss, das mit seinen großen Pfützen einem Biotop glich und jegliches Weiden verhinderte. Der Boden war so sandig, wie die Bewohner trocken waren. Doch es war nicht ihr Humor, der trocken war, sondern ihr Wesen, vom fehlenden Interesse am anderen geprägt. Hier gab es nur Neugier. Aber kein Interesse. Und genau das war der Grund, warum sich Rebekka hier draußen so wohl fühlte. Denn Neugier ließ sich steuern, kontrollieren und manipulieren. Mit der Rückkehr in das Haus ihrer Mutter hatte sie ihre ersehnte Einsamkeit wieder. Inmitten der brandenburgischen Mentalität fand sie die Abgeschiedenheit, die sie neben dem Getriebe in Berlin so dringend brauchte und die sie jederzeit wie ein selbst gewähltes Asyl wieder verlassen konnte.

Ihre Mutter war eine aufgeweckte Frau gewesen, geradezu naiv und sorglos im Umgang mit Menschen. Warum sie kurz nach der Wende die lichtdurchflutete Wohnung in Berlin-Marzahn aufgegeben hatte, um im Berliner ›Speckgürtel‹ in ihr Gartenhaus zu ziehen, war Rebekka schleierhaft.

Frierend rieb sie ihre Füße im feuchten Gras, ging wieder ins Haus und schloss hinter sich ab. Für eine Menge Geld hatte Rebekka die Laube zu einem bewohnbaren Ort für ihre Mutter renovieren lassen. Und dann, als die Mutter gerade begann, ihre Rente zu genießen, starb Monika Schomberg auf einer Kurzreise nach Luxor an einem Hitzschlag. Zu ihrem Grab auf dem hiesigen Friedhof brachte Rebekka je nach Gelegenheit und Jahreszeit einen frischen Strauß von allem, was im Garten blühte. Den Rest der Zeit kümmerte sich die Friedhofsverwaltung um die Pflege. Der Tod ihrer Mutter hatte Rebekka zur letzten Verbliebenen der Familie Schomberg gemacht.

Die kleine Straße war menschenleer. Alle Autos waren noch genau dort geparkt, wo sie am Abend zuvor abgestellt worden waren. Auf ihren angestammten Plätzen.

Wenn der Marder nicht die Kabel angefressen hatte, dann würde Bresecke von gegenüber in einer Stunde seinen alten *Wartburg* starten und frische Brötchen holen für sich und seine Frau. Direkt in der Backstube, in der er selbst bis zur Rente gearbeitet hatte.

Mit Frau Bresecke plauderte Rebekka hin und wieder ganz gern. Sie hatten sich sogar schon gegenseitig besucht, und damit war Frau Bresecke die einzige Nachbarin, die je einen Fuß in Rebekkas Haus gesetzt hatte. Bei Breseckes daheim hatte die Frau das Zepter in der Hand. Herr Bresecke hatte seinen Rückzugsort in Form einer Wohnzimmernische, in der ein Schreibtisch und ein Regal voller Modelleisenbahnen klemmten. Dem Rest der Einrichtung sah man die Weltoffenheit und das literarische Interesse seiner Frau an, die in Rebekkas Augen so gut zu ihrem Mann passte wie ein Tropfen Dior auf einen Hundehaufen.

Ulla Bresecke hatte ein interessantes Gesicht aus jeder Menge Falten, die größte teilte ihre Stirn über den eng beieinanderliegenden Augen, die immer lächelten. Ihre Haare waren braun gefärbt und schulterlang, stets mit einer Haarspange hochgesteckt. An ihrem rechten Handgelenk trug sie eine Uhr mit Goldkettchen und an ihrem kleinen Finger drei Brillantringe übereinander. Ihren Ehering hatte sie vor einigen Jahren abgelegt, da er ihren Ringfinger einschnürte, wie sie sagte. Sie las sehr viel und unterhielt sich gern mit Rebekka über ihre neuesten literarischen Entdeckungen. Ulla Bresecke war Journalistin gewesen, allein deshalb verstanden sich die beiden Frauen so gut. Sie konnten wortlos über Themen hinweggehen, die nicht ausdiskutiert gehörten, weil sie zwischen ihnen ohnehin klar waren. Auch nach all den

Jahren war das noch nicht Freundschaft zu nennen, aber ein ungewöhnliches und beinah mütterliches Interesse, das Ulla Bresecke ihr entgegen brachte, verband Rebekka mit dieser mitteilsamen Frau. Und das wurde auch von den argwöhnischen Blicken ihres Mannes nicht gestört.

Der Polizist an der Ecke zum Feldweg startete seine BMW gegen sieben. Dann Krömer. Dann Werner. Dann wäre Ruhe bis zwölf. Dann käme das Postauto, das nie etwas für Rebekka brachte. An ihrem Briefkasten stand, dass sie keine Werbung wünschte. Ihre Post ließ sie an das *Vico House* schicken, Berlin, Torstraße, zu Händen Rebekka Schomberg.

Sie schnürte ihre Laufschuhe und joggte eine halbe Stunde lang zur Musik von *Sade* über den Acker hinter dem Haus. Beim Laufen verflog der letzte Gedanke an das Geräusch am Morgen.

Bresecke machte sich gerade an seinem *Wartburg* zu schaffen, der nach dem dritten Versuch endlich ansprang, als Rebekka vor ihrer Tür ihre Schuhe auszog.

»Morgen, Herr Bresecke!«

Sie winkte ihm zu und bekam ein kurzes Hupen zur Antwort.

Auf dem Weg zum Bad zog sie sich aus und legte die verschwitzte Kleidung in den Wäschekorb. Im *Jazzradio* lief ein Mix aus klassischen Stücken, denn es war Ostern, Gründonnerstag, sieben Uhr morgens.

Sie duschte ausgiebig, wickelte sich in ein Badetuch und setzte sich mit ihrer Zeitung an den Küchentisch. Ein Blick auf die Uhr, *bestes Timing!* Im Radio begann jetzt das Livekonzert von Al Jarreaus Konzert an der Staatsoper in Wien vor vier Jahren. Die Erinnerung an Wien machte Rebekka glücklich.

Es war ein wunderbarer Sommer gewesen, damals, und ihr Aufenthalt in der Stadt nur sehr kurz, aber doch lang genug, um den Prater und das Hundertwasserhaus in japanischer Manier abzufotografieren. Nach einer Portion Torte und drei Melange im Café *Hawelka* hatte sie in einem langen Abendkleid, Cowboyboots, Lederjacke und wallender Lockenmähne die Oper betreten, als wäre diese das Kaufhaus, nach dem das Gebäude aussah. Sie hatte jede von Al Jarreaus Bewegungen, jedes Zucken seiner Mundwinkel aus nächster Nähe betrachten können. Manchmal hatte sie das sogar mit geschlossenen Augen getan.

So lauschte sie auch jetzt wieder dem Konzert, schloss die Augen und trank langsam ihren Kaffee. Dann griff sie zur *Berliner Zeitung* und las aus Gewohnheit die Todesanzeigen. Ihr Puls erhöhte sich, als sie die Annonce entdeckte:

Wir trauern um
Karl-Heinz Otto
Am 26. März 2010 verstarb Karl-Heinz Otto
im Alter von 59 Jahren.
Sein Tod macht uns sehr betroffen. Wir werden ihn
in guter Erinnerung behalten.
Seinen Angehörigen gelten unser besonderes
Mitgefühl und unsere aufrichtige Anteilnahme.
Vorstand, Personalrat und Mitarbeiter
Recycling, Verschrottung und Co.

Das war er. Rebekkas Hände zitterten, als sie das schwarz umrandete Viereck mit vorsichtigen Schnitten heraustrennte. In die rechte obere Ecke schrieb sie die Zahl 19.

An dieser Stelle hätte sie aufhören, die Zeitung wegwerfen, sich umziehen, zum *KaDeWe* auf einen Krabbencocktail fahren, dann ins Kino gehen und die Sache allmählich vergessen können. War es so vielen Menschen egal, was in dieser Firma geschah, dann war Rebekka die Letzte, die sich damit zu befassen hatte. Doch das hier war mehr. Es musste einen Grund geben, warum sie mit einem so maroden Talent gesegnet war, hinter scheinbarem Alltag das Dunkle, Böse und Unerforschte zu sehen, das sie zum Handeln trieb, wo es sonst keiner tat. Ihr winkten weder Heldenplakette noch Friedenspreis. Die innere Genugtuung beim Auflösen einer solchen Geschichte war Rebekka ein Kick, den ihr der schönste Sex mit Mark nicht geben konnte und keine Droge dieser Welt bereithielt.

Von keinem der bisher Verstorbenen hatte Rebekka einen Namen. Eine Stunde lang durchsuchte sie das Online-Archiv der *Berliner Zeitung*, fand jedoch keine der früheren Anzeigen. Sie hatte die Namen an sich vorbei ziehen lassen, die sie jetzt so dringend brauchte. Rebekka lehnte sich zurück und schloss die Augen. Eine Minute der Meditation. Farbe wechseln. Neu einstellen. Der heutige Tag war orange.

Sie klopfte drei Mal auf die hölzerne Tischplatte, um trotz ihrer statistischen Vorliebe kein weiteres Unglück heraufzubeschwören. Im selben Moment spürte sie es wieder, jenes Kribbeln, das ihr jedes Mal den neuen Fall verkündete.

Ihre Instinkte waren viel schneller als ihre Gedanken: In ganz Berlin starben täglich um die 80 Menschen. Viele wurden erst Monate oder gar Jahre später gefunden und von niemandem betrauert. Sie wurden entsorgt und aus ihren Wohnungen gefegt zusammen mit dem Staub, zu dem auch ihr Leben mit allem Erlebten zerfallen war.

Beinah jeden Monat starb ein Mitarbeiter dieser Firma.

Mark hatte Rebekka mit dieser wunderbaren Herablassung angeschaut, als sie ihm zum ersten Mal von ihrem Verdacht erzählte. Damit hatte sie neues Terrain betreten. Sein Terrain. Wie die Freundin eines Regisseurs, die sich zur Schauspielerin berufen sah, benutzte sie nun plötzlich sein Vokabular aus Motiv, Gelegenheit und Durchführung. Mit ihrem Verdacht hatte sie einen Nerv getroffen. Mark war sofort auf ihrer Seite, als habe er durch Rebekkas Hinweis eine Bestätigung für etwas bekommen, was Rebekka gar nicht abschätzen konnte und was größer war als die ominösen Todesfälle.

Rebekka war überzeugt davon: Selbst für den Fall einer exorbitant großen Firma war die Menge an Mitarbeitern merkwürdig, die das Unternehmen lange vor ihrer Rente durch ihr Ableben verließen. Es brauchte ihren speziellen Instinkt, um aus zahllosen Traueranzeigen, die übers Jahr in ihrer *Berliner Zeitung* abgedruckt wurden, eine Serie herauszulösen wie die Rückengräte aus einer Bachforelle. Mark hatte ihren Verdacht nun zum ersten Mal mit soliden Polizeiinterna unterlegt und baute auf Rebekkas maroden Sinn, von dem sonst niemand etwas wusste. Nur eine Handvoll Menschen wusste überhaupt etwas von Rebekkas Leben. Und selbst davon hätte sie gern einige weniger gehabt.

Neben ihrem Gerechtigkeitssinn hatte sich Rebekka die Intuition für eine Geschichte anerzogen, der es sich nachzugehen lohnte. Ihr Traum war es gewesen, Journalistin zu werden, wie Frau Bresecke von gegenüber eine war. Doch in dem Land von damals waren Träume so limitiert wie das Land selbst, und so war sie an die Grenzen ihrer Möglichkeiten gestoßen. Journalismus hieße Bekenntnis zum Staat, hatte man sie belehrt wie ein Kind, das im Winter Kniestrümpfe tragen wollte. Und dieses Bekenntnis habe genau drei Buchstaben: S und E und D, *Sozialistische Einheitspartei Deutschlands*.

Während sie an früher dachte, fiel ihr eine zweite Anzeige ins Auge:

Wir haben unseren Vater verloren.
Karl-Heinz Otto
18. Februar 1951 – 26. März 2010
In tiefer Trauer
seine Kinder
Ulrike, Jörn, Nils und Achim.
Die Trauerfeier mit anschließender Beerdigung
findet statt am 9. April 2010 um
12 Uhr auf dem Dorotheenstädtischen Friedhof,
Chausseestraße, Berlin-Mitte.

Erneut fing Rebekkas Puls wie auf Knopfdruck an zu rasen. Diesmal hatten die Angehörigen des Verstorbenen am selben Tag wie die Firma inseriert. Bereits eine Woche nach seinem Tod stand der Termin der Beerdigung fest.

Rebekka spürte eine gewisse Ernüchterung. Mark hatte seinen Verdacht gegenüber den Kollegen entweder nicht durchsetzen können oder ihn gar nicht erst zum Thema gemacht. Wären sie von einem Tötungsdelikt ausgegangen, würde der Körper obduziert werden und bis zur Freigabe noch in der Pathologie liegen.

Rebekka stellte den Kaffee zur Seite. Sie nahm ihren Kalender zur Hand und trug sich den Termin der Beerdigung für den kommenden Freitag ein.

KAPITEL 7

Jetzt war er Leiter des Referats Verbrechensbekämpfung, Kriminalrat Nebel. Und er hatte ganz bestimmt anderes zu tun, als sich um die Befindlichkeiten seines Ex-Kollegen Mark Tschirner zu kümmern. Den hatte er nie ernst nehmen können, umso ernster hatte seine Frau den jungen Kollegen auf dem Grillfest der Polizeidienststelle genommen. Nichts war passiert, aber manchmal waren Blicke, leise Flirts und tausend scheinbar unbedeutende Fragen belastender für einen Ehemann als ein echter Betrug. Herausgeputzt hatte sich Sabine jedes Mal, wenn sich wieder die Gelegenheit ergab, an der Seite ihres Mannes auf Mark zu treffen. Fast 20 Jahre trennten sie vom Objekt ihrer Begierde, und das war für beide Männer nur schwer zu verstehen. Allerdings tat sich auch mit dem Verstehen der eine schwerer als der andere. Mark konnten die Avancen von Sabine Nebel ziemlich egal sein, außerdem lag das Grillfest mehr als ein Jahr zurück und war sicher bereits vergessen, deshalb klopfte er beherzt an Nebels Tür und trat ein.

Nebel begrüßte ihn wieder mit diesem typischen Blick, an dem es nichts zu basteln gab. Egal, ob Nebel Freude oder Enttäuschung empfand, er schaute immer gleich aus seinen grauen Augen, und nur sein Mund formulierte Worte, die der jeweiligen Situation angepasst waren. Bei Marks Anblick sagte er statt eines Grußes: »Du vermisst mich ganz schön, oder?«

Schwerfällig erhob er sich aus seinem Bürostuhl und klopfte seinem ehemaligen Mitarbeiter auf die Schulter.

»Ja«, entgegnete Mark und nahm auf der anderen Seite des peinlich aufgeräumten Schreibtisches Platz. »So sehr wie ein Loch im Kopf.«

»Setz dich ruhig!«, sagte Nebel ironisch. »Kaffee?«

»Warum so förmlich? Ich dachte, du hättest Zeit, einen Happen essen zu gehen.«

»Nix da, die Zeiten sind vorbei.«

»Was habt ihr?«

»Was *du* hast, möchte ich vorher wissen.«

Nebel würde die alte Geschichte mit seiner Frau, diese Geschichte, die gar keine war, in jeder noch so kleinen Situation mit Rache vergelten. Mark blieb ganz ruhig, obwohl er innerlich kochte. Ihm ging Rebekka nicht aus dem Kopf beim Anblick seines bräsigen Gegenübers, dem er gern gesagt hätte, dass man ihm eine Frau wie Sabine Nebel schon auf den Bauch binden müsse, damit überhaupt so etwas wie Körperkontakt entstand.

»Was ich außer Sehnsucht habe, willst du wissen?«

»Genau.«

»Jede Menge Verdachtsmomente hab ich. Bezüglich Karl-Heinz Otto.«

Der Name schien also auch bis zu Nebel vorgedrungen zu sein, und Mark ahnte, was nun in dessen Kopf vorging. Und das hatte nichts mit Karl-Heinz Otto zu tun. Es war die Frage, was die Weiber wohl an einem wie Mark fanden. Er sah weder aus wie ein Surfer noch wie ein Banker. Er hatte eher den Charme eines Apothekers, der hinter seinen Regalen einen Darkroom betreibt. Und genau das war es wahrscheinlich. Diesem jungen Familienvater traute man auf den ersten Blick nichts Außergewöhnliches zu. Doch es war der zweite Blick, der die Geister in männliche und weibliche schied. Erstere wurden misstrauisch und schlecht gelaunt. Letztere rückten ihren Busen zurecht und strahlten.

»Bei dem Fall Otto hat alles seine Ordnung. Außer, dass er tot ist.«

Nebel redete so aufgeräumt wie sein Schreibtisch, als habe er eine Liste im Kopf, auf der er ein Stichwort nach dem anderen nach Benutzung abhakte. Und mit der Liste war er noch nicht fertig, denn er redete trotz Marks abwehrender Handbewegung weiter.

»Ich habe den gerichtsmedizinischen Befund gelesen. Nichts deutet auf Fremdeinwirkung hin.«

Mark hatte noch immer die Hände gehoben und wartete auf den Moment, Nebel unterbrechen zu können. Doch Nebel war in Fahrt, was selten genug passierte und ihm hier bei gutem Ausgang eine Menge unangenehmer Fragen an die Kollegen ersparte, zu deren Abteilung er sowieso nicht mehr gehörte.

»Dein Freund Otto brauchte keinen Mörder! Das hat er ganz alleine hingekriegt! Verfettete Herzkranzgefäße, hoher Blutdruck, Kalk in der Hauptschlagader …«, Nebel wischte sich mit einem Taschentuch über die Stirn, »der Vorzeigekandidat für einen Schlaganfall.«

»Und?« Mark klang wenig beeindruckt. »War es ein Schlaganfall?«

»So was in der Art. Blutung im Gehirn. Er muss gestürzt und blöd aufgekommen sein.«

»Und woher weißt du, dass keiner ihn hat blöd stürzen lassen?«

Nebel erhob sich. Er stützte sich mit beiden Händen auf dem Schreibtisch ab. Sein massiger Oberkörper spannte das Sakko bedrohlich, und Mark war versucht, seine Augen zu verdecken, um sie vor dem demnächst wegspringenden Knopf zu schützen.

»Das ABC der Kriminalistik, Mark! Hier fehlt das Motiv!«

Geräuschvoll ließ er sich wieder auf seinen Bürostuhl fallen. Ein paar Stichworte schienen noch nicht abgehakt auf seiner Liste, und Mark für ihn offensichtlich die Aufregung nicht wert.

»Der Mann lebte ein – zumindest polizeilich – unauffälliges Leben. Keine Vorstrafen, nichts im Register. Nicht mal ein Delikt im Straßenverkehr. Keine kriminellen Kontakte. Keine gierige Witwe, abgesehen davon auch kein erwähnbares Erbe, lediglich eine Lebensversicherung. Und selbst die – als Motiv so brauchbar wie ein Drink beim Pinkeln.«

»Also habt ihr doch ermittelt?«

»Routine, zwei, drei Anrufe und das war 's. Nun mach dich mal nicht verrückt, Kollege.«

»Paul!«

Kaum einer nannte Nebel bei seinem Vornamen. Bei den meisten hieß er ›Küstennebel‹, weil er aus Rostock stammte und auch so redete.

»Du musst hier nicht einen auf Sheriff machen. Ich

habe nur auf eine Sache hingewiesen, die mir aufgefallen ist.«

»Ein fast 60-Jähriger fällt tot um, und dir fällt da was auf? Hast du sonst nichts zu tun?«

In diesem Punkt waren Paul Nebel und Mark Tschirner identisch: Beide waren zu Dingen in der Lage, die ihnen niemand auf den ersten Blick zutraute, erst wenn sie sich benutzt oder für dumm verkauft fühlten, riss der ziemlich dicke Strick namens Geduld.

Mark schlug einen versöhnlichen Ton an und trug seinen und Rebekkas Verdacht nun zum ersten Mal dorthin, wohin er gehörte.

»Vor diesem gab es noch weitere Todesfälle in dieser Firma.«

Mit gerunzelter Stirn beobachtete er sein Gegenüber, um zumindest eine Idee seiner Reaktion mitzubekommen. Vergebens.

»Wie in allen anderen Unternehmen dieser Welt. Firmen sind wie ein Familienverband. Leute sterben auch dort.«

»Schon klar. Aber nicht 18 … *pardon*, 19 Leute in nicht mal zwei Jahren.«

Mark hielt sich nicht gerade für einen Moralisten; wie auch, als verheirateter Mann, der seine Frau betrog. Er fühlte wie Rebekka, empfand es genauso wie sie als befremdend, dass in einer Stadt wie Berlin in einer einzigen Firma so viele Mitarbeiter nacheinander starben, dafür schwülstig formulierte Traueranzeigen geschaltet wurden, und das Ganze niemandem auffiel, keinem Angehörigen und keiner Behörde. Und jetzt, beim Anblick der kleinen Schweißtröpfchen auf Nebels gefurchter Stirn, erinnerte sich Mark mit einem Gefühl der Genugtuung an den eigentlichen Grund seines Interesses an diesem Fall. Es gab genügend Leute, denen Marks Direktheit nicht passte. Er war der Don Draper des 21. Jahrhunderts, sagte seine Meinung und hatte sein eigenes Bild von Recht und Moral. Unter Nebel hatte Mark einst im Tatort-Team einer Mordkommission angefangen. In diesem Team wurde er als blutiger Anfänger pausenlos vorgeführt. Ständig hatten die Jungs den Karpfengriff an ihm ausprobiert, angeblich, um ihn zu schulen, nur dass einer Mark festgehalten, der andere seine Finger rechts und links in die Weichteile des Unterkiefers gedrückt hatte, bis Mark automatisch den Mund geöffnet hatte, und der dritte – Nebel – hatte dabeigestanden und vor Lachen glucksende Laute von sich gegeben. Nachdem Mark sich gewehrt und erfolgreich gegen diese Behandlung geklagt hatte, riefen sie ihm »Stück Scheiße« und »Unruhestifter« hinterher. Mark hatte das weggesteckt und war abends zu seiner Familie nach Hause gefahren mit der Genugtuung, dass genau jene Kollegen gerade in der S-Bahn ihre erste Flasche Bier köpften und als Gegenüber im Zweifelsfall nur einen anderen Säufer hatten. Angeblich wurden aus datenschutzrechtlichen Gründen die Fälle von Mobbing nicht dokumentiert, und Zahlen über Klagen wegen Mobbings bei der Berliner Polizei gab es offenbar ebenso wenig. Dafür gab es so etwas wie ein Gedächtnis, und das von Mark Tschirner war sehr gut.

Sein rückgratloser Ex-Chef war bereit, über eine suspekte Serie von Todesfällen hinweg zu sehen. Für Mark war das die ersehnte Steilvorlage, um seinem ehemaligen Kollegen ans Bein zu pissen.

»Nichts davon gehört.«

An der Art, wie Nebel seine Papierstapel immer wieder zurechtrückte, obwohl sie längst auf Kante lagen, erkannte Mark, dass das Gespräch beendet war.

In diesem Beruf gab es nichts Schäbigeres, als von einem Jungspund niederen Dienstgrades auf etwas gestoßen zu werden, das man auch selbst hätte herausfinden können. Andererseits war Nebel froh, nicht mehr bei der Mordkommission zu arbeiten, sondern in die Brunnenstraße, unweit seiner Wohnung, wegbefördert worden zu sein. Referat Verbrechensbekämpfung. Kriminaldauerdienst. Eigentumsdelikte. Betäubungsmittelkriminalität. Betrug. Raub. Intensivtäter. Prävention für Jugendliche. Trotz alledem sah die Welt nach der Mordkommission plötzlich etwas weniger nach einem ganz schlechten Drehbuch aus, das zu verfilmen sich keiner wagte.

»Mark, mal nicht den Teufel an die Wand und auch keine 19 davon.«

»Hat sich schon mal einer den Firmenchef angeschaut?«

Nebels Gesicht bekam zum ersten Mal so etwas wie einen Ausdruck. »Und warum?«

»Vielleicht stinkt auch dieser Fisch vom Kopf?«

»Aber Junge! Wollte ich in Berlin jeden Firmenchef durchleuchten, könnte ich das für die Steuerfahndung tun. Aber wir sind die Kripo, vergessen?«

Mark nickte unmerklich. Der nichtssagende Ausdruck kehrte in Nebels Gesicht zurück.

»Wer oder was hat dich überhaupt auf deinen schrägen Mordverdacht gebracht?«

Nebels Gesicht war grau wie nasser Sand, und seine gerunzelte Stirn sah aus wie das Watt darauf.

»Kennst du etwa einen von dieser … der Familie Otto? Oder einen der vorher Verstorbenen? Wir müssen doch keine Verbrechen inszenieren, wo keine sind! Berlin hat genug davon, und ich im Übrigen tatsächlich nix mehr mit der Mordkommission zu tun. Weinbergsweg, weißt ja.« Nebel machte eine Kopfbewegung hin zum Fenster. »Die Clique von Dealern vor der Haustür war in den Wohnungsexposés nicht erwähnt, bevor die Käufer aus Stuttgart und Hamburg zuschlugen.«

»Na, ich hoffe, ihr räumt da nicht nur für die Schwaben auf. Außerdem«, Mark erhob sich, »die Todesfälle in der Recyclingfirma ergeben eine Serie. Und es gibt, wie wir alle wissen, keine Zufälle …«

»Nein, aber es gibt das Gesetz der Serie«, unterbrach ihn Nebel erneut ungewohnt lebhaft, »und das besagt, dass sich Dinge anscheinend wiederholen, obwohl es keinen Zusammenhang gibt. Und uns an Gesetze zu halten, bläuen wir unserer Kundschaft ja wohl ein, oder?«

»Tschüss, Herr Oberlehrer!«

Die hingehaltene Hand drückte Nebel im Sitzen und nun mit einem tatsächlich zufriedenen Ausdruck im Gesicht.

KAPITEL 8

Die Zeit bis zur Beerdigung von Karl-Heinz Otto verging wie im Flug. Rebekka begann den Tag gewöhnlich gegen fünf Uhr morgens mit einer Tasse Kaffee, lief gegen sechs Uhr ihre Runde auf dem Acker, duschte dann ausgiebig, trank ihren zweiten Kaffee und klickte sich nebenbei durchs Internet und dort speziell auf Nachrichten aus Frankreich und einem dort einsitzenden Serienmörder, während in dem kleinen Fernseher auf der Anrichte die Nachrichten aus Deutschland liefen.

Wenn Sie besser drauf sein wollen bei Ihrem Start in den Tag, dann hören Sie sich keine Nachrichten mehr an!

Jeder Tag hatte für Rebekka neben seiner eigenen Farbe auch eine feste Struktur. Wohnte sie im *Vico House*, war das Zeitkorsett aus Aufstehen, Kaffee, Sport, Kaffee, Internet und Nachrichten das gleiche. Ihr Leben war eine einzige Bewegung, und sie war ständig auf der Hut. Ihre Sinne waren geschärft und pausenlos im Einsatz. Disziplin war für Rebekka überlebenswichtig.

Bresecke pflückte gerade die Plastikostereier von seinem Magnolienbaum, als Rebekka sich an den Küchentisch setzte und ihren Laptop aufklappte. Von wenigstens einem der 19 Toten hatte sie nun einen Namen. Sie gab bei *Google* den Suchbegriff *Karl-Heinz Otto* ein und bekam im Raum Berlin eine Handvoll brauchbarer Treffer. Einer davon stand in Verbindung mit Anneliese Otto, einer früh verstorbenen Lyrikerin, deren Name Rebekka nichts sagte. Mit ihr hatte Karl-Heinz Otto vier Kinder gehabt. Das musste er sein. Im Internet waren vier Gedichtbände von Anneliese Otto aus den Jahren 1967 bis 1974 gelistet. Sie bestellte die antiquarischen Ausgaben mit Eilzustellung an ihre Neuenhagener Adresse.

Karl-Heinz Otto hatte zwar nicht der *Facebook*-Generation angehört, seine Kinder hingegen schon. Da war der Erste: Nils Otto. Er war so alt wie Rebekka. Es war nicht schwer, aus seinem Internetprofil die Gegend herauszufinden, in der er aufgewachsen war. Die einzige Kindertagesstätte weit und breit war ein Überbleibsel aus DDR-Zeiten und sah auch so aus. Rebekka schaute auf die Uhr – es war bereits Mittag, und Bresecke war dem barschen Ruf seiner Frau in die Küche gefolgt, aus der es bis hinüber zu Rebekkas offenstehendem Fenster verführerisch nach Bratensoße roch. Bresecke hatte sich noch ein, zwei Mal umgeschaut und Rebekkas Winken ignoriert. Trotzdem würde sie nie aufhören, ihm Zeichen der Freundlichkeit zu senden. Irgendwann knackte sie ihn schon noch.

Rebekka goss sich eine Chinasuppe auf und legte eine Scheibe Emmentaler auf das Nudelquadrat. Während der Käse schmolz, zog sie sich eine weite, schwarze Anzughose an, darüber eine schwarz-weiß gepunktete Bluse und ein weißes Herrensakko von *Hermés*. Aus dem Überangebot billiger Wegwerfsachen entschied sich Rebekka generell für Markenkleidung. So war ihre Garderobe überschaubar, zeitlos, haltbar und für jeden Anlass passend.

Nach längerem Suchen erschien auf dem Computerbildschirm die Karte mit der Adresse der Kindertagesstätte ›Löwenzahn‹ in Berlin-Hellersdorf. Die Belegschaft hatte eine Petition zum Erhalt der Einrichtung gestartet. Das Gebäude war geschlossen, doch für die überfällige Sanierung standen noch nicht genügend Gelder zur Verfügung. Rebekka klickte sich bis zum Bauamt durch und erfuhr von der latenten Einsturzgefahr, die das teilgeräumte Haus bedrohte. ›Ansprechpartnerin vor Ort: Frau Mischke‹, las Rebekka und hätte gern einen Vornamen dazu gewusst.

Dann eben Frau Mischke.

In den Onlinefahrplan gab Rebekka die Verbindung ein und musste sich beeilen, da sie den Bus zur S-Bahn schaffen wollte. Sie aß hastig ihre Suppe, dann verriegelte sie das Fenster und packte den perfekt gefälschten Presseausweis, Notizbuch und Kamera zu den restlichen Utensilien in ihre Handtasche. Sie schloss die Tür hinter sich ab und rannte los.

KAPITEL 9

In der verwaisten Einrichtung, in der nur noch die kleinen Toilettenbecken und das liegen gelassene Spielzeug an einen Kindergarten erinnerten, fand Rebekka eine auskunftsfreudige Chefin vor.

»Dett wird ja Zeit, dett sich ma eena interessiert!«

Die robuste Frau mit kunstvoll aufgetürmten Locken und einem vereinnahmenden Blick unter etwas zu dunkel geratenem Make-up konnte nun endlich mal Luft ablassen. Sie bat Rebekka in das, was einmal die Personalküche war, und schenkte ihr einen Kaffee ein. Rebekkas Presseausweis versprach einen aufrüttelnden Artikel in egal welcher Zeitung. Für Frau Mischke war nur wichtig, dass die drohende Schließung abgewendet wurde.

»Die Hütte steht seit den 1920er Jahren, und dann wundern se sich, wenn der Putz von die Wände kommt. Hier sind Kinder am Start, Mensch, keene Aquarianer!«

Frau Mischke war so richtig Rebekkas Fall, und im wahren Leben hätte sie eine Frau wie sie gerne zur Freundin gehabt. Doch hier war nicht das wahre Leben. Rebekkas Besuch bestand aus einer einzigen Lüge, an der sie behutsam weiterbauen musste.

»Seit den 1920er Jahren gibt es das Haus?«

»Jawoll. Iss nich so 'n Neubau wie die restlichen Schablonen hier!«

Die kleinen Strasssteine auf den sorgfältig pink lackierten Nägeln blinkten im Neonlicht, während Frau Mischke in eine imaginäre Gegend wies.

Eine halbe Stunde später hatte Rebekka so ziemlich alles über Kindererziehung im Allgemeinen und die Kita ›Löwenzahn‹ im Speziellen erfahren.

»Weil ich gerade hier bin, darf ich Ihnen eine Frage in eigener Sache stellen?«

»In welcher Sache ooch imma.« Frau Mischke lachte und griff zu einer Schachtel Zigaretten, von denen sie Rebekka eine anbot. »Een Vorteil hatt ditt Janze, endlich könn ma ma eene roochn hier drinne!«

Rebekka lehnte dankend ab und gab ihr Feuer.

»Ich schreibe neben meinen Artikeln auch Autorenporträts.«

»Ach so?«, fragte Frau Mischke beiläufig, und Rebekka spürte, dass ihr Gegenüber diese Information so interessant fand wie die aktuellen Börsenkurse.

»Anneliese Otto…«, Rebekka sah kein Zeichen des Erkennens hinter der braunen Make-up-Maske. »Sagt Ihnen der Name Otto etwas?«

»Ick kenn nur Otto Waalkes.« Wieder das rasselnde Lachen, bei dem sich Frau Mischke nun am Qualm der Zigarette verschluckte. »Wieso? Watt wolln'sen da wissen?«

»Sie hat hier in Hellersdorf mit ihrer Familie gelebt. Mit Mann und vier Kindern.«

»Warte mal!«

Frau Mischke erhob sich schwerfällig, die Kippe nun im Mundwinkel wie ein Bauarbeiter.

Es fehlt nur noch die Bierflasche, die sie mit den Zähnen öffnet.

Rebekka lehnte sich entspannt zurück und konnte sich ein Kichern nicht verkneifen.

Unter einer Plane kamen graue Aktenschränke zum Vorschein.

»Ditt iss jetze.«

Rebekka verstand, dass es sich hier um die aktuellen Unterlagen handelte.

»Nehman iss früher.«

Rebekka verstand, dass sich das Archiv in greifbarer Nähe befand.

»Die Akten sinn alle uffn Bezirksamt. Aba irjendeena hat imma den Spleen weiterjeführt, für jeden Hosenscheißer ooch hier 'ne Karteikarte anzulegen. Und dett trotz Computer.«

Frau Mischke atmete schwer, war aber voll im Ermittlungsfieber.

»Hatte die alle Kinder hier?«

»Ich weiß nur von einem, Nils Otto.«

»Und wann war ditte?«

Rebekka konnte nur schätzen. »Die waren zu viert. Der Erste müsste so um die 1971, 1972 herum hier gewesen sein, der Letzte etwa 1979, 1980.«

Die Kippe im Mundwinkel begann Frau Mischke, die Hängeordner durchzugehen. Einer plötzlichen Eingebung folgend hob sie den rechten Zeigefinger. »Waren dett die mit die durchjeknallte Mutter? Hat die sich nichn Strick jenomm?«

Rebekka versuchte, sich von ihrer inneren Aufregung nichts anmerken zu lassen.

»Anneliese Otto ist früh gestorben, das stimmt.«

»Hier, eener von die!«, unterbrach sie Frau Mischke, enthusiastisch eine vergilbte Karteikarte in der Luft schwenkend. »Jenau der Nils Otto, den Sie suchn. Ditt typische Kind von so ne Künstlafamilie.«

Ihre Zigarette war fast zu Ende geraucht. Frau Mischke nahm den Filter vorsichtig zwischen Zeigefinger und Daumen und spreizte dabei den kleinen Finger ab. Die letzten beiden Züge bis zum Filter sog sie bis in die letzte Verästelung ihrer Lungenflügel ein.

»Ick kann mir jut erinnan. Iss plötzlich allet da. Wie untaschiedlich die warn! Die Frau als jroße Lyrikdame imma mit ihr'n Tüchern um Hals unn Kopp, und er, der Alte, damals bei die SERO, watt nischt bessret war als die Müllabfuhr. Naja«, als erwachte sie aus einem Traum, drückte Frau Mischke den glimmenden Filter in einem Aschenbecher aus und klopfte sich auf die Schenkel, »wer weeß, vielleicht konnta ja Kunststückchen inn Bette!«

Rebekka ließ Frau Mischke wieder genügend Zeit, sich zu beruhigen, und lächelte fleißig mit.

»Waren die anderen drei Kinder der Familie Otto auch hier im Kindergarten?«

»Klaro. Alle viere. Steht ja drinne.«

Ein pinkfarbener Fingernagel wies auf die entsprechende Stelle auf dem vergilbten Stück Karton, das mit Schreibmaschine beschrieben war und Rebekka unwillkürlich an eine Stasiakte erinnerte.

Mit einem Blick scannte Rebekka das Dokument, bevor es wieder im Hängeordner verschwand.

»Danke, Sie haben mir sehr geholfen!«

»Sie mir hoffentlich ooch!«, entgegnete Frau Mischke mütterlich lächelnd. Sie drückte Rebekkas Hand zum Abschied und führte sie zur Tür.

Als Rebekka sich auf dem Weg zur Straßenbahn noch einmal umschaute, stand Frau Mischke noch immer im Eingang. Sie winkten sich zaghaft zu, dann verschwand Rebekka hinter der nächsten Hausecke und ging an ihr Handy, das seit Minuten lautlos vor sich hin summte.

»Rebekka?«

»Ja!«

»Endlich! Mark hier.«

Rebekka nestelte an dem Telefon herum, stellte schließlich ihre Tasche auf der Bank einer Straßenbahnhaltestelle ab und setzte sich.

»Hallo, Mark«, seufzte sie und war froh, dass er ihre innere Aufregung so nicht heraushören konnte. »Bevor du etwas sagst: Ich brauche die Namen der 18 Toten vor Karl-Heinz Otto!«

»Alles zu seiner Zeit! Wo bist du grad?«

Rebekka schaute sich um, als müsse sie sich selbst erst einmal vergewissern, wo sie sich eigentlich aufhielt. Und das war ganz offensichtlich eine Müllkippe, denn sie sah sich umgeben von McDonald's-Verpackungen, einer Babywindel mit dunkelbraunem Inhalt und dem Rest eines Döners.

»Hör mal, Mark, es ist jetzt gerade etwas ungünstig …«

In der Verlegenheit, Mark absagen zu müssen, wenn er sie treffen wollte, war Rebekka noch nie gewesen. Nervös fuhr sie sich durchs Haar. Es war verblüffend, was für Gedanken dieser Mann in ihr auslöste, wenn er einfach nur ihre Nummer wählte.

»Hmmm … dein ungebrochenes Interesse an mir schmeichelt meinem Ego, aber …«

Rebekka hörte ihn kichern und bedauerte, sich so weit aus dem Fenster gelehnt zu haben. Bisher war es immer Mark gewesen, der als Bittsteller fungierte. Dieses Rollenspiel gefiel Rebekka gut, und sie würde einen Teufel tun, die Charaktere zu vertauschen.

»Aber?«, fragte sie nun etwas strenger als gewollt und lief der herannahenden Straßenbahn entgegen. Von hier aus waren es nur ein paar Haltestellen bis nach Marzahn. Dort stand der Plattenbau, der in Rebekkas Erinnerung um ihre Kindheit herum gebaut schien. Manchmal, wie heute, fuhr sie hin, einfach so, wie man ein Museum besuchte.

»… aber ich wollte dir nur schnell etwas durchgeben.«

Das hieß, er wollte Rebekka tatsächlich für sich ermitteln lassen und die Umstände von Karl-Heinz Ottos Tod kennen, bevor er seinen Kollegen von der Mordkommission eine Ermittlung nahelegte.

»Sekretariat Schomberg, ich höre!«

»Ja, hör genau hin, mein Rotlöckchen, kannst du mal rauskriegen, woran Anneliese Otto gestorben ist? Das war seine Frau.«

Rebekka war ernüchtert. Frau Mischke hatte angedeutet, die junge Frau habe sich umgebracht. Und nun war Mark bereits auf den Namen Anneliese Otto gestoßen. Er hatte sofort in Richtung der Familie des Toten ermittelt und offensichtlich weniger Augenmerk auf die Firma gelegt.

Aber warum?

Diese Frage hob sie sich für eine schönere Gelegenheit mit Mark auf und hakte beiläufig nach: »Noch was?«

»Nein, meine kleine Watson, damit habe ich dich jetzt,

glaube ich, eine Weile beschäftigt. Und wenn du alles schön erledigt hast, dann sehen wir uns wieder. Und was das heißt«, er begann zu flüstern, »das weißt du ja schon. Freu mich auf dich!«

Bevor Rebekka etwas entgegnen konnte, hatte er aufgelegt. Ihm war die ganze Sache offensichtlich zu Kopf gestiegen, und Rebekka freute sich bereits, ihm den wieder gerade zu rücken.

KAPITEL 10

Rebekka fuhr bis Marzahn. Der vertraute Duft von Essen strömte hier nicht mehr aus den Küchenfenstern, sondern aus einer Dönerbude, die in der betonierten Landschaft wie eine Oase leuchtete.

Im Nachbareingang zu ihrem Haus hatte Rebekka einst mit der zahnlosen Kathrin ihre erste Zigarette geraucht. Kathrin hatte Zähne gehabt, nur waren die so dunkel, dass man das Mädchen von Weitem für zahnlos hielt. Rebekka war die Einzige, die mit ihr spielte, und noch heute ertappte sie sich dabei, insgeheim nach der zahnlosen Kathrin Ausschau zu halten. Doch ihre Freundin war damals mit der ganzen Familie in den Westen ausgereist. Und das neidische Geläster im Hause war groß gewesen: Der Westen bekäme ja nun gleich das beste Bild von den Ossis geliefert, wenn die Grenze solche Leute ausspuckte. Dabei war Kathrins Vater Diplomingenieur für Textiltechnik gewesen und ihre Mutter Lehrerin für Sport und Biologie. Nach Kathrins Weggang war Rebekka auf sich allein gestellt. Mit ihren Klassenkameraden konnte Rebekka nicht viel anfangen. Sie galt als seltsames Kind mit ihren feuerroten Haaren. Die tief liegenden, etwas eulenartigen Augen erweckten den Eindruck, Rebekka könne ihren Kopf um 360 Grad drehen und ringsum alles wahrnehmen. Es stimmte: Rebekka entging nichts. Auch nicht die gelästerten Feuermelder-Witze hinter ihrem Rücken oder die Anspielung auf ihre Mutter, die hin und wieder betrunken auf dem Elternabend auftauchte.

Die Balkons des Plattenbaus waren nun verglast, und die Fassaden an manchen Stellen bunt gestrichen. Die Straßen dienten nur noch zum Parken der Autos und als Stehbankett von ein paar Glatzen. Rebekka hätte das gern als Klischee abgetan, doch sie schaute direkt hinein in die Kindergesichter der Handvoll Jungs und Mädchen und musste annehmen, dass sie wirklich so aussehen wollten, wie sie aussahen. Menschen, die sie mit früher verband, begegnete Rebekka hier kaum. Dafür war hinter fast jedem Fenster das Flimmern eines Fernsehers zu sehen. Das Viertel ihrer Kindheit schien die Kinder verloren zu haben, zumindest die, die draußen an den Klopfstangen und im Sandkasten spielten.

Trotz Gegensprechanlage war es leicht, ins Haus zu kommen.

»Postwurfsendung!«

»Bitteschön!«

»Dankeschön.«

Auf halber Treppe Sorten von Topfpflanzen auf dem Boden und in den Fenstern, die den herbei gesehnten Garten vermuten ließen. Hier manifestierte sich eine Sehnsucht, die in den typischen Büropflanzen wie Bogenhanf und Aloe vera ihre langweilige Erfüllung fand.

Im vierten Stock hatten sie gewohnt mit Blick auf die Otto-Winzer-Straße, die zur Mehrower Allee geadelt wurde, als sich der DDR-Minister für Auswärtige Angelegenheiten nicht mehr so gut im Straßennamen machte.

OffenstehendeWohnungstüren, weil man sich kannte, mal miteinander redete und sich vertraute. Freitags der Geruch von Badetabletten Typ *Latschenkiefer* auf allen Fluren, als hätten sich die Badelustigen abgesprochen oder als teilten sie sich eine Packung davon. Sonntagnachmittags oft wohltuende Stille. Man schlief nach dem Essen auf dem Sofa oder ging herausgeputzt ein Stück im Neubaugebiet spazieren. Rebekka und ihre Mutter fuhren sonntags zum Schaufenstergucken an den Alexanderplatz.

Zu Weihnachten und Silvester wurde gefragt, wo es denn hinginge. Wellensittiche und Meerschweinchen wurden wechselseitig gefüttert. Kindergarten und Schule waren in Laufentfernung. Stundenpläne standen wie in Stein gemeißelt und ordneten hier so manchen Alltag, der sonst aus den Fugen geraten wäre.

In ihrer Erinnerung auf ihrem lautlosen Gang die Treppen hinauf sah Rebekka den betrunkenen Mann im Feinripp in der Tür stehen. Dahinter seine Frau im gesteppten Morgenmantel, die sich das blau geschlagene Auge hielt. Auf dem Weg nach oben überkam sie das Gefühl, alle Klischees seien hier geboren in der kleinen Marzahner Enklave ihrer Kindheit, die doch eine glückliche war. Nur in einer Erinnerung hielt sich Rebekka ungern auf: Wenn die Wohnungsklingel abends ertönte und sie ihre Mutter im dünnen Nachthemd und leicht angetrunken auf dem Sofa wusste. Dann tauchte Stefan Rehbauer auf, ein Typ, der sich durch die Wohnzimmer des Viertels vögelte und seiner Frau im entfernten Berlin-Mahlsdorf etwas von Fliesenlegen erzählte.

Er war tatsächlich Fliesenleger und schon deshalb ein gefragter Mann. Da er meist in Westmark bezahlt wurde, trug er ausschließlich Klamotten aus dem *Intershop*. Außerdem fuhr er einen orangefarbenen *Skoda* mit Fließheck, der den in Kinderzimmern beliebten Matchboxautos aus dem Westen nicht unähnlich sah.

Das war die Zeit, in der Rebekka lernte, sich unsichtbar zu machen.

Sie lauschte den Geräuschen durch die angelehnte Tür zu ihrem Zimmer. Stefan Rehbauers dreckiges Lachen und das mädchenhafte Kichern ihrer Mutter. Dann sein Pfeifen auf dem Weg zum Klo, wo er sein benutztes Kondom in die Ecke schmiss und sich dann mit öligen Fingern durch seine blonde, dicke Haarmatte fuhr, immer noch pfeifend. Wenn er tagsüber da war, auf Rebekka traf und versuchte, den coolen, sportlichen Stiefvater zu spielen, indem er sie mit einer mitgebrachten Apfelsine bewarf, die sie gerade so fangen konnte.

Die zahnlose Kathrin hatte Rebekka ihr Chamäleon geschenkt, weil sie es nicht mit in den Westen nehmen konnte. Rebekkas Mutter konnte wenig dagegen sagen, doch plötzlich änderte sich das Verhältnis zwischen den beiden. Nur noch zum Essen kam Rebekka aus ihrem Zimmer. Dort saß sie stundenlang und starrte auf das Chamäleon in dem Glaskasten, den sie mit Kunstrasen ausgelegt und neu eingerichtet hatte. Eine Neonröhre leuchtete das kleine Reptil in all seinen Schattierungen aus, eine Wärmelampe sorgte für Gemütlichkeit.

Zum Klettern hatte sie kleine Äste und Zweige kreuz und quer gesteckt, dazwischen ein Seil gespannt und in die Mitte eine große Pflanze gesetzt. Fasziniert schaute sie zu, wenn das glupschäugige Tierchen im Zeitlupentempo Wassertropfen von den Blättern leckte. Es schien seine früheren Besitzer nicht zu vermissen und passte sich Rebekkas Alltag vorzüglich an. Rebekka lebte auf. Die Monotonie aus Schule, Kaufhalle, ersten Rauchversuchen, die sie nun allein durchzog, Hausaufgaben und Sonntagsspaziergängen war von einem Moment zum anderen in ein völlig neues Licht getaucht, gerade so, als hätte sie mit dem Blick in das Terrarium den legendären Blick über den Tellerrand gewagt.

Zwischen Rebekka und ihrer Mutter war es nie die große Liebe gewesen, eher eine funktionierende Verbindung, in der man sich symbiotisch ernährte. Die Mutter war oft traurig wegen ihrer Einsamkeit, weil sie fand, dass alle ringsum vielleicht nicht glücklicher, aber wenigstens verheiratet waren. An solchen Tagen wurde sie von ihrer Tochter getröstet und bekocht. Rebekka kaufte ein, putzte die Wohnung und pflückte Blumen auf der Wiese, bevor ihre Mutter von der Arbeit nach Hause kam und sich in ihren schlimmsten Zeiten als Erstes eine Flasche *Murfatlar* aus dem Kühlschrank holte. Rebekka wiederum konnte ihre Sommerferien ohne nervende Arbeitseinsätze verbringen, bei denen die Schüler sich ihr erstes Geld verdienten. Sie bekam schöne Ostern, Geburtstage und Weihnachten geboten; Dekoration, Geschenke und gutes Essen inklusive. Und sie hatte als einziges Mädchen ihres Alters einen Fernseher in ihrem Zimmer.

Waren einmal auf beiden Seiten die Batterien leer und die Vorzüge nicht ausreichend, dann verkeilten sich Mutter und Tochter im Streit wie zwei Hirsche ineinander und wären zu einer skurrilen Plastik aus zwei Skeletten verhungert, hätte dann nicht doch eine von beiden nachgegeben. Und das war meist Rebekka.

Nur in einer Situation ließ sie sich nie erweichen, nämlich dann, wenn Stefan Rehbauer auf dem Plan erschien. Rebekka wollte nicht zulassen, dass ihre Mutter sich in diesen Betthüpfer verliebte, und spann bei stundenlangem Betrachten ihres Chamäleons einen Plan.

Sein Haus an der S-Bahn-Station Mahlsdorf hatte sie bereits ausfindig gemacht und bald auch die anderen Adressen, die er vor und nach ihrer Mutter abgraste. Nun war es nur eine Frage der Zeit, und davon hatte Rebekka in den Sommerferien reichlich. Sie heftete sich an seine Fersen und an die der anderen Frauen, von denen einige nicht nur Kinder, sondern auch einen ahnungslosen Ehemann hatten. Bald war das Gerücht gestreut und schwärte vor sich hin wie eine eiternde Wunde: Seine Tochter sei auf der Suche nach Stefan Rehbauer, weil ihre Mutter mit einer schweren Infektion zu Hause läge. Der Arzt habe ihr nun auch gesagt, was es sei.

Es waren die frühen 80er Jahre. In die DDR war das Gerücht einer unheilbaren Sexseuche vorgedrungen. Ja, es sei wahr. Stefan Rehbauer habe AIDS.

Da unwissende Menschen dazu neigten, den Fachmann zu spielen, waren Stefan Rehbauers Tage in Marzahn gezählt. Ihrer Mutter hätte Rebekka den Gang in die Poliklinik gern erspart, andererseits hatte ihre Mutter ihr diesen Typen nicht erspart, und so spürte Rebekka eine seltsame Art von Genugtuung.

KAPITEL 11

Einen Termin hatte sie völlig vergessen und nur noch wenige Minuten Zeit. Die Otto-Recherche lenkte sie doch mehr ab, als sie es gewohnt war, und der Nachmittag in Marzahn war nicht geplant gewesen. Nun wartete Herr Ziervogel in der Neuenhagener Sparkassenfiliale auf Rebekka, und sie musste sich sputen. Einmal mehr wollte ihr sommersprossiger Finanzberater herausfinden, was sich im Sinne der Bank aus ihrem Guthaben machen ließe, denn Rebekka hatte kein Geld: Sie hatte ein Vermögen.

»Sie sind ja schwerer zu erreichen als der Papst!«

»Ja? Wann hatten Sie den denn zum letzten Mal hier sitzen?«

Herr Ziervogel lächelte süßlich.

Den netten Einladungen einmal im Jahr zum Kundengespräch auf der Sparkasse kam Rebekka gerne nach. Es gab Kaffee und Kekse in dem kleinen, lediglich von ein paar Rentnern und zugezogenen Hausbesitzern frequentierten Raum, in dem es immer stickig roch und aussah, als würde dort noch mit DDR-Mark gehandelt.

»Aber Sie haben recht. Wahrscheinlich reise ich noch mehr als der Papst. Was haben Sie für mich?«

Konten der Größenordnung Rebekkas wurden von ihren Besitzern gern steuersparend ins Ausland verlegt. Für ihr Geld jedoch, das sie sich nicht mal selbst erarbeitet hatte, genügte Rebekka ein Tagesgeldkonto mit Kreditkarten, Onlinebanking und einem Prozent Zinsen. Nicht für ihr Geld arbeiten zu müssen, keiner Verpflichtung nachkommen zu müssen, kein Kind und keinen

Mann ertragen zu müssen, waren für Rebekka der Inbegriff von Freiheit.

»Über Immobilien wollte ich mit Ihnen reden.«

»Finden Sie, ich tue zu wenig für meine Altersvorsorge?«

Herrn Ziervogels Lächeln wich einem anzüglichen Grinsen.

»Sie wissen nicht, was für Zeiten auf uns zukommen. Hätten Sie Ihr Geld bei einer anderen Bank gehabt, hätte es die Krise auffressen können.«

Was haben die 19 Toten in der Recyclingfirma gemeinsam?

Diese Frage ging Rebekka auch am Schreibtisch von Herrn Ziervogel nicht aus dem Kopf.

»Investieren Sie in Immobilien, dann wirft Ihr Geld weit mehr ab als die Zinsen, die Sie momentan damit verdienen.«

Und du bekommst deine Maklergebühren.

»Und wenn es nun für mich in Ordnung ist, Geld zu haben, um etwas abzuheben, wenn ich es brauche?«

»Sie täten etwas für die Region. Kaufen, sanieren, vermieten.«

Rebekkas Tat für die Region bestand darin, sich um deren Verlierer zu kümmern. Und dazu gehörten auch 19 Recyclingarbeiter in Berlin.

»Ich möchte mich nicht binden. Und für Sie ist ein Hausverkauf doch nur interessant, wenn er auf Pump passiert.«

Es gab vermögendere Menschen als Rebekka, Menschen, denen man alles ansah, aber nichts abkaufte. Rebekka hingegen konnte die Abgerissene spielen und das Luxusweibchen, konnte mit Anfang 40 gute Freundin sein für einen Teenager wie für eine alternde Firmenchefin. Jeder hatte ihr bisher jede Rolle abgenommen. Nur die der Hausbesitzerin nahm sie sich selbst nicht ab. Sie war glücklich in dem Gartenhaus, in dem noch das Parfüm ihrer Mutter und der Geruch ihrer Kindheit in der Luft hingen. Und sie war glücklich in ihrem Hotelzimmer im *Vico House*, wenn ihr die geliebte Einsamkeit zu öde wurde. Den Rest der Zeit war Rebekka Schomberg glücklich auf Reisen. Das Reisen liebte sie besonders, jenes Innehalten an den schönsten Orten der Welt, was nicht hieß, alles infrage zu stellen und dort sesshaft werden zu wollen. Sie konnte ja wiederkommen, wann sie wollte. Die Melancholie der aussichtslosen Träume blieb ihr immer erspart.

Herr Ziervogel war wieder die Freundlichkeit in Person und schnell bereit, ihre großzügige anonyme Spende an die Kindertagesstätte ›Löwenzahn‹ in Hellersdorf zu überweisen, bevor er das Gespräch mit einem Räuspern beendete.

»Gestatten Sie mir doch noch eine Frage in eigener Sache.«

Rebekka horchte auf.

»In eigener Sache? Na, dann mal los, Herr Ziervogel.«

»Haben Sie eigentlich nie darüber nachgedacht …«, er rückte etwas näher an sie heran und flüsterte, obwohl niemand in Hörweite war, »von hier wegzugehen? Ich meine, diese Gegend ist doch tot!«

Herr Ziervogel klang eher so, als hätte *er* bereits tausend Mal darüber nachgedacht und suchte nun eine Verbündete zum gemeinsamen Auswandern. Soviel an Anarchie hatte Rebekka ihrem kleinen, gedrungenen und sehr viel älter als 30 aussehenden Bankberater gar nicht zugetraut.

»Das tue ich jeden Tag.«

Es stimmte. Rebekka fühlte den Zeitpunkt nahen, da sie ihre Sachen packen und wieder ins *Vico House* ziehen würde. Aber das war das Letzte, das Herrn Ziervogel etwas anging.

»Aber mal ehrlich, wegrennen kann doch jeder, oder?«

Herr Ziervogel ließ ihre Frage unbeantwortet und lächelte nur mit diesem verständnisvollen Blick, den er sonst nur beratungsresistenten Härtefällen gönnte.

»Nun gut, Sie können sich die Immobiliensache ja noch mal überlegen. Einstweilen bitte ich Sie aber, hier draußen vorsichtig zu sein.«

›Hier draußen‹ klang aus Ziervogels Mund nach einem schädelübersäten Wüstenabschnitt an der mexikanisch-amerikanischen Grenze.

»Dank Ihrer Arbeit muss ich mein Geld ja nicht unter der Matratze aufbewahren. Was meinen Sie also?«

»Ich meine Einbrüche und so. Die häufen sich zurzeit und geschehen am hellen Tag.«

»Das ist mir lieber als in der Nacht, muss ich gestehen. Außerdem habe ich kaum Wertsachen in meiner Laube.«

»Die nehmen alles.«

»Wer sind *die*?«

»Polacken. Letzte Woche einen Mercedes-Sprinter mit elf Leichen hinten drin.«

Rebekka hatte davon gehört. Der Fahrer des Transporters hatte nur kurz Pinkelpause gemacht, als ihm der Wagen gestohlen wurde samt der außergewöhnlichen Fracht, die er für einen Bestatter zur Einäscherung nach Meißen bringen sollte. Und nun war der Wagen samt Leichen in einem Wald in Polen gefunden worden.

»Polacken, ja?«

Herr Ziervogel rückte auf seinem Stuhl hin und her. Dieser Situation begegnete Rebekka häufig, wenn sie eine hingerotzte Bezeichnung, die längst im deutschen Sprachgebrauch angekommen war, wie mit einer Pinzette aus dem grünen Spuckefaden herauslöste und sie ihrem Gegenüber einem seltenen Insekt gleich unter die Nase hielt.

»Das waren also Polacken. Sind Sie sicher?«

Herrn Ziervogel war die Richtung, die das Gespräch zu nehmen drohte, sichtlich unangenehm.

Rebekka sah die Zigarettenschachtel mit dem polnischen Sicherheitshinweis darauf, die neben Ziervogels Computer lag.

»Waren das vielleicht die *Polacken*, zu denen Sie 200 Kilometer hin und zurück fahren, um billig Sprit und Zigaretten zu kaufen? Meinen Sie die *Polacken*, die uns hier die Lehrstellen wegnehmen, für die sich Brandenburger Gören zu schade sind? Meinen Sie *diese Polacken*?«

»Das war doch nicht so gemeint, ich ...«

»Ich sage Ihnen jetzt, was ich meine: Sollte ich Ihnen jemals eine Ihrer Schrottimmobilien abkaufen, dann nur, um direkt vor Ihrer Nase ein polnisches Kulturzentrum zu eröffnen!«

Sie stand auf und ging zur Tür.

»Machen Sie's gut und – nein, gehen Sie nicht weg von hier. Sie passen hierher wie ein Arsch auf den Eimer.«

Normalerweise vermied Rebekka Situationen wie diese. Bei Herrn Ziervogel waren ihr zum ersten Mal die Sicherungen durchgebrannt.

Draußen vor der Tür atmete sie tief durch. Sie hatte den Fehler begangen, eine Erinnerung bei ihm zu hinterlassen, die über den geschäftlichen Umgang miteinander hinausging, eine Spur, auf der er schon aus Genugtuung herumschnüffeln würde. Er würde sie nun auf dem Kieker haben. Ihre Abhebungen verrieten ihre Aufenthaltsorte. Sie hatte Farbe bekannt, statt sich zu tarnen. Dabei war Camouflage ihre leichteste Übung.

Bei der Höhe ihres Guthabens konnte Rebekka von den Zinsen nicht nur leben, sondern das Leben des Chamäleons führen, das sie seit ihrer Kindheit hatte sein wollen. Im Gegensatz zu Rebekka diente dem Chamäleon der Farbwechsel nicht in erster Linie als Tarnung, sondern vor allem zur Kommunikation mit Artgenossen. Und genau daran hatte Rebekka kein Interesse. Sie war gern allein und unabhängig und hatte dabei gelernt, die Farbe zu wechseln, um sich anzupassen. Diese Gabe empfand sie als ein sehr viel größeres Geschenk als die drei Millionen Euro auf ihrem Konto, die noch dazu von abscheulicher Herkunft waren.

Rebekka war im besten Alter einer Frau. Beim Chamäleon wurde die Bereitschaft zur Balz oft von auffälligeren Farben und Mustern begleitet. Rebekka hatte Freude daran, jeden Tag mit einer anderen Farbe zu beginnen. Die blaue Phase ergänzte sich wunderbar mit dem Feuerrot ihrer Haare. In einer auffällig pinkfarbenen Phase trug Rebekka ein schwarzes Tuch oder eine Strickmütze, unter der sie ihre Locken verbarg. In jedem Fall aber wusste sie, sich in Szene zu setzen und in Erinnerung zu bleiben. Die Färbung eines Chamäleons hing zudem von der Sonneneinstrahlung ab. Rebekka vertrug keine direkte Sonne, schon bei den ersten Strahlen, die sich aus dem Winterhimmel schälten, musste sie ihr Gesicht schützen, trug eine große Sonnenbrille und immer eine

Tagescreme mit Carotin. Es gab so viele Länder, die sie noch bereisen wollte, doch die lagen eindeutig zu weit südlich des Äquators und waren deshalb unerreichbar für sie. In der Nacht nahm das Chamäleon sehr helle Farben an. So auch Rebekka: Sie hatte Angst vor der Dunkelheit, eine Angst, die ihr mindestens so schwer erträglich wie ihre Platzangst war. Trotz ihres Vermögens und ihrer Freiheit konnte Rebekka kein sorgloses Leben führen. Sie war auf der Hut, wo immer sie sich aufhielt. Sie übernachtete nur, wo eine Lampe am Bett stand und es außer dem Fahrstuhl auch noch ein Treppenhaus gab.

Rebekka band sich ihr Sakko um den Bund ihrer Anzughose und joggte nach Hause. Sie musste den Kopf wieder frei bekommen. Ausgerechnet in ihrem Banker durch ihr Auftreten den Keim von Misstrauen gesät zu haben, war dumm gewesen und alles andere als hilfreich.

KAPITEL 12

Er klang gehetzt.

»Schreib mit!«

»Was?«

»SCHREIB MIT!«

Rebekka wagte keinen Widerspruch. Sie stand im Supermarkt vor dem Kühlregal und fror erbärmlich, während sie in ihrer Handtasche nach ihrem Notizbuch suchte.

»Ich höre.«

»Carlo Hingst, 25. Frank Weber, 34. Jörg Fenske, 20. Alfred Schöller, 50. Wolfgang Rohm, 44. Uwe Kellermann, 52. Hast du's?«

Rebekka schmierte die Namen nur so hin.

»Ja.«

»Manuela Opitz, 25. Heike Schön, 45. Gisela Zander, 46. Sylvia Meier, 22. Lutz Rotter, 55. Hast du's?«

»Mark ... Woher h...«

»WILLST DU SIE WISSEN ODER NICHT? DIE NAMEN?«

In diesem Ton hatte er noch nie mit ihr gesprochen. Rebekka fühlte sich überrumpelt und fasziniert zugleich. Wenn das die Namen der Todesopfer vor Karl-Heinz Otto waren, dann gab es sie tatsächlich, dann war das alles keine Einbildung oder statistische Macke gewesen.

»Mach weiter.«

»Gut. Rudi Dwertmann, 62. Günter Reimann, 53. Georg Faust, 51. Thomas Großschmidt, 57. Carsten Reschke, 32. Bruno Lehmann, 49. Hans Schubert, 45. Und ...«

»Und?«, fragte Rebekka zaghaft.

»Karl-Heinz Otto, 59.«

Rebekka hatte sich wieder gefangen. Sie ging langsam zur Kasse, das Telefon fest am Ohr. »Woher hast du die Namen?«

»Mein Rotlöckchen«, er klang wieder wie immer, vertraut, warm, gut und durchtrieben, »das willst du nicht wirklich wissen.«

Um herauszufinden, wie diese Menschen gestorben sind, muss ich wissen, wie sie gelebt haben.

KAPITEL 13

Gegen zehn Uhr brachte ein Kurier ein Päckchen mit vier Lyrikbänden. Rebekka zog sich gerade an. Ihr blieben nur noch zwei Stunden bis zur Beerdigung von Karl-Heinz Otto. Sie nahm den Zettel zur Hand, auf dem sie mühsam die Namen der Toten aus der Recyclingfirma notiert hatte, und trug sie in eine Excel-Tabelle ein, dazu alle Informationen zur Familie Otto, die sie bereits gesammelt hatte.

Diese Begegnung würde schwierig werden. Rebekka war gewappnet. Sie schaute in den Spiegel, *Spieglein Spieglein an der Wand*, doch es ging ihr nicht um Schönheit, sondern darum, dass sie wieder genau diesen einen Wurf hatte, der sitzen musste.

You never get a second chance to leave a first impression.

Sie schloss die Augen, horchte tief in sich hinein. Trotz der bevorstehenden Beerdigung war der heutige Tag weiß und beige.

Rebekka nahm einen hellen Bikini aus dem Schrank. Sie hatte sich angewöhnt, statt Unterwäsche Bikinis zu tragen, von denen sie eine ganze Kollektion besaß. Es war praktisch, somit in jedem Hotel der Welt für den entspannenden Moment eines Bades im Whirlpool, ein paar Bahnen im hauseigenen Schwimmbad oder einen Saunagang in der Wellnessoase gekleidet zu sein. Zudem mochte sie die dezente Ausstrahlung, die ein samtweiches Bikinioberteil ihrem Dekolleté bescherte, wenn sie es unter einem Blazer trug.

Sie zog ein dünnes Unterkleid aus Seide darüber und ein schwarz-beiges Twinset von *Chanel* zu einem hellen Rock.

Es war ein sonniger Tag, doch die typische Aprilkälte hielt Rebekka davon ab, sich zu sehr auf den nun beginnenden Frühling mit seinen sommerlichen Temperaturen zu verlassen.

Ihr Gesicht war dezent geschminkt. Sie kämmte etwas Gel in das lockige rote Haar und trug es offen, um auf der Beerdigung nicht wie zu einem Geschäftstermin zu erscheinen.

Die vier Kinder des Verstorbenen waren alle Mitte bis Ende 30. Sie waren längst erwachsen und würden ein kritisches Auge auf Rebekka werfen. Und in einer Stadt wie Berlin konnte ein Designerkostüm zur falschen Gelegenheit genau den falschen Eindruck erwecken.

Als sie das Fenster in der Küchenecke schloss, begegnete sie draußen vor dem Gartenzaun dem neugierigen Blick von Helmut Faul.

Wenn Sie sich in Ihrer Wohngegend ein positiv gestimmtes Umfeld schaffen wollen, dann grüßen Sie Ihren Nachbarn freundlich, auch wenn er es nicht tut.

Der Mittsechziger trug wie immer eine Elvistolle und hockte im Sattel seines Mifa-Rades. Seine Füße berührten gerade so den Boden, und würde Rebekka eine Stripshow am Fenster abziehen, fiele Helmut Faul garantiert vom Rad. Doch er blieb da stehen und schaute, während Rebekka das Fenster schloss. Hier draußen hatte Klarheit zu herrschen. Und Faul, mit dem Rebekka außer *Gutentagundgutenweg* noch nie ein persönliches Wort gewechselt hatte, schien die Klarheit in diesem Haus zu vermissen. Auf Rebekka wirkte er wie ein Überbleibsel des Landes, das sich längst abgeschafft hatte und seine fleißigsten Lakaien nun sich selbst überließ. Hier und dort sah man noch einen dieser kleinen, beflissenen Giftzwerge. Dieses andauernde Flackern im Blick und die Suche nach einem Fetzchen Nahrung für ihre langsam vor sich hinrottenden Hirnzellen. Er hatte sogar eine Frau. Die Frau mit dem Charme und der Ausstrahlung einer Ostseequalle gehörte zu den Menschen, die gar nicht stattzufinden schienen. Irgendwer hatte sie mal neben Faul abgestellt, seitdem nannte man sie »Frau Faul«, und an diesem Platz in ihrem Leben hatte sie sich eingerichtet, um fortan vor sich hin zu gammeln bis zum trockenen Ende, von dem sowieso niemand etwas mitbekommen würde. Menschen oberflächlich abzuurteilen, empfand Rebekka nicht als Fehler. Sie kannte keinen hier draußen, der sich über sie schlaumachte, bevor er begann, sich das Maul zu zerreißen.

In Fauls Gesicht las Rebekka wie in einem offenen Buch: Seiner Ansicht nach hatte der Name, der am Briefkasten stand, mit dem des Bewohners identisch zu sein. Doch am Briefkasten, der zu dem Gartenhaus gehörte, stand der Name *Monika Schomberg*. Und Monika Schomberg war seit fast einem Jahr tot. Und das ging so nicht.

Auch das Wochenendabonnement der *Berliner Zeitung* lief noch auf den Namen ihrer Mutter. Rebekka hatte es einfach weitergeführt. Sie zahlte es immer für ein Jahr im Voraus und fand die Freitags- und Wochenendausgabe im Briefkasten und in ihrer Abwesenheit im *Vico House* vor. Der Austräger war bereits gegen fünf Uhr morgens unterwegs, was wunderbar zu Rebekkas weißen Nächten passte, den Nächten, in denen sie einfach nicht zu Bett ging und im Morgengrauen das quietschende Fahrrad des Zeitungsjungen ausmachte, der die Zeitungen im Viertel verteilte. Jedes Jahr zu Weihnachten fand der Junge einen Umschlag mit einem Geldschein vor. Jedes Jahr zu Weihnachten wurde in die Redaktion der *Berliner Zeitung* in der Karl-Liebknecht-Straße in Mitte ein Blumenbouquet geliefert, Absender: Monika Schomberg. *Frohe Weihnachten*.

Rebekka wollte nicht warten, bis Faul sich verzogen hatte. Sie nahm ihre Handtasche und den Schlüssel und schloss unter den Argusaugen ihres Nachbarn die Tür zu ihrer Gartenlaube sorgfältig ab. Sie drückte noch einmal dagegen, und auch das – dieses zusätzliche Absichern – wurde von Faul zur Kenntnis genommen.

Sie trug Ballerinas zum Kostüm, so konnte sie zum Bus sprinten, der nur einmal pro Stunde das Dorf mit der S-Bahn mit Berlin verband.

Im Bus begegnete ihr das komplette Panoptikum dieser Gegend. Ein älteres Ehepaar, trotz der frühlingshaften Temperaturen winterlich eingepackt und unter der Hitze stöhnend, quetschte sich auf die ersten beiden Sitze unmittelbar hinter dem Fahrer. Der Mann stellte seine dicke Aktentasche wie einen Waffenkoffer neben sich auf den Boden, und jeder zweite der Nachfolgenden stolperte darüber, vom bösartigen Zischen des Alten begleitet.

Eine Resterampe skurriler Charaktere fuhr hier draußen tagsüber Bus, in einer Gegend, wo jeder froh war, wenn er sich ein Auto leisten und es auch fahren konnte. Drei Kinder, die Rebekka interessiert anstarrten, gehörten offensichtlich zu drei desinteressierten jungen Frauen, die wortlos Nachrichten in ihre Handys tippten. Jede der drei hatte sich zurechtgemacht, als gehe es zu einer Party und nicht zum Kinderarzt. In ihrem verzweifelten Wunsch, nach etwas auszusehen, sahen alle drei gleich aus. Das gleiche Rosarot in den Haaren, die gleichen eng geschnürten breiten Gürtel und viel zu engen Jeans, die die Fülle ihrer festgewachsenen und durch Schwangerschaft und Geburt vermehrten Teenagerpfunde kaum zähmten. Alle drei gehüllt in eine Duftwolke süßen Parfüms gemischt mit dem Schweiß aus abgetragenen Klamotten.

Rebekka war uneins mit dieser Gegend, aus der sie stammte, in der nicht nur ihre Eltern, sondern auch ihr Großvater geboren waren. Zuviel an Gedankenlosigkeit und Bosheit war ihr hier bereits begegnet: Busfahrer, die auf die Minute losfuhren, obwohl sie zahllose Fahrgäste aus der verspätet eintreffenden S-Bahn auf den Bus zu rennen sahen; die Schulkinder zurück in den Regen schickten, wenn die Monatskarte einen Tag abgelaufen und die neue zu Hause vergessen worden war; Leute wie Faul, der sich nicht um das Privatleben anderer scherte und auch bei Rebekkas Nachbarn in die Fenster stierte; der Polizist, der abends seinen Hund ausführte und immer vor ihr Gartentor scheißen ließ; der Nachbar mit Frau und zwei Kindern, der pausenlos den Sohn anbrüllte, der nicht sein leiblicher war; der Steuerberater zwei Straßen weiter, der aus Missgunst die Schreiben des Finanzamts an seine Klienten zurückhielt, bis diese rettungslos von einer Anhörung zur nächsten zitiert wurden – Rebekka bekam alles mit, obwohl sie nur selten hier war, denn die Menschen machten aus ihrer Heuchelei noch nicht mal einen Hehl.

Und so saß sie nun in einem edlen Kostüm im Bus auf dem Weg zu einer Beerdigung, auf der sie niemanden kannte. Passte sie sich sonst auch jedem Umfeld an, war es ihr heute egal, was die Leute dachten, deren abschätzigen Blicken sie begegnete und die Rebekkas Vorurteilen Nahrung gaben.

An der Station Friedrichstraße stieg sie aus der S-Bahn. Vor den Kneipen am Schiffbauerdamm saßen Menschen mit roten Fleece-Decken in den ersten wärmenden Sonnenstrahlen des Jahres. Vom Wasser her wehte Dieselgeruch. Ein leeres Ausflugsboot glitt unter der Brücke hinweg. Zwei Möwen kreisten über dem Geschehen und machten Krach für zehn. In einem kleinen Schreibwarenladen kaufte Rebekka zwei Zehnerpackungen Karteikarten, von denen sie nur 19 brauchen würde.

KAPITEL 14

Martin Luther auf einem Sockel mit Blick zum Ausgang. Die völlig zerschossene Familiengruft der Stargards im Rücken. Eine kleine Menschentraube stand auf dem grau gepflasterten Halbrund vor der Aussegnungshalle.

›Herr Gott, Du bist unsere Zukunft‹, war über der Tür in das Mauerwerk gemeißelt und erinnerte Rebekka wieder einmal daran, dass sie noch nicht wusste, wer sie eines Tages unter die Erde brächte und – was ihr viel wichtiger war – wo sie ihre Zukunft nach der irdischen Realität verbringen würde. Und das war bestimmt nicht unter dem hell leuchtenden Stein neben oder auf ihrer Mutter in Neuenhagen. Am liebsten wäre ihr für den Tod ein Platz genau dort gewesen, wo sie ihr Leben spürte. Auf dem *Père Lachaise* in Paris bei Oscar Wilde, Edith

Piaf und Simone Signoret. In einer Burg aus Muscheln von Point á Pitre oder im karibischen Ozean, der sie umspülte. Auf dem Wiener Zentralfriedhof bei Antonio Salieri und Falco. Auf dem *Mount Carmel* in Chicago bei den ›Mobstern‹ der *Cosa Nostra*. Oder hier, auf dem *Dorotheenstädtischen Friedhof* ihrer Stadt – Berlin, wo sie sich dann mit Brecht, Weigel und Thomas Brasch das gleiche Erdreich teilen würde.

Die Trauergäste unterhielten sich mit gedämpften Stimmen. Rebekka hielt drei weiße Rosen in der Hand und ging langsam auf eine kleine Gruppe zu. Vier Leute mit Pilzkopffrisuren standen zusammen wie ein Kleeblatt.

Das müssen sie sein.

Rebekka atmete tief ein und aus.

Einer von ihnen machte die anderen mit einer Kopfbewegung auf den neuen Gast aufmerksam. Alle vier, drei Männer und eine Frau, die noch wie ein Mädchen aussah, schauten Rebekka neugierig an.

»Ihr seid sicher die Kinder von Karl-Heinz«, begann Rebekka verlegen und kam sich dabei vor wie eine Erbschleicherin.

Einer der Männer reagierte entsprechend und zeigte ihr unverhohlen seine Missachtung. »Kinder! Tshiss … und wenn?«

»Nils!«, zischten die anderen drei wie aus einem Mund.

»Ja. Und wer sind Sie?«, fragte die junge Frau betont freundlich. Das musste Ulrike sein, kombinierte Rebekka.

Die junge Frau trug ein schwarzes Wollkostüm, kurzer Rock und schmal geschnittener Blazer, dazu schwarze Strumpfhosen und kniehohe Schnürstiefel. Feuerrot geschminkter Schmollmund, forschender

Blick aus dunklen Augen, kurz geschnittene Locken, die trotz Pilzkopffrisur wie wild vom Kopf abstanden. Ihre Erscheinung strahlte eine Entschlossenheit aus, die nicht viel Raum zum Spekulieren ließ. Dieses mädchenhafte Wesen nutzte die Gunst des ersten Eindrucks, der sich kein zweites Mal bot, stellte Rebekka beeindruckt fest. Die Tochter von Karl-Heinz Otto schien genau zu wissen, was sie wollte.

Rebekka sparte sich die sorgfältig vorbereitete Beileidsbekundung.

»Ich habe euren Vater gekannt, das heißt, meine Mutter kannte ihn. Monika Schomberg.«

Die vier wussten natürlich nichts mit dem Namen anzufangen.

»Und«, der Skeptiker Nils zeigte vorsichtiges Interesse, »woher sollen sich die beiden gekannt haben?«

Er stand da in beiger Cordhose und dunkelblauem Holzfällerhemd, die Arme vor der Brust verschränkt, eine steile Falte auf der Stirn unter seinem dichten schwarzen Haar mit kurzen Koteletten.

Rebekka spürte, wie sie allmählich vorankam, und ging gar nicht auf seine Frage ein.

»Du also bist Nils?«, fragte sie aufs Geratewohl, dabei hatte sie ihn gerade kennengelernt.

Drei Pilzköpfe drehten sich zu dem Skeptiker um, der errötete. Nils Otto, seine *Facebook*-Seite gab genügend Aufschluss, aber kein Bild von ihm preis.

Rebekka überlegte kurz und entschied sich, ihn zu duzen.

»Du gingst in denselben Kindergarten wie ich. Ich glaube, meine Mutter und dein Vater haben sich dort kennengelernt.«

Nachdem er sich beruhigt hatte, wurde Nils wieder zu dem herablassenden Burschen.

»Ich wüsste nicht, dass mein Vater unsere Kindergartengeschäfte erledigt hätte!«

»Hatte er eine Wahl?«, entgegnete ihm Rebekka selbstbewusst.

Auf ihrer *Facebook*-Seite hatte die Schwester der drei ausführlich über das Leben der Schriftstellerin Anneliese Otto geschrieben, sogar ein paar der Gedichte von ihr veröffentlicht. Ulrike reichte ihr nun die Hand, und Rebekka drückte sie fest.

»Toll!«, sagte Ulrike. »Auch wenn es erst eine Beerdigung sein muss, bei der wir die heimlichen Freundinnen unseres Vaters kennenlernen.«

»Ach so?«, zischte Nils, »ich wüsste nicht, dass hier eine Freundin vor uns steht. Sie sind die Tochter, nicht wahr? Und Sie fühlen sich nun verpflichtet, hierher zu kommen? Dann müsste bei vier Kindern und deren Kindergartenfreunden ja wohl der ganze Friedhof von Leuten übersät sein. Warum sind Sie wirklich hier?«

Rebekka verstand ihn nur zu gut. Sie selbst fühlte sich nicht mehr ganz wohl in ihrer Haut. Doch die Sache war begonnen und musste zu Ende geführt werden.

»Nun mach mal halblang«, ergriff nun der Dritte das Wort. Er schob seinen Bruder beiseite und stellte sich schützend vor Rebekka.

»Zuerst einmal ist die Dame wegen unseres Vaters hier, damit doch auch wegen uns und damit sogar ein wenig wegen … mir. Achim. Freut mich.«

Er drehte sich zu Rebekka um und warf ihr ein verschwörerisches Lächeln zu, doch Rebekka wollte nicht zu früh für Sympathien und deren Gegenteil sorgen. Also rückte sie etwas ab von der Runde und gab vor, in die Friedhofskapelle zu gehen.

»Bleib doch bei uns, wenn wir schon mal beim Du sind!«, bat Achim lächelnd, und Ulrike holte Rebekka zurück in den kleinen Kreis.

Ulrike übernahm die Vorstellungsrunde. »Also: Nils, Achim, Jörn, Ulrike.«

Der Vierte im Bunde, Jörn, hatte noch fast gar nichts gesagt und das Geschehen nur mit großen Augen verfolgt. Er schien aus einem Tagtraum zu erwachen und hob nur die Hand zu einem angedeuteten *Victory*-Zeichen. Dabei wirkte er, als stünde er unter Drogen und war extrem abwesend. Umso mehr überraschte er die kleine Gemeinde mit seiner ziemlich logisch anmutenden Frage, auf die bisher noch keiner gekommen war: »Aber wieso bist du dann hier und nicht deine Mutter?«

»Meine Mutter ist letztes Jahr gestorben.«

»Dann ist sie also auch nicht alt geworden.«

»Dann sind es ja schon zwei, die der Rentenbehörde noch einen letzten Gefallen getan haben. Wollen wir eine Selbsthilfegruppe gründen?«, warf Nils ein.

Nils ist hier also der Komiker vom Dienst. Auf ihn heißt es, besonders gut aufzupassen.

»Das tut mir leid!«, sagte Ulrike mit bösem Blick auf ihren Bruder.

»Schön, dass du da bist«, beschloss Achim die Zeremonie des Kennenlernens, hakte Rebekka unter und ging zur Friedhofskapelle. Die anderen sowie der Rest der Trauergemeinde folgten.

Auf einem Blumenständer inmitten zahlloser Kränze neben dem dunklen Eichensarg stand ein Foto des Verstorbenen. Rebekka saß in der ersten Reihe zwischen

Achim und Ulrike, so konnte sie das Bild gut sehen. Sie prägte sich jede Gesichtsfalte des sehr freundlich wirkenden Mannes ein. Graue Locken hingen ihm ins Gesicht. Das Foto wirkte nicht gestellt. Es war in einer Art Werkstatt aufgenommen, der spontane Schnappschuss von einem Mann, der glücklich aussah und wirkte, als würde er kurz von etwas sehr Schönem abgehalten, dem er sich gleich wieder zuwenden würde.

Zuerst sprach ein Pfarrer, der ein Freund der Familie zu sein schien. Der Mann trug Jeans und einen schwarzen Rollkragenpullover, wirkte mit seinem blonden Borstenschnitt und seiner warmen Stimme vertrauenerweckend. Rebekka erfuhr einiges über die Kinder der Familie Otto, die nun in derselben Stuhlreihe wie sie saßen, und über die musisch begabte Mutter, die nur einige Meter entfernt auf demselben Friedhof lag, auf dem nun auch ihr Mann seine so genannte letzte Ruhe finden würde.

Ulrike wirkte aufmerksam, hörte zu wie eine Schülerin dem Lehrer und verfolgte jedes Wort in Gedanken noch weiter, um sich ein bleibendes Bild zu verschaffen.

Nils wippte nervtötend mit dem Fuß. Seine ganze Körperhaltung war Ablehnung, selbst im Sitzen hielt er die Arme vor der Brust verschränkt.

Achim schielte abwechselnd auf Rebekkas Beine in blickdichten Strumpfhosen und dann wieder in die Runde, vergeblich nach einem Lächeln in den Gesichtern der anderen suchend.

Jörn hatte die Augen geschlossen.

Der Vater hatte seine Kinder nach dem frühen Tod der Mutter allein groß gezogen. Er hatte nie wieder eine andere Frau an seiner Seite geduldet, aber die eine oder andere gute Freundin gehabt.

An dieser Stelle spürte Rebekka einen leichten Stoß in die Seite, und Ulrike lächelte sie verschwörerisch an. Rebekka schürzte die Lippen, hätte gern etwas trauriger geschaut, als ihr zumute war, und freute sich doch gleichzeitig an der erfrischenden Art dieser jungen Frau neben ihr. Schlechtes Gewissen kannte Rebekka seit Langem nicht mehr, zumindest nicht gegenüber jenen, deren Gutmütigkeit sie erst ausnutzen musste, bevor sie ihnen helfen konnte. Diese Medaille hatte wie jede andere auch zwei Seiten, und Rebekka entschied, was die Zahl war und wann der Kopf zu fallen hatte.

Also lächelte sie Ulrike freundlich an, drückte kurz ihre Hand und wandte sich wieder dem Pfarrer zu, begierig, den Faden erneut dort aufzunehmen, wo sie ihn kurz verloren hatte, um ihn weiterzuspinnen zu einem dichten Netz.

Ein Musikstück wurde gespielt. Ein Stück aus Puccinis Oper *Tosca*. Rebekka bekam Gänsehaut, als sie Maria Callas' Stimme vernahm. Die Aufnahme musste um die 60 Jahre alt sein. Sie hatte sie zuletzt auf Ischia gehört, auf einem Hügel in der Villa von Luchino Visconti. Mit einem Glas Weißwein, das draußen in der Hitze beschlug, hatte sie auf der Terrasse gesessen, drin in dem kleinen, menschenleeren Museum lag neben Viscontis Plattenspieler die vergilbte Plattenhülle, auf der der Name Callas stand. Rebekka hatte die Augen geschlossen und der Musik gelauscht.

Auch jetzt schloss sie wieder die Augen und malte sich den Hügel im Golf von Neapel aus und wie schön ihr Leben war, in dem sie reisen konnte, wann und wohin sie wollte, in dem sie sich zurückziehen konnte, wie in die abgelegene Villa des längst verstorbenen Regisseurs einer anderen Zeit oder unter Leute mischen, wie hier unter die Familie Otto in der Friedhofshalle.

Unauffällig zählte Rebekka die Anwesenden durch, es waren um die 30 Leute.

Nach der Callas war Otto-Sohn Achim an der Reihe. Er hielt eine launige, kurze Rede auf seinen Vater als Vater und die Familie als solche, und es war zu spüren, dass er an beidem nicht sonderlich hing. Man träfe sich übrigens nach der Beerdigung im Keller des Brecht-Hauses, der würde heute extra schon etwas früher aufgeschlossen. *Aha*, stand in den Blicken der Zuhörer geschrieben, und hier und da erhaschte Rebekka einen verstohlenen Blick auf die Armbanduhr.

Nach einem zweiten Musikstück, etwas Fröhlichem von Bach, trat ein auffallend gepflegt aussehender Enddreißiger nach vorn, der sich als Vertreter der Geschäftsführung von *Recycling, Verschrottung und Co.* vorstellte. Nach einem kurzen Räuspern sprach dieser Mann so eloquent und geschliffen, dass Rebekka bewundernd die Augenbrauen hob. Allein dass sich jemand von der Firmenleitung herbemüht hatte, empfand sie als ein Zeichen von Respekt, zumal *Recycling, Verschrottung und Co.* mittlerweile einen ganzen Arbeitsplatz für Anlässe dieser Art eingerichtet haben musste.

Nach den Worten von Thorsten Milchmeyer, den man in der Schule bestimmt wegen seines Namens gehänselt hatte und der es eben deswegen nach oben geschafft hatte, war Karl-Heinz Otto einer der herausragenden Köpfe dieser Firma gewesen. Geradezu vor dem Durchbruch habe der Mann, der bald in Rente gegangen wäre, gestanden. Milchmeyer redete von ihm, als wäre es sein potenzieller Nachfolger gewesen, der da von ihnen allen gegangen war, der Tausendsassa des Unternehmens.

Rebekka notierte sich in Gedanken jedes Detail, das sie am Abend zu Hause in ihren Laptop eingeben würde: neue Technologie, Teststrecken, internationale Vernetzung.

Nachdem Milchmeyer seine Huldigung beendet hatte, wurde der Sarg zu den Klängen von »*Night and Day*« und der Stimme von Ella Fitzgerald aus der kleinen Halle getragen. Rebekka blieb etwas zurück und ging als Letzte hinaus.

Der Weg zum Grab schien ihr endlos. Eine trächtige Katze kreuzte ihren Weg von links nach rechts. *Pech*. Doch es war ja kein Kater gewesen. *Zum Glück*.

»Sagen wir du zu uns? *Can I say you to you*?«, fragte Ulrike und lachte.

Sie wirkte viel zu unbeschwert für diesen Anlass. Rebekka vermutete eine Art von Schock und parierte mit: »*Of course*!«

»Und wie hat es dir gefallen?«

Ulrike hakte sich bei Rebekka unter. Nils drehte sich argwöhnisch nach ihnen um.

»Gut. Hat alles gepasst. Und euer Vater wurde so porträtiert, wie ihn wohl auch meine Mutter gemalt hätte.«

»Schön haste das gesagt. Jetzt nur noch Blumen hinlegen und dann ab zu Brecht. Der – und im Übrigen auch *meine* Mutter! – hätten ihre helle Freude an einer schlagfertigen Poetin wie dir.«

Ulrike war richtiggehend aufgekratzt, als habe die Trauerfeier einen festen Knoten in ihr gelöst.

»Und was hat deine Mutter nun mit meinem Vater verbunden?«

Bevor Rebekka zu einer Antwort ansetzen konnte, standen sie am offenen Grab, in das der Sarg hinabgelassen wurde.

Ulrike und Achim waren die Ersten, die Blumen und Erde mit einem geflüsterten letzten Gruß in das Erdloch fallen ließen. Dann Nils. Dann Jörn. Beide wirkten gefasst und doch von einer inneren Unruhe getrieben, die Rebekka gut nachvollziehen konnte.

Sie hatte diesen Moment selbst erlebt. Ihre innere Unruhe war eine Wut gewesen, die Wut darauf, ihre Mutter so wenige Dinge gefragt zu haben und nun keine Antworten mehr zu bekommen, und die Wut auf die vielen Lebensjahre, die ihrer Mutter genommen worden waren.

Die Unruhe der beiden Brüder schien eine andere Ursache zu haben. Rebekka wusste, dass sie in ihrer bösen Vorahnung nicht allzu falsch liegen konnte. Der Kranz der Firma *Recycling, Verschrottung und Co.* war der größte von allen.

Rebekka war die Letzte, die an das Grab trat und ihre drei weißen Rosen hineinfallen ließ. *Machs gut, fröhlicher Mann, auch wenn wir uns nicht kannten. Sollte dir irgendwer dein Leben gestohlen haben, dann mache ich ihn gerne für dich ausfindig. Du scheinst tolle Kinder in die Welt gesetzt zu haben. Ich freue mich, an deiner Stelle noch etwas Zeit mit ihnen zu verbringen.*

Rebekka ging zu den anderen. Für einen spürbar langen Moment herrschte völlige Stille. Selbst das Vogelgezwitscher wirkte leiser als zuvor. Es war eine Gedenkminute der besonderen Art. Erst jetzt schien jedem Anwesenden der Anlass dieser Veranstaltung bewusst zu werden.

Diskret versuchte Rebekka, sich die Leute näher anzuschauen. Ein Ehepaar war dabei, das sich die ganze Zeremonie hindurch und auch jetzt am Grab ununterbrochen an den Händen hielt. Die Augen der Frau wanderten etwas zu oft hin und her, wie um sich der Wirkung ihrer Geste zu versichern. Ihr Mann wirkte tatsächlich betroffen, stand dem Verstorbenen also näher als seine Frau.

Eine Handvoll Leute, Frauen und Männer aller Altersgruppen, stand beieinander wie auf einem Betriebsausflug. Rebekka hatte von Anfang an den Eindruck, dass sie eher aus Pflichterfüllung denn aus echter Zuneigung, die nun zu Trauer geworden war, gekommen waren.

Welche Firma schickt ihre Angestellten zur Beerdigung eines Kollegen, wenn es nicht gerade der Firmenchef ist, der beerdigt wird? Und dann gleich so viele?

Milchmeyer kam auf die kleine Truppe zu, durch die ein Ruck zu gehen schien. Er verabschiedete sich geradezu lautlos aber doch innig von seinen Kollegen, zum Schluss auch von Rebekka, als gehörte sie zur Firma. Nach Milchmeyer nutzten auch die anderen die Gelegenheit, zu gehen. Rebekka schaute ihnen nach. Merkwürdigerweise fühlte sie sich an einen Guru erinnert, dem seine Anhänger folgten, und es formte sich in ihr zu einem Bild, das ihr lange nicht aus dem Kopf ging.

Die nunmehr auf um die zehn Leute geschrumpfte Gruppe blieb noch eine Minute lang stehen. Dann, wie auf ein unsichtbares Kommando, gingen alle wortlos den langen Weg zurück, an der Friedhofskapelle vorbei zum Ausgang und hinüber ins Brecht-Haus, das nur durch eine Mauer vom Friedhof getrennt war.

Bertold Brecht hatte hier aus dem ersten Stock auf das idyllische Grün im Vorgarten der Charité blicken können. Katzen und Spatzen und Eichhörnchen machten sich breit in dieser Oase, in der außer aller paar Tage ein versprengter Trauerzug nichts und niemand die Ruhe störte.

KAPITEL 15

Rebekka ließ sich etwas zurückfallen, bis sie neben dem Pfarrer lief. Er ging bedächtig, hielt die Hände auch beim Gehen gefaltet und sah aus, als würde er seine Herde vor sich hertreiben und dabei auf einem guten Weg wissen. Mit Rebekka wandte er sich nun seinem letzten noch nicht eingefangenen Schäfchen zu.

»Gehen Sie noch mit zum … Leichenschmaus?«

Ein Perverser muss dieses Wort erfunden haben.

»Natürlich. Sie auch?«, fragte Rebekka und signalisierte, dass sie das für eine gute Idee hielt.

»Nur kurz zum Verabschieden.«

»Schade.« Rebekka blieb kurz stehen. »Ich hätte mich gern noch ein bisschen mit Ihnen unterhalten. Natürlich in der Hoffnung, dass Sie mir nicht die Gretchenfrage stellen.«

»Warum nicht? Wie halten Sie es denn mit dem Glauben?« Unter seinem Borstenpony bildete sich eine steile Stirnfalte.

»Und schon hat er die Frage gestellt, das gibt es doch nicht!«

Rebekka lachte, er stimmte ein, und sie nahm den kritischen Blick von Nils wahr, der mit den anderen in die Chausseestraße einbog.

»Ich glaube, was ich sehe. Aber ich spüre auch die Kraft echten Glaubens. Zum Beispiel heute. Die Stärke, die Sie den Hinterbliebenen mitgegeben haben, war spürbar.«

»Es freut mich, dass meine kleine Ansprache, die ja keine Predigt sein sollte, das bewirkt hat. Aber glauben Sie mir, die Ottos sind eine starke Familie. Die Mutter war es, der Vater war es, und ihre vier Sprösslinge haben die richtigen Gene mit auf den Weg bekommen. Unserer Kirchengemeinde gehörte übrigens nur die Mutter an. Ich bin heute hier als Freund, nicht als Pfarrer.«

»Anneliese Otto war eine gläubige Frau?«

Rebekka bereute, ihre Gedichte noch nicht gelesen zu haben. Also musste sie bluffen.

»Ihre Gedichte sprechen da aber eine ganz andere Sprache.«

»Das lässt sich so einfach nicht beurteilen. Übrigens …«, er blieb kurz stehen und reichte ihr die Hand, »Reinhard Göbel mein Name. Sind Sie eine Verwandte?«

»Rebekka Schomberg.« Ihr Händedruck war fest. »Nein, eine Freundin.«

»Anneliese Otto können Sie nicht gekannt haben, wenn ich mir die Bemerkung erlauben darf.«

Rebekka lief es eiskalt den Rücken herunter, obwohl seine Stimme noch immer so warm und vertrauenerweckend klang wie auf der Trauerfeier.

»Weil Sie viel zu jung sind.«

»Oh!«

Rebekka spürte, wie sie errötete, und war froh, dass sie

es noch konnte. Es war weniger Verlegenheit als Erleichterung, die ihre Gesichtszüge aufleben ließ.

»Anneliese war in unserer Kirche, ja, aber ich habe bei niemandem an der Tür nachgefragt, ob oder woran er oder sie glaubt. Und wir alle glaubten damals an die Freiheit, die auch hierzulande möglich war. Man musste sie nur lange genug einklagen. Denn Freiheit ist ein hohes Gut. Sie erinnert daran, dass Gott sein Volk befreit hat, und dass die Menschen zur Freiheit berufen sind. Zwar steht in der Bibel, der Herr mache die Gefangenen frei …«

Rebekka verdrehte die Augen. Der Pfarrer lachte wieder sein warmes Lachen.

»… aber so lange wollte keiner warten. Und Anneliese Otto war eine der Ungeduldigsten.«

Er wurde nachdenklich. »Das hat sie auch teuer bezahlt.«

Für ihren Versuch hatte Rebekka genau eine Chance. »Mit ihrem Freitod?«

»Der war die Folge des Ganzen.«

Innerlich hakte Rebekka diesen Punkt ab. Es war ausgesprochen.

»Aber den meine ich nicht. Anneliese Otto saß ein. Für eine Nacht. Im Stasigefängnis Hohenschönhausen. Dem Ort, den es auf keinem Stadtplan der DDR-Hauptstadt Berlin gegeben hat. Sie war eines Abends noch während einer Lesung – *zur Klärung eines Sachverhalts* – festgenommen und in einem *Barkas* auf langen Umwegen dorthin gefahren worden, damit sie gar nicht erst das Gespür für die Lage dieses Ortes bekam. Am nächsten Tag wurde sie wieder raus gelassen. Sie war völlig benommen. Kam zu mir in die Kirche. Erzählte von der Vernehmung, bei der ein paar Mal das Telefon geklingelt hatte und der Vernehmende immer einen auf überrascht machte. Oh, der kleine Nils sei verschwunden! Ob man denn schon überall nachgeschaut habe. Ja, seine Mutter säße grad hier. Ja, man würde es ihr sagen. Als sie rauskam, rief sie aus der ersten Telefonzelle zu Hause an. Ihr Mann war wütend, hatte gedacht, sie treibe sich rum, wie er es nannte. Nils schlief natürlich friedlich in seinem Bett wie die anderen drei.«

Rebekka blieb stehen. Sie hatten zu den anderen aufgeschlossen, die vor dem Brecht-Keller auf sie warteten.

»Warum erzählen Sie mir das alles?«

War sie sonst froh über so unkomplizierte Gesprächspartner, machte sie seine Mitteilsamkeit stutzig.

Reinhard Göbel schaute sie an. In diesem Moment wusste Rebekka, dass es völlig egal war, ob sie oder jemand anderes neben ihm herlief. Er erzählte sie immer, diese Geschichten. Weil er wusste, dass sie irgendwann keiner mehr erzählen würde.

KAPITEL 16

Unten in der Kneipe zog Ulrike an Rebekkas Arm und bedeutete ihr, sich mit an den runden Tisch zu setzen, an dem nun fast alle Platz fanden.

»Nun erzähl mal! Was machst du so? Wo wohnst du?«

Als wäre sie vorbestellt gewesen, wurde eine Runde dunkles Bier an den Tisch gebracht. Rebekka hatte kaum Zeit, sich beim Anstoßen die anderen Freunde der Familie Otto anzuschauen, da Ulrike sie regelrecht belagerte.

»Ich wohne etwas weiter draußen, Nähe Hoppegarten.«

Wieder eine schöne kleine Wahrheit, die Rebekka runterging wie der Schluck kühles Schwarzbier zu mittäglicher Stunde. Wurststullen, Spreewaldgurken und Wiener Würstchen mit Kartoffelsalat wurden nun aufgefahren. Keiner hielt eine Rede oder sagte ein Wort zum eröffneten Buffet, jeder schnappte sich etwas, biss drauflos und kaute.

»Und was machst du beruflich?«, hakte Ulrike nach und schien das Essen gar nicht bemerkt zu haben.

»So was, wie hier gerade aufgetischt wird«, Rebekka wies auf die Platten und Schüsseln, »einen Partyservice. Mit vier Angestellten.«

»Und? Das läuft? Obwohl«, Ulrike schaute sich Rebekka nun zum ersten Mal etwas genauer an, »wer *Chanel* trägt hat garantiert einen florierenden Partyservice. Ist das echt?« Wie ein kleines Mädchen drehte sie an den glitzernden Knöpfen von Rebekkas Jacke.

Rebekka lachte.

»Ach, weit gefehlt! Aber ich find's toll, dass es ganz offenbar echt aussieht.«

Ulrike schien etwas enttäuscht zu sein, aber sofort auch wieder versöhnt, war Rebekka nun doch so richtig eine von ihnen.

»Es macht mir ganz einfach Spaß, mit einer Sache Geld zu verdienen, die ich sonst glatt als Hobby betreiben würde. Partyservice heißt ja auch ›Dienstleistung beim Feiern‹, wer feiern will, soll sich um nichts kümmern müssen. Das hat mir schon immer gefallen. Und so habe ich diese Dienstleistung zu meinem Beruf gemacht.«

»Kann ich gut verstehen. Sogar die nächste Generation des britischen Königshauses entspringt einem Partyservice. Nun macht auch dein edles Gewand Sinn! Gibt es ihn auch in deinem Leben, den Prinzen?«

Eine wohlige Erinnerung an ihre letzte leidenschaftliche Begegnung mit Mark zauberte Rebekka ein Lächeln ins Gesicht. Sie errötete leicht und spürte ein Kribbeln im Unterleib, während sie seufzend ausatmete, die Lippen spitzte und aus vollem Herzen sagte: »Nein. Mich will wohl keiner.«

Erst jetzt fiel Rebekka auf, dass keines der Otto-Kinder in Begleitung eines Partners war.

Neben Rebekka nahm das Ehepaar Platz, das ihr bei der Beerdigung aufgefallen war. Die Frau reichte ihr zur Begrüßung die Hand.

»Hallo, ich habe gehört, Sie seien eine entfernte Freundin unseres Karl-Heinz?«

»Nicht ich, sondern meine Mutter kannte ihn gut. Ich bin die Vertretung, sozusagen. Rebekka, angenehm.«

»Ingrid – und das ist mein Mann Erik.«

Erik beugte sich vor und reichte Rebekka nun ebenfalls die Hand. Ein warmer, fester Händedruck, den sie diesem Mann nicht zugetraut hatte.

Ingrid war hübsch wie Claudia Schiffer. Erik zwei Köpfe kleiner als seine Frau, gedrungen und unscheinbar wie Matthew Vaughn. Ein Powerpaar nannte man eine solche Kombination, und Rebekka ließ sich sofort anstecken von der geballten Kraft, die von diesem Pärchen ausging.

Ingrid genoss es ganz offensichtlich, dass nun der Druck und die Trauer vorerst gewichen waren und es allen etwas besser ging.

»Schön, diese Kneipenrunde ohne Kind, auch wenn es ein recht trauriger Anlass ist, da müssen wir schließlich alle mal durch. Und wenn's noch nicht die eigene Beerdigung ist, kann man danach noch mit auf einen Drink gehen, so wie wir jetzt. Wie in diesem irischen Witz, kennen Sie den …«

»Ingrid«, unterbrach Erik seine Ehefrau sanft. »Lass doch erst mal unseren Gast zu Wort kommen. Wie erfuhren Sie denn von Kalles Tod?«

Menschen wie Kofi Annan redeten mit dieser leisen Stimme auf diese unprätentiöse Art, die jeden sofort verstummen ließ. Erik Assmann gehörte zu ihnen. Er fragte auf eine Weise, die Rebekka vorsichtig werden ließ. Es war kein Aushorchen, aber doch ein direktes Abchecken ihrer Beweggründe, sich unter die Familie gemischt zu haben. Das alles verpackt in die charmanteste Ausstrahlung, der Rebekka seit Langem bei einem Mann begegnet war.

»In der Zeitungsannonce stand der Termin der Beerdigung«, Rebekka genoss es wieder, die Wahrheit sagen zu können, zumindest kurz. »Meine Mutter hatte nur noch sporadisch Kontakt zu Karl-Heinz, aber sie trafen sich hin und wieder auf einen Kaffee. Das Büro, in dem sie noch für ein paar Stunden in der Woche ihre Rente aufbesserte, war ganz in der Nähe der Recyclingfirma.«

»Soso.«

Erik gab sich zufrieden wie ein Jäger, der das Kitz verschonte, um kurz danach den Bock zu schießen.

Ulrike schien die Anspannung zu spüren, die plötzlich wieder über der kleinen Runde lag. »Vielleicht können wir uns auch so mal …«, sie zögerte mit einem Blick auf Erik, der Rebekka nicht entging, »… treffen? Wenn es deine Zeit zulässt?«

»Gerne!«

Rebekka kramte eine ihrer Visitenkarten hervor, die sie speziell für diesen Anlass hatte anfertigen lassen. Rebekka Schomberg, Handynummer und E-Mail-Adresse auf eierschalenfarbenem Karton.

»Hier, so kriegst du mich immer.«

»Darf ich?«, fragte Erik mit gerunzelter Stirn und wollte Ulrike die Karte aus der Hand nehmen.

»Ich habe noch eine für Sie.«

Rebekka gab ihm eine Karte, und Erik hielt ihre Hand etwas länger als notwendig fest. Doch es war kein Flirt. Es war Ernst.

»Es würde uns freuen, wenn Sie mal zu uns zum Essen kämen, oder? Inge? Was meinst?«

Das schien die längst überfällige Liebkosung zu sein, die Kontrollphase war überstanden, also hängte sich seine Frau wieder bei Erik ein und lehnte ihren Kopf an seine Schulter. Ein schönes Paar, dachte Rebekka und daran, dass sie gerade eine Hürde bewältigt hatte, das Rennen aber noch nicht zu Ende war.

»Und nicht, dass Sie denken, Sie müssen das Essen von Ihrem Partyservice mitbringen.« Irgendetwas daran, wie Ingrid Assmann das Wort *Partyservice* betonte, gefiel Rebekka nicht. Dünkel war so ziemlich das Letzte, was sie neben ihrer Platzangst ertragen konnte.

»Ich koche nämlich ganz gut«, fügte Ingrid noch hinzu.

Ulrike fühlte sich sichtlich unwohl, und Rebekka kam sich vor wie ein neuer Gast, über den man den Anlass des Festes und den Gastgeber vergessen hatte.

»Wenn du magst«, wandte sich Rebekka nun Ulrike zu, »treffen wir uns morgen im *Hackendahl.* Kennst du das?«

Ein Lächeln huschte über Ulrikes Gesicht.

»Klar, Friedrichstraße. Morgen, gleich um zwölf?«

Rebekka überschlug die Zeit kurz im Kopf. Sie brauchte morgens 20 Minuten für ihren Lauf und dann noch gut zwei Stunden für die Lektüre der Samstagsausgabe der *Berliner Zeitung*. Am Wochenende fuhr der Bus zur S-Bahn nur alle zwei Stunden. Sie würde es also nicht bis zwölf schaffen.

»Halb eins.«

»Schön!«

Ulrike griff in ihre Hosentasche und holte ein kleines Aluminiumtütchen hervor. Sie streute das darin befindliche Pulver in ihren Mund und schaute sich suchend nach ihrem Glas um, das ein Kellner mitgenommen hatte.

»Soll ich dir ein Wasser holen?«, bot sich Rebekka an.

»Mmmmhhhnnnö«, nuschelte Ulrike kopfschüttelnd.

Sie nahm einen Schluck aus Eriks Bierglas. Der ließ sie gewähren mit einem Lächeln, das seltsamerweise Rebekka galt.

»Aspirin. Das geht auch mit Bier.«

Irgendetwas veränderte sich in diesem Moment. Rebekka konnte nur noch nicht benennen, was es war. Sie schloss kurz die Augen. Der Moment war dunkelblau, und ihre Hände wurden kalt. Es war ein tieferer Blick in diese lockere Runde von Karl-Heinz Ottos Beerdigung, der ihr gerade gelungen war.

Sie schaute Ulrike herausfordernd an. »Hast du Kopfschmerzen?«

Rebekka machte aus ihrem Zweifel an Ulrikes lockerem Umgang mit der offensichtlich alltäglichen Dosis keinen Hehl.

»Nein. Nur Schlaganfall.«

Sie war mit wenigen Dingen tatsächlich zu verblüffen, doch nun blieb Rebekka der Gurkenbissen beinah im Halse stecken.

»Wie bitte?«

»Nanana«, schaltete sich Erik väterlich ein, »unser Ulrikchen hatte Glück. Es bestand nur der Verdacht auf einen Schlaganfall.«

Schlimm genug.

Doch das schien hier keinen zu stören.

»Vielleicht war es der Schock, weil dein Vater so plötzlich gestorben ist«, wandte er sich nun direkt an Ulrike, als habe er ihr diese Möglichkeit zuvor noch nie erläutert, »oder die Tatsache, dass du nicht gesund genug lebst, um so etwas zu vermeiden.«

Ulrike hing regelrecht an Eriks Lippen.

»Ich weiß, so oder so – ich bessere mich. Papas Tod verarbeite ich mit dem heutigen Tag etwas besser. Und Zigaretten rauche ich nur noch zu besonderen Anlässen. Heute zumindest wäre so einer.«

Suchend blickte sie in die Augen der Leute am Tisch, überall nur höfliche Verneinung, *bin froh, dass ich weg bin von dem Dreckszeug, weißt doch, ich rauche schon lange nicht mehr, damals als Jugendlicher, drei Schachteln am Tag, kein Problem, dann im Studium waren's vier, aber jetzt, bin froh, das nicht mehr zu brauchen. Und du sei auch froh.*

»Rauchst du?«, fragte sie Rebekka nun geradezu und mit hoffnungsvollem Gesichtsausdruck.

»Nicht mehr.«

Ulrike schien in sich zusammenzusinken, der Rest am Tisch erleichtert aufzuatmen.

»Aber ich habe immer welche dabei.«

Die ganze Bewegung am Tisch nun reziprok, Ulrike wuchs, der Rest schrumpfte.

»Jetzt auch?«

»Ja.«

»Hier drin darfst du eh nicht«, sagte Ingrid schnippisch, und Erik berührte seine Frau besänftigend am Arm.

»Muss ich auch nicht.«

Triumphierend drehte sie sich zu Rebekka um.

»Wir gehen nämlich raus.«

Obwohl sie kurz versucht war, machte Rebekka nicht den Fehler, sich achselzuckend der höflich verpackten Aufforderung zu fügen, sondern sie setzte ihr freundlichstes Lächeln auf und folgte Ulrike auf der Treppe nach oben.

»Weißt du, ich find's toll, dass mein Vater Frauen kannte, die Töchter haben wie dich.«

Rebekka reichte ihr eine Zigarette und gab ihr dann die ganze Schachtel und ein Feuerzeug, die Ulrike eilig in ihrer Jackentasche verschwinden ließ.

»Also, von Frauen und Töchtern weiß ich nichts. Alles bitte erst mal nur in der Einzahl. Und um endlich deine Frage von vorhin auf dem Friedhof zu beantworten: Ich weiß nur wenig über euren Vater und darüber, was ihn mit meiner Mutter verband und umgekehrt.«

Ulrike schien mit jedem Zug an der Zigarette wieder das beinah trotzige Selbstbewusstsein ihrer ersten Begegnung von vor etwas über vier Stunden zurück zu gewinnen.

»Dann sag mir, weshalb du wirklich hier bist.«

Dieser Satz traf Rebekka völlig unvorbereitet.

»Wie bitte?«

Habe ich etwas übersehen? Ein falsches Detail erwähnt oder ein wichtiges vergessen?

Den gemeinsamen Kindergartenbesuch mit Nils hatte sie sorgfältig recherchiert. Daran konnte es nicht gescheitert sein. Rebekka spürte, wie sie blass wurde und das furchtbar vertraute Gefühl von Enge in ihr hochstieg. Dabei hatte sie lediglich unten im Keller ein, zwei kurze Schübe ihrer Platzangst gehabt. Hier oben im Freien war der Grund dafür ein anderer: Sie war aufgeflogen.

»Test!«, lachte Ulrike. »Bestanden!«

Rebekka fuhr sich verlegen durchs Haar.

»Du bist mir eine!«

Sie wollte nicht zu erleichtert wirken und konnte sich nur langsam wieder beruhigen. Das schnürende Gefühl in ihrem Hals ließ nicht nach, zog von da in den Magen und verstärkte sich in einem Maße, dass Rebekka drohte, ohnmächtig zu werden. In dieser Intensität und an diesem für sie völlig ungefährlichen Ort konnte sie sich ihre Panikattacke nicht erklären.

»Was ist mit dir?«, fragte Ulrike nun besorgt, als sie den Schweiß auf Rebekkas Stirn und ihre schwere Atmung bemerkte. Sie führte Rebekka durch die Toreinfahrt in den kleinen, noch geschlossenen Biergarten und setzte sie auf einen Holzstuhl. Rebekka weitete mit der Hand etwas den Kragen an ihrem Pullover.

»Ich hol dir ein Glas Wasser!«

Rebekka hielt Ulrike am Arm fest.

»Nein, lass. Sag den anderen, dass ich gegangen bin. Ich kann da nicht noch einmal runter. Wir sehen uns morgen um halb eins im *Hackendahl.*«

Rebekka erhob sich, nahm ihre Handtasche und umarmte Ulrike.

»Danke für alles.«

Dieser Anfall war unvermutet gekommen. Die ganze Zeit im Keller des Brecht-Hauses, jener unterirdischen Kneipe, in die Rebekka ohne ihren starken Willen, bei den Ottos sein zu wollen, nie hinabgestiegen wäre, hatte sie damit gerechnet. Doch es war gut gegangen. Die dann folgende Attacke musste andere Ursachen haben. Und das machte Rebekka tatsächlich Angst.

KAPITEL 17

Erik Assmann war schlecht gelaunt, als er den Wagen in die Einfahrt vor seinem Haus lenkte. Sie hatten Karoline vom Kindergarten abgeholt und den Rest der Fahrt mit dem, wie Erik zu erwähnen nicht müde wurde, schwachsinnigen Hex-Hex-Geträller von Bibi Blocksberg verbracht.

Ingrid stieg aus und warf ihrem Mann einen vorwurfsvollen Blick zu, während sie Karoline aus dem Kindersitz befreite.

»Wenn du getrunken hast, bist du immer so gereizt.«

Erik zog den Schlüssel ab und stieg ebenfalls aus.

»Wenn ich getrunken hätte, dürfte ich gar nicht Auto fahren. Dass ich die letzte Stunde der Veranstaltung mit Mineralwasser verbracht habe, scheint dir völlig entgangen zu sein.«

Ingrid trug ihre Tochter auf dem Arm zur Haustür.

»Wie sollte mir das entgangen sein, du hast ja hundertmal leidend drauf hingewiesen.«

Karoline drückte ihren rosa Plüschhasen an sich.

»Mama! Papa! Müsst ihr immer streiten? Dann klappt das nie mit dem neuen Baby.«

Ingrid kramte mit der freien Hand in der Manteltasche nach ihrem Hausschlüssel.

»Wenn dein Papa so weitertrinkt, klappt das sowieso nicht mit dem neuen Baby.«

Erik kam ihr zuvor und schloss auf.

»Und jetzt beruhigen wir uns alle wieder und kochen einen Eimer voll Spaghetti.«

Er strich seiner Tochter übers flachsblonde Haar, das sie zu zwei dünnen Zöpfen geflochten trug, und gab seiner Frau einen flüchtigen Kuss auf die Wange.

Sobald er die knarrenden Dielen unter seinen Füßen vernahm und den vertrauten Geruch des Hauses nach getrocknetem Lavendel, frischer Wäsche und dem, was am Abend zuvor gekocht worden war, wurde Erik zu einem anderen. Dann war er der Familienmensch und aufmerksame Ehemann, den sich Ingrid immer gewünscht und den sie vor allem verdient hatte. All die kleinen Streitereien, wie die eben im Auto, waren doch nur die Würze an einer Suppe, die sonst viel zu fade wäre. Sie kannten es beide, das Spiel, und spielten es immer wieder mit Inbrunst. Ingrid war der Traum von einer Frau. Und auch wenn sie getrennte Schlafzimmer hatten: Ein, zwei Mal im Monat schienen Ingrids Hormone verrückt zu spielen, und sie zerrte ihn geradezu in ihr Bett. Manchmal fuhren sie auch spontan an die Ostsee, mieteten sich dort in ein erstklassiges Hotel ein, genossen die Nacht, das Frühstück, die Wellnessabteilung und einen Spaziergang an der Mole. Sie tankten ihre Ehe auf an solchen Wochenenden, die dann wieder auf einer Sparflamme aus Gleichgültigkeit, spitzen Bemerkungen und vermiedenen Berührungen vor sich hin köchelte.

»Wie findest du sie?«, fragte Ingrid mit einem leicht schnippischen Unterton, als sie später bei der abendlichen Flasche Rotwein vor dem Kamin saßen, in dem seit Heiligabend kein Feuer mehr gebrannt hatte.

»Wen?«

Erik wollte es ihr nicht ganz so leicht machen.

Das Spiel kannte Ingrid bereits.

»Wie viele *Sie*s hast du denn heute kennengelernt?«

»Ach, um Rebekka ...«, umständlich kramte er die Visitenkarte aus seiner Hosentasche, »... Schomberg geht es«, entgegnete Erik auf die ihm eigene, etwas herablassende Art, die er an den Tag legte, wenn sein Gegenüber nicht zum Punkt kam, sondern ihn mit dämlichen Fragen dahin führen wollte. Und sein Gegenüber war nun mal meistens seine Frau.

»Sie ist ...«, er überlegte tatsächlich, während Ingrid ihn aufmerksam beobachtete und ihren Rotwein trank, »interessant, das durchaus, ja, aber nicht besonders gut aussehend.«

Das konnte Ingrid besonders gut leiden. Die Beurteilung einer Frau begann immer beim Aussehen. Und je attraktiver sie war, umso mehr wurde dieses herabgewürdigt, als wäre man selbst das neu entdeckte Männermodel der internationalen Modeszene. Die Beurteilung eines Mannes hingegen begann mit seinem beruflichen Status. ›Ein super Typ‹, hatte Erik damals Thorsten Milchmeyer genannt, und der sah nun wirklich gut aus. ›Ist beruflich sofort in die Fußstapfen seines Vaters getreten, hat da keine Luft rangelassen. Und der Erfolg gibt ihm recht.‹

»Ich finde Rebekka Schomberg äußerst interessant«, sagte Ingrid tatsächlich ohne Neid, allein, um ihren Mann für einen Moment sprachlos zu sehen. »Aber eines macht mich stutzig.«

»Und das wäre?«, fragte Erik erwartungsgemäß, während er ihr und sich selbst nachschenkte.

»Wenn ihre Mutter doch eine so gute Freundin von Karl-Heinz war …«

»Ja?«

»… dass sich sogar die Tochter nun für den Erhalt dieser Freundschaft einsetzt, postum sozusagen …«

»Ja?«

»… dann wäre es doch das Normalste der Welt gewesen, dass Rebekka sich ein einziges Mal …«

»Nun sag schon!«

»… nach der Todesursache erkundigt.«

Erik drehte die Visitenkarte in der Hand wie einen Roulettechip. Es ärgerte ihn, dass Ingrid diesen Gedanken ausgesprochen hatte. Diesen, seinen Gedanken, dem er doch in aller Ruhe hatte nachgehen wollen.

KAPITEL 18

Halb in der Nacht, noch sehr früh am Morgen, drückte Rebekka auf den Radioknopf, schaltete die Leselampe über dem Bett ein, ging in die Küche, um einen Kaffee zu kochen, und legte sich dann mit Kaffee und Laptop wieder ins Bett. Sie öffnete die Tabelle mit dem Namen OTTO und gab noch ein paar Details zur Familie ein, die ihr über Nacht eingefallen waren.

Was der Pfarrer über Anneliese Otto erzählt hatte, ging ihr nicht aus dem Kopf. Sie war die Intellektuelle der Familie, die Aufstrebende wahrscheinlich, während ihr Mann abends aus seiner Müllfirma nach Hause kam und nach seiner Frau suchte, die sich irgendwo »herumtrieb«, wie er es nannte. Sie hatte den Horror miterlebt in Hohenschönhausen und durfte sich als Erstes Vorwürfe anhören … Bevor ihre Fantasie noch weiter weg galoppieren konnte, stand Rebekka auf. Sie ging zur Kommode, auf der das Notizbuch ihres Großvaters lag. Daneben stand ein Windlicht neben einem kleinen gerahmten Spiegel, sie zündete die Kerze an, und das Ganze sah aus wie ein Altar. Hinter der Kommode stand eine Pinnwand auf dem Boden. Der Nagel dafür steckte noch in der Wand. Rebekka hängte die Korkplatte auf und legte die Karteikarten auf den Küchentisch. Auf jedes Stück Karton schrieb sie den Namen eines Toten aus der Recyclingfirma und pinnte die Karten dann nebeneinander. Einen Moment hielt sie inne und ließ das Puzzle aus 19 rosa Vierecken auf sich wirken.

Sie stellte ihren Laptop auf die Kommode und klappte ihn auf. Frau Mischke hatte sofort und ungefragt erwähnt, dass Karl-Heinz Otto schon zu DDR-Zeiten bei der SERO angestellt gewesen war. Und wie sie aus Milchmeyers Rede erfahren hatte, war er bis in die Forschung aufgestiegen.

Warum dann dieser jämmerliche Tod an der Werkbank bei den Metallabfällen?

Die Firmengeschichte las sich wie ein Lehrbuch der jüngeren deutschen Geschichte, die im Osten begann und im Westen endete. Früher ein großes staatliches Unternehmen, war die SERO in viele kleine Müllsammelstellen aufgegangen und als Ostmüllhalde ein willkommenes Begrüßungsgeschenk für den neuen Nachbarn geworden. Die Firma *Recycling, Verschrottung und Co.* war eines der neuen Unternehmen, wie Rebekka in alten *Spiegel*-Artikeln im Internet nachlesen konnte.

Sie trug einen Punkt nach dem anderen in die Tabelle ein und speicherte sie nach jedem Eintrag sofort ab.

Siegfried Milchmeyer – Rebekka vermutete den Vater des jungen Firmenchefs hinter diesem Namen – hatte die Firma kurz nach der Wende aufgekauft und ausgebaut. Thorsten Milchmeyer drückte sich auf der Schultoilette wahrscheinlich noch seine Wutpickel aus, während sein Vater schon den Verbrennungsofen für das große Geschäft anheizte. Mittlerweile war der alte Mann im Ruhestand, und sein Sohn hatte übernommen.

Auf der Beerdigung hatte sich Thorsten Milchmeyer der Familie gegenüber auffallend respektvoll verhalten, hatte eine Wärme gezeigt, die für Männer seines Alters und seiner Position ungewohnt und irgendwie professionell war. Oft wuchsen junge Männer in eine Karriere hinein, die ihnen ein Vater wie ein eingetretenes Paar Schuhe hingestellt hatte und die ihnen von vornherein eine Nummer zu groß, in seltenen Fällen eine Nummer zu klein, in fast allen Fällen aber unpassend waren. Schuhe, in denen das Laufen so schmerzte, dass es sich nur mit zusammengebissenen Zähnen ertragen ließ. Um den Schmerz nicht zu zeigen, legte sich ein solcher Junge oft eine arrogante Haltung gegenüber seinen Angestellten zu. Nicht so Thorsten Milchmeyer. Seit drei Jahren regelte er die Müllgeschäfte seines Vaters. Seit zwei Jahren häuften sich Todesfälle in seiner Firma. Thorsten Milchmeyers Freundlichkeit war Programm, vermutete Rebekka. Er hatte Karl-Heinz Otto auf eine Art gelobt, die sich eine Nuance zu hymnisch anhörte für einen Mitarbeiter, der kurz vor seiner Pensionierung stand. In drei Jahren, mit 62, wäre Karl-Heinz in Rente gegangen. Das war der Deal gewesen. Seine 45 Jahre Einzahlung in die Rentenkasse wären vorüber gewesen, und er hatte zu viele Leute um sich herum zu früh sterben sehen, um auch nur einen Tag zu lang zu warten, bis er endlich sein Leben genießen würde. ›Bücher, Kunst und Reisen‹ hätten auf seiner ›Rentenagenda‹ gestanden, hatte Milchmeyer an einer weniger eloquenten Stelle seiner Trauerrede verraten. Wobei die Betonung auf ›Kunst‹ lag, als ob Bücher und Reisen sowieso in einen Rentneralltag gehörten und erst die Kunst sie zu einem erwähnenswerten machte.

Noch wusste sie nicht, woran Karl-Heinz Otto gestorben war, sie konnte weiterhin nur vermuten, dass er ermordet worden war. Sie hatte einen Fehler gemacht, hätte sich bei den Ottos nach der Todesursache des Vaters erkundigen müssen. Das hätte ihr in zweierlei Hinsicht weitergeholfen. Erstens wäre dann klar, welche Todesursache die Familie verbreitete und was auf dem Totenschein stand. Zweitens interessierte einen so etwas als gute Bekannte. Aber es schien niemandem aufgefallen zu sein, und nachholen ließ sich die Frage nun bei jeder Gelegenheit, ohne Wunden aufzureißen. Ihr bevorstehendes Treffen mit Ulrike wäre eine solche.

Sie schloss die *Google*-Seite und öffnete *Facebook*. Neben seinem Namen leuchtete der Grüne Punkt. Andrew Cascone aus Chicago war online, und Rebekka spürte das vertraute Kribbeln, als das Chatfenster mit seinem kleinen Profilbild im selben Moment aufging.

How are you?

Ausgezeichnet. (Die Amis fragen eh nur so dahin, da kann ich mir die wahre Antwort sparen.)

Was ist die wahre Antwort? (Ich kann lesen, was sie in Klammern schreibt, das weiß sie nicht.)

Durchwachsen. Ich habe viel zu tun und bin nicht immer zufrieden mit dem Ergebnis.

Das liegt bei dir wohl in der Natur der Sache.

Soll heißen?

Ich verstehe noch nicht ganz, was du eigentlich tust, nur, dass es keine Häkelarbeiten sind.

Lass mir mein kleines Geheimnis. Sonst schreibst du mir vielleicht eines Tages nicht mehr.

Dann wäre ich verrückt.

Mir bedeutet unser Chat sehr viel, und mein Englisch …

Rebekka?

Ja?

Mir auch!

Oh! Danke.

Und dein Englisch ist sehr gut. Nun ja … ausreichend für uns.

Du kriegst gleich eine …

Haha. Lass dich nicht ärgern. Ich tagträume manchmal, dass …

Wir uns im wahren Leben treffen?

Ja.

Du weißt, dass du hier mittlerweile eine Berühmtheit bist?

Dennoch frei genug, dich zu treffen. Und zwar frei – in jeder Beziehung. (Was ja in sich schon ein Widerspruch ist, haha!)

Ich meine das ernst. Seit *Lutter* dich gekauft hat und ausstellt …

Moment! Rebekka?

Ja?

Er hat nicht mich gekauft. Er hat einen Teil meiner Moon-series *und die* Involvement-*Installation gekauft.*

Wie auch immer, seit dein Name in seiner Kunstsammlung erscheint, wirst du unter Dauerbeschuss stehen, sobald du in Tegel den Fuß auf den Boden setzt.

Du wirst mich abschirmen.

Natürlich.

Okay, du, ich muss jetzt …

Ich weiß. Gehen.

Es ist Mitternacht hier, und ich frage mich sowieso, was du schon um sieben Uhr morgens am Computer treibst.

Auf dich warten.

Ich bin gerührt … Sehen wir uns später?

Ja. Gern. Klopf an.

Mach ich. Ciao.

Ciao.

Entspannt lehnte Rebekka sich zurück und kicherte wie ein frisch verliebter Teenager vor sich hin. Wie konnte das sein, sich auf das Wiedersehen mit einem Mann zu freuen, von dem sie ein winziges Foto und ansonsten nur Bilder von patiniertem Metall und einer Gestalt in Schweißerkluft kannte? Und der jenseits des großen Ozeans lebte, was seit gefühlten 100 Jahren keine Distanz mehr zu sein schien, aber im täglichen Leben dann doch trennte? Den sie lediglich in Gestalt eines grün leuchtenden Punktes treffen konnte? Sie wusste, was es war. Selbst ein 100 Jahre dauerndes Leben wäre zu kurz, um sich diese Art von Freude nehmen zu lassen. In dieser ergebnisorientierten Welt, in der jeder Impuls zu einem Resultat führen musste, machte es Rebekka ganz einfach Spaß, den ihren ins Leere pulsieren zu lassen. Und es ging ihr verdammt gut dabei.

Den Laptop neben sich dämmerte Rebekka vor sich hin, schlief schließlich ein und träumte einen furchtbaren Traum von einem Haus, in dem sie mit ihrer Mutter lebte und einer Treppe, die zu ihnen hinauf führte in den letzten Stock unter dem Dach. Von hier gab es kein Entrinnen, nur die Fenster, die auf die Dachschräge führten, von da das Dach hinunter, das von einem lächerlich kleinen Aluminiumzaun begrenzt war, der vielleicht etwas Schnee abhielt, aber keinen fallenden Körper. Die Tür in das Treppenhaus war versperrt, denn von dort kamen sie wieder, die Geräusche, die sie machten, während sie die Stufen langsam hinaufstiegen, mit ihren Baseballschlägern in den Händen, die sie im Takt an die Geländersprossen schlugen. Das Geräusch wurde lauter, wurde zu einem Marsch von fünf oder neun oder gar einem Dutzend Leuten, Männern, wie Rebekka wusste, Glatzen, die hierher kamen, um ihnen erst die Tür und dann die Schädel einzuschlagen. Das Geräusch, nun zu einem einzigen Takt geballt, hallte in ihrem Kopf wider, als landete der Schläger bereits auf der Schädeldecke. Rebekka musste endlich aufstehen, ihre Mutter wecken, mit ihr auf beängstigender Höhe aus dem Fenster fliehen, all das war besser, als in dieser Wohnung gefangen zu sein, deren Wände mit jedem Schlag weiter aneinander rückten, aufeinander zu, als suchte eine Wand die Nähe der anderen, völlig ignorierend, dass Menschen und Möbel da waren. Doch das Bett schien sie nicht freigeben zu wollen, jede Bewegung fand nur in ihren Gedanken statt, als wäre die Verbindung zwischen Hirn und Gliedmaßen gekappt. Panisch begann Rebekka, um Hilfe zu schreien, damit wenigstens ihre Mutter endlich handelte, doch auch die Schreie waren bloße Gedanken einer spottenden Fantasie, und so musste sie liegen bleiben und zuschauen, wie sie lebendig starb. Sie gab ihrem Körper einen letzten verzweifelten Ruck … und war plötzlich wach, spürte kalten Schweiß auf ihrer Stirn und ihren rasenden Herzschlag.

Sie verlor beinahe das Gleichgewicht, als sie aufstand und zum Küchenfenster ging.

Draußen war es ruhig. Bresecke war schon unterwegs, um Brötchen zu holen. Sein *Wartburg* würde in den nächsten zehn Minuten knatternd wieder in die kleine Straße einbiegen. Alle anderen, so auch Krömer und der Polizist, blieben heute daheim. Es war Samstag, und gegen neun würden sie alle wie auf ein unsichtbares Kommando lautstark beginnen mit Sägearbeiten, dem Rasenmähen und mit Autoreparaturen bei unablässigem Betätigen des Anlassers. Die Gärten hätten nach der Winterpause ihre Pfleger wieder.

Rebekka träumte oft und kannte das Gefühl der Erleichterung, wenn ein schlechter Traum sie aus seinen Fängen in den Tag und das Leben entließ. Diesmal stellte sich das Gefühl nicht ein. Die Schläge der Baseballschläger gegen die Geländersprossen waren ein

Klopfen gewesen, nah genug an ihrem Ohr, fern genug in ihrem Traum.

Rebekka setzte sich an den Küchentisch und atmete tief durch, bis sich ihr Herzschlag wieder normalisiert hatte. Sie zog ihre Laufklamotten an und verließ den Garten durch das hintere, etwas versteckte Tor, das auf den Acker führte. Hier lief sie ein paar Runden zur Musik von *Style Council*, und die morgendliche Nieselkälte erfrischte ihre Haut wie eine nährende Gesichtsmaske. Ein paar Mal legte sie einen Sprint ein, der jeden Außenstehenden zum Lachen gebracht hätte, doch sie mochte diese Strecke, weil es dort eben niemanden gab, der sie beobachtete. Selbst Helmut Fauls Spionagebereich schien vor dem Acker zu enden, auf dem statt Gras nur gummiartiges Kraut wuchs, seit dort zu DDR-Zeiten Armeelaster geparkt worden waren.

Unter der Dusche verdrängte sie den Gedanken an ihren Traum und ließ den vergangenen Tag Revue passieren, um sich alle Details noch stärker einzuprägen. Die Tür der Kabine stand wie gewohnt offen. Allein der Dampf hätte Rebekka sonst die Luft zum Atmen genommen. Die Anfälle nahmen in letzter Zeit wieder zu. Sie würde sich nie einer Therapie unterziehen. Der Gedanke, einem Fremden aus ihrem Leben zu erzählen, schnürte sie ebenso ein wie die Platzangst selbst. Das Medikament, das ihr die verhasste Therapie ersetzte, bekam sie direkt aus dem Giftschrank eines Arztes in der Friedrichstraße, der seine Praxis in einer ehemaligen Plattenbauwohnung untergebracht hatte. Er fragte Rebekka nicht viel. Er mochte sie einfach. Und er mochte die kubanischen Zigarren, die sie ihm bei ihren regelmäßigen Besuchen in die Hand drückte. Er trug einen weißen Kittel, der über seinem Bauch spannte, den er liebevoll sein »Feinkostgewölbe« nannte, und er lachte einen rasselnden Raucherhusten, wenn er Rebekka nach ihrem Befinden fragte. Die letzte Ration *Sertralin* ging zu Ende, und ebenso groß wie ihre Angst vor dem falschen Moment einer Panikattacke war Rebekkas Befürchtung, das Medikament könnte ihr ausgehen, wenn sie nicht in der Nähe ihres Arztes war.

Gedankenverloren trocknete sie ihr Haar und schaute dabei in den Spiegel. 41 Jahre war sie alt und konnte bereits leben, als hätte sie ihr Werk vollbracht oder zumindest in finanzieller Hinsicht vollendet. Kleine Lachfalten umspielten ihre Eulenaugen und ihre vollen Lippen, Sommersprossen waren mit den ersten Sonnenstrahlen in ihr Gesicht zurückgekehrt und überdeckten Augenringe aus einigen schlaflosen Nächten. Nach dem ersten Anfall hatte sie wieder zu dem rettenden Medikament gegriffen und die Nebenwirkung, die ihr häufig weiße Nächte bescherte, in Kauf genommen.

Sie trocknete sich ab und ging kurz nach draußen, nur mit einem Bademantel bekleidet. Die Männer, die hier wohnten, liefen das ganze Jahr über oben ohne in Turnhosen durch ihre Gärten, daher spürte Rebekka schon lange keine Scham mehr, in Badeklamotten vor die Tür zu gehen. Sie nahm ihre Zeitung aus dem Briefkasten und freute sich beim Blick auf die umfangreiche Wochenendausgabe auf die Lektüre über Politik, Kultur, Berlin und Reisen bei einigen Tassen Kaffee.

Rebekka zog einen weißen Wollbikini an, der unter der weißen Rüschenbluse ein schönes Dekolleté machte, stieg in eine weiße Caprihose mit dünnen blauen Streifen und senffarbene Ballerinas. Drei Tropfen *Paul Smith-*

Herrenparfüm, dann – eins, zwei, drei, vier, fünf – alles Wichtige in die Handtasche geworfen, und damit genau die fünf Utensilien, mit denen sich spontan auswandern ließ. Handy, Brieftasche, Pass, Schlüssel, Parfüm. Der Schlüssel gehörte nur dazu, damit er nicht herumlag und andere zum Einbruch animierte. Zudem garantierte er Zugang zum Rückzugsort bei ebenso spontaner Rückkehr. Rebekka klemmte sich den noch ungelesenen Teil der *Berliner Zeitung* unter den Arm und sprintete zum Bus.

In der S-Bahn fiel es ihr schwer, sich auf die Seite drei ihrer Zeitung zu konzentrieren, die für exzellent recherchierte Personenporträts stand, und diesmal einem Nationalmannschaftstrainer gewidmet war, dessen Team ein Fußballspiel vergeigt hatte. Eine ganze Seite für jemanden und etwas, das den Informationsgehalt des viel zitierten und immer wieder umkippenden Sackes Reis in China hatte. Die Bilder draußen rasten an Rebekka vorbei, ein Daumenkino brandenburgischer Kreativität im Bau von Eigenheimen. Sie wusste, dass ihre fehlende Konzentration nicht am deutschen Nationaltrainer lag. Sie wusste, dass ihre Gedanken bei Erik Assmann waren und jenem Moment, da er Ulrike hatte von seinem Bier trinken lassen. Was die beiden miteinander verband, war Rebekka noch nicht klar. Nur, dass sie sich in dem Moment verraten hatten.

KAPITEL 19

Halb eins betrat Rebekka das *Hackendahl* und sah Ulrike bereits im hinteren Teil des Cafés auf einem Plüschsofa sitzen. Ulrike sah frisch und ausgeschlafen aus. Ihre kurzen, wilden Locken zum Pilzkopf gegelt, eine derbe Cargohose zu offenen Sportschuhen aus schwarzem Leder und einen silbernen Langarmpulli. Silberne Reifen rasselten an ihrem Arm, als sie Rebekka winkte. Trotzdem begrüßten sich die beiden Frauen etwas schüchtern, und es entstand eine peinliche Pause, während Rebekka sich setzte und angestrengt auf die vergilbten Wände starrte. Es war doch immer wieder wie ein erstes Mal, wenn sie sich in das Leben anderer schlich und daraus eine Freundschaft entstand, die aus einer Retorte kam, von Rebekka kreiert. In Momenten wie diesen holten sie die Skrupel ein. Rebekka wusste, dass sie sich erst dann Sorgen machen müsste, wenn sie keine Skrupel mehr spürte.

»Geht es dir besser?«, brach Ulrike das Schweigen.

»Oh, viel besser. Ich hoffe, deine Leute haben mir meinen lautlosen Abgang gestern nicht übel genommen.«

»Quatsch, wo denkst du hin?«, entrüstete sich Ulrike. »Natürlich habe ich ihnen gesagt, was passiert ist. Außer von Nils … und an dessen maroden Humor wirst du dich noch gewöhnen … soll ich dich von allen grüßen. Selbst von Jörn, der nun gestern wirklich nicht viel mitbekommen hat.«

»Er ist ein Junge, bei dem man beginnt, sich Sorgen zu machen, bevor man ihn überhaupt kennengelernt hat.

So geht es mir jedenfalls.« Rebekka seufzte und wusste nicht recht, ob sie den Vorstoß zu Ulrikes Bruder bereits wagen konnte.

»Er macht uns allen Sorgen«, pflichtete Ulrike ihr bei, »wir sind weiß Gott alle vier nicht ganz einfach, aber ihn haut es doch am ärgsten aus der Spur.«

Rebekka lehnte sich zurück, beobachtete, wie Ulrike sich nervös durch das Haar fuhr. Dabei sah sie aus wie ein Model, das die perfekte Pose sucht.

»Was genau ist es, was deinen Bruder so sehr getroffen hat?«

»Besser wäre es zu fragen, *wer* hat meinen Bruder so sehr getroffen. Und da müssen wir bei Nils beginnen. Der ist der Erste von uns Vieren. Früher sagte man wohl, der Erstgeborene, und verband das auch noch mit einer gewissen Bedeutung. Nur dass Jörn als Zweiter ständig von seinem Bruder das Gefühl vermittelt bekam, nun gleich gar keine Bedeutung zu haben. Außerdem …«, Ulrike kicherte, »hatte Jörn das eigentlich gewünschte Mädchen werden sollen. Aber das wurde ich ja dann, der dritte Wurf.« Sie wurde ernst. »Die beiden Jungs verloren ihre Mutter, da waren sie zwölf und zehn Jahre alt. Und dazwischen liegen in diesem Alter Welten. Mein Vater hat das ausgenutzt und Nils mangels Mutter gleich zum zweiten Kapitän auf dem Schiff gemacht, woraufhin Jörn in der Kombüse natürlich gar nichts mehr zu lachen hatte.«

Der große allwissende Nils braucht also immer jemanden um sich, den er klein halten oder klein machen kann.

Rebekka spürte bereits die Spannung, die in der Luft lag und bis zur nächsten Begegnung mit ihm anhalten würde.

»Muttern hatte Jörn immer in Schutz genommen vor Nils, eigentlich vor allem da draußen«, Ulrike machte eine abfällige Kopfbewegung hin zu der Welt vor dem Kneipenfenster, »und Jörn, ihr Schätzchen, hatte ihren Tod nicht verhindern können.«

»Hat sie sich …«

»Nein«, unterbrach Ulrike Rebekka überraschend forsch. »Sie wurde ganz plötzlich krank. Krebs. Da war wohl nichts zu machen.«

Rebekka spürte den kalten Luftzug, der das Gespräch plötzlich durchbrach. Entweder war Ulrike besonders misstrauisch ihr gegenüber oder sie versuchte, Rebekka für dumm zu verkaufen. Neben dem Pfarrer hatte auch die Kindergärtnerin sofort vom Suizid der Mutter erzählt. Wobei für einen Menschen wie Frau Mischke sowieso offensichtlich war, dass Künstler irgendwie verrückt und schon deshalb suizidgefährdet waren. Und dann hatte Mark Rebekka gebeten, nach Anneliese Ottos Tod zu forschen.

Welches Geheimnis trägt diese Familie mit sich herum?

Ulrike fuhr sich durchs Haar, vom Rasseln ihrer Armreifen begleitet.

»Und dann war Nils neben unserem Vater der zweite Mann im Haus, und Jörn musste mithalten, die Handlangerdienste machen, nach der Schule Altpapier und Flaschen sammeln, um sich das Taschengeld zu verdienen, das sein großer Bruder einfach so vom Vater zugesteckt bekam.«

Rebekka schüttelte den Kopf. »*Altstoffsammlung* …«

Ulrike schaute sie verstört an. »Was ist damit?«

»… das war für mich kein Wort, sondern eine Drohung, die mir als Kind eine ganze Woche lang die Stimmung versauen konnte. Und dann noch die Parolen, unter denen gesammelt wurde. Wir durften zwar außer in die Ostländer sonst nirgendwo hin reisen, aber die Aktionen waren aus heutiger Sicht geradezu kosmopolitisch. ›Solidarität mit den Völkern der Welt‹, ›Solidarität mit Vietnam‹, ›Hilfe für den Wiederaufbau in Vietnam‹, ›Hilfe für Mosambik‹, ›Hilfe für Angola‹ … welch ein Hohn. »

Ulrikes Gesichtszüge lösten sich.

»Bist ja richtig sauer. Das gefällt mir!«

So selten, wie Rebekka aus ihrer Vergangenheit erzählte, so sehr genoss sie es jedes Mal, vor allem dann, wenn sie Parallelen bei ihrem Gegenüber entdeckte. So auch jetzt.

Beide Frauen stammten ›aus dem Osten‹, wie es hier, mitten in Berlin, auch knapp 20 Jahre nach dem Mauerfall noch so schön hieß. Das war mehr als Herkunft. Das war ein Band, das Menschen mit dem Abstand zu Ereignissen und ihrer eigenen Rolle darin tatsächlich miteinander verband. Es war ein loses Band, denn spätestens nach der ersten ungeteilten Meinung zu dem, was sich seit der Wende ereignet hatte, ging man wieder getrennte Wege. Aber das Knüpfen an sich, die Dynamik des ersten Eindrucks, hatte eine ganz eigene Qualität.

Ulrike war froh, eine Freundin wie Rebekka gefunden zu haben. Dass sie beide aus dem Osten kamen und die gleichen Ansichten teilten, setzte dem Genuss die Sahnehaube auf.

Rebekka lehnte sich entspannt zurück, war es doch eine Wohltat, einen Satz an den anderen reihen zu können wie Schritte auf einem Spaziergang und nicht wie auf einem Gang durch ein Minenfeld.

»*Altstoffsammlung* hieß, sich irgendwoher einen Handwagen organisieren zu müssen, bei den Nachbarn leere Schnapsflaschen zu erbetteln, alte Zeitungen im Keller mit Stricken zu bündeln und die Treppen hoch zu schleppen, und das alles dann bei Wind und Wetter durchs Neubaugebiet zu karren, wo im ›Versorgungszentrum‹ der Altpapierhändler gerade geschlossen hatte. Denn das Schild mit den Öffnungszeiten war aus Pappe, mit Bleistift vollgekrakelt und immer neue Öffnungszeiten präsentierend. Der musste Dutzende dieser Schilder gehabt haben und hängte immer das passende in die Tür, wenn ich gerade mit dem quietschenden Ungetüm von Handwagen davor stand. Hatte ich dann doch mal eine Lücke während seiner Öffnungszeiten erwischt, die eigentlich Schließzeiten waren, dann regnete es. Und bei Regen wogen die Zeitungen mehr. Und das wusste er, und dann ließ er mich wissen, dass er es wusste. Und dabei stank er aus dem Maul nach Hunderten von Schnapsresten. Und dann gab er mir feixend ein paar Groschen in die Hand, ein feuchter Kehricht für die Mühe einer ganzen Woche, und trug irgendwas ein in ein Vokabelheft, wie wir es in der Schule hatten, links russisch, rechts deutsch, bei ihm standen links die Einnahmen an Flaschen, Gläsern und Zeitungen und rechts die viel höheren Beträge als das, was er mir dann in die Hand drückte. Wo sind die Typen alle abgeblieben? Wo arbeiten die heute?«

»Schau dich um«, sagte Ulrike aufgeregt, »sind alle wieder untergekommen. So wie das ganze DDR-Altstoffsystem in privaten Westfirmen untergekommen ist, sind auch die Typen wieder am Start. Früher beim Altstoff, heute in irgendeiner Behörde, wo du erneut auf einen von denen angewiesen bist für deine paar Kröten.«

»Damals jedenfalls waren mir der Typ und sein Beschiss egal. Ich wollte eh nur noch weg, nur noch raus aus seiner miefigen Bude. Das muss der Moment gewesen sein, in dem ich verstand, dass es einzig und allein ums Loswerden der Dinge ging, damit sie wieder verwendet werden konnten, ums Recycling in seiner Urform und um nichts sonst. Es sollte mich wundern, wenn Jörn damals Geld mit Altstoffen verdient hätte.«

Rebekka erhob sich, um nach einem Kellner zu schauen und dabei Zeit zum Überlegen zu gewinnen. Sie musste den Türöffner zur Firma finden und dort mehr über die Arbeit des Vaters zu erfahren. Deshalb war es nötig, zuerst mehr über Ulrike zu erfahren. Sie winkte dem Barkeeper und setzte sich wieder.

»Was war das für eine Geschichte mit deinem Schlaganfall?«

Der Barkeeper, der diese ruhige, samstägliche Mittagsschicht allein absolvierte, schlurfte heran und musste sich notieren, dass die beiden Frauen zwei Milchkaffee, zwei Buletten mit Gurke und Senf und zwei *Becks* wünschten.

Ulrike wandte sich kopfschüttelnd wieder Rebekka zu.

»Das ist mir auf der Arbeit passiert. Ich bin einfach umgekippt. Habe das Bewusstsein verloren.« Ganz plötzlich begann Ulrike zu lachen. »Stell dir vor, du hättest in der DDR mal einfach so das *Bewusstsein* verloren. Dann direkt …«, sie machte die Handbewegung für ein startendes Flugzeug, »Hohenschönhausen.«

»Dort war eure Mutter, nicht wahr?«

»Woher weißt du das?«

Ulrike musterte sie eindringlich.

Rebekka legte ihre Hand beruhigend auf Ulrikes Arm.

»Ich kam mit eurem Pfarrer ins Gespräch. Nach der Beerdigung.«

»Hat dir der Pfaffe seine Geschichte vom Widerstand in der DDR erzählt? Und was meine Mutter und mein Vater für tapfere Kämpfer waren, nicht zu vergessen, er selbst?«

Ulrike schüttelte Rebekkas Hand ab und verschränkte trotzig die Arme.

»Warum bist du so wütend? Seit wir uns kennen, spüre ich eine andauernde Wut in dir. Sag mir, wenn es mich nichts angeht, aber ich habe den Eindruck, wie verstehen uns gut genug und können unsere Wahrheiten vertragen …«

… die natürlich keine von uns beiden jemals aussprechen wird.

Mit einer abfälligen Armbewegung tat Ulrike die Bemerkung ab und signalisierte, dass das Thema für sie beendet war.

»Mein Chef hatte mir nach dem Tod meines Vaters bis zur Beerdigung freigegeben. Aber ich wollte das nicht. Ich konnte einfach nicht zu Hause hocken. Was hätte ich denn getan? Die Decke angestarrt? Oder den Fernseher? Dort dann Assieltern dabei beobachten, wie sie ihren aufgeblasenen, gepiercten Rotztöchtern was von ›gemeinsamen Unternehmungen‹ erzählen? Um dann beruhigt mit dem Gedanken ins Bett zu gehen, dass ich zum Glück keine Assieltern hatte? Um dann zu merken, dass ich jetzt gar keine Eltern mehr habe? Nee. Dann lieber arbeiten.«

Sie rieb die Hände aneinander. Rebekka bemerkte die gerötete Haut.

»Milchmeyer hatte schon den richtigen Riecher, als er mich aus dem Verkehr zog. Ist überhaupt ein cooler Typ.«

»Moment mal«, Rebekka stutzte, »Milchmeyer? War das nicht der Chef deines Vaters?«

»Ja, den hast du doch gestern kennengelernt.«

»Kennengelernt ist der falsche Ausdruck. Aber dass ihr euch kennt, fiel mir gar nicht auf.«

Ulrike schmunzelte.

»Weil er ein viel zu hübsches Kerlchen ist und schon genug angehimmelt wird.«

Ulrike legte den Kopf schräg und schaute Rebekka aus funkelnden Augen an.

»Ist genau mein Fall. Deiner nicht auch?«

Thorsten Milchmeyer *war* Rebekkas Fall, allerdings spürte sie instinktiv, dass genau das die Antwort war, die Ulrike nicht vertragen würde.

Milchmeyer war Rebekkas Typ Mann. Und in Momenten, in denen sie so eine Entscheidung traf, waren das Alter des Mannes oder auch seine Rolle, die er in ihrem jeweiligen Fall spielte, absolut zweitrangig. Es war ein rein biologischer Instinkt, der da vor allen anderen Instinkten und lange vor der Vernunft das Wort erhielt.

Rebekka hatte fleißig im Internet recherchiert, aber keine Verbindung zwischen Ulrike und *Recycling, Verschrottung und Co.* gefunden.

»Wie kommt es, dass du für ihn arbeitest?«

Ulrike lachte.

»Du bist gut im Ablenken. Hast mir meine Frage noch nicht beantwortet.«

»Meine liebe Ulrike«, versuchte Rebekka abzuwiegeln, um die so plötzlich empfundene Anziehung, die Thorsten Milchmeyer nur bei der Erwähnung seines Namens auf sie ausübte, zu verbergen. »Er ist eher deine Altersklasse. Nicht meine.«

»Wie alt bist du eigentlich?«

»41.«

»Na und? Er ist 37.«

»Also ist er in deinem Alter, wenn ich mich recht entsinne.«

»Tust du. Aber nun mal weitergefragt: Einen Prinzen gibt es in deinem Leben also nicht. Warst du früher mal verheiratet? Hast du Kinder? Und wenn nicht, warum nicht?«

Warum hatte eine Frau wie Rebekka weder Ehemann noch Kinder?, schien Ulrike sich zu fragen und nahm Rebekkas Schweigen als Antwort.

»Siehst doch gut aus! Also mein Bruder Achim würde dich sofort nehmen …«

Achim ist also der Maßstab der Dinge.

»… zumindest für eine Nacht.«

Ulrike gluckste vor Lachen.

»Und selbst für Erik Assmann würde ich fast meine Hand ins Feuer legen, was dich betrifft. Wie der dich angeschaut hat!«

Bei diesen Worten klang Ulrike regelrecht verträumt. Was zwischen den beiden lief, interessierte Rebekka nun noch mehr.

»Mein Kind«, Rebekka kehrte absichtlich zu ihrem mütterlichen Ton zurück, »auch wenn ich nicht wie Mutter Courage durch die Gegend schlurfe, heißt das nicht, dass mir die Männer nur so zufliegen und ich dann auch noch den Einen darunter finde, mit dem ich nicht nur ein Kind, sondern auch eine Zukunft haben will. Und wenn doch, dann war er, der Eine, eben noch nicht dabei.«

»Naja, Thorsten Milchmeyer jedenfalls wär genau so einer für mich. Aber manchmal denke ich, der ist vom anderen Ufer. So wenig, wie der sich für die Frauen in der Firma interessiert. Und davon gibt es einige! Und willige!«

Ulrike erwähnte die Willigen, als gehörte sie selbst gar nicht dazu, dabei glühten ihre Wangen, seit sie seinen Namen gesagt hatte.

Rebekka trank einen großen Schluck *Becks*, die Tablette vom Morgen ignorierend.

»Und wie lange arbeitest du schon bei *Recycling, Verschrottung und Co.*?«

»Warum interessiert dich das?«, fragte Ulrike, nun stutzig geworden.

Rebekka hatte das Wichtigste vernachlässigt: ihre Fragen, egal, wie notwendig sie waren, beiläufig zu stellen, um sich nicht durch den Sog der Neugier zu verraten. Sie biss in eine Bulette, um etwas Zeit für die Antwort zu gewinnen.

»Nun ja«, umständlich wischte sie sich den Mund ab, »gestern waren doch viele Kollegen von deinem Vater da. Und Milchmeyer. Ich hatte wirklich nicht den Eindruck, dass ihr euch kennt. Und das, obwohl es doch auch deine Kollegen sind.«

»Und, nicht zu vergessen, Jörns Kollegen!«

Rebekka verbarg ihre Überraschung. Jörn arbeitete also auch für die Firma. Bis zu ihm war sie noch nicht vorgedrungen in ihren Recherchen, und es war gut zu wissen, dass sie nun schon mal zwei der Otto-Geschwister im Auge des Hurrikans namens *Recycling, Verschrottung und Co.* platziert hatte, ohne etwas dafür tun zu müssen.

»Du findest mich also zu neugierig?«, hakte Rebekka nach und behielt die Frage nach Jörn im Hinterkopf.

»Ach was«, wiegelte Ulrike ab, »da war wohl eher mein Wunsch der Vater des Gedankens.«

»Welcher Wunsch?, fragt die Neugierige.«

Ulrike kicherte. »Kommst mit raus, eine rauchen?«

Sie tranken den Milchkaffee aus, nahmen ihre Bierflaschen und setzten sich an den kleinen Rauchertisch vor das Café.

»Tolle Regelung, das mit dem Rauchverbot«, sagte Rebekka.

Ulrike lächelte immer noch, nachdem sie den ersten Zug tief inhaliert hatte.

Wenn Sie mit dem Rauchen aufhören wollen, dann kaufen Sie sich keine Zigaretten mehr. Das gilt übrigens auch für Alkohol, nur dass Sie dann statt der Zigaretten keine alkoholischen Getränke mehr kaufen sollten.

»Bist du jetzt zynisch?«, hakte Ulrike nach.

»Mein Radiosender ist zynisch. Der gibt mir jeden Morgen kostenlose Ratschläge mit in den Tag, die mich statt klüger nur noch wütender machen.«

»Ich weiß genau, was du meinst. ›Wenn Sie nicht frieren wollen, ziehen Sie sich warm an!‹, ›Wenn Sie ehrliche Menschen um sich haben wollen, dann halten Sie sich von den unehrlichen fern!‹ Dreitausend Öcken pro Spruch.«

»Richtig. Und fünftausend Nachbestellungen des dazugehörigen Buches im Internet.«

Sie lachten befreit. Rebekka zog ihren Cardigan fester um sich. Für diesen zweiten Aprilsamstag war sie zu dünn angezogen. Ulrike rubbelte ihr sanft den Unterarm. Rebekka lächelte und zog den Arm behutsam weg.

Ulrike lehnte sich zurück und betrachtete den Himmel.

»Nein, im Ernst. Dürften wir da drin noch rauchen, hätte ich jetzt schon die fünfte weg. So ist es die erste. Daher war es auch nur ein Schlaganfallverdacht und kein richtiger.«

»Habt ihr die … entschuldige … Schlaganfälligkeit in eurer Familie?«

Ulrike wurde nachdenklich. Nach einer Weile sagte sie zögernd: »Eigentlich nicht.«

»Eigentlich?«

Ulrike reagierte nicht auf ihr Nachhaken.

»Weil dein Vater daran gestorben ist?«

Rebekka nahm einen großen Schluck aus ihrer Bierflasche und orderte mit einer Handbewegung durch das Kneipenfenster zwei weitere in der Hoffnung, ihre Frage käme so beiläufig bei Ulrike an, wie sie ausgesprochen war.

»Das ist nur eine Vermutung. Er hat wohl ein Blutgerinnsel im Kopf gehabt, keine Ahnung, irgendetwas da drin ist jedenfalls geplatzt. Er war auf der Arbeit, dort, wo die Metalle sortiert werden. Als man ihn fand, war er bereits tot.«

Ulrike sprach beinah mechanisch, gerade so, als dachte sie nebenbei über viel Wichtigeres nach, was jetzt und hier keine Rolle spielte, eines Tages aber alles verändern würde.

Rebekka zog ihre Strickjacke noch fester um sich.

»Welche Todesursache steht auf dem Totenschein?«

»Musst du Nils fragen, der hat den Papierkram erledigt. Erzählt hat man uns etwas von einer Hirnblutung.«

»Wer hat euch das erzählt?«

»Milchmeyer. Hat Jörn und mich an dem Morgen gleich abgefangen. Er war wahnsinnig aufgeregt und schien ehrlich betroffen. Es schien ihm wirklich leidzutun, beinah so sehr, als hätte er einen Freund verloren.«

Ulrike hatte Tränen in den Augen, und Rebekka fragte sich, ob sie der Erinnerung an jenen Tag geschuldet waren, dem Verlust des Vaters oder dem ambitionierten Thorsten Milchmeyer.

»Er hatte ja gleich den Betriebsarzt gerufen. Aber das mit der Hirnblutung kam von ihm. Er war noch bei meinem Vater und dem Arzt geblieben. Da standen Jörn und ich schon draußen. Jörn hatte schnell ein paar Bier aus der Kantine geholt. Es war noch früh am Morgen. Wir standen im Regen und soffen und rauchten uns die Hucke voll. Hat sich keiner drüber aufgeregt.«

Der Barkeeper brachte zwei Bier nach draußen.

»Du hast gesagt … zumindest sinngemäß … du hättest dir eigentlich gewünscht, dass …« Rebekka ließ den Satz absichtlich ins Leere laufen,

»Ja«, parierte Ulrike, »dass es außer dir noch ein paar mehr Leute gäbe, die sich für den Tod meines Vaters in dieser Firma interessieren.«

Rebekka blieb achtsam.

»Ich interessiere mich nicht für den Tod deines Vaters in dieser Firma. Ich wollte nur wissen, seit wann du dort arbeitest und was du dort tust.«

»Er hat uns beide dort reingeholt, Jörn und mich. Wir waren schließlich seine Sorgenkinder. Deshalb wollte er uns wohl in seiner Nähe haben. Jörn blieb über ein Praktikum dort hängen, ich hatte mich gleich bei Amtsantritt Milchmeyers für dessen Team beworben, bin aber nur als Volontärin genommen worden. Seitdem hangele ich mich dort von Monat zu Monat …«

»… und hättest damit längst fest angestellt werden müssen.«

Rebekka hatte sich ein paar Paragrafen aus dem Arbeitsrecht im Schnellkurs angeeignet. Wenn sie sich schon zur Chefin eines kleinen Partyservice mit vier Angestellten machte, musste sie auch wissen, wie Arbeitsrecht im Großen funktionierte. Menschen wie Nils Otto und Erik Assmann würden sich keine Chance entgehen lassen, ein bisschen nachzubohren, und dann musste Rebekka funktionieren.

»Ich weiß, eine Festanstellung in dieser Firma wäre nun auch fällig. Und eine schöne Abwechslung in meinem Leben. Schnauze voll von meiner ›Generation Praktikum‹. Habe Galeristen für Vernissagen assistiert, alten Menschen den Po abgewischt, dann wieder Artikel für Magazine geschrieben, die sich genau eine Ausgabe lang hielten, für Konzerte und Lesungen Flyer in der Stadt verteilt und Plakate geklebt. Nee! Mir reicht's!«

Rebekka musste lächeln. Ulrike imponierte ihr mit ihrer direkten Art, die diesem zu groß geratenen Mädchen bisher leider noch so gar keinen direkten Weg zum Ziel beschert zu haben schien. Oder war hier tatsächlich der Weg das Ziel, und Ulrike wollte gar nicht ankommen?

»Nun macht eine gewisse Zuneigung zu einem gewissen Herrn Milchmeyer natürlich Sinn«, stichelte Rebekka, doch Ulrike schien wieder an etwas ganz anderes zu denken.

»Wenn die mich endlich übernehmen, mich fest anstellen mit 13-mal Festgehalt im Jahr, 30 Tagen Urlaub und zur Not mal eine Woche oder zwei auf Krankenschein, dann …«

Die Armreifen rasselten, Ulrike griff zum Bier.

»Dann?«, hakte Rebekka nach und wollte gern etwas hören über das, was eine wie Ulrike ein Spießerleben nannte und heimlich herbeisehnte, einen Freund, den sie vielleicht einmal heiraten würde, eine gemeinsame Wohnung, ein Kind und Urlaubsreisen mit Vollpension.

Ulrike warf Rebekka einen prüfenden Blick zu.

»Dann würde ich alles daran setzen, herauszufinden, wer in dieser Firma meinen Vater auf dem Gewissen hat.«

KAPITEL 20

»Sie gefällt mir nicht.«

»Du musst sie ja nicht heiraten.«

»Wie aus dem Nichts tauchte sie als Freundin der Familie auf, die keiner aus der Familie kannte.«

»Und wenn sich der Alte nun noch ein bisschen mit ihrer Mutter amüsiert und den vier Gören nichts davon erzählt hat?«

»Rede nicht so von ihnen.«

»Was willst du tun?«

»Innehalten. Gras drüber wachsen lassen. Die Dame etwas genauer unter die Lupe nehmen.«

»Dann hast du eine Menge auf deiner Agenda. In puncto Innehalten stimme ich dir zu. Die Arbeit allerdings muss weitergehen.«

»Ich hatte nicht vor, mich zur Ruhe zu setzen. Habe gerade wieder 60 Quadratmeter luftleeren Raum nach Asien verpachtet.«

»Gut. Bleib an den Skulpturen dran. Nachfrage schaffen. Das A und O. Du hast letzte Woche zu viele auf einmal rausgestellt.«

»Die Auktion lief wie am Schnürchen. Wir könnten demnächst in Hongkong produzieren lassen und würden immer noch nicht genug auf einmal haben.«

»Nicht witzig. Und genau an dieser armseligen Gier von euch Neureichen wirst du scheitern. Dummerweise hänge ich dann mit drin. Werd erwachsen, und wir bleiben im Geschäft. Denn das ist immer noch meins, verstanden?«

»Du kannst die Sache gerne als Ich-AG laufen lassen. Und dich dann beim Bemühen um die echten Künstler ganz hinten anstellen. Dort, wo sich die Anfänger gegenseitig auf den Füßen stehen.«

»Bleib ganz ruhig. Du machst, was ich dir sage, oder du bist raus. Die Skulpturen werden zurückgehalten und in vier Wochen erstmals wieder in den Onlinekatalog aufgenommen. Bestehende Gebote wickelst du still ab. Die nächste Offensive gehört den Belgiern. Nächste Woche bist du in der Leuvenstraat in Antwerpen. Jos de Gruyter & Harald Thys. Zwei Installationen sind vorbestellt. Haben wir uns verstanden?«

»Das haben wir. Trotzdem mach ich mit den Skulpturen weiter. Andrew Cascone ist *meine* Entdeckung. Und das hast hoffentlich *du* verstanden.«

KAPITEL 21

Ulrike schloss die Tür auf und schaute sich in ihrer kleinen Wohnung um wie eine Fremde. Ein Plakat von Kurt Cobain an der Wand, darunter ein überdimensionaler Plüschbär auf einem ungemachten Bett. Hier lebt ein Niemand, dachte Ulrike, warf den Schlüssel in die Ecke und zündete sich eine Zigarette an.

»Ruhig bleiben«, redete sie sich zu, laut sogar, ohne es zu bemerken. Sie war wahnsinnig wütend, weniger auf Rebekka als auf sich selbst.

Die Küche war nur durch einen Vorhang vom Wohnschlafzimmer getrennt, und was Ulrike bisher als kostengünstige Gemütlichkeit von Wohnung betrachtet hatte, fühlte sich mit einem Mal als zu eng an. Vom Flur, in dem ihr Fahrrad gerade so an die Wand passte, ging ein winziger Raum mit Dusche, Toilette und Waschbecken ab. Beide Fenster zu beiden Seiten der Wohnung zeigten auf Hinterhöfe, in die auch im Hochsommer statt Sonne nur Hitze fiel.

Sie setzte Teewasser auf und lehnte sich an den Küchenschrank, dessen untere Hälfte Schuhschrank war und in dessen oberem Teil sich lediglich eine Handvoll Saftgläser, drei Teller und eine kleine Blumenvase befanden, in der Essbesteck für drei, vier Leute steckte. Der Gestank von Essensresten störte sie noch nicht genug, um das Zeug endlich in den Hof zur Mülltonne zu bringen. Ulrike dachte nur an eines: Rebekka endlich für sich gewinnen. Sie tat sich schwer mit dem Gedanken, es noch nie geschafft zu haben, eine Freundin ganz für sich allein zu haben. Es war, als gäben ihr alle immer nur einen Teil ihrer Aufmerksamkeit ab, um sich mit dem Rest viel interessanteren Menschen als Ulrike zu widmen. Als dürfte sie immer nur den ersten Teil der Serie sehen, der an der spannendsten Stelle endete und dessen Fortsetzung verschlüsselt war. Es gab sie doch, diese Thelmas und Louises, die miteinander Pferde stehlen konnten oder zumindest Polizisten ordentlich in Rage quatschten, die sich bei alldem blind aufeinander verlassen konnten bis hin zum Abgrund, in den sie dann, wenn schon, gemeinsam stürzten.

Rebekka schien ihr immer wieder durch die Finger zu gleiten. Seit ihrer ersten Begegnung fühlte sich Ulrike zu Rebekka hingezogen. Ihr Verlangen, zu dieser Frau irgendwie dazu zu gehören, hatte nichts Körperliches. Es erwuchs aus einer tiefen Sehnsucht.

In dem Moment im Keller des Brecht-Hauses hatte ihre perfekte Freundin eine Schwäche gezeigt. Auch ihr Leben war also nicht perfekt und somit eine umso vollkommenere Ergänzung zu ihrem eigenen.

Ulrike drückte die Zigarette im nassen Teebeutel aus und legte beide Hände um die Tasse. Es war ihr ganz einfach ein sehr schöner Gedanke, der sich in selbstvergessenen Momenten zum Tagtraum auswuchs. Sie saß auf dem Bett neben ihrem Plüschbären, in der einen die Teetasse, in der anderen eine weitere Zigarette. Als sie die Augen hob, fiel ihr Blick auf das Bild im Spiegel an der gegenüberliegenden Wand. Die Wand war so nah, dass der Schriftzug -Keep Smiling- auf ihrer Tasse zu lesen war. Das Skurrile dieses kleinen Stilllebens im Spiegel brachte Ulrike zum Lachen. Sie zog an ihrer Zigarette und beobachtete dabei ihr Spiegelbild. So sah Rebekka sie wahrscheinlich auch: als stecken geblieben zwischen Mädchen und Frau.

An einer Stelle des Gespräches im *Hackendahl* hatte Ulrike eine Veränderung bei Rebekka bemerkt. Dieser Moment war magisch gewesen, Ulrike hielt ihn noch immer vor ihrem inneren Auge fest, er war bestens getroffen. Sie hatte sich gefühlt wie ein Fotograf, der im richtigen Bruchteil einer Sekunde den Auslöser gedrückt hatte.

Ulrike ließ ihre Zigarettenkippe in den erkalteten Tee fallen und stellte die Tasse in die Küche.

Rebekkas Interesse an ihr wäre irgendwann genauso erloschen, frohlockte sie innerlich, denn sie hatte zur rechten Zeit den Keim des Mordverdachts in Rebekka gepflanzt. Ulrikes Vater war gestorben, betrauert und beerdigt. Der Gedanke daran, dass er ermordet worden war, hatte bis dahin Ulrike allein gehört. Nur scheinbar verstört war sie im *Hackendahl* aufgebrochen, hatte sich nur flüchtig von Rebekka verabschiedet und war dann regelrecht geflohen auf ihrem Fahrrad.

Zufrieden mit sich war sie schon eine Straßenecke weiter vom Rad gestiegen und gemütlich die Auguststraße entlang gelaufen, eine Zigarette in der Hand, das Rad neben sich her schiebend, zusammen mit den Touristen den Blick in die großen Fenster der Galerien genießend. Nun würde das Pflänzchen des Mordverdachts Wurzeln und Zweige mit Blüten treiben und sich mehr und mehr verankern in gemeinsamen Gedanken, Nachforschungen und somit viel gemeinsamer Zeit und einem Geheimnis, das sie und Rebekka fortan teilten.

Ulrikes Handy klingelte. Mit vor Aufregung feuchten Händen griff sie danach, schaute nicht auf die Nummer, sondern fragte sofort: »Rebekka?«

»Äh … nein … *Nur* ich.«

Ulrikes Hände blieben feucht. Diese leise Stimme war das reinste Aphrodisiakum.

»Was heißt *nur*?«, kokettierte Ulrike. »Schön, dass du anrufst.«

»Wie geht es dir?«

»Naja, so lala ...«, Ulrike seufzte, »ich bin grad ...«

»Hör mal«, unterbrach er sie ungewohnt harsch. Dabei wollte sie gerade weitermachen in ihrer larmoyanten Art, mit der sie ihn immer kriegte.

»Ja?«

»Hattest du heute nicht dein Treffen mit dieser ... Dieser ...«

Er kannte ihren Namen genau. Ulrike war enttäuscht, ließ sich jedoch nichts anmerken.

»Rebekka.«

»Ja!« Er klang tatsächlich erleichtert.

Ulrike schüttelte den Kopf und hatte Lust, wieder aufzulegen, zum ersten Mal, seit sie Erik Assmann kannte.

»Und wenn?«

»Na na!«, entgegnete er nun wieder auf seine väterliche Art. »Musst nicht gleich ausflippen. Ich frage immer noch nach dir und nicht nach dieser ...«

Ulrike atmete hörbar aus. Nichts war schlimmer als sein gespieltes Desinteresse an dieser Frau, die ihn eigentlich interessierte. Zum Kotzen fand sie das.

»... Rebekka«, beendete Erik selbst seinen Satz. »Bin mir nämlich nicht sicher, ob dir der Umgang mit ihr wirklich gut tut. Sie animiert dich zum Rauchen und wer weiß wozu sonst noch so. Und sie scheint dich auf eine seltsame Art zu faszinieren, du hättest dich mal sehen sollen!«

»Ach?«

Nun musste Ulrike doch kichern. Erik klang wie ein eifersüchtiger Ehemann, nur dass er mit seiner Eifersucht nicht Ingrid meinte, sondern Ulrike, und keinen potenziellen Liebhaber, sondern eine Frau von Anfang 40.

Sie würde den Spieß endlich einmal umdrehen können. Das tat ihr gut.

»Warum rufst du an?«

»Oh! Bin ich dir schon zu viel? Was hast du denn noch Spannendes vor?«

»Das Spannendste ist der Samstagskrimi, dazu lege ich mich ins Bett und schlafe durch bis Montag früh, um wieder fit für die Arbeit zu sein. Und hübsch und faltenfrei ausgeschlafen.«

Das saß. Erik hatte Ulrikes Schwärmerei für Milchmeyer viel zu lange für die naive Spielerei einer erwachsenen Göre gehalten. Mittlerweile hatte sich diese Göre zwar charakterlich nicht sonderlich weiterentwickelt, aber körperlich einen riesigen Schritt nach vorne getan. Diese Erkenntnis sprach aus jedem von Eriks Blicken, mit denen er Ulrike musterte und die sie sogar jetzt am Telefon auf sich ruhen spürte.

»Dann will ich dich mal nicht weiter stören. Wir sehen uns bald, ja?«

»Ja!«, rief Ulrike freudig in den Hörer.

Sie verabschiedeten sich mit den üblichen Floskeln, und Ulrike sank beschwingt in die Kissen neben ihren Plüschbären. Diese kleine Wohnung war natürlich groß genug. Und es war alles andere als ein Niemand, der hier wohnte. Mit der neuen Freundin an ihrer Seite würde sie nun auch die große Welt aus *Chanel* und *Hermés* da draußen erobern. Und dann würde sie ihr auch den zweiten Teil ihres Geheimnisses anvertrauen.

KAPITEL 22

»Frau Schomberg?«

Rebekka erkannte die leise Stimme sofort wieder.

»Erik? Erik Assmann?«

»Richtig. Ich bin heute Nachmittag in der Stadt. Wollen wir einen Kaffee trinken gehen?«

Würde bei jeder Einladung zum Kaffeetrinken Kaffee getrunken, wären die Kaffeebauern Könige.

Rebekka schmunzelte. »Gerne, wann und wo?«

»Am Potsdamer Platz. In *Harry's Bar*?«

»Einer typischen Kaffeebar also. Na gut.«

»Ertappt! Eins zu null für Sie. In Wahrheit brauch ich einen Absacker nach der Arbeit. Und – ich habe vielleicht einen Job für Sie als …«

Rebekka horchte auf.

»… Partyköchin. Das heißt, kochen müssten Sie nicht, nur das Catering zusammenstellen und liefern.«

Unhörbar atmete Rebekka aus.

»Gerne, ich habe grad – wie heißt es so schön – Kapazitäten frei.«

»Und sind ja selbst eine Kapazität auf dem Gebiet. Passt Ihnen 17 Uhr?«

»Ich werde da sein.«

Kurz vor fünf Uhr betrat Rebekka *Harry's Bar*. Erik Assmann war nirgends zu sehen. Sie nahm am Tresen Platz und bestellte einen *Martini*. Für den Barbetrieb war sie noch etwas früh dran, doch Rebekka mochte diese Zwischenzeiten, in denen Ruhe herrschte, wo sonst Betriebsamkeit war.

Die Tür ging auf, Erik Assmann trat ein und entdeckte Rebekka, noch bevor sie die Hand heben konnte. Ein Kellner begrüßte ihn mit Handschlag und nahm ihm den Mantel ab.

»Rebekka! Das freut mich!«

Er begrüßte sie, als wären sie gar nicht verabredet gewesen und schien sich tatsächlich zu freuen. Rebekka vermutete, dass hinter dem Vorwand eines Jobangebotes ein ganz anderer Anlass für dieses Treffen stand.

»Jetzt sagen Sie noch ›Was für ein Zufall!‹, und ich gehe!«

»Nicht doch«, beschwichtigte er sie und bestellte sich ebenfalls einen *Martini*. »Schön, dass Sie Zeit haben. Und noch schöner, dass wir nun jede Menge gemeinsame Bekannte haben.«

Rebekka hob ihr Glas, als der Kellner ihm den *Martini* brachte.

»Zum Wohl, Herr Assmann. Auf unsere neuen Freunde.«

Für eine Sekunde veränderte sich Erik Assmanns Gesichtsausdruck. Als hätte jemand in seinem strahlenden Gesicht für einen Moment das Licht ausgeschaltet. Doch sofort wieder freundlich lächelnd stieß er mit Rebekka an. »Lassen Sie uns weniger förmlich miteinander reden. Ich bin Erik.«

»Rebekka.«

»Den Freundschaftskuss sparen wir uns.«

Das war keine Bitte, sondern eine Festlegung, stellte Rebekka fest und war angenehm berührt.

»Du wolltest mich treffen. Weiß Ingrid davon?«

Nun war Erik Assmann tatsächlich verblüfft, und Rebekka spürte im selben Moment ihren *faux pas*.

»Was, bitte, hat meine Frau damit zu tun? Was sollte sie daran stören?«

Mit einer Frau, die er wenige Tage zuvor kennengelernt hatte, in einer Bar zu sitzen, schien für Erik tatsächlich nicht die Spur einer anrüchigen Situation in sich zu tragen. Und während sie ihn so dasitzen sah, einen etwas übergewichtigen Mann mit Stirnglatze und Gesichtszügen, in denen es sich das Altern bereits gemütlich eingenistet hatte, schüttelte Rebekka unmerklich den Kopf, war seine Frage doch das Ehrlichste, was sie seit Langem gehört hatte.

»Tut mir leid, da habe ich mir wohl etwas eingebildet.«

Erik griff nun nach ihren Händen und drückte sie fest. Während sie von der Wärme und Festigkeit seines Händedrucks beeindruckt war, sagte er im Brustton der Überzeugung: »Du bist eine attraktive Frau, Rebekka, und ich kann mir nur annähernd vorstellen, wie viele meiner Spezies jetzt und hier gerne mit mir tauschen würden, aber glaub mir«, der Druck seiner Hände nahm zu, und Rebekka war die Situation mehr als peinlich, »ich bin ein glücklicher Mann. Und damit meine ich: Ehemann und Vater.«

»Erik«, Rebekka befreite ihre Hände aus seinen, »so war das nicht gemeint. Bei mir gehen nur die Lampen an, wenn jemand auf einen bestimmten Schalter drückt. Und dein Anruf hat genau dieses Schema F in Gang gesetzt.«

»Das ist interessant.« Erik lockerte seine Krawatte und schien nachzudenken. »Schema F wurde bei mir in Gang gesetzt, als ich von Karl-Heinz' Tod hörte. Ich kenne die Familie erst seit Kurzem.«

Das überraschte Rebekka. »Ihr schient sehr vertraut. Vor allem Ulrike und du.«

»*Touché*!«

Erik nahm einen Schluck *Martini*, und Rebekka war froh, dass sie recht zwanglos auf das Thema gekommen waren.

»Ulrike und ich sind uns nicht nur vertraut, manchmal habe ich so etwas wie Vatergefühle für sie.«

Rebekka runzelte die Stirn. Erik schaute sie an und schien zu ahnen, was nun kam.

»Als Vater hättest du Ulrikes Umgang mit Medikamenten und Alkohol besser im Blick.«

Beschwichtigend hob Erik die Arme.

»Genau das meine ich. Schema F. Ulrike hat ihre Anwandlungen, das stimmt. Und ich verbot ihr nicht, zu ihrer Aspirindosis aus meinem Bierglas zu trinken. Stimmt auch. Wenn du aber schon einmal erlebt hättest, wie Ulrike reagiert, wenn man ihr etwas verbietet, wäre auch dir diese Variante lieber.«

»Aus lauter Angst ignorierst du, was sie sich antut?«

Genüsslich lehnte sich Erik zurück.

»Das sagt ausgerechnet diejenige, die sie mit Zigaretten versorgt. Siehst du, dass hier keiner den ersten Stein werfen sollte? Er könnte voll ins Auge gehen.«

Erik trank einen Schluck und schaute Rebekka dann herausfordernd an. Als habe er soeben eine Entscheidung getroffen, nahm sein Gesicht wieder den entspannten Ausdruck an, und er redete weiter.

»Ulrike arbeitete eine Zeit lang als Aushilfe für mich.«

Rebekka überlegte fieberhaft, was eigentlich Eriks Arbeit war und womit er sein offenbar reichliches Auskommen verdiente. Sie wollte nicht unhöflich erscheinen, doch schließlich hatten Erik und sie noch nie über seine Arbeit gesprochen und er sie nun schon zum zweiten Mal erwähnt. Sie wusste nur, dass er häufig unterwegs war. Er war genau der Typ, von dem man sagte, dass er ›irgendetwas mit Versicherung‹ machte oder ›bei irgendeiner Bank‹ angestellt war und bei dem man sich mit genau dieser Information zufrieden gab, weil man nichts anderes erwartet hatte.

»Wie laufen die Geschäfte?«, fragte sie Erik also unverbindlich.

»Besser als meine privaten Kontakte offensichtlich. Auf unsere Einladung zum Essen gingst du kein bisschen ein. Habe ich Mundgeruch oder Schlimmeres?«

Rebekka wollte sich gerade zu einer Ausrede hinreißen lassen, obwohl sie spürte, dass Erik keinen Wert darauf legte.

»An- und Verkauf.«

»Bitte was?«

»Damit verdiene ich mein Geld. Mit An- und Verkauf im weitesten Sinne.«

Rebekka musste unwillkürlich lächeln.

»Unter An- und Verkauf im weitesten Sinne versteht eine vorurteilsbeladene Dilettantin wie ich nur Import – Export. Und das steht in einigen Berliner Bezirken an jeder zweiten Ladentür.«

Erik zeigte ein breites Grinsen. Seine Art von Understatement schien Rebekka zu liegen. Natürlich hatte sie längst verstanden, dass er sich geschäftlich auf solidem und noch dazu gewinnbringendem Terrain bewegte.

»Ich bin Jäger …«

Ein Jäger, der das Kitz verschont, um kurz danach den Bock zu schießen.

»… und Sammler, und wurde schließlich«, er nahm den letzten Schluck von seinem *Martini* und bestellte mit geübter Handbewegung zwei neue, »zum Kunsthändler, spezialisiert auf Skulpturen aus Afrika.«

Rebekka konnte ihr Staunen kaum verbergen.

»Ist mir schon klar, dass ihr alle eine andere Vorstellung habt von Typen wie mir, aber glaub mir, die Aura des Schalterbeamten ist in diesem Beruf von Vorteil. Die Heinis, die den großen Künstler über ihr Äußeres raushängen lassen, gehören nicht zu meiner Klientel, und als Kollegen sind sie keine Konkurrenz.«

Rebekkas Interesse war geweckt.

»Wie darf ich mir deine Arbeit vorstellen? Im Lendenschurz durch Namibia, im Flieger umziehen und dann im *Boss*-Anzug direkt zu *Sotheby's* nach London?«

»Den Lendenschurz trug ich nur in den Anfangszeiten. Meine Kunden, natürlich alles Eingeborene, nehmen mich mittlerweile auch in Bermudashorts ernst.«

Der Kellner brachte zwei weitere *Martini*. Sie stießen an. Rebekka fühlte sich wohl in Eriks Gegenwart. Sein Humor war einer der seltenen und wunderbar subtilen Sorte. Er war als Mann nicht ihr Fall, aber sie als Frau offensichtlich ebenso wenig seiner. Damit war Erik Assmann eine gute Partie, was eine echte Freundschaft betraf, eine, die über die Halbwertszeit von Rebekkas Scheinfreundschaften hinaus gehen konnte.

»Wie geht deine Familie damit um, dass du oft unterwegs bist, noch dazu ganz offensichtlich in Ländern, in denen andere Urlaub machen?«

»Dazu muss ich dir etwas zu meiner Familie sagen, und das sind genau drei Sätze: Ingrid ist die jüngere, hübsche Frau, die ich immer wollte. Sie gebar mir eine Tochter und hat nun ausgesorgt, wie auch sie es immer wollte.

Vielleicht, und daran arbeiten wir, bekommt Karoline noch einen Bruder oder eine Schwester.«

Wie ein Mantra, dessen war Rebekka sich sicher, trug Erik diese Antwort auf Fragen nach seiner Familie vor sich her, bei diesen Fragen, die sich doch immer nur voyeuristisch um seine hübsche Frau und ihn als weniger attraktiven Mann drehten, um ein ungleiches Paar, das nicht nur ein Kind, sondern auch einen Kinderwunsch hatte.

Er verschränkte die Arme. Sein Blick wurde ernst.

»Aber weil du es bist, hänge ich noch ein paar Sätze ran.«

Er nippte am *Martini* und wirkte für einen Moment geistesabwesend.

»Mir ist dieses Leben ganz recht, aus dem heraus einen das Glück nicht gleich anspringt. Die Parameter, die unsere Gesellschaft vorgibt, egal, wie hipp hier jetzt alle alternden, kinderlosen Singles ohne Rentenanspruch tun, erfüllte ich. Mein Zuhause ist Ladestation und Startrampe in einem. Ich kann mich von dort aus nun den wirklich interessanten Dingen des Lebens widmen.«

Und mit den wirklich interessanten Dingen des Lebens meinte Erik Assmann offenbar keine außerehelichen Abenteuer. Er sprach antiquiert, verwendete die Vergangenheitsform, was Rebekka darauf schließen ließ, dass er sich vor allem mit Büchern längst verblichener, aber in der Literatur lebendig vor sich hin pulsierender Autoren befasste. Er schien nach einem anderen Plan zu leben, und das verband Rebekka mit ihm. Außerdem mochte er die drei Otto-Brüder nicht besonders. Daraus machte Erik keinen Hehl.

»Ulrike ist das einzig wirkliche *Brain* in dieser Truppe. Sie weiß, was sie will und geht ihren Weg.«

Rebekka mochte seine unprätentiöse Art, auf Leute zuzugehen. Sein Urteil schien hin und wieder zu schnell festzustehen und er tat es recht undiplomatisch kund, doch es war genau diese Klarheit, die Rebekka an ihm faszinierte. Um diesen unauffälligen Typen musste man nicht kämpfen, man musste ihn sich erobern. Sie hatte ihn im Brecht-Keller, als der Bierpegel etwas gestiegen war, bei Diskussionen mit Nils beobachtet, in denen er von dahingesagten Plattitüden genervt war. Erik hatte tatsächlich das Wesen, die Ausstrahlung und Herzlichkeit eines Beamten, aber auch ein offenbar ebenso registerreiches Gedächtnis.

»Es ist schon verrückt, auf welche Art man sich auf dieser Welt begegnen kann. Im Grunde genommen bist du der verlängerte Arm deiner Mutter und ich, naja, der von Karl-Heinz Otto. Beide winken uns nun zu aus ihren Gräbern.«

Dieser Witz spricht dafür, dass er schon einen in der Krone hat.

»Ich lernte Karl-Heinz Otto durch Ulrike kennen. Er war immer sehr besorgt um seine Tochter. Dass sie von mir gute Jobs bekam, dankte er mir pausenlos.«

»Apropos, du hattest von einem Jobangebot gesprochen.«

»Das war ein Vorwand. Wie du schon vermutetest.«

Vermutete ich tatsächlich.

»Es ist ein Gefallen, um den ich dich bitte, aber bezahlt bekommst du ihn.«

Da er ein Mensch war, mit dem Rebekka tatsächlich gern befreundet wäre, sagte sie innerlich bereits zu. Und da sie sich gerade erst kennengelernt hatten, war sein Verhalten ein Ritterschlag für ihre Verstellungskunst.

»Worum geht es?«

»Ich möchte, dass du für mich eine Auktion beobachtest, auf die ich leider selbst nicht gehen kann.«

Erik Assmann schien auf eine wie Rebekka gewartet zu haben. Anders konnte sie sich diese so schnell entstandene Vertrautheit nicht erklären. Es fühlte sich gut an. Und sie könnte im nächsten Chat mit Andrew Cascone punkten.

»Irgendetwas lässt mich glauben, dass du das kannst. Ich kann Ingrid nicht fragen, sie würde das niemals für mich tun, denn sie fühlt sich nicht zuständig dafür. Bei Ulrike muss ich davon ausgehen, dass sie mit dem Stück, das ich auf der Auktion verkaufen will, nach Hause kommt. Und ansonsten bin ich, ehrlich gesagt, Einzelkämpfer, was heißt, dass ich mit nur wenigen Freunden gesegnet bin. Also frage ich dich.«

Er hob sein Glas, um mit Rebekka anzustoßen. Zögernd hob sie ihres.

»Was hab ich dort zu tun? Ich habe von Kunst so viel Ahnung wie von der Relativitätstheorie.«

»Und auch die ist nur relativ«, warf Erik lachend ein. »Du sollst ein Stück, das ich dort versteigern lasse, beobachten, die Leute am Telefon, die mit den Bietern von draußen reden, die Leute im Saal. Sollst mir so schnell wie möglich jede Regung durchgeben und dann auf meinen Hinweis hin entweder die Hand heben oder nicht, auf jeden Fall sollst du mitbieten. Ich muss mich hundertprozentig auf deine Intuition verlassen können, reiße dir aber nicht den Kopf ab, wenn etwas schief geht. Es ist schließlich mein Risiko, weil ich nicht da sein kann.«

Er kramte eine Zeitung hervor.

»Das *International Tribal Art Magazine* ist ein ganz gutes Lernprogramm zur Vorbereitung. Eigne dir ein bisschen das Gespür für die Holzpflöcke an, um die es da geht. Das ist schon die halbe Miete.«

Rebekka mochte ihr Leben und seine bunten Seiten noch mehr, während sie in den Seiten des Hochglanzmagazins blätterte. Dieser Fluss, auf dem sie sich treiben ließ, brachte sie nicht nur zuverlässig vom Start ans Ziel, sondern auch durch manche Stromschnelle und verlandete hier und da an sehenswerten Ufern.

KAPITEL 23

Rebekka lief barfuß durch das Gras, das so früh am Morgen noch mit Reif bedeckt war. Seit Monatsbeginn blühte der Garten auf, ohne dass sie an irgendeiner Stelle etwas dazutun musste in Form von Samen, Zwiebeln, Dünger, Arbeit, Liebe oder Grünem Daumen. Ein vorgefertigtes Leben schien auf diesen wenigen Quadratmetern im Boden gespeichert und nur auf seinen Ausbruch jedes Jahr zur selben Zeit zu warten. Ein beruhigender Mechanismus, der sich Rebekkas Leben bestens angepasst hatte.

Sie schnitt einen bunten Strauß zusammen aus blühenden Kirschzweigen, Birke, Tulpen und Narzissen und stellte ihn auf den Küchentisch. Für den Friedhof.

Mit Eriks Bitte würde sie sich später befassen. Bis zum Auktionstermin waren noch zwei Wochen Zeit. Das

International Tribal Art Magazine lag aufgeschlagen auf dem Küchentisch, doch Rebekka blätterte immer nur lustlos darin herum, denn ihre Gedanken waren woanders.

Ulrike hatte also den gleichen Verdacht wie Rebekka. Nur mit einem Unterschied: Rebekka war aufgrund ihres Statistikfimmels auf die Traueranzeigen gestoßen. Sie hatte Mark darauf aufmerksam gemacht. Und der hatte ihr die Information zum Tod von Karl-Heinz Otto gegeben, ohne Details zu verraten. Alles in allem war sie Ulrike mehr als eine Nasenlänge voraus, bewunderte aber den Mut dieser jungen Frau, der aus einem Verdacht ganz schnell eine Verdächtigung machen und Thorsten Milchmeyer ziemlich dumm dastehen lassen könnte. Rebekka würde etwas mehr auf Ulrike aufpassen müssen, bevor sie mit ihrem Temperament ein Feld umpflügte, das es erst noch zu bestellen galt. Vater und Tochter hatten knapp ein Jahr in der Firma zusammengearbeitet. Von den vorangegangenen Todesfällen in der Firma schien Ulrike nichts zu wissen. Umso erstaunlicher schien es Rebekka nun, dass Ulrike hinter dem Tod eines älteren Mannes, der ihr Vater nun mal war, einen Mord vermutete. Sie hatte kurz nachgehakt und gespürt, dass Ulrike es im selben Moment bereute, ihren Verdacht ausgesprochen zu haben, den sie offensichtlich bisher wie einen Schatz gehütet hatte. Nun war der Pfeil verschossen, und Ulrikes einziger Wunsch war es, ihn wieder zurückzuholen. Das Gespräch der beiden Frauen hatte danach eine andere Richtung genommen, Ulrike sich von Rebekka verabschiedet und war davon geradelt, ohne sich noch einmal umzusehen.

Wenn Sie abnehmen und endlich eine gute Figur haben wollen, dann essen Sie weniger und treiben Sie Sport!

Gehorsam zog Rebekka ihre Sportschuhe an. Ein lockerer Lauf auf dem Acker zusammen mit *Sting* sollte ihre Gedanken ordnen. »*A thousand years, a thousand more, a thousand times a million doors to eternity, I may have lived a thousand lives, a thousand times, an endless turning stairway climbs, to a tower of souls …*«

Doch schon bei den ersten Schritten und Klängen spürte Rebekka, dass sich die Entspannung diesmal nicht einstellen wollte. Thorsten Milchmeyers aalglatter Auftritt ging ihr nicht aus dem Kopf, und sie wusste, dass es Zeit war, ihm einen Besuch abzustatten.

Mark hatte Rebekkas Verdacht einer Mordserie bei *Recycling, Verschrottung und Co.* bestätigt. Ulrike war der Meinung, ihr Vater sei ermordet worden. Thorsten Milchmeyer hatte seine gezeigte Trauer zu dick aufgetragen. Von einer Anzeigenserie auf eine Mordserie zu schließen, barg schon jede Menge kranker Fantasie in sich. Das wusste Rebekka, und es ließ sie nicht kalt. Sie hatte ihr Vertrauen in die Welt verloren, was Rebekka jedoch nicht zu einem pessimistischen Menschen machte. Im Gegenteil: Ihr vorausschauendes Denken und die Gabe, immer das Gute hinter der nächsten Straßenecke zu vermuten, gaben ihr nicht nur Sicherheit, sondern waren ein gesundes Gegengewicht zu ihrer verborgenen Seite. Die lebte sie als das Chamäleon aus, das sie war. Die Welt da draußen hielt sie nicht für schlecht *per se*, aber in dieser Welt lebten Monster, und der Weg eines Menschen zum Monster war kein Weg, sondern nur ein Moment. Ein kleiner Auslöser wie ein Wort, eine Berührung oder ein Blick konnten einen Menschen auf einen anderen einschlagen, stechen, schießen, treten oder hacken lassen, und aus einem Minuten zuvor noch funktionstüchtigen

Körper aus Intelligenz, Gefühlen, Ernährung und Sex einen blutigen Haufen Gliedmaßen, Sehnen und Knochen machen, aus dem die Augen hervorquollen, die eben noch in die Welt schauten. Das war die Welt, in der Rebekka lebte, und es waren nicht die Schauplätze Kongo oder Irak, sondern die Orte Alexanderplatz und Sonnenallee in Berlin. Vor dem Hintergrund all dessen, was sich täglich in dieser Stadt abspielte, konnte Rebekka gar nicht schlecht genug von den Menschen denken, denn diese erfanden ihre Brutalitäten selbst, schlimmer, als es ein Schriftsteller herbeifantasieren konnte.

»*If it takes another thousand years, a thousand wars, the towers rise to numberless floors in space, I could shed another million tears, a million breaths, a million names but only one truth to face …*«

Ihre Laufschritte wurden schwerer auf dem schmalen Feldweg mit Abdrücken von Hufeisen und Fahrradreifen. Sie drehte sich um, lief rückwärts weiter, ließ ihren Blick dabei über den Acker bis zum Waldrand gleiten. Nahm ihre Kopfhörer ab, immer noch rückwärts laufend. Blieb stehen. Ein Entenpärchen quakte in der Nähe, Rebekka kannte die beiden, die sich jeden Frühling auf dem Tümpel im Wald niederließen. Kein weiteres Geräusch war zu hören, Wald und Feld lagen still. Immer noch rückwärts laufend setzte Rebekka ihre Kopfhörer wieder auf.

»*I still love you, I still want you, a thousand times the mysteries unfold themselves, like galaxies in my head …*«

Es gab niemanden, der sie verfolgte, es gab keine offene Rechnung, die sie nicht gezahlt hatte. Noch nicht. Und doch fühlte sie sich beobachtet, seit sie wieder hier war. Und das nicht von Faul, dem perversen Spanner, sondern von etwas Bösem, etwas Dunklem, etwas Unsichtbarem und zu allem Entschlossenem.

Zurück im Haus, unter der Dusche, ging sie gedanklich die nächsten Schritte durch. Es galt, keine Türen einzutreten, nirgends anzuecken, sondern wie nebenbei die Farbe zu wechseln, sich wieder neu anzupassen an das, was Thorsten Milchmeyer umgab.

Welcher Eingang stand ihr offen und würde nicht zu häufig kontrolliert? Der mit dem Universalschlüssel namens Recherche. Was recherchierte Rebekka bei *Recycling, Verschrottung und Co.* als Inhaberin eines Brandenburger Partyservice? Das ging nicht zusammen. Wusste Milchmeyer von ihr und dem Partyservice? Wahrscheinlich nicht.

Allerdings arbeitete Ulrike bei ihm. Ein kurzes Gespräch zwischen Tür und Angel würde genügen, um die Verbindung zu Rebekka herzustellen.

Auf dem Bücherstapel neben dem Bett lag ein Exemplar der Berliner Obdachlosenzeitung. Für die nächste Ausgabe waren Berliner Unternehmen und ihre caritativen Aktionen angekündigt.

Das ist es!

Rebekka stieg aus der Dusche und wickelte sich in ihren dicken Frotteemantel. Sie würde versuchen, Milchmeyer für einen caritativen Einsatz zu gewinnen. Sein Erfolg lag im Recyceln, einem Vorgang, bei dem aus gebrauchten, defekten, unmodernen oder sonst wie nicht mehr benötigten Abfallprodukten ein Sekundärrohstoff gemacht wurde. Es stammte ab vom griechischen Wort *cyclus* und *re*, beschrieb also das Zurückbringen eines Rohstoffes in einen wiederverwertbaren Zustand. Recyceln wurde genau dann zum Erfolg, wenn Müll glänzte wie Gold. Den Müll zum Glänzen brachte ein guter Ruf der Verwerter, denn Müll war schon lange kein Müll mehr im Zeitalter des drohenden Erstickungstodes der Menschheit. Müll war zum Konsumgut geworden. Die Menschen, da nahm sich Rebekka nicht aus, kauften Müll, konsumierten Müll, redeten Müll und schieden ihn wieder aus, sich bereits wieder an der Kasse drängelnd, um neuen Müll zu erwerben.

Und wie in jeder Branche entstand ein guter Ruf nicht selten durch Wohltätigkeit.

KAPITEL 24

Mit dem Rad fuhr Rebekka zur Fleischerei und holte das bestellte Paket Wurstaufschnitt ab, das sie auf ihrem Fahrradkorb festschnallte. Sie hatte nur zwei Kilometer zu fahren. Das Haus, das im Ort das *Assihaus* genannt wurde, lag am Ortsausgang. Neben einer Suppenküche wurde hier auch eine kleine Werkstatt betrieben. Wer weder Ausbildung noch Arbeit hatte, konnte sich von einem Schreiner, der auch der Hausmeister dieses Vereins war, im besten Fall schulen, im schlimmsten Fall an einem langen, eintönigen Tag unterhalten lassen.

Von den Räumen in der Erdgeschosswohnung führte eine Terrassentür in den Garten, in dem von Frühjahr bis Herbst junge Mütter mit ihren Kindern und ein paar von ihren Familien vergessene alte Männer und Frauen Kaffee tranken oder Multivitaminsaft aus dem Tetrapack.

Ein Ehepaar, beide um die 50, das in Habitus und Aussehen einem DDR-Polizeiruf entsprungen schien, waren die Betreiber dieses Hauses. Sie hatten sich bei der *Berliner Tafel e.V.* kennengelernt und hier auf dem Land eine neue Berufung gefunden.

Rebekka lief der Frau direkt in die Arme.

»Na, das gibt ein Buffet!«

Sie hatte diese energische Art, wirkte drahtig und stark, obwohl sie wahrscheinlich nur 1,50 maß.

»Das pack ich gleich auf die Frühstücksteller. So viel, wie bei Ihren Kunden immer übrig bleibt, bedienense wohl nur ›Tschörmanies näxt Toppmodäls‹, oder?«

Beherzt griff sie nach dem Wurstpaket und bot Rebekka eine Tasse Kaffee an.

Sie setzten sich für ein halbes Stündchen bis zum ersten Ansturm in den Garten, den Kaffeebecher in der Hand und am Laub der Bäume die Zeit bis zum Herbst ablesend.

»Hier im Haus wohnen eigentlich nur normale Leute«, sagte die Frau und hatte wohl vergessen, dass sie bisher jedes Gespräch mit Rebekka so begonnen hatte. Rebekkas interessierter Blick ermunterte sie wie immer zum Weiterreden.

»Die Bewohner schleichen sich durch die Hofeinfahrt rein, weil es hier keinem egal ist, was die Nachbarn denken. Auch wenn man sich sonst eigentlich völlig gleichgültig ist. In diesem Assihaus will halt keiner gesehen werden. Wo es Essen und Klamotten für lau gibt, gehen Assis ein und aus, weil alles, was es kostenlos gibt, diese Leute anzieht wie Scheiße die Fliegen. Das ist nun mal die verbreitete Meinung.«

Auch das war ein typisches Phänomen dieser Gegend. Man musste schon sehr genau hinhören, um die haarscharfe

Abgrenzung auszumachen zwischen dem, was an Meinung weitererzählt wurde, und dem, was die Meinung des Erzählenden selbst war. Wieder fiel es Rebekka schwer, doch diesmal beherrschte sie sich. Die Frau neben ihr auf der Gartenbank, die nun gedankenversunken an ihrem Kaffee nippte, kümmerte sich um die Außenseiter der Gesellschaft. Und das verband sie mit Rebekka. Nur dass Rebekka die Mittel bereits zur Verfügung standen, welche sich die beiden Betreuer des Vereins erst erbetteln mussten.

»Gibt es Unternehmen, von denen Sie gesponsert werden?«

Der Blick der Frau sprach Bände und sie selbst plötzlich Berlinerisch.

»Unternehmen! Nee, ooch keene Partei, keen jarnüscht. Wir kriegen hier zwar öfter mal Besuch, grad in Wahlkampfzeiten, aber die sitzen denne aufn Kaffee hier, hören sich allet an, hauen wieder ab, eener überweist noch mal 100 Euro oder schickt ein paar Klamotten, die er nicht mehr braucht, und dann ist die Sache ooch schon wieder vergessen.«

Rebekka fiele ganz bestimmt etwas ein, womit sie dem Chef der *Recycling, Verschrottung und Co.* einen Hilfseinsatz für den regionalen Ruf der Firma schmackhaft machen würde.

»Haben Sie vielleicht einen Flyer für mich? Eine Visitenkarte?«

Rebekka merkte selbst, wie lächerlich diese Frage angesichts der Knappheit der Mittel dieses Vereins wirken musste. Zu ihrem Erstaunen sprang die Frau auf, ging in ihr Büro und kehrte kurz darauf mit einem Faltblatt und einer Visitenkarte in der Hand zurück.

»Da staunense, was?«

Und Rebekka staunte tatsächlich.

»Im letzten Wahlkampf war einer für die Arbeitsplätze hier.«

Rebekka hielt das für die höfliche Umschreibung eines Landtagsabgeordneten, der sich die Bekämpfung der Arbeitslosigkeit auf die Fahne geschrieben hatte.

»Und der hat mir die Dinger drucken lassen. Dann kam bald einer vom Arbeitsamt, den er auf uns angesetzt hat, und der hat uns erklärt, wie wir mit diesen Dingern die Leute, die hier aus und ein gehen nach und nach wieder mit Arbeitsplätzen versorgen können. Na ja«, sie seufzte, »wenigstens ein paar von denen.«

Rebekka horchte auf.

»Sie vermitteln Obdachlosen Arbeit?«

»Wieso? Ist das jetzt ooch verboten?«

»Natürlich nicht. Das ist lobenswert.«

Rebekka verabschiedete sich schnell und ließ die Frau mit etwas ratlosem Blick und zwei Kaffeebechern in den Händen zurück, während die ersten Gäste zum Frühstücken kamen.

KAPITEL 25

Morgens fühlte sich der Frühling noch wie Winter an. Im Busch vor dem Fenster sahen Spinnenweben mit Reif wie kleine Skelette aus.

Rebekka saß an ihrem Küchentisch, sie brauchte Halt, sehnte sich nach Mark und spürte zum ersten Mal, dass es wie das Warten auf eine Liebeserklärung war, jenes Hoffen, er würde ihr seine Liebe erklären. Es war schmerzhaft, ihm so nahe zu stehen und doch nicht zu seinem Leben zu gehören. Es fühlte sich an, wie die Welt von außen zu betrachten, darüber stehend zwar, aber aus einer Entfernung, die einsam machte. Nach jedem Treffen schickte sie ihn weg, denn Rebekka schlief gerne allein, im Sommer bei offenem Fenster, egal ob in der Stille des Gartens oder über der Lärmkulisse in der Torstraße. Sie schlief nur mit einem Laken bedeckt, ihren Körper über die ganze Breite des Bettes ausgestreckt. Die Nächte gehörten ihr allein, so wie auch nächtliche Reisen im Flugzeug, wenn sie nach zwei hingehauchten Stunden Schlaf in der Finsternis aus Notbeleuchtung und Stille über einem Ozean wach wurde, um sie herum nur Schlafende waren, wohl auch der Pilot und seine Crew ihre Pause machten und Rebekka losgelöst von allem einen Blick aus dem Fenster warf. Auch dort nur Nacht und vielleicht Wasser ganz unten und keine Zeit und kein Ort. Bei einem Absturz würde sie den Moment ihres Todes allein erleben, losgelöst von allem. Doch um nichts in der Welt ertrug sie einen Mitreisenden, einen Begleiter. Nicht auf dem Flug. Nicht im Leben.

Beunruhigt schaute sie auf ihr Handy, gefühlte 100 Mal pro Minute. Es war ihr unmöglich, Mark zu erreichen. War er nicht im Dienst, dann lag sein Handy mit ihrer Nummer darin in seinem verschlossenen Schreibtisch. War er im Dienst, hatte er es bei sich, jedoch ausgeschaltet. Marks Nummer zu haben, war für Rebekka nichts als eine Verheißung, die sich nicht erfüllte. Er musste sie anrufen. Schon allein, um sich Rebekkas Informationen zu Anneliese Otto zu holen.

Die Frau vom Hilfswerk hatte Rebekka Visitenkarten, Flyer und einen Aufkleber mitgegeben. In einer Ausweishülle kombinierte sie das Ganze zur Mitgliedskarte einer Beauftragten vom *Neuenhagener Hilfswerk*. Seit ihrem Besuch dort machte sich ein unheimlicher Verdacht in ihr breit. Zum einen lähmte sie dieses Gefühl, weil sie den Gedanken nicht weiterspinnen wollte. Zum anderen konnte sie es nicht erwarten, der Sache nachzugehen: Wenn es sich bei den Verstorbenen nun um Menschen handelte, die niemand vermisste? Die für eine ganz bestimmte Drecksarbeit angeheuert und dann beseitigt worden waren?

Rebekka setzte sich an den Laptop. Das lindgrüne Logo der Firma *Recycling, Verschrottung & Co.* baute sich auf der Website auf.

Private Haushalte. Gewerbe. Papier. Chemikalien. Glas. Dachpappe. Datenträger. Behälterarten. Entleerungsturnus. Großveranstaltungen. Vorausdenken. Chemisch-physikalische Anlage. Trennstadt Berlin. Verantwortung. Als sie den Button *Unternehmensführung* anklickte, erschien ein Foto von Thorsten Milchmeyer. *Geschäftsführer.* Darunter zwei weitere Fotos, ein Mann, eine Frau, von den Leitern der Abteilungen Marketing und Dienstleistungen. Der Sitz war in Tempelhof. Rebekka gab die Adresse in den Onlinestadtplan ein und druckte das Blatt mit der Straßenkarte des Viertels aus. Sie nahm ihren Kalender und legte es hinein.

Die Sekretärin stellte Rebekka sofort zu ihm durch. Ein Interview für den *Straßenfeger* zu geben, war offensichtlich keine seltsame Anfrage für Thorsten Milchmeyer. Er stimmte dem Termin zwei Tage später sofort zu und erinnerte sich auch höflich an Rebekka, als sie beiläufig erwähnte, sie seien sich bereits auf der Beerdigung von Karl-Heinz Otto begegnet. Nicht einmal den Hauch eines Zögerns vernahm sie von seiner Seite, sondern nur die Versicherung, er freue sich nun umso mehr auf ihren Termin.

Es war Mittag, als Rebekka den kompletten Inhalt ihres Laptops speicherte. Dann stöpselte sie einen weiteren Stick ein, auf dem sie eine einzige Datei speicherte, und wickelte beide nach dem Speichervorgang erst dick in Haushaltsfolie und dann in Alufolie ein und legte sie auf dem Küchentisch bereit. Aus dem Kleiderschrank nahm sie Jeans und ein T-Shirt. Beim Ankleiden auf einem Bein balancierend, schaute sie aus den Fenstern, zuerst aus dem vorderen, das auf die Straße zeigte, durch das Küchenfenster, das auf den Feldweg zeigte, aus dem Fenster neben ihrem Bett, das auf den Acker zeigte und schließlich zur Tür, an der innen ihr Schlüsselbund steckte. Wie ein Derwisch drehte sie sich im Kreis, bis die Jeans endlich saß, hauteng und trotzdem bequem. Sie steckte beide Sticks in die Hosentasche.

Es versprach, ein sonniger Tag zu werden, trotzdem griff Rebekka zur Strickjacke.

Erwartungsgemäß machte sich Frau Faul auf den Weg zum Friedhof.

Ein paar Minuten später schnallte Rebekka den Blumenstrauß auf den Gepäckträger ihres Fahrrads und schob es durch das Gartentor. Nach wenigen Tritten in die Pedale war sie voll in Fahrt und bog beschwingt in den Friedhof ein, wo sie beinah Frau Faul über den Haufen fuhr.

»Junges Fräulein!«

Rebekka lächelte, wenn sie so genannt wurde. Und hier draußen noch mehr, weil es nicht der Ton dieser Gegend war.

»Entschuldigen Sie, Frau Faul. Ich habe Ihnen hoffentlich nicht wehgetan?«

»Nein nein.« Frau Faul schüttelte den Kopf. »Nun bin ich wirklich wach für den Tag. Besuchen Sie hier wen?«

Selbst mit Schädelbasisbruch würde sich die Frau vom Faul die Gelegenheit zum Spionieren nicht entgehen lassen. Vielleicht sind die gar kein Paar. Vielleicht sind sie Dr. Jekyll und Mr. Hyde *und rennen abwechselnd in der Gestalt des anderen durch die Gegend. Nur um mich fertigzumachen.*

»Ja«, antwortete Rebekka brav und hielt ihren besorgten Blick auf *Mr. Hyde* gerichtet.

»Wen denn?«

Die Frage hatte Rebekka erwartet.

»Meine Mutter.«

»Oh!«, sagte Frau Faul und zupfte etwas unbeholfen an ihrem Rock herum. »Ich erinnere mich. Sie war doch noch so jung, Ihre Mutter.«

Das Ende des Satzes zog Frau Faul so weit nach oben, dass er einer Frage glich, die Rebekka ganz bestimmt nicht beantworten würde.

»Und nun müsste ich auch …«

»Ja, ja, gehen Sie nur … Sie sind ja immer so in Eile.«

Immer so in Eile. Was soll das?

Rebekka stieg vom Rad und schob es den Friedhofsweg entlang. Die alte Dame lief ihr nach, offenbar nicht absichtlich, doch Rebekka nahm es zur Kenntnis.

Das Grab ihrer Mutter war schon von Weitem zu erkennen. Der Stein war hell, wirkte wie von einem Licht angestrahlt, und das Beet wie ein wildwuchernder Garten, der aus all dem efeubewachsenen Granit ringsum hervorstach.

Rebekka füllte eine Steckvase an dem Brunnen in der Nähe. Sie schaute sich um. Frau Faul war nicht mehr zu sehen.

Sie ging zurück zum Grab und steckte die Vase in die Mitte von Ginster, Lavendel und ein paar frostgeschädigten Rosenstöcken, die sich gerade wieder erholten und die ersten Knospen zeigten. Der Strauß glitt in die Vase. Stolz betrachtete Rebekka ihr Werk. Mit einem Taschentuch fuhr sie über den hellen Stein, auf dem der Name und die Lebensdaten ihrer Mutter standen.

Rebekka beugte sich noch ein letztes Mal hinunter, hob das Windlicht auf und schraubte den Deckel ab. Mit der scharfen Kante grub sie ein kleines Loch. Sie wog beide Aluminiumpäckchen gegeneinander ab und entschied sich für eines davon. Sie legte das Päckchen mit dem Stick in das Loch und schüttete es wieder zu. Dann zündete sie ein Teelicht an, schraubte den Deckel wieder auf das Windlicht und stellte es zurück an seinen Platz.

»Ein undankbares Alter.«

Rebekka fuhr herum, sie hatte Frau Faul nicht kommen hören.

»Sagen Sie mal, verfolgen Sie mich?«

Rebekka spielte ihre Wut voll aus.

»Sollte ich das?«

Eine so schlagfertige Antwort hatte sie der Frau gar nicht zugetraut. Perplex starrte Rebekka sie an und suchte nach Worten.

Frau Faul kicherte, als habe sie gerade selbst realisiert, was sie schon alles ohne ihren Mann konnte. Dann wurde sie ernst.

»Ich bin fast jeden Tag hier, wissen Sie? Ich schaue, wer dazugekommen ist oder ausgelagert wird, wessen Grabstätte abgelaufen ist und wo der Stein befestigt werden muss.«

Ihre Arme waren beinah zu kurz dafür, um sie vor ihrer massigen Brust verschränken zu können. Sie tat es trotzdem.

»Und Ihre Mutter muss mir da glatt entgangen sein. Gab es etwa keine anständige Trauerfeier?«

Rebekka überlegte kurz, was in dieser Gegend und von einer Frau, die mit einem wie Faul verheiratet war, wohl als *anständig* bezeichnet wurde. Die Beerdigung ihrer Mutter war aus Rebekkas Sicht zumindest nicht unanständig gewesen. Sogar ein Pfarrer war dabei gewesen, dazu Rebekka und drei Totengräber. Als der Pfarrer gegangen war, hatte Rebekka mit den drei Männern noch einen *Ouzo* aus dem Flachmann getrunken, den sie eigens für diesen Anlass mitgebracht hatte.

»Das tut mir übrigens leid, das mit Ihrer Mutter.«

Rebekka hielt es für eine unglaubliche Schrulle, die es sich im Sprachgebrauch bequem gemacht hatte.

Das mit Ihrer Mutter … Sie ist tot, und das ist kein »was mit«… Verdammt!

»Danke.«

Rebekka nahm ihr Rad und ging, in der Hoffnung, Frau Faul habe alles mitbekommen.

Als sie wieder in ihre Straße einbog, begegnete sie Helmut Faul, der sich ebenfalls gerade aufs Fahrrad schwang, obwohl er garantiert die ganze Zeit an ihrem Zaun entlang geschlichen war, voller Neugier, die ihn innerlich zu zerfressen schien.

Äußerlich legte er ein freundliches »Tach'chen, Frollein«, an den Tag und lüpfte den unsichtbaren Hut auf seiner speckigen Elvistolle.

Er schien innezuhalten und zu warten, dass Rebekka ihn endlich fragte, ihn vielleicht sogar anbrüllte, zur Sau machte, weil er ständig hier herumlungerte. Doch genau den Gefallen tat sie ihm nicht. Sie lüpfte ebenfalls einen unsichtbaren Hut und fuhr ansonsten grußlos an ihm vorbei, ein breites, wissendes Lächeln im Gesicht.

Obwohl der Frühling die Gegend und sogar die Leute etwas freundlicher zu machen schien, fehlte Rebekka die Stadt wie ein Geliebter, von dem sie immer wieder unfreiwillig Abschied nehmen musste, sobald sie in die S-Bahn Richtung Hoppegarten stieg.

Bevor sie die letzte greifbare Erinnerung, die sie an ihre Mutter hatte, zu hassen beginnen würde, war es wieder Zeit, Brandenburgs Gleichgültigkeit zu verlassen und in ihr gemütliches Zimmer im belebten *Vico House* zurück zu kehren. Wann immer sie ihr Weg daran vorbei führte, mit dem Rad oder zu Fuß vom Alex in die Torstraße einbiegend, betrachtete sie das denkmalgeschützte Gebäude im späten Bauhaus-Stil mit seiner markanten symmetrischen Fassade, und Heimatgefühle stiegen in ihr hoch, wie sie sie sonst nicht kannte. Dann war sie versucht, einfach hineinzugehen, ihre Klubmitgliedschaft zu testen und zu sehen, ob sie tatsächlich sofort ein Zimmer bekäme, am liebsten das, was sie immer bezog. Doch sie spürte auch, um wie vieles wertvoller der Moment der Rückkehr erst sein würde, wenn er nicht einer spontanen, unausgegorenen Stimmung entsprang und sie ihr Refugium am Stadtrand so verlassen hätte, wie sie es eines Tages wieder vorfinden wollte.

Es war Sonntag und somit ein ganz normaler Arbeitstag für Freddy. Rebekka wählte seine Handynummer und vernahm schon nach dem ersten Klingeln den vertrauten Bariton am anderen Ende.

»Na? Mit dem Landleben schon wieder am Ende?«

Freddy hielt sich nie lange mit Floskeln auf, wenn er erst einmal Rebekkas Nummer auf seinem Display erkannt hatte.

»Genau deshalb ruf ich an. Hast du ein Zimmer für mich?«

»Logo, ab wann?«

»Sag du es mir.«

»*I see*, doch so dringend, ja?«

»Genau so dringend.«

»Wie wäre es mit … heute?«

»*You made my day*!«, jubelte Rebekka und legte auf.

Sie stellte das Gas und den Strom ab und erneuerte online den Nachsendeauftrag für Post und *Berliner Zeitung* an das *Vico House*, bevor sie den Computer endgültig herunterfuhr und in ihrem Koffer verstaute. Dann erst schaute Rebekka zum ersten Mal auf die Uhr. In einer Stunde fuhr der Bus.

Sie schloss alle Fenster und brachte den Müll in die Tonne am Haus. Ein letzter Blick zurück in kleine Wölkchen aus Staubkörnern, die über ihrer Oase aus *Laura-Ashley*-Kissen und Wolldecken tanzten. Ein Paravent aus patiniertem Metall, handgefertigt von Andrew Cascone und mittlerweile unbezahlbar, trennte die Schlafnische vom Wohnzimmer, das direkt in die Küche überging. Bücherstapel umrandeten das gemütliche Bett. An dem weißen Holztisch vor der breiten Fensterfront hatte sie schon als Kind ihre Milch getrunken. Fotos an den Wänden zeigten ihre Eltern und stammten aus glücklichen Tagen, jenen Tagen, bevor die beiden Eltern wurden.

Rebekkas Vater war tatsächlich bei ihrer Geburt gestorben. Die Leute schauten ungläubig, wann immer Rebekka diesen Satz sagte. Dabei war es eine der wenigen Wahrheiten, die sie je von Rebekka Schomberg erfahren sollten. Der Vater hatte einen Anruf bekommen, dass die Wehen einsetzten bei seiner Frau, bei seiner jungen, hübschen Monika mit ihrem Mammutbauch. Und er hatte sich sofort auf seine *MZ* geschwungen, in der Eile den Helm vergessen und in einer regennassen Kurve im Sturz buchstäblich den Kopf verloren. Dieses Detail ersparte Rebekka ihren Zuhörern meist. Das einzige Foto ihres Vaters hing inmitten eines Sonnenstrahls an der sandfarbenen Wand. Daneben ein Bild ihrer Mutter mit Rebekka auf dem Arm, und die verlorene Freude über ihr Baby, die ihr anzusehen war.

»Macht's gut ihr zwei«, flüsterte Rebekka und wusste, dass sie jedem etwas antun würde, der sich an ihrem Refugium vergriff.

Die Kleidungsstücke, an denen sie nach einem Jahr nicht mehr sonderlich hing, hatte sie in eine Mülltüte gepackt und stellte sie nun mit dem Vermerk ›Kleidersammlung‹ vor das Gartentor. Sie rief im Hilfswerk an und gab dort Bescheid mit der Bitte, die Sachen abholen zu lassen. Spätestens daran würde Faul bei seiner Rückkehr erkennen, dass es nun wieder so weit war, dass es für ihn hier über Monate nichts mehr zu sehen gäbe und er das Rätsel noch immer nicht gelöst hatte. Seine Frau würde ihren faden Senf dazugeben. Dann hätten sie endlich etwas zu reden. Und er würde sich seine widerwärtigen Gedanken spinnen und irgendwann wie der Bär vorm

Honigtopf versuchen, in das Haus einzusteigen. Denn die winzige Kamera unterhalb der Regenrinne hatte er trotz seiner täglichen Schnüffelei noch nicht erspäht.

KAPITEL 26

Am Alexanderplatz stieg Rebekka aus der S-Bahn. Sie konnte zwei Stationen mit der Straßenbahn fahren bis zum *Vico House*. Eine Bahn stand da, die Türen noch geöffnet, drinnen Kindergeschrei und noch ein paar freie Plätze. Die Fahrerin schaute Rebekka abwartend an. Dann schlossen sich die Türen. Die Bahn fuhr weg, und Rebekkas Blick fiel auf der gegenüberliegenden Straßenseite auf das Plakat mit den *Moon-series* von Andrew Cascone. Nun erkannte sie auch die Neuigkeit hinter diesem Plakat: *Lutter* stellte seine Kunstsammlung, zu der nun auch Werke von Andrew Cascone gehörten, im Sommer im Gropius-Bau aus. Amüsiert schüttelte Rebekka den Kopf. Er wäre also in Berlin. Das Abenteuer konnte beginnen.

Rebekka ging zurück ins Bahnhofsgebäude. Fand einen italienischen Eisladen, der Kaffee zum Mitnehmen verkaufte. Ihr Koffer war leicht und fuhr auf Rollen. Ihre Handtasche hing schräg über ihrer Schulter, so blieb eine Hand frei für einen Kaffeebecher. Sie zahlte, bedankte sich und ging.

Am Kaufhaus entlang laufend, an dessen Schaufenstern sich kleine Grüppchen Leute entlangschoben, erinnerte sie sich an Sonntagsspaziergänge mit ihrer Mutter und wie wenig Gefallen sie daran gehabt hatte. Ihre Mutter wollte auch ohne den Vater immer wie eine normale Familie leben. Und das hieß: Sonntagsspaziergang. Und dann fuhr man zum Alex. *Centrum Warenhaus*. Schaufenster gucken. Hier gab es mehr Auswahl als in Marzahn oder Neuenhagen. Hier war die große Welt. Rebekka hatte sich immer zum Fernsehturm auf der anderen Seite des S-Bahnhofes hingezogen gefühlt, doch ihre Mutter wollte davon nichts wissen. Am Fernsehturm trafen sich die Coolen, die Punker und später New Romantics. Rebekka träumte sich schon damals den Moment zurecht, in dem sie die elterliche Wohnung verlassen und sich ein Zimmer in dieser aufregenden Stadt nehmen würde. Abends wollte sie dann mit ihrer *Beirette 36*, ihrem Traum von einem Fotoapparat, zum Fernsehturm gehen, dann rüber zum Springbrunnen, wo sich all jene trafen, denen die Popper mit den Skateboards vom Fernsehturm auf den Wecker gingen. Fotos wollte sie machen, in Schwarz und Weiß, sie entwickeln lassen und irgendwo ausstellen. Sehr einfach waren ihr die Dinge damals erschienen, während sie am Arm ihrer Mutter brav die Kittelschürzen im Schaufenster des *Centrum Warenhauses* betrachtete.

Eine Generation von Sonntagsspaziergängern später lief sie nun wieder an den Schaufenstern entlang, nippte am Kaffee und betrachtete ihr Spiegelbild vor lebensechten Puppen mit *Nike*-Klamotten. Auf der anderen Seite ›Ristorante‹ in Plattenbauten und das ehemalige *Pressecafé*, das jetzt ein Steakhaus war. Sie schaute hinauf zum Park-Inn, von dessen Dach man sich in einen Bunjee-Jump stürzen konnte. Sie hatte das öfter im Vorbeifahren gesehen, bekam nun aber direkt vor dem Gebäude

Gänsehaut bei der Vorstellung, erstens in einem engen Fahrstuhl ganz nach oben fahren zu müssen, zweitens diesen Sprung im vollsten Verlass auf die Einstellung des Gummiseils zu machen und drittens im engen Fahrstuhl wieder herunterfahren zu müssen.

Weiter vorn dann die vertraute Häuserzeile: die Redaktion der *Berliner Zeitung*.

Rebekkas Schritte wurden schneller, sie warf den leeren Kaffeebecher im Vorbeigehen in einen Papierkorb. Wie das Kind vor dem Weihnachtsbaum blieb sie vor dem *Vico House* stehen.

Indessen beobachtete ein mittelaltes Ehepaar einen Mann dabei, wie er einen gebrauchten Kaffeebecher aus einem Papierkorb fischte.

»Der sieht gar nicht aus wie ein Flaschensammler«, sagte sie zu ihm.

»Ich sehe auch nicht aus wie ein Straßenbahnfahrer«, entgegnete er.

»Doch! Und nun komm.«

Das ehemalige *Kaufhaus Jonaß* strahlte etwas Mondänes aus, das an dieser etwas seelenlosen Straßenecke deplatziert wirkte. Nach der Enteignung der jüdischen Eigentümer während der Herrschaft der Nazis diente das Gebäude der Hitlerjugend und später der Sozialistischen Einheitspartei Deutschlands als Zentrale. Das Haus war das Machtzentrum der DDR gewesen. Hier hatte das so genannte Politbüro unter Walter Ulbricht gesessen, den Rebekka immer für einen speziellen Freund ihres Großvaters Erich Schomberg hielt, weil der angeblich ein Bild dieser spitzbärtigen Eminenz an der Wand gehabt hatte.

Das *Politbüro* war noch immer ein gern gebuchter Tagungsraum im *Vico House*, was für Rebekka eine amüsante Verbindung zu ihrer eigenen Vergangenheit war, die 20 Jahre nach dem Mauerfall nichts an Zynismus zu wünschen übrig ließ.

Aus der Parteizentrale, zu der schon damals nicht jeder aus der Partei Zugang erhielt, war nun ein Privatklub geworden, zu dem auch heute nicht jeder Gast Zugang erhielt. Die Aufnahme war keine Frage von Macht oder Karriere und schon gar nicht von Geld. Das Haus war einer der wenigen Orte, in denen Geld tatsächlich keine Rolle spielte, man nur genauso alt wie anderswo aussah, wenn man keins hatte. Menschen, in deren Händen Geld zu Vermögen wurde, waren nicht die Kunden des *Vico House*. Oligarch und Retortenstar waren Ausschlusskriterien. In den *Vico-House*-Klub wurden Leute aufgenommen, die dem Haus etwas brachten. Sie brachten etwas mit aus dem riesigen Pool von Ideen, die sich über die ganze Welt verteilten. Sie lebten diesen pulsierenden Traum, der immer gerade kurz vor der Realisierung stand. Hier traf man sich. Man lebte hier für kurze Zeit und reiste dann weiter. Man hinterließ seine ganz persönliche Note in der Stadt wie der Kater seine Marke. Dafür nahm man auch ein Stück mit an ein anderes Ende der Welt, in ein anderes *Vico House*. Um hier einzuchecken, brauchte es eine Empfehlung von mindestens zwei Leuten, die bereits Mitglieder waren. Rebekkas Zugangscode hieß Andrew Cascone.

KAPITEL 27

Morgens war sie mit einem Blumenstrauß auf dem Gepäckträger weggeradelt, wahrscheinlich zum Friedhof. Nach ihrer Rückkehr von dort hatte sie Säcke voller Kleidung vor ihr Gartentor gestellt. Alle Zeichen standen darauf, dass Rebekka Schomberg sich wieder auf unbestimmte Zeit von hier ins *Vico House* zurückzog.

Ihr Haus wirkte auf ihn von außen wie ein ganz gewöhnlicher Rückzugsort stadtmüder Leute oder solcher, denen es eigentlich völlig egal war, wo sie ihre Wochenenden verbrachten, Hauptsache im Grünen und einigermaßen ruhig. Von innen hatte er es noch nicht gesehen, aber das war auch nicht wichtig. Es interessierte ihn nicht, wie sie sich einrichtete, er sah sie oft genug, um sich ein Bild von dieser Frau zu machen. Rebekka wiederum machte sich auf recht clevere Art ein Bild von ihren Nachbarn: Die kleine Kamera unter der Regenrinne hatte das Badezimmerfenster und einen Teil des Eingangsbereichs im Visier.

Es amüsierte ihn zu sehen, wie sich die Nachbarn hier um die rätselhafte Dame scharten, ohne je die Chance zu ergreifen, ihr wirklich nah zu sein. Es würde doch genügen, sich am Kaffeetisch plaudernd auszutauschen, statt immer nur zu warten, bis sie zu einem ihrer wichtigen Treffen gefahren oder wieder ins *Vico House* gezogen war. Die Menschen schafften es einfach nicht, sich das Leben leicht zu machen. Immer musste eine Kurve eingebaut werden in die gerade Straße, aus lauter Angst, man könne, wenn es zu gut läuft, die Kontrolle verlieren. Er machte es sich da viel einfacher.

Auf halber Höhe der Straße stand ein unbewohntes Haus, so weit von Gestrüpp überwuchert, dass noch nicht mal mehr Werbung in dem verrosteten Briefkasten landete.

Das Vorhängeschloss hatte sich so leicht wie eine Haselnuss knacken lassen. Sein Auto parkte er am Ende der Straße vor dem ehemaligen Gestüt. Er war der unauffällige Spaziergänger, den man entweder nicht bemerkte oder für einen interessierten Käufer hielt. Er würde Rebekka Schomberg mit ihren eigenen Waffen schlagen. Wann immer sich jemand näherte, der ihn unschwer als Fremden in dieser Gegend ausmachen könnte, lief er über das verlassene Grundstück. Auf die vier, fünf Leute, denen er hier täglich aus dem Weg ging und die doch den Kopf nach ihm umdrehten, musste er wie ein neuer oder der alte Besitzer wirken, das tat hier eh nichts zur Sache, der versuchte, sich auf seinem Grund und Boden einen Überblick zu verschaffen. Irgendwie, und das war keine Floskel, denn er wusste wirklich nicht wie, hatte Rebekka Schomberg den Braten gerochen. Sie wirkte verunsichert, manchmal zumindest, wenn sie auf ihrem Joggingpfad unterwegs war, sie sein Klopfen aus ihrem Traum riss, und kürzlich sah er sie sogar morgens recht früh und verstört am Fenster stehen. Dabei hatte er nur wie beiläufig die Büsche vorm Haus etwas sprechen lassen.

Und nun hatte er auf dem Weg vom Alexanderplatz zum *Vico House* ihren Kaffeebecher aus dem Papierkorb gefischt. Das war vielleicht etwas übertrieben gewesen, doch bei dem Tempo, das sie mit ihrer Schnüffelei vorlegte, konnte er ihre DNA vielleicht noch gebrauchen. Ein zweiter Knopf an einer Tasche war schon deshalb die halbe Miete der Sorgenfreiheit, weil genau der Knopf verloren gehen konnte, der das ganze Stück zusammenhielt.

Rebekka Schomberg sollte sich nicht zu sicher fühlen. Ohne Not hängte sie sich in das Leben anderer, und wer die Gefahr suchte, der drohte nun mal, darin umzukommen. Dass ihr genau das widerfahren würde, hatte er bereits minutiös geplant, und sein Plan schien sogar aufzugehen, denn in einem Punkt – dem wichtigsten überhaupt – war Rebekka Schomberg ihm bereits auf den Leim gegangen. Noch wusste sie nichts davon, sondern klebte wie die Fliege am Klebeband, immer noch genüsslich das Süße von der Oberfläche leckend, bevor sie merken würde, dass es Fesseln waren, an denen sie sich gerade labte.

Die Kübel mit Kapuzinerkresse vor dem Haus waren ihm bald genauso vertraut geworden wie Herrn Ziervogels schmucklose Sekretärin in der Neuenhagener Sparkassenfiliale als auch Freddy im *Vico House*, der den Gesprächen mit ihm über sein Spezialthema immer regelrecht entgegenfieberte. Hier also traf sich die Schöne mit dem Biest, verwöhnte das Model den Schnüffler, liebte das Mädchen den Kommissar, und ihm wären noch bessere Gleichnisse eingefallen, hätte er das nicht alles so sagenhaft zum Kotzen gefunden.

Es ging ihm nicht um das schnöde Ausbaldowern anderer Leute Gewohnheiten. Die profane Spannermentalität, die sich ihre Nachbarn auf dem Land noch aus ihren Überwachungsjobs im alten System bewahrt hatten, war ihm verhasst wie Achselgeruch. Es ging ihm um viel mehr. Rebekka Schomberg mischte sich in Dinge ein, die sie nichts angingen, und konnte ihm somit eine ernst zu nehmende Gefahr werden. Bevor ihr das gelänge, musste sie ausgeschaltet werden. Das Leben, das sie führte, war unauffällig genug, sodass sie keiner vermissen würde. Rebekka Schomberg würde ebenso von der Landkarte ihrer scheinbar großen Welt verschwinden wie die Obdachlosen, die er als Metallarbeiter gebraucht und anschließend fachgerecht entsorgt hatte. Kein Schwein hätte je wieder nach auch nur einem von ihnen gefragt, so wie auch in deren Leben vorher niemand nach ihnen gefragt hatte bis auf ihn selbst, der sie sich zu willigen Sortierern und Beschaffern, zu Kräften fürs Grobe herangezogen hatte. Sie hatten noch eine gute Zeit gehabt mit ein paar Euros und kostenloser Unterkunft, in der sie sich hatten jeden Abend besaufen und ihren Rausch ausschlafen können.

Warum, fragte er sich ständig, fiel es den Menschen nur so schwer, in ihrer eigenen Spur zu bleiben oder überhaupt einer zu folgen, die ihre eigene sein könnte? Er hatte seine Leidenschaft entdeckt und blieb an ihr dran wie ein Magnet am anderen, da passte nichts dazwischen, es war seine Berufung geworden nach vielen fruchtlosen Versuchen auf anderen Feldern: die Kunst, Kunstwerke zu erschaffen. Jeder Mensch besaß schließlich das grundsätzliche Bedürfnis an Kunst, um dieses Jammertal von Leben durchzustehen. Kunst war des Kleinbürgers liebstes Kind geworden, man hob sich ab von dem Nachbarn, der mit elektrischen Garagentoren Millionen gemacht hatte und sie in Gestalt von Rolex und Porsche herumzeigte, indem man sein Geld für Kunst ausgab.

Doch es ging ihm nicht nur darum, selbst ein Kunstschaffender zu sein. Es war ihm gelungen, eine ganze Gattung zu schaffen, ein Kunstgeschöpf, das den Markt bediente. Es hatte zwei Jahre gebraucht, um die Maschinerie in Gang zu setzen. Und Rebekka Schomberg war ganz bestimmt die Letzte, die seinen mühsam verdienten Erfolg stoppen würde. Sie hielt sich für besonders schlau. Aber sie war es nicht. Wäre sie schlau gewesen, hätte sie ihre Vorsicht beibehalten, die sie jedem gegenüber in Lügen verpackt an den Tag legte. Diese Frau hatte ihr Leben perfekt durchorganisiert, indem sie sich zu einem nicht greifbaren guten Geist stilisierte, der über allem Unrecht der Welt, oder zumindest dem in Berlin, schwebte. Doch in diesem einen, gedankenlosen Moment hatte der Geist seine Zauberkraft verloren und war zu den Gewöhnlichen herabgestiegen. Das war der Moment, als sie für ein Stück der *Functional Art* von Andrew Cascone ihre Adresse auf dem Land bei Berlin für die Lieferung angegeben hatte. Seitdem konnte er ihr gezielte Zeichen geben, die sie nicht wieder in ihre gewohnten, vermeintlich geschützten Gefilde aufsteigen ließen. Mit jedem Geräusch, jeder kleinen, harmlosen Verfolgungsfahrt, wenn sie sich einsam auf ihrem Acker wähnte, ließ er diese Frau am Boden kleben, die so gerne als Engel schwebte.

KAPITEL 28

Sie betrat die werkhallenartige Lobby des *Vico House*, wo ihr Blick auf ein Hai-Motiv fiel, das Damien Hirst dort auf dem rauen Putz hinterlassen hatte. Die drei Tischtennisplatten gegenüber vom Empfangstresen waren belegt von jungen Männern, die für eine Klassenfahrt zu alt waren und trotzdem grölten, als wären sie auf einer. In einer Art Sitzecke standen Hocker und Tische aus Metall, deren Muster Rebekka vertraut war. Andrew Cascones *Functional Art* hatte es nicht nur in ihre Gartenlaube, sondern mittlerweile auch ins *Vico House* geschafft.

Am Fahrstuhl wurde Rebekka von Freddy in Empfang genommen. Er war ein etwas zu groß geratener Mann, dessen Hände, Füße und Kopf mit dem Tempo, das der restliche Körper beim Wachsen vorgelegt hatte, nicht mitgekommen waren. Auch seine Stimme war irgendwo zwischen Stimmbruch und Bariton hängen geblieben und changierte je nach Aufregungsgrad ihres Besitzers. Doch jedes Detail für sich genommen, war er ein Bild von einem Mann oder, wie Rebekka ihm scherzhaft zu sagen pflegte, eine ganze Galerie. Und eine ganze Galerie Männer stand auf Freddy.

»Ich hab mir den Arsch aufgerissen«, Freddy musste unwillkürlich lachen und fügte ein tuntiges »Uuuuuuuuhhhhhhh!« hinzu, als ihm die Dimension seiner Worte bewusst wurde. »Will sagen: Hab alles getan, damit du dein gewohntes Zimmer bekommst.«

Er drückte auf die 3 im Fahrstuhl, und die Tür schloss sich vor ihnen.

»Ich weiß gar nicht, wie ich dir das heimzahlen soll. Deshalb gebe ich dir auch nichts«, flüsterte Rebekka und kniff ihn in die Seite, um von ihrer Platzangst abzulenken.

»Schon mal überlegt, dir hier ein Appartement zu nehmen?«, fragte Freddy ernsthaft interessiert.

»Nein.«

Rebekkas Entscheidung stand fest. Natürlich hatte sie darüber nachgedacht, spätestens seit die Bauarbeiten im Seitenflügel abgeschlossen waren und der Blick in die großen Fenster der einzelnen Hotelwohnungen verlockend war.

»Zu viel Bindung. Dann richte ich mich hier vielleicht noch wohnlich ein mit all dem scheußlichen Ballast. Mein *Appartement* hab ich draußen in …«, sie hob die Augenbrauen und schaute Freddy fragend an.

»*In Brandenburg* …«, parierte der, und Rebekka stimmte ein, während sie der Fahrstuhl in die dritte Etage brachte, »… *in Brandenburg ist wieder jemand gegen einen Baum gegurkt. Was soll man auch machen mit 17, 18 in Brandenburg? Es ist nicht alles Chanel, es ist meistens Schlecker, kein Wunder, dass so viele von hier weggeh'n aus Brandenburg* …«

»Ist Post für mich da?«

Der dicke Teppich auf dem Flur verschlang das Geräusch ihrer Schritte.

»Liegt schon im Zimmer.«

»Hältst du ein bisschen die Augen für mich auf?«

»Logisch.«

»Danke, Freddy.«

Er schloss die Tür auf und reichte Rebekka den Schlüssel. Er drückte sie kurz und fest und ging zurück zum Fahrstuhl. Rebekka schloss die Tür hinter sich.

Sie war wieder zu Hause.

Hey Du!

Hey! Wieder am Kunstschaffen?

Ja, die Chicago Kunstwochen sind vorüber. Alles an Ausstellungen mitgenommen, was nur ging. Weißt du was?

Was?

Was der neue Trend ist?

In deiner komischen Metallkunst, die jetzt angeblich jeder will?

In der Galeristenszene, die bald keiner mehr braucht.

Sag's mir.

Temporäre Galerien. Eine Woche eingemietet in einer Wohnung, einem leer gelassenen Schwimmbecken, einem Milchladen oder Beerdigungsinstitut.

Okay. Wie geht es dir?

Jetzt wieder gut. Wo bist du grad?

Zu Hause.

Wo immer das ist. Pyjama?

Yep.

Socken?

Yep.

Hab süße Träume. Ich geh Mittag essen.

Schaff den Zeitunterschied ab, und wir können länger reden.

Ich bin dabei. Fehlt nur noch die passende Patinierung für die Zeitmaschine. Also dann ...

Warte!

Hab mich nicht bewegt.

Ich gehe auf eine Auktion nächste Woche.

Welche Kunst?

Afrikanische Skulpturen.

Du redest mit Leuten, die mit Holz arbeiten?

Ich hoffe, du Metaller erträgst das.

Muss ich mir überlegen. Aber ... Wie kommt's?

Ein Freund. Ich helfe ihm.

Bist du statt seiner dort?

Bin ich.

Dann pass auf!

Warum?

Kann schief gehen für einen Laien.

Sagt er auch. Er trägt das Risiko.

Guter Freund.

Ja. Noch was …

Ja?

Schickst du mir Bilder aus deinem Atelier?

Atelier, danke! Aus meiner Schweißerwerkstatt meinst du?

Richtig. Am liebsten mit allen Metallsorten drauf, die du verwendest. Vielleicht ein paar Zeilen dazu.

Fragst du den Sternekoch nach den Zutaten?

Muss ich nicht, der kocht heutzutage im Fernsehen.

(Sie ist cleverer als ich dachte.)

Das hab ich gehört!

O! Okay. Ich sende dir Bilder und ein paar Zeilen. Aber …

Aber?

Aber im Gegenzug …

Ja?

… überlegst du dir …

Ja?

… wo wir uns zum ersten Mal treffen könnten. Was ist der kleinste gemeinsame Nenner zwischen Chinatown Chicago und Oranienburger Straße Berlin?

Na, die Oranienburger Straße in Berlin natürlich.

Klingt verlockend.

Sag ich doch.

Dann – süße Träume.

Die sind jetzt garantiert. Wir sehen uns.

Wir sehen uns.

Seine Werkstatt lag in einem ehemaligen Lagerhaus in Chicagos *Chinatown*. Eine hellblaue Metalltreppe führte zu einer gelben Metalltür auf einer roten Ziegelwand. Der Gang zur Nummer 110 war von Graffitis flankiert.

Cascone schickte nicht nur ein Foto, sondern eine ganze Wegbeschreibung. Allein anhand der Bilder hätte Rebekka sofort den Weg vom Flughafen *O'Hare* bis zu Cascones Atelier gefunden. Das Foto der Werkstatt selbst passte als Illustration in einen Charles-Dickens-Roman. Metalltische unter schummrigem Licht neben Waschbecken mit altmodischen Armaturen, einem Amboss und zahllosen, an der Wand aufgereihten Werkzeugen waren das Abbild der Welt, in der Cascone am liebsten war. Jenseits vom Trubel vor der Tür und jenseits des Ozeans, in sich und seine Arbeit versunken, hin und wieder von seinem Handy aus mit Rebekka chattend, und vielleicht ja nicht nur mit ihr.

In Cascones Skulpturen sah Rebekka mehr als buntes, verbogenes Metall, was für sie als Laie eine enorme Bereicherung war. Sie war Cascone im Internet begegnet, als sie jenem Kunstfälscher auf der Spur war und sich in der Szene umgehört hatte.

Andrew Cascone war einer der aufkommenden amerikanischen Künstler, die in der europäischen Kunstszene groß herauskamen, weil sie in Berlin groß herauskamen – der Stadt, die ausländische Maler und Bildhauer hofierte, als hätte sie keine eigenen, und die ihr Pflaster anbot wie eine Hure ihr Bett.

Als einer der Ersten hatte sich Cascone mit Werkstatt, Büro und Galerie in einem ausgebombten Kaufhaus der Berliner Mitte niedergelassen, das in den 90er und 2000er Jahren als *Kunsthaus Tacheles* immer wieder für Schlagzeilen, Ärger, Ruhm, Spott und in jedem Fall genügend Presse sorgte. Cascone schien auf einer ständig befahrenen Luftbrücke zwischen *Chinatown* Chicago und *Oranienburger Tor* Berlin unterwegs zu sein und sein wertvolles Gut aus Menschen und Materialien hin und her zu transportieren. Es hatte ein Jahrzehnt und das Ende des *Tacheles* gebraucht, bis sich der Cascone-Trend gewinnbringend durchgesetzt hatte, aus dreckigem, scheinbar nutzlosem Metall Kunst und Gebrauchsgegenstände zu fertigen. Er hatte schließlich wie alle anderen das *Tacheles* verlassen müssen, war im Gegensatz zu seinen ehemaligen Mitstreitern jedoch in einer lichtdurchfluteten Fabriketage der *Kulturbrauerei* im Prenzlauer Berg untergekommen und im dortigen Showroom besser präsentiert als je zuvor. Er lebte nach wie vor in Chicago und ließ seine Geschäfte in Berlin unter seinem Namen laufen.

Rebekka war im Internet auf seinen Namen gestoßen, wo Cascone gerade eine virtuelle Community zu einer gemeinsamen Ausstellung zusammentrommelte. In seiner Onlinegalerie pachteten interessierte Künstler für ein paar Euro ihre gewünschte Fläche, die so real existierte wie das Internet selbst. Maler, Bildhauer und Fotografen von allen Kontinenten stellten in diesem gemeinsamen Raum aus, in dem sich wiederum virtuell neben Hunderttausenden von Gästen auch Käufer tummelten und ihre Geschäfte von Quebec bis Chemnitz online abwickelten. Die *Vico House weltweit* gehörten zu den virtuellen Pächtern. Rebekka hatte diesen Umstand und einen ersten leisen E-Mail-Flirt mit Cascone für die problemlose Aufnahme in den exklusiven Kreis der Klubmitglieder genutzt.

Cascones Website war von schlichter Ästhetik, graue Schrift auf schwarzem Grund, vor dem sich erst auf einen Klick *Fine Art*, *Functional Art* und *Patinierung* in edlen kleinen Mosaiken offenbarten. Cascone selbst blieb völlig im Hintergrund. Dieses Maß an Understatement war für Rebekka das reinste Aphrodisiakum, Cascones Vita eine Auflistung von Ausbildungsstätten im Maschinenbau, Werkstofftechnik, Chemie und Physik von San Francisco bis Baltimore. Darunter ein Foto von einem Mann mit markanten Gesichtszügen, die herb gewesen wären und ablehnend gewirkt hätten ohne das jungenhafte, wissende Lächeln in seinen Mundwinkeln. Grüne Augen unter dichten schwarzen Augenbrauen. Gleich beim ersten Stöbern auf seiner Website hatte Rebekka feuchte Hände bekommen und sich den Paravent für ihr Gartenhaus bestellt in der Hoffnung, in so etwas wie eine Verbindung zu diesem Mann zu treten. Seine Hände hatten ihn gefertigt, und wenn die so schön waren wie der Rest des ganzen Mannes, dann hatte sich dieser Kauf für Rebekka gelohnt. So leblose Dinge wie ein Metallgegenstand, ein paar Fotos und Texte im Internet konnten Gefühle in ihr auslösen. Sie hielt das zwar nicht für normal, hatte sich aber daran gewöhnt, bewertete ihr eigenes Verhalten sowieso nicht und widmete sich fortan beflügelnden Tagträumen eines Treffens mit ihm in Berlin und ihres ersten Fluges direkt zum *Red Roof Inn* auf Chicagos *Magnificent Mile*. Ihr Leben war vielleicht einsamer als das Leben anderer, doch das Gefühl, etwas zu wenig zu haben, glich Rebekka durch umso mehr an Abenteuerlust aus. Und Andrew Cascone, das hatte Rebekka auf den ersten Blick beschlossen, wäre auf jeden Fall ein Abenteuer wert.

KAPITEL 29

Dass ihr Mann immer so angestrengt zum Haus der Jungschen rüber stierte, gefiel Erika Faul überhaupt nicht. Zumal er sich nun nur noch lächerlich machte. Stand da in seiner dunkelbraunen Trainingshose aus Armeezeiten. Ein Unterhemd spannte über seinem Bauch, über dem Komplettkunstwerk trug er ein offenes Holzfällerhemd. Weder trainierte Helmut Faul irgendwas noch hatte er in seinem Leben auch nur einen Baum gefällt, aber die dazu benötigten Klamotten trug er jeden Tag. Interessiert beobachtete er das Haus schräg gegenüber, als würde es jeden Moment aufstehen und wegrennen. Seiner Frau hingegen schenkte er kaum Aufmerksamkeit. Sie stand in der Küche wie der Herd und im Wohnzimmer wie das Sofa, war genauso nützlich für ihn, wie sie unsichtbar war. Dabei war ihre Haut immerhin noch weiß und glatt wie Porzellan und ihr Haar mal genauso feuerrot gewesen wie das von der Jungschen gegenüber. Die war weg, das war doch klar, seitdem wieder der Müllsack mit den Edelklamotten vor der Tür stand, die Erika Faul immer noch nicht passten und für schlankere Zeiten im Schrank herumhingen. Manchmal ertappte sie den Alten beim Schnüffeln an den Klamotten, als wollte er aus den Fasern noch was raus saugen und damit auch aus der Rothaarigen. Aber was sollte sie tun? Sie hatte keinen anderen Mann als ihren und hätte auch keinen anderen abbekommen. Nun würde sie halt aus dem hier etwas machen für die letzten paar Jahre vom Leben. Besser, als allein zu sein, war es mit ihm allemal.

Dank der schier unstillbaren Neugier ihres Mannes war es Erika Faul hin und wieder möglich, bei ihm zu punkten. Zum Beispiel mit Informationen, die sie erst einmal einen Tag lang zurückhielt.

»Ich habe sie gestern auf dem Friedhof getroffen.«

Helmut Faul schnellte vom Fenster zurück. Erika entdeckte tatsächlich so etwas wie Interesse in seinem Blick.

»Auf dem Friedhof?«

Sein Interesse ließ sie innerlich wachsen. Ein bisschen sogar äußerlich, denn ihre Schultern bewegten sich instinktiv nach hinten, so wurde ihr Rücken gerade und sie um einige Zentimeter größer.

»Da liegt ihre Mutter.«

Er wandte sich wieder dem Fenster zu. Das eben noch so intensive Interesse an seiner Frau war verflogen. Vielleicht versteckte er es auch nur gekonnt. Er klang gelangweilt.

»Hat keiner gemerkt, dass die gestorben ist. Ist in den Urlaub geflogen und nicht wiedergekommen. Fand ich schon immer seltsam.« Seine Stimme klang so gleichgültig, dass es schon fast eine Frechheit war. Doch Erika Fauls schlichtes Gemüt brachte sie gar nicht auf die Idee, sich mit einem letzten bisschen Stolz zurückzuziehen. Im Gegenteil. Sie baute sich in ihrer ganzen Breite neben ihm am Fenster auf und schaute nun auch hinüber.

»Ja, nicht wahr?« Vielleicht half ein leichtes Sticheln. »Da bin ich nun fast jeden Tag bei den Gräbern …«, von ihren geheimnisvollen Wegen wusste ihr Mann nichts, weil ihn einen feuchten Dreck interessierte, was sie den ganzen Tag trieb, »… und hab die Beerdigung von der Mutter nicht mal mitbekommen.«

»Wo die sich immer rumtreibt, wenn die nicht hier ist, will ich mal wissen.« Helmut Faul redete eigentlich mit sich selbst, als er das sagte. Die Frau, die sich neben ihm die Stirn an der Fensterscheibe platt drückte, nahm er kaum wahr. »Wo die da hingeht.«

»Ja, wohin die da geht, wenn die alles hier rausstellt, zuschließt und verschwindet.«

Erika Faul schöpfte wieder Hoffnung. So etwas wie ein Gespräch mit ihrem Mann hatte sie schon lange nicht mehr gehabt. Und das hier hörte sich verdammt danach an.

Helmut Faul stierte weiter. »Die verschwindet ja richtig von der Bildfläche. Vielleicht haut die ja immer ab vor irgendwas oder irgendwem.«

Zwar galt sein Interesse noch immer dem Haus schräg gegenüber, inzwischen aber auch ein bisschen ihr, stellte Erika Faul mit Befriedigung fest. Bestimmt würde ihm der grüne Samtrock zur blutroten Bluse bald auffallen. Die Perlenkette war vielleicht etwas zu festlich für den grauen Morgen, den sie sowieso nur zu Hause verbringen würden. Ihr Parfüm hatte sie vielleicht etwas zu dick aufgetragen. Aber genau diese kleinen Übertreibungen wie auch der Braten, den sie mittags servieren würde, wären es, die ihren Mann zu ihr zurück brächten. Denn für die kommenden Wochen, vielleicht sogar Monate, dessen war Erika Faul sich sicher, hatte sie ihn wieder ganz für sich. Und mit der Überraschung in ihrer Hand allemal. »Schau mal«, jetzt war der richtige Moment, beschloss Erika Faul feierlich, »was ich gefunden habe.«

KAPITEL 30

»Die beiden haben ein Verhältnis.«

»Miteinander?«

»Witzig!«

»Von wem redest du überhaupt?«

»Der Rothaarigen und dem jungen Schnüffler.«

»Ist nicht wahr!«

»Geschmack haben beide.«

»Offensichtlich auch aneinander. Was bedeutet das für uns?«

Er malte eine ganze Pferdehorde diesmal, zog die Linien des Rückens, der Schenkel, der wilden Mähnen immer wieder nach, bis Risse im Papier entstanden.

»Dass wir von zwei Leuten umzingelt sind, so das geometrisch überhaupt möglich ist.«

»Ob es möglich ist, sollte uns am wenigsten interessieren, denn die Möglichkeit ist ja ganz offensichtlich schon von der Tatsache ersetzt worden.«

»Sie kommen uns sehr schnell sehr nahe. Wir haben uns zu sicher gefühlt. Die Frau ist wie ein U-Boot im Krieg, der Feind, der spurlos verschwindet und plötzlich an unvermuteter Stelle wieder auftaucht.«

»Wir wissen beide, dass ihre Verbindung zum alten Otto ziemlich fadenscheinig ist.«

»Aber wenn sie sich das alles nur ausdachte, dann Hut ab. Dann ist sie mindestens so stark wie wir, um genau zu sein: wie ich.«

»Das Kompliment schenke ich dir. Behalte sie weiter im Auge.«

»Und du? Was trägst du zur Deeskalation bei?«

»Mehr, als du dir vorstellen kannst.«

»Will heißen?«

»Sie hat um einen Termin gebeten. Bei mir. Hier im Büro. Heute Nachmittag.«

KAPITEL 31

Schon die Art, wie ihre Nachbarin die Kaffeetasse vor sie auf den Tisch stellte, widerte Ulla Bresecke an. Frau Faul lächelte dabei, als überreichte sie den Oscar oder war gerade auf eine neue Religion gestoßen. Beflissenheit in ihrer penetranten Form war Ulla Bresecke ein Graus, jenes Übertreiben einer alltäglichen Situation aus dem eigenen, vermeintlichen Glück heraus. Sie fragte sich ein weiteres Mal an diesem Vormittag, was sie geritten hatte, die Einladung ihrer Nachbarin zum vormittäglichen Kaffeeplausch anzunehmen, statt sie als Aprilscherz abzutun. Es war vier, fünf Jahre her, dass sie das letzte Mal bei den Fauls gewesen war, und schon damals war sie sicher, es ein letztes Mal getan zu haben. Die Fauls waren Exemplare einer längst überholten Zeit und ihre Selbstgefälligkeit unerträglich. Aber sie waren eben auch Nachbarn in einer Gegend, in der sie gern lebte. Ruhestand, Schreibtisch am Fenster im ersten Stock des Hauses, das ihnen gehörte, Blick ins Grüne, Gedanken, die schweiften. All das war der Ausgleich dafür, neben diesen Giftzwergen wohnen zu müssen. Und da war diese junge Frau, Rebekka Schomberg, mit der sie auf einer

Wellenlänge war, wenn sie redeten. Es war Ulla Bresecke nicht entgangen, dass ihr Nachbar ständig um das Haus der Frau herumschnüffelte. Bereits in ihrer Zeit als Journalistin hatte Ulla Bresecke erkannt, dass ein Kaffeetrinken mit solchen Leuten wie den Fauls einen ganzen Tag Recherche im blutleeren Raum eines Zeitungsarchivs ersetzte. Dass Frau Faul Interesse an einem Gespräch mit ihr hatte, bedeutete zwar nichts Gutes, weckte in Ulla Bresecke allerdings ihre verloren geglaubte Neugier.

»Die hatte dort etwas eingegraben! Auf dem Friedhof! Ins Grab ihrer Mutter!«

Ulla Bresecke hob die Augenbrauen. Ging es hier um Rebekka Schomberg?

Frau Faul bebte innerlich, wirkte äußerlich aber kompakt und gefasst wie immer.

Ulla Bresecke lehnte sich entspannt zurück. Dieser Vormittag hielt also tatsächlich eine Überraschung bereit.

Frau Faul hatte sich herausgeputzt. Sie trug einen grünen Samtrock zu einer blutroten Bluse, die neben einer Perlenkette auch einige Flecken zierten, und war viel zu festlich für den grauen Tag gekleidet. Über allem schwebte ein schier unerträglicher Geruch, eine Mischung aus ungewaschener Haut und schwerem Parfüm.

Der Kaffee schmeckte bitter, der Kuchen war trocken, doch das Panoptikum der beiden Fauls, zu denen sich nun auch noch Ulla Breseckes Mann gesellte, begann sie mehr und mehr zu interessieren.

Rebekka Schomberg war eine vermögende Frau. Faul war hinter dem Geld her, was sein simples Gemüt wahrscheinlich neben zahllosen Goldbarren unter ihrer Matratze vermutete. Dieses Brummeln, das ständig von Faul ausging wie von einem angelassenen Auto, das hatte ihr

Mann nun auch schon übernommen. Und aus diesem Brummeln erfuhr Ulla Bresecke Stück für Stück alles, was sie ihre Nachbarin Rebekka Schomberg auch hätte fragen können.

Rebekka hatte sich ihr einmal anvertraut, sagte, sie fühle sich beobachtet. Ulla Bresecke hatte damals nichts zu erwidern gewusst, bis sie die Geschichte von Rebekkas Großvater erfuhr. Rebekka hatte sachlich, beinah abgeklärt geschildert, wie schamlos Erich Schomberg die Freundschaft eines französischen Tüllfabrikanten ausgenutzt und sich schließlich am Vermögen der beim Massaker von Tulle ausgelöschten Familie bereichert hatte. Ulla Bresecke hatte von vornherein gespürt, dass Rebekka ihr all das aus einem bestimmten Grund erzählte. Sie selbst war Journalistin gewesen und in ihrem Berufsleben nicht nur einmal auf Minen getreten, die im Boden der DDR-Geschichte verscharrt waren. Und die Schuld einiger der Funktionäre, die sich als antifaschistische Widerstandskämpfer hatten feiern lassen, war eine der Minen. Sie hatte ihre Nachbarin nur wenig beruhigen können. Die Geräusche am Haus, das Gefühl, verfolgt zu werden, brachte Rebekka nun mit einer Möglichkeit in Verbindung, die nicht von der Hand zu weisen war: dass es sie tatsächlich gab, die Geister totgeschwiegener Verbrechen, den Sog des Bösen, das da draußen war und um nichts in der Welt an seiner Geschichte gerührt wissen wollte.

Und nun saßen hier diese Nasen um sie herum und fragten sich, nach Neuigkeiten in ihrem abgestandenen Leben gierend, woher die Rothaarige wohl vor ein paar Wochen zurückgekommen war, weil Bikinis auf der Leine vor dem Küchenfenster hingen, und das mitten im Winter. Wie viel es wohl kosten müsse, so viel zu reisen und wovon die Frau wohl lebe, woran ihre Mutter eigentlich gestorben war und was die wohl zu alledem sagen würde. Und dass der Schomberg in Köpenick nun fast 100 sein müsste, sicher tot war und nie hierher eingeladen worden war.

Für Ulla Bresecke war es kaum auszuhalten, von zwei so alten Männern umgeben zu sein, die wie Autos klangen und ihr nun auch noch gegenübersaßen, und von einer Frau, die sie bei aller Toleranz nicht als Geschlechtsgenossin betrachten wollte. Doch sie wusste, dass sie schon bald wieder in ihre kleine Welt zurückkehren konnte, an ihren Schreibtisch am Fenster und später in ihr gemütliches Wohnzimmer vor den Fernseher.

Sie schaute sich in Fauls Wohnzimmer um. Auch nach Jahren war hier noch alles unverändert. Sogar die gleichen Kunstblumen standen noch auf dem Fensterbrett, und das hier, wo man keinen Blumenladen brauchte, um frisches Grün und Bunt in die Vase zu stellen. Der einzige Platz an der Wand, an dem kein Bild hing und vor dem kein Schrank stand, war die Durchreiche zur Küche. In den Rahmen Drucke klassischer Gemälde, und auch davon nur jene, die in einer Million ähnlicher Haushalte hingen. Der Mann mit dem Goldhelm, Mona Lisa und Dürers Hase hingen hier neben gepressten Blüten, drei verschiedenen Jahreskalendern aus drei verschiedenen Jahren und dem unvermeidlichen Barometer. Ulla Bresecke würde weniger hochmütig urteilen, wenn sie es hier nicht mit Leuten zu tun hätten, die nichts Besseres verdient hatten.

»Was hatte sie eingegraben?« Ulla Bresecke stellte die Frage, die in ihrer Rolle stand.

»Zeig ich Ihnen gleich.«

Über die Höflichkeitsform waren sie noch nicht hinaus, was ein gutes Zeichen war und der Höflichkeit entsprach, in der sie miteinander umgingen.

»Erika!«

Nun nahm Ulla Bresecke erstmals auch Helmut Faul wahr, zumindest eine Reaktion von ihm. Er hatte die ganze Zeit am Tisch gesessen und das *Neue Deutschland* gelesen. Diese Provokation gehörte zu ihm wie Hosen aus Polyethylen und kleinkarierte Hemden.

Er legte die Zeitung zur Seite und schaute erst seine beiden Besucher an wie Eindringlinge, dann wieder seine Frau.

»Was redest du denn da?«

Für Frau Faul schien ein Moment gekommen zu sein, auf den sie seit Langem gewartet hatte. Und aus genau diesem Grund, diesem Warten auf einen Moment, der sie aus ihrem farblosen, lieblosen und eigentlich völlig überflüssigen Leben an der Seite dieses Mannes herausholen würde und dabei doch nur eine Millisekunde ihrer Lebensspanne ausmachte, wollte Frau Faul Besucher bei sich haben. Ulla Bresecke und ihr Mann, der lustlos auf einem trockenen Stück Kuchen herumkaute und unwirsch auf die Uhr schaute, waren ihr Publikum.

»Mit der da drüben stimmt doch was nicht.«

Frau Faul warf erst einen vielsagenden Seitenblick aus dem Fenster auf das Haus gegenüber und dann auf ihren Mann, als müsse sie sich seiner Erlaubnis zum Weiterreden vergewissern. Er legte die Zeitung beiseite und schaute aus seinem Sessel zu seiner Frau auf, die wie eine Galionsfigur am Tischende thronte. Nun hatte sie auch seine Aufmerksamkeit. Sie schien seit Längerem daran gearbeitet zu haben, die fleckige Bluse und der strenge

Körpergeruch ließen Ulla Bresecke darauf schließen, dass Frau Faul ihre festliche Kleidung seit Beginn ihrer Mission noch nicht wieder abgelegt hatte.

»Das ganze Gegenteil vom alten Schomberg«, hörte Ulla Bresecke Faul sagen und musste würgen, was nicht an dem trockenen Kuchen lag. Sie ließ Augen und Mund geschlossen, um nicht den Fehler einer falschen Bemerkung zu machen, die alles beenden würde.

»Das war noch einer von den Überzeugten, nicht den Mitläufern.«

Es war nicht herauszuhören, von welchem der beiden zurückliegenden Reiche ihr Nachbar sprach, und das war auch egal, denn es traf auf das eine wie auf das andere zu, wie Ulla Bresecke wusste. Da Helmut Faul selbst einen Ulbricht und später Honecker an der Wand gehabt hatte, waren er und Schomberg sich häufig in der dünnen Luft auf dem Gipfel des Bonzentums begegnet, damals, in diesem Land, dem Helmut Faul bis an sein Lebensende nachtrauern würde.

Ulla Breseckes Erinnerung an das Gespräch mit Rebekka Schomberg über ihren Großvater war schmerzhaft. Tapfer öffnete sie die Augen und schaute direkt hinein in Frau Fauls fragenden Blick.

»Geht es Ihnen nicht gut?«

Ihr Mann griff schnell nach ihrer Hand. »Was ist mit dir?«

»Alles bestens«, sagte Ulla Bresecke freundlich und wandte sich wieder der Gastgeberin zu. »Weiter im Text. Sie wollten uns etwas zeigen.« Dabei wollte sie nichts lieber, als wieder in der Sicherheit ihres Hauses zu sein.

»Das hier«, Frau Faul hielt einen Computerstick in die Höhe wie eine soeben konfiszierte Mordwaffe, »ist ein Schtick. Den steckt man in einen Computer, um sich Filme anzuschauen oder auch nur die eigenen Unterlagen«, wieder ein vielsagender Blick zu ihrem Mann, diesmal mit einer Spur von Überlegenheit darin, »Kontodaten, Briefwechsel, alles, was man aufheben, aber nicht mit rumschleppen will. Und«, sie klappte einen kleinen Laptop auf, der auf der Anrichte stand und dort hin passte wie ein Windrad in ein Gemälde von Pieter Breughel, »... was man in Sicherheit wissen will.«

Nun konnte sie sich der Aufmerksamkeit aller sicher sein.

Auf dem Bildschirm erschienen die üblichen Fragen nach Sicherheit und Art der Datei, die man zu öffnen wünschte. Frau Faul bediente den kleinen Kasten, als hätte sie nie etwas anderes getan. Selbst ihr Mann hob anerkennend die Augenbrauen.

»Und nun«, ein schwarzes Viereck baute sich auf und am unteren Rand eine Menüleiste zum Starten eines Filmes.

»*Play*!«, juchzte Frau Faul und setzte sich zu ihrem Mann auf die Sessellehne.

Die Qualität der Aufnahme war gut genug, auch in der Dunkelheit die Gestalt eines Mannes vor Rebekka Schombergs Haus zu erkennen. Die Anstrengung, sich zu strecken, um durch das Badezimmerfenster in die Duschecke blicken zu können, war ihm anzusehen. Mit einer Hand hielt er sich am Fensterrahmen fest. Mit der anderen rieb er an seinem Hosenstall mit immer schneller werdenden Bewegungen. Die Kameraaufnahmen waren von bestechender Qualität, wie Ulla Bresecke anerkennend feststellte, sogar die Polyethylenhose und das kleinkarierte Hemd waren bestens zu erkennen.

Als sie sich erhob, um zu gehen, ließ Ulla Bresecke zwei Männer zurück, die in ihrer Sprachlosigkeit zu Wachspuppen geronnen schienen, und eine Frau Faul, deren zufriedenes Lächeln sie von einer Minute zur anderen in eine andere Liga katapultierte.

KAPITEL 32

Sie hatte noch eine gute Stunde Zeit und lief über den *Alten St. Matthäus Kirchhof*, den Friedhof, auf dem die Särge der Gebrüder Grimm unter haufenweise Fanpost lagen und ein Gedenkstein an Stauffenbergs erste Ruhestätte nach seiner Hinrichtung erinnerte. Auch die Berliner AIDS-Hilfe hatte den meist jungen Männern und Frauen hier einen berührenden Ort geschaffen, an dem man sich an die erinnerte, die in ihrem Leben nur wenig Zeit hatten, um zeitlose Spuren zu hinterlassen. Rebekka ging über den *Friedhof der Sternenkinder*, setzte sich auf eine Bank und schaute zu, wie sich Windspiele in einer leichten Frühlingsbrise bewegten. Auf manchen der kleinen Gräber waren noch die Weihnachtskugeln an den Zweigen, die nun nach dem Frost zartes Grün entwickelten. All die Liebe, die den kleinen Gräbern anzusehen war, war eine verlorene, eine, zu der es gar nicht erst gekommen war, Liebe, die nicht gegeben werden konnte, weil der Tod mal wieder gesiegt hatte und die Liebe nun auch draußen vor seinem Tor stehen ließ – in Form von Fähnchen, Matchboxautos. Teddys und Briefen.

Sie schaute auf die Uhr, noch eine halbe Stunde war Zeit bis zu ihrem Termin mit Milchmeyer. Sie lief zum Haupteingang hinunter zum *Café Finovo*, versteckt hinter einer mit Efeu bewachsenen Hauswand. Sie betrat den Vorraum, in dem Kinderspielzeug lag und ein Schaukelpferd stand, sich Stapel von Zeitschriften türmten und eine Tür in einen kleinen Raum mit Tischen und Stühlen neben einer hell erleuchteten Küche führte. Sie bestellte sich ein Stück *Tränenkuchen mit Quark* und einen Kaffee mit einem Schuss Rum bei einem freundlichen, dreadlockigen Mädchen, das dort allein war.

»Ich bring's nach draußen«, sagte die Kleine, und Rebekka bedankte sich beinah überschwänglich, so wohl fühlte sie sich hier in diesem Café Endstation.

Lange hatte Rebekka an der Inszenierung ihres Besuches bei Milchmeyer gebastelt. Als sie nun so kurz davor war, überkam sie das Gefühl, dieses Theaterstück nicht geprobt zu haben und nun völlig unvorbereitet vor dem Publikum auf der Bühne zu stehen. Hastig trank sie den Kaffee aus, spürte den Rum sofort durch ihren Körper rauschen, und aß den Kuchen viel zu schnell, ohne ihn wirklich zu genießen. Sie legte einen Schein auf den Tisch und verließ den Friedhof. Die Idylle dieses Ortes mit seinen fröhlichen Gräbern voller Schmerz hätte sie sonst die Zeit vergessen lassen.

Das Büro von Thorsten Milchmeyer erinnerte Rebekka an die aufgeschlagene *Elle Decoration*, die im *Vico House* auf ihrem Schreibtisch lag und Rebekka die Illusion vermittelte, irgendwann doch eine eigene Wohnung zu beziehen und diese nach ihrem Geschmack Stück für Stück einzurichten. Stück für Stück meinte einzelne Möbelstücke, die sie umgeben sollten wie Kunstwerke.

Im Gegensatz zur *Laura-Ashley*-Idylle der Gartenlaube in Neuenhagen würde ihre Wohnung einer Fabriksetage gleichen, in der die Maschinen noch nicht lange stillstanden.

Sie schaute sich in aller Ruhe um. Milchmeyers amüsierten Blick ignorierte sie dabei völlig.

Metall war auch in dieser Verwaltungsidylle der neue alte Einrichtungstrend mit Wohnmöbeln aus dem Material, das Rebekka immer mit Kälte in Verbindung gebracht und höchstens in Form von Schmuck attraktiv gefunden hatte. Erst seit Cascones Chicagoer Bildhauerschule den hiesigen Markt mit recycelten Möbeln und Accessoires aus allem erdenklichen Metall aufpeppte, war auch Rebekka aufmerksam geworden auf die Schönheit dieser kalten, scharfkantigen Materie, die – mit einer warmen Patinierung versehen – wie ein Chamäleon die Farben wechselte, ganz im Auge des Betrachters liegend. Sie erkannte sofort die Herkunft der Designermöbel und Skulpturen in Thorsten Milchmeyers Büro, das in einem Gebäude mit dem Charme eines Finanzamts lag. Und sie fragte sich einmal mehr, wie ein solcher Boom um einen einzigen Künstler entstehen konnte, wo es doch bildhauende Handwerker und auch Metall wie Sand am Meer gab. Es musste eine geniale Idee hinter Andrew Cascone und seiner Kunst geben, die ihn ganz nach vorn gebracht hatte.

Milchmeyer genoss noch immer den bewundernden Blick, mit dem die Frau sich in seinem großzügig geschnittenen Arbeitszimmer umschaute. Entweder sie war extrem naiv, dachte er sich und hoffte auf genau diese Möglichkeit, oder sie führte etwas im Schilde, und er musste vorsichtig sein. Genüsslich ließ er den ersten Eindruck noch ein wenig auf seine Besucherin wirken und nahm das allmähliche Erkennen in ihren Gesichtszügen wahr, auf das er einerseits gewartet, das er andererseits gefürchtet hatte, denn es sprach für Möglichkeit zwei: Sie führte etwas im Schilde, und er musste auf der Hut sein.

»Sie wollen mir nicht sagen, dass das hier«, Rebekka wandte sich, Erstaunen spielend, Milchmeyer zu und nickte in Richtung der Metallskulpturen, die auf einer patinierten Stahlkonsole standen, »alles echte Cascones sind?«

»Aufgesockelt und beleuchtet«, sagte Milchmeyer stolz. »Diesem Typen kann man nicht genug Aufmerksamkeit schenken. Das hier ist das Beste, was er je gemacht hat, seine *Moon-Series*. Die andere Hälfte davon steht in *Lutters* Kunstsammlung. Nun haben Sie auch gleich einen Eindruck der kreativen Seite des Recycelns bekommen. Ich bin beeindruckt.«

»Brauchen Sie nicht. Wenn es einen Newcomer gibt, der ohne eine Aufzählung anderer Namen neben seinem auskommt, dann Cascone«, sagte Rebekka nicht ohne Stolz.

»Richtig.«

Milchmeyers Augen wanderten an Rebekka auf und ab, seine Stirn lag in Falten, und etwas an ihm machte sie hellhörig. Thorsten Milchmeyer hatte kurz die Contenance verloren. Doch er redete unbeirrt weiter.

»Er hat einen völlig neuen Stil der Gestaltung entwickelt, sich neben Skulpturen auch Möbeln und Schmuck zugewandt und leiht mittlerweile sogar einer Kunstschule seinen Namen, als handle es sich um eine Kunst*gattung*.«

Milchmeyer referierte, als zöge er diese Art von Veranstaltung täglich durch. Und irgendwie wirkte sein Büro mit den beleuchteten Skulpturen auch eher wie ein Showroom. Dabei hatte er Rebekka noch nicht einmal einen Platz angeboten. Dass sich sein Gegenüber mit bildender Kunst auskannte, war Thorsten Milchmeyer offenbar nicht gewöhnt. Rebekka merkte sich dieses Detail. Einer, der so viel über Kunst wusste und für Werke nicht nur das Geld, sondern auch einen guten Riecher zu haben schien, war normalerweise nicht irritiert, wenn er einer Gleichgesinnten gegenüberstand.

»Sie schreiben also für die *Motz*?«

»Nein. Für den *Straßenfeger*. Und Sie kennen somit schon mal beide Obdachlosenmagazine der Stadt. Ich bin schon wieder beeindruckt.«

»Na ja, so oft, wie die einem in der S-Bahn mit einem armen Typen samt Hund im Schlepptau begegnen, ist das ja wohl kein Wunder. Setzen Sie sich. Kaffee? Wasser? Beides?«

Der Zeigefinger seiner manikürten Hand schwebte über einer Taste seines Telefons.

»Wasser reicht. Danke.«

»Bringen Sie uns bitte ein Wasser und einen Kaffee«, lautete die Ansage, die nun bei seiner Sekretärin im Vorzimmer landete. Dann wandte er sich wieder Rebekka zu. »Was kann ich für Sie tun?«

Rebekka zog ihr *Moleskine*-Notizbuch und den *Montblanc*-Füller aus ihrer Tasche, auf dem sofort Milchmeyers in Luxusgegenständen geschultes Auge lag.

»Die zahlen aber gut«, merkte er lakonisch an.

»Die zahlen gar nichts. Und schreiben kann für diese Zeitungen jeder, der etwas zu sagen hat. Selbst Sie könnten dort Artikel veröffentlichen.«

»Na ja«, sagte Milchmeyer gönnerhaft, und Rebekka stellte fest, dass er tatsächlich ein schöner Mann war. Eine schöne Schüssel, aus der sich nicht essen ließ. Ulrike hatte definitiv keine Chance bei diesem Mann. Der gab sich mit einfacherer Kost zufrieden, und das musste nicht das Gras vom anderen Ufer sein, befand Rebekka, und hatte völlig überhört, was er zu ihr gesagt hatte.

»Oder was meinen Sie?«

»Entschuldigung, ich habe …«

Milchmeyer lachte, aber es war nicht abfällig, auch wenn nur noch fehlte, dass er »das erlebe ich öfter« hinzufügte.

»Unsere Firma verschickt regelmäßig kistenweise gebrauchte Handys an ein Hilfswerk in Somalia. Zählt das schon als caritative Arbeit, auch wenn sie nicht nach Neukölln oder Wedding gehen? Dort müsste ich ja befürchten, eins der Handys demnächst als nagelneu verkauft zu bekommen. Oder was meinen Sie?«

»Das meine ich nicht. Caritativ ist Ihr Einsatz, ja, aber ich bemühe mich tatsächlich, mit meinen Interviews auf Partner zu stoßen, die sich für mehr Engagement in ihrer eigenen Stadt gewinnen lassen.«

»So?« Milchmeyer zog die Augenbrauen hoch. »Wen haben Sie denn da schon gewonnen?«

»Mich selbst zum Beispiel. Ich betreibe einen Partyservice und bringe manchmal ganze Aufschnittplatten zur nächstgelegenen Suppenküche.«

»Wen noch?«

»Wer führt hier das Interview?«

»Sie mit mir. Aber ich möchte wissen, mit wem ich rede, denn glauben Sie mir, mit Schaumschlägern habe ich es auch in der Müllwirtschaft zur Genüge zu tun.«

»Das *Vico House* zum Beispiel.«

»Lassen die da jetzt schon Obdachlose übernachten?«

Sein Sarkasmus kam Rebekka gelegen. Nun wusste sie endlich, wie der Hase lief, und dass sie ihn nur bei den Löffeln – seiner Eitelkeit – packen musste.

»Nein, aber ein paar Kosmetikprodukte aus der hauseigenen Produktion und auch übrig gebliebenes Essen von Empfängen wird zu einem Heim der Erstaufnahme in Neukölln gebracht.«

Freddy hatte sich zähneknirschend aber doch interessiert gezeigt und wollte dieser Tage mit der Geschäftsführung reden. Rebekka hatte also nur etwas bei der Zeitform geschummelt.

Die Sekretärin brachte Kaffee und Wasser und verschwand wieder im Vorzimmer.

Milchmeyer rührte in seiner Tasse herum und schaute Rebekka dabei an, als wäge er eine wichtige Entscheidung ab.

»Hören Sie, das caritative Projekt, das *Recycling, Verschrottung und Co.* zu einem Unternehmen mit Zeitgeist macht, mit dem Finger am Puls dieser Stadt sozusagen, ist eines, von dem Sie in dieser Größenordnung überhaupt noch nichts gehört haben.«

»Schießen Sie los.«

»Da gibt es nicht viel zu sagen, denn ich betrachte es als selbstverständlich, meine Angestellten auch in der Schicht der Gesellschaft zu rekrutieren, die eigentlich nur deshalb die Verliererschicht ist, weil jeder darin sich zum Verlierer machen lässt, anstatt sich dort wieder raus zu boxen.«

›Im letzten Wahlkampf war einer für die Arbeitsplätze hier‹, hörte sie die Frau vom Neuenhagener Hilfswerk noch sagen. Rebekka lief es eiskalt über den Rücken. Sie stellte das Wasserglas zurück auf den Tisch, bevor es ihr aus der Hand fallen konnte.

»Und wofür verwenden…«, Rebekka räusperte sich, »womit beschäftigen Sie diese Menschen?«

»Mit der Aufbereitung von Metall. Keine wirklich einfache Arbeit. Aber effektiv für beide Seiten.«

Sie legte ihr Notizbuch beiseite. In ihrem Kopf öffnete sich nun ein ganz anderer Fragenkatalog, und den kannte sie auswendig.

Und auch Milchmeyers Haltung veränderte sich. Er atmete tief ein und saß plötzlich kerzengerade, obwohl er soeben noch bequem in seinem Drehsessel gefläzt hatte. Mit einer Hand griff er in die Schreibtischschublade, wobei er Rebekka nicht aus den Augen ließ. Auch sie nahm Haltung an, innerlich und äußerlich. So war sie jeden Moment bereit, mit dem Wissen, das ihr keiner mehr nehmen konnte, mit der Vermutung, die sie seit dem Besuch im Hilfswerk vor sich hergeschoben hatte wie eine unlösbare Aufgabe, aufzuspringen und hinauszulaufen.

»Wollen Sie eine?«, fragte Milchmeyer und reichte ihr eine Zigarettenschachtel.

»Nein danke.«

Er lehnte sich entspannt nach hinten und öffnete mit einer Hand das Fenster. Dämmerung legte sich über die Stadt, über die *Sternenkinder* und die Brüder Grimm.

»Ich weiß, was Sie damit sagen wollen. Doch die Arbeit, die diese Menschen verrichten, die machen in anderen Firmen ganz normale Angestellte, und ›normal‹ soll hier heißen: solche, die nicht aus der Gosse kommen.«

Rebekka spürte, dass sie hier am Ort des Geschehens saß und ihr Instinkt sie nicht getäuscht hatte. Es gab genau zwei Möglichkeiten: Hier waren Menschen entsorgt worden, nachdem sie einen Knochenjob erledigt hatten, der mit dem tatsächlich großen Wert des Materials nicht zu vereinen war. Es wäre ein Leichtes gewesen, sie zu entlassen, also musste ein weiterer Gedanke dahinter stecken. Doch *Recycling, Verschrottung & Co.* bot auch die Vernichtung von Akten an.

»Werden hier auch Akten geschreddert?«

»Ja. Was genau wollten Sie dazu wissen?«

»Sind es Akten von Firmen oder Behörden oder …«

»Vom Krankenhaus bis zum Knast ist alles dabei.«

Rebekka überlegte kurz. Es war ein Pfad, den sie hatte gehen wollen, und der hätte sie in Richtung von Anneliese und Karl-Heinz Otto sowie eine wahrscheinlich kiloschwere Stasiakte gebracht. Doch während sie hier saß und Milchmeyer beim Rauchen zusah, verwarf sie ihre Vermutung. Karl-Heinz Otto konnte sowohl seine eigene als auch die Stasiakte seiner Frau beantragt haben. Die Originale lagen definitiv in der Karl-Liebknecht-Straße in Berlin und dort unter gutem Verschluss. Das Interesse der Bevölkerung an ihrer Vergangenheit war so groß geworden, dass in Berlin eine Pilotanlage in Betrieb genommen wurde, bei dem der Inhalt von 400 Schnipsel-Säcken elektronisch wieder zusammengesetzt werden sollte. Und was auch immer sonst noch wo verborgen lag von ihm, dem großen Forscher der DDR-Müllwirtschaft, konnte er zwar hierher zu *Recycling, Verschrottung & Co.* dirigiert haben, aber auch dieser Umstand genügte Rebekka nicht, sich ein Mordmotiv zu erklären. In welche Richtung Rebekka auch dachte: Karl-Heinz Ottos Tod passte nicht zu den anderen Todesfällen.

»In welcher Form kommen die Akten hier an?«

Nun grinste Milchmeyer breit, als habe er Rebekka beim Schummeln erwischt.

»Soll das alles mit ins Interview?«

»Nein, ich schreibe nicht mehr mit, wie Sie sehen.«

»Dann ist es ja gut. Alles darf ich Ihnen nämlich auch nicht verraten. Auch in meiner Branche gibt es Betriebsgeheimnisse.«

Rebekka nickte zögernd. Hier gab es erst mal kein Weiterkommen.

»Aber ich kann Sie entschädigen. Indem ich einen kleinen Rundgang mit Ihnen mache.«

»Gut!«

Sie trank ihr Glas leer und stand auf.

Milchmeyer blieb sitzen.

»Und unser Interview? Das war's dann schon?«

Lächelnd griff Rebekka nach ihrem Notizbuch.

»Im Gegenteil. Sie führen mich rum und reden einfach weiter.«

Beim Hinausgehen fiel Rebekkas Blick auf Milchmeyers Schreibtisch, und es war ein kleines Detail, das sie sich unwillkürlich einprägte.

Unten auf dem Hof standen einzelne Grüppchen von Arbeitern beim Rauchen. Milchmeyer grüßte im Vorbeigehen und wirkte wie ein gern gesehener Chef. Er überragte Rebekka um mindestens zwei Köpfe und lief so schnell, dass sie sich wie ein Schulmädchen fühlte, das trippelnd seinem Lehrer hinterher hechelte.

Vor einer offen stehenden Tür, die in eine Art Lagerhalle führte, blieb er plötzlich stehen. Auf einer Werkbank stand ein Strauß weißer Rosen in einer Vase.

»Hier, an dieser Stelle, ist Karl-Heinz Otto gestorben.«

Milchmeyer legte die Hände ineinander, während er das sagte. Rebekka stand einen stillen Moment lang neben ihm, wie in Trauer vereint, und doch waren beide in Gedanken bei viel bewegteren Dingen als einem Toten, der mittlerweile unter der Erde lag.

»Wer hat ihn eigentlich gefunden?«, fragte Rebekka.

»Ich glaube nicht, dass diese Frage zu unserem Interview gehört, aber ich antworte Ihnen gern: Ich habe ihn gefunden.«

Milchmeyer schien zu vergessen, dass er in Rebekka eigentlich eine Fremde vor sich hatte. Der Morgen des Todesfalls holte ihn ein. Er wirkte noch immer berührt, als wäre es eben erst geschehen und nicht schon Wochen her.

»Als der Arzt den Tod feststellte, musste ich Ulrike und Jörn nach draußen schicken. Ich wusste ja nicht, dass die sich auf dem Hof gleich die Kante geben würden. Und das am frühen Morgen!«

»Und er ist an Hirnblutungen gestorben?«, hakte Rebekka nach.

Das Eisen schmieden, solange es heiß ist. Wo geht das besser als hier in der Metallaufbereitung.

»Sie sind ja gut informiert.«

Milchmeyer musterte sie nun mit unverhohlenem Misstrauen.

»Und Sie sagten, Sie seien die Tochter einer Freundin von Karl-Heinz Otto?«

»Okay, eins zu null für Sie. Bekomme ich trotzdem meine Antwort? Auch als Tochter der Freundin darf ich das wissen.«

»Seltsam, Ihr Interesse, aber lobenswert.«

Er wandte seinen Blick wieder zur Werkhalle.

»Ja. Hirnblutung.«

»Wer hat das gesagt?«

»Unser Betriebsarzt vor Ort.«

»Sicher?«

»Äh, ja. Was haben Sie? Was ist daran so ungewöhnlich?«

»Das kann ich Ihnen sagen.«

Rebekka steckte ihr Notizbuch samt Füller in die Tasche.

»Dass Ihr Betriebsarzt eine Hirnblutung feststellen kann, ist ungewöhnlich. Oder hat er immer ein CT-Gerät in seinem Köfferchen?«

Milchmeyer hielt ihr die Hand zum Verabschieden hin.

»Sie wissen, wo das Interview endet. Und wenn Sie es nicht wissen, wird es mein Anwalt mit Ihnen zusammen noch einmal durchgehen. Eine Kopie vor Abdruck auf meinen Tisch. Auf Wiedersehen, Frau Schomberg.«

Damien Hirst sprüht Haie auf Hauswände. Thorsten Milchmeyer malt Pferdeköpfe auf Notizblöcke. Ab wann ist was Kunst?

»Auf Wiedersehen, Herr Milchmeyer.«

KAPITEL 33

Wenn Sie glauben, zu viel zu erledigen zu haben und den Überblick zu verlieren, dann schreiben Sie sich morgens eine Liste und haken Sie alles bis abends ab.

In den folgenden Wochen dieses wärmenden Berliner Frühlings arbeitete Rebekka wie besessen an ihrer Recherche zur Otto-Familie und den anderen Toten in der Recyclingfirma.

Dabei hielt sie sich fern von Ulrike und auch von Erik, der sie bereits zweimal angerufen hatte. Erik und Ingrid erinnerten an ihre Einladung zum Essen. Rebekka bedankte sich, schob berufliche Verpflichtungen vor und versprach, sich zu melden. Bei Ulrike fiel ihr das schwerer. Die junge Frau hatte in Rebekka wohl die mütterliche Freundin gefunden, die ihr seit dem Tod der eigenen Mutter fehlte, und sie machte daraus keinen Hehl.

Rebekka musste fokussiert arbeiten, sehr konzentriert sein, um das Ergebnis ihrer eigenen Ermittlungen nicht zu gefährden. Aber das war es nicht allein, was Rebekka davon abhielt, die Bindung zu ihren neuen Freunden zu vertiefen.

Die Zeit war gekommen, das wusste sie, und sie starrte in diesen Tagen noch ängstlicher als sonst auf den kleinen Bildschirm ihres Laptops, auf dem in einem flimmernden Rahmen aus Werbung die Nachrichten aus Frankreich liefen. Jedes Jahr fuhr Rebekka mindestens ein Mal nach Tulle, an den Ort des Geschehens. 64 Jahre war es her, dass sich ihr Großvater dort genauso in die Familie Taubman hinein gemogelt hatte wie Rebekka sich nun in die Familie Otto. Seine Beweggründe waren andere gewesen. Und er hatte nichts von einem Chamäleon gehabt, sondern eine Uniform getragen.

Rebekka schloss sich in ihrem Zimmer ein und saß dort den ganzen Tag am Laptop. Freddy hatte ihr einen Wasserkocher zur Verfügung gestellt, eine Schüssel und zwei chinesische Essstäbchen. Auf der Kommode an der Wand stand neben dem vor sich hin brodelnden Topf ein Karton, randvoll mit verschiedenfarbigen Quadraten chinesischer Nudelsuppen in den Geschmacksrichtungen Krabbe, Schwein, Rind und vegetarisch. Der Inhalt aus gepressten Hartweizennudeln und in Plastik geschweißten Fett- und Aromazusätzen sah alles andere als vertrauenerweckend aus. Für Rebekka jedoch waren diese Suppen seit Jahren eine Nervennahrung, bei der sich besonders gut meditieren, Farbe wechseln und nachdenken ließ. Eine Käsescheibe als Krönung auf dem heißen Gebräu, und ihre Welt – wo auch immer diese gerade lag – war in Ordnung.

Freddy hatte ihr eine Pinnwand gebracht, die nun auf dem Schreibtisch am Fensterkreuz lehnte, darauf waren 19 Karteikarten befestigt. Auf jeder Karte stand mit dickem Filzstift geschrieben ein Name, darunter eine Ziffer für das Alter, in dem der Name zu existieren aufgehört hatte. Rebekka stand mit verschränkten Armen vor diesem seltsamen Kunstwerk, das auf seinem rosafarbenen Grund nicht ansatzweise so grausam wirkte wie seine Aussage.

Sie hatte versucht, ihn zu erreichen, er musste ihre Nummer längst auf dem Display gesehen haben – nun klingelte endlich ihr Telefon. Mark.

»Was gibt es, mein Rotlöckchen?«

»Ich hab mich mit Milchmeyer unterhalten und einiges herausgefunden.«

»Du scheinst noch gar nicht mitbekommen zu haben, dass ich nun ermitteln darf. Eine gewisse Hartnäckigkeit macht sich für mich ja immer bezahlt … wie du weißt.«

Rebekka ging nicht auf den ihr vertrauten Ton ein, sie hatte jetzt weder den Sinn dafür noch Zeit oder Muße für ein Treffen mit ihm, und das war ein neues Gefühl.

»Großartig! Dann arbeiten wir Hand in Hand. Und ich habe schon mal kräftig vorgelegt! Milchmeyer hat in seiner Firma Obdachlose beschäftigt. Als ich mehr dazu wissen wollte, blockte er ab.«

Am anderen Ende herrschte kurz Stille.

»Wie bist du ohne Polizeiausweis an ihn rangekommen? Im Blaumann? Mit Firmenlogo? ›Tach, ick bin die Neue‹?«

»Nicht ganz so profan, sondern richtig gut. Ein Interview für die Obdachlosenzeitung.«

»Kann jeder geben.«

»Stimmt.«

»Kompliment, Mädchen. Dann werde ich mich mit Strobel mal auf den Weg zu ihm machen.«

Rebekka verspürte einen Stich bei seinen Worten. Milchmeyer würde schnell die Verbindung zu Rebekka herstellen können.

»Kannst du damit etwas warten?«

»Nein. Das Warten hat knapp 20 Leute das Leben gekostet, wenn wir richtig liegen, und das zweite Dutzend soll er nicht vollkriegen.« Mit versöhnlichem Ton fuhr er fort. »Wir sind diskret.«

Als Rebekka aufgelegt hatte, wusste sie, dass sie Mark jetzt für eine Weile nicht sehen durfte. Ihre Gedanken drehten sich zu oft um ihn, und es hatte immer seltener mit ihren Ermittlungen zu tun. Außerdem wollte sie ihre Schwärmerei für Cascone nicht gefährden, der sie nur mit Worten durch den Alltag trug und eben auch in den Fall involviert war.

Sie rief Freddy an.

»Ich schalte mein Handy für ein paar Tage aus.«

»Du bist hier am Empfang gelandet und nicht bei der Telekom.«

»Witzig!«

»Schieß los, was hab ich damit zu tun?«

»Sollte sich jemand nach mir erkundigen oder mir eine Nachricht hinterlassen, dann schreib bitte alles auf und leg mir jede noch so kleine Notiz ins Zimmer auf den Schreibtisch, ja?«

»Wenn's weiter nichts ist? Wohin fährst du?«

»Nirgendwohin, ich bin da, und für dich bin ich auch immer erreichbar. Ich möchte eben nur, dass du …«

»… die Augen ein wenig mehr für dich offenhalte.«

»Augen und Ohren, alles, was geht!«

»Biest! Gerne doch.«

»Danke.«

KAPITEL 34

Mark und sein Kollege, Kriminalhauptmeister Strobel, mit dem er zum ersten Mal zusammenarbeitete, stiegen aus dem Auto und überquerten beinah im Gleichschritt das Gelände. Auf der anderen Seite vom Parkplatz rostete das Logo von *Recycling, Verschrottung und Co.* vor sich hin. Thorsten Milchmeyers Büro lag im ersten Stock eines schmucklosen Betonbaus, der mit einer Seite an einen weiteren, mit Schrott übersäten Hof grenzte, mit der anderen zum Friedhof zeigte, auf dem sich regelmäßig Touristen am Grab der Gebrüder Grimm tummelten. Der Firmenchef war vorbereitet auf den Besuch. Die beiden Polizisten trugen Zivil und wirkten wie Geschäftspartner, die sich auf einen Kaffee mit dem Chef einfanden. Genauso wurden sie von dessen Sekretärin auch ins Büro geführt, in dem Thorsten Milchmeyer bereits auf sie wartete.

Sie zeigten Ausweis und Marke, dann erst bat Milchmeyer sie, sich zu setzen und nahm auf der anderen Seite seines Schreibtischs Platz.

»Wie kann ich Ihnen weiterhelfen? Möchten Sie einen Kaffee?«

»Nein danke«, antworteten beide, dann übernahm Mark wie abgesprochen die Befragung.

»Herr Milchmeyer, ich möchte Ihnen nur ein paar routinemäßige Fragen stellen, die mir auch Ihr Kollege aus der Personalabteilung noch nicht hinlänglich beantworten konnte.«

»Und die da wären?«

Milchmeyer lehnte sich entspannt in seinem Ledersessel zurück und federte leicht nach vorn und zurück. Er strahlte Ruhe aus und den guten Willen, die Sache hier zwar möglichst schnell, aber doch zur Zufriedenheit aller hinter sich zu bringen.

»In den vergangenen zwei Jahren sind auffallend viele Ihrer Mitarbeiter an ihrem Arbeitsplatz verstorben.«

Milchmeyer hob die Augenbrauen, als höre er das zum ersten Mal.

»Das alles kann sich natürlich …«, Mark hielt inne, weil er spürte, dass etwas ganz plötzlich in seinem Gegenüber zu brodeln schien.

»Entschuldigen Sie«, unterbrach dieser ihn auch prompt, »wissen Sie eigentlich, wie viele Mitarbeiter wir hier haben?«

Weil Mark als Ermittler und nicht zum Kaffeetrinken hier war, wusste er, dass *Recycling, Verschrottung und*

Co. 183 festangestellte Mitarbeiter beschäftigte, zu denen noch einmal 13 im Außendienst kamen.

»Wissen wir. Und wenn auch nur einer gestorben wäre, wäre dies einer zu viel, sollte eine nicht natürliche Todesursache dahinter stecken.«

Sein Kollege schaute Mark kurz von der Seite an, da ganz offensichtlich persönliche Ressentiments bei einer Befragung nicht angebracht waren.

Milchmeyer lockerte seine pistazienfarbene Krawatte, die sich zum eierschalenfarbenen Anzug gar nicht mal so schlecht ausmachte. Überhaupt, fand Mark, sah man diesem Typen sein in wahrscheinlich mehrfacher Hinsicht schmutziges Geschäft nicht an. Aber weil es mit dem Aussehen so eine Sache war, gab es Jobs wie den von Mark. Und so beobachtete er Milchmeyer noch einen Moment genüsslich, während der offensichtlich nicht wusste, mit welcher Gegenfrage er beginnen sollte. Schließlich fand er aber eine.

»Was bringt Sie auf die Idee der nicht natürlichen Todesursachen?«

»Eine einfache Milchmädchenrechnung«, sagte Mark, hätte beinah »Milchmeyerrechnung« gesagt und spürte bereits wieder den Blick seines Kollegen. »Mangelnde Arbeitsschutzmaßnahmen im Umgang mit Werkzeug und Maschinen plus mangelnde Schulung im Umgang mit Chemikalien. Rechnen Sie es sich selbst aus.«

Nun ergriff Strobel das Wort. Mark wusste, dass er viel zu viel geredet hatte. Er war entweder nicht ganz bei der Sache oder zu sehr. Hätte ihn nicht ausgerechnet Rebekka auf diese Spur gebracht, würden seine Ermittlungen um einiges professioneller verlaufen. Wahrscheinlich wäre er sogar schon am Ziel angelangt, nur, dass er ohne Rebekka noch nicht einmal zum Start vorgedrungen wäre. Aber nun fühlte er sich wie ihre Vertretung, und das war alles andere als hilfreich.

»Lassen wir die Ursachen erst einmal beiseite«, sagte Strobel.

Dem untersetzten jungen Mann von 27 Jahren traute man sein Durchsetzungsvermögen gar nicht zu. Deshalb hatte er es in der Dienststelle auch nicht einfach und schien erleichtert darüber, mit Mark an einen verträglichen Kollegen geraten zu sein. Jetzt wagte er sich nach vorn, und Mark ließ ihn gewähren.

»Wir haben hier eine Aufstellung, die Ihnen ebenfalls vorliegen müsste.«

Er zog ein Blatt aus der Innentasche seiner Jacke und hielt es Milchmeyer hin. Der winkte nur ab und wandte sich seinem Computerbildschirm zu. Nach zwei Tastenklicks schien sich dort die gleiche Liste der Namen aufzubauen wie die auf Strobels Zettel. Geburtsdaten, Sterbedaten, Tätigkeit, Eintrittsdatum – ein Dokument des Grauens, wie Mark fand, seit er die Liste zum ersten Mal in der Hand gehalten hatte.

»Und aus dieser geht hervor, dass mal ein Vierteljahr und mal nur wenige Wochen zwischen den Todesfällen lagen. Lassen Sie uns die Namen durchgehen, erzählen Sie uns etwas dazu, und wenn sich alles im normalen Bereich bewegen sollte, aus welchem Grund auch immer, dann sind Sie uns auch schon wieder los.«

»Das können wir abkürzen.«

Wieder tippte Milchmeyer auf der Tastatur herum. Im selben Moment kamen zwei Blatt Papier aus dem Drucker hinter seinem Schreibtisch zum Vorschein. Gelassen lehnte sich Milchmeyer nach hinten und legte sie vor Mark und dessen Kollegen auf den Schreibtisch.

»Hier noch mal alle Namen und sonstigen Angaben, dazu auch die Abteilungen, in denen die verunglückten Kollegen arbeiteten, sowie den jeweiligen Auffindeort und die Todesursache. Ich weiß nicht, wer Sie auf die Schnapsidee einer Tötungsserie gebracht hat, aber wenn ich es erfahre, werde ich denjenigen wegen Verleumdung anzeigen. Oder sollte ich sagen«, und nun wandte er sich Mark zu, und sein Blick wurde eindringlich, »diejenige?«

Mark wurde nun doch etwas flau. Er hatte nichts als Rebekkas unbewiesene Vermutungen, die ihm nun vor die Füße geworfen wurden. Schlimmer aber noch war, dass Milchmeyer über ihn und Rebekka Bescheid zu wissen schien. Das war weder möglich noch war es logisch, es musste ein Bluff sein, doch eins hatte Milchmeyer geschafft: Mark war verunsichert und ließ vorerst seinen Kollegen weitermachen, während er sich über die Papiere beugte.

»Damit können wir unser Gespräch tatsächlich abkürzen, denn nach jedem der hier aufgeführten Mitarbeiter hätten wir Sie nacheinander befragen müssen. Hiermit haben Sie uns ja schon eine Menge Arbeit abgenommen«, sagte Strobel und deutete anerkennend auf die soeben ausgedruckten Blätter.

Milchmeyer ging nicht auf den freundlichen Ton von Strobel ein.

»Es handelt sich tatsächlich um 19 Kollegen und Kolleginnen, die innerhalb von zwei Jahren hier verstorben sind. Und Sie können bei jedem Einzelnen, den es hier am Arbeitsplatz erwischt hat, erkennen, dass der

Betreffende die Umstände selbst verschuldet hat. Ohne Sie wäre ich nicht einmal auf die Idee gekommen, eine so perverse Aufstellung zu machen.«

Thorsten Milchmeyer hielt die Excel-Datei in seinem Computer tatsächlich für etwas Perverses. Das sah Mark ihm an. Und es interessierte Mark wie eine Wasserstandsmeldung der Spree. Rebekka hatte recht. Der Typ war nicht sauber. Auch wenn sie das nie so gesagt hatte. Tatsächlich hatte Rebekka kein bisschen abfällig von ihm gesprochen. Sie hatte ihn sogar als ansprechend, gut aussehend und tadellos im Umgang beschrieben. So war es also das, was Mark von vornherein störte und ihn nun noch etwas unprofessioneller ermitteln ließ.

»Herr Milchmeyer«, Strobel erstarrte spürbar, doch diesmal ließ Mark sich nicht stören, »sechs der Leute waren um die 30 oder drunter, alle anderen weit unter Rentenalter. Von einigen tatsächlich natürlichen Todesursachen abgesehen, lese ich hier vor allem die Begriffe ›alkoholische Leberzirrhose‹, ›Herzinfarkt‹, ›Schlaganfall‹. Und das genau bei denen, die in der Metallaufbereitung beschäftigt waren. Wie können Sie mir erklären, dass ausgerechnet die Mitarbeiter dieser Abteilung hier ihr Ende fanden, und, was mir beinah noch wichtiger erscheint, wieso Sie dort Leute beschäftigten, die ganz offensichtlich gesundheitlich angeschlagen waren.«

Milchmeyer ließ Mark nicht aus den Augen. Der Kampf war eröffnet. Mit der rechten Hand drückte er auf die Gegensprechanlage seines Telefons.

»Verbinden Sie mich bitte mit Doktor Rosenbaum.«

»Der ist im Urlaub, Herr Milchmeyer. In einer Woche ist er zurück, bis dahin …«

»Bis dahin habe ich keine Zeit!«, fuhr Milchmeyer seine Sekretärin unwirsch an und zeigte damit zu Marks Erleichterung ein Bröckeln in seiner Fassade aus Pistazie und Beige. »Sie haben seine Handynummer. Rufen Sie ihn an, wo immer er auch gerade urlaubt, und bitten Sie ihn, mich sofort im Büro zurückzurufen.«

»Mach ich.«

Er nahm den Finger vom Knopf, ein Klicken unterbrach die Verbindung in sein Vorzimmer, wo nun eine Mittfünfzigerin, die die Hoffnung gehabt hatte, bis zur Rente hier auf einem gut gepolsterten Stuhl zu sitzen, Schweißflecken unter den Achselhöhlen entwickelte. Mark hatte schon beim Hereinkommen bemerkt, wie gespannt das Verhältnis Milchmeyers zu seiner Sekretärin war, und wurde den Eindruck nicht los, das habe etwas mit den Entwicklungen der vergangenen Wochen zu tun. Rebekka war hier gewesen, und nun er mit Strobel. Das alles konnte nicht spurlos an Milchmeyer vorübergehen.

Strobel versuchte, den Faden wieder aufzunehmen, während Milchmeyer die Arme vor der Brust verschränkte und bis zum Anruf eines Doktor Rosenbaum offenbar überhaupt nichts mehr sagen wollte.

»War es nicht ein Risiko, Menschen mit sichtbaren gesundheitlichen Schäden in einer Abteilung arbeiten zu lassen, die ein so großes Gefahrenpotenzial in sich trägt? Es bestand doch akute Verletzungsgefahr durch Feuer, Chemikalien, Werkzeuge …«

»Ab wann sollte ich einen Anwalt hinzuziehen?«

Mark reagierte überrascht. »War das nicht Ihr Anwalt, nach dem Sie gerade verlangten?«

»Nein, das ist der Betriebsarzt. Bei den Todesfällen

hier auf dem Firmengelände hat er die Totenscheine ausgestellt.«

Strobel mischte sich ein. »Da dies immer noch eine routinemäßige Befragung ist, benötigen Sie keinen Anwalt. Weder wurde Anklage gegen Sie erhoben, noch«, er warf einen Seitenblick auf Mark, der nickte unmerklich, »steht eine solche im Raum. Wir versuchen herauszufinden, ob es einen Zusammenhang zwischen den Todesfällen der letzten zwei Jahre in Ihrer Firma gibt, sagen aber nicht, dass der Zusammenhang in Ihrer Firma oder gar an Ihnen als Person liegen muss.«

»Dann bin ich ja beruhigt«, sagte Milchmeyer, öffnete das Fenster und zündete sich eine Zigarette an. »Wollen Sie?«

Er hielt ihnen das Paket hin. Strobel und Mark verneinten, wobei Mark große Lust verspürte, eine mit Milchmeyer zu rauchen.

»Dann gehen wir die Sache mal etwas entspannter an«, sagte Milchmeyer und beugte sich über die Blätter auf seinem Tisch, als wolle er zwei Architekten die Grundidee eines Bauvorhabens nahebringen.

»Zwölf der 19 Leute, von denen wir hier reden, waren in der Metallaufbereitung beschäftigt. Und hier, das stimmt, häufen sich Todesursachen, die ein Panoptikum dessen sind, was sich im Kaffeesatz unserer Gesellschaft abspielt.«

Er drückte sich eloquent aus, auch das hatte Rebekka wie einen großen Verdienst des Thorsten Milchmeyer erwähnt, erinnerte sich Mark. Aber genau deshalb wirkten seine Worte einstudiert, als habe er sich von Anfang an mit der Situation in seiner Firma befasst, die nun hier besprochen wurde, und als dürfte er eigentlich nicht halb so überrascht über die Ermittlungen sein, wie er nun tat.

»Bei sechs von ihnen, jeweils in verschiedenen Abteilungen vom Empfang über die Marketingabteilung bis hin zum Reinigungsteam beschäftigt, handelt es sich um Todesfälle außerhalb der Firma. Eine Selbsttötung aus Liebeskummer, Verkehrsunfall, Herzinfarkt im Schlaf, Bauchspeicheldrüsenkrebs. Soll ich weitermachen?«

»Nein«, sagte Strobel.

»Ja«, sagte Mark.

»Ein Schlaganfall, der zu spät entdeckt wurde und ein Sturz von der Leiter beim Renovieren, Genickbruch.«

Mark hakte nach.

»Was war mit Karl-Heinz Otto, dem letzten Namen hier auf der Liste? Er war so etwas wie eine Altlast aus früheren Zeiten, ihn haben Sie doch damals nach der Wende mit übernommen.«

»Was soll mit ihm gewesen sein? Er war ein großartiger Kollege. Schon in der SERO ein *Superbrain*. Für ihn war das alles hier nicht einfach Müllaufbereitung. Er gehörte zu unserem Forschungsteam in Sachen *Vorausdenken* und *Trennstadt Berlin*. Er hat sich Gedanken um die Zukunft gemacht«, versonnen zog Milchmeyer an seiner Zigarette, »und seine eigene nun nicht mehr erlebt. Ich habe ihn sehr geschätzt. Wir alle hier.«

»Woran ist er gestorben?«

Mark atmete tief durch. Die Kollegen, die zuerst vor Ort gewesen waren, hatten einen Schlag auf den Kopf als Todesursache vermutet, die vom Arzt dann mit ›Hirnblutung‹ ihren offiziellen Begriff bekam. Ermittlungen waren nicht in Gang gekommen, weil dieser Schlag auch ein Aufprall auf eine Werkbank sein konnte, und Karl-Heinz Otto alles in allem in schlechter gesundheitlicher Verfassung war, was wiederum auf eine hohe Prozentzahl von Männern seines Alters zutraf.

»An einer Hirnblutung.« Milchmeyer schaute, als habe er soeben ein *Déjà-vu*. »Das steht doch da.«

»Wer hat ihn gefunden?«, fragte Strobel.

»Ich. Er war nicht in seinem Büro. Und ich wusste, dass er sich gerne und oft bei den Metallern aufhielt. Und dort war er auch. Lag neben der Werkbank.«

»Und es war niemand bei ihm?«, hakte Strobel nach.

»Nein, noch nicht so früh am Morgen. Und der Kollege, der vorher dort arbeitete …«

»Lutz Rotter, 55«, ergänzte Mark und zeigte auf die Liste.

»Genau. Der war zwei Wochen zuvor an einer akuten Niereninsuffizienz gestorben. Auch eine Folge seiner Alkoholsucht. Lesen Sie's nach.«

»Sie kamen mit dem Nachschub an Leuten gar nicht mehr nach. Wo haben Sie die rekrutiert, die Sie die ›Metaller‹ nennen?«, fragte Mark.

»Auch das hätte Ihnen der Kollege aus der Personalabteilung längst sagen können.«

»Und wenn schon, ich möchte es gerne von Ihnen hören. Gehört doch zu Ihren Lorbeeren.«

»Ich schmücke mich nicht damit, Menschen aus dem Obdachlosenmilieu hier eine neue Chance zu geben.«

»Und für harte Arbeit nur 400 Euro im Monat zahlen zu müssen.«

»Nun ja, erstens werden es demnächst 450 Euro sein, und zweitens braucht man für diese Tätigkeit keinen Universitäts-Abschluss *summa cum laude* in Gefäßchirurgie, wenn Sie verstehen, was ich meine. Die Entlohnung ist völlig hinreichend für die Art der Tätigkeit.«

»Nur dass Sie mit der 400-Euro-Regelung nur geringfügige Personalkosten haben.«

Mark ging Milchmeyers Arroganz zunehmend auf den Nerv. Und dass Rebekka diesen Typen auch noch gut fand, kam erschwerend hinzu.

»Wie Sie unschwer feststellen können, ist das ein mehr als fairer Kompromiss. Mein Risiko in dieser Sache ist hoch. Nicht zuletzt deshalb sitzen wir jetzt hier.«

Milchmeyers Telefon klingelte. Er hob ab.

»Gut. Sehr gut.«

Damit waren wohl die Sekretärin und das mirakulöse Herbeischaffen eines gewissen Doktor Rosenbaum gemeint, mutmaßte Mark.

»Hallo, Doktor Rosenbaum«, begann Milchmeyer das Gespräch wie ein fröhliches Urlaubsgeplänkel. Nur dass seine leicht verkrampfte Körperhaltung eine andere Sprache sprach. Aber die konnte Doktor Rosenbaum ja nicht sehen. Mark lehnte sich entspannt zurück und gab Strobel ein Zeichen, während des Telefonats mit der Vernehmung fortzufahren. Er würde sich nun ein wenig aufs Beobachten verlegen.

Milchmeyer schilderte seinem urlaubenden Betriebsarzt in wenigen Worten die Situation und sagte dann: »Ich stelle jetzt das Telefon auf Lautsprecher, wenn Sie einverstanden sind. Die beiden Kriminalhauptmeister Strobel und …«

Er schaute Mark fragend an, der die Finte hinter dieser Ignoranz mit einem gelassenen Lächeln wettmachte.

»Kriminalhauptkommissar Tschirner«, korrigierte ihn Mark gelassen.

»… Tschirner wüssten gern mehr über Ihre Tätigkeit hier bezüglich der Todesfälle, die sich in der Firma zugetragen haben. Mir müssen Sie das nicht erzählen, aber den beiden, glaube ich schon.«

»Gut. Dazu bin ich gerne bereit. Haben Sie einen Anwalt hinzugezogen?«

Rosenbaums Stimme war erstaunlich hoch für einen Mann, und Mark vermutete den emsigen Typ eines aufstrebenden Schalterbeamten dahinter. Nur dass Doktor Rosenbaum offensichtlich ein gemachter Arzt mit sicherem Auskommen war.

»Natürlich nicht. Das hier ist …«, und Milchmeyer schaute zu den beiden Männern an seinem Schreibtisch, die Frage seines Kollegen nach dem Anwalt schien ein nicht besprochenes, störendes Detail dieser Unterhaltung zu sein, »… eine Routinebefragung. Und ich bitte Sie nun ganz routinemäßig um eine Antwort.«

»Ja, guten Tag die Herren. Ich bin seit 18 Jahren der Betriebsarzt des Unternehmens. Und somit mit meiner eigenen Praxis vor Ort. Jeder Arbeitsunfall kann sofort von mir behandelt werden. Und in dieser Branche, das können Sie sich vorstellen, gibt es davon nicht wenige.«

»Würden Sie bitte zum Punkt kommen«, warf Strobel ungeduldig ein, während Mark weiter Milchmeyer beobachtete.

»N… natürlich. Gerne. Es ist natürlich auffallend, da stimme ich Ihnen zu, dass die sich beinah alle totgesoffen haben. Aber Herr Milchmeyer wird Ihnen ja auch von dem Milieu erzählt haben, aus dem die Kolleginnen und Kollegen stammten.«

Für Mark passte die beinah liebevolle Bezeichnung von ›Kollegen‹ nicht zu der des ›Milieus‹, aus dem diese stammten, und zu dem sowohl ein Milchmeyer als auch ein Rosenbaum ganz bestimmt ihre eigene Meinung hatten. Aber er ließ den Eindruck verstreichen, widmete sich weiter Milchmeyers undurchsichtigem Mienenspiel, zu dem der sich nun die nächste Zigarette anzündete, und war alles in allem froh darüber, dass Strobel sich die ganze Zeit Notizen machte.

»Die kamen also schon hochgradig gefährdet bei uns an. Aber gesundheitliche Faktoren sind, wenn es sich nicht um eine körperliche oder geistige Behinderung handelt, kein Ausschlusskriterium bei einer Einstellung. Und zu den Gesprächen erschienen die Kandidaten nüchtern und auch im weitesten Sinne korrekt gekleidet. Außerdem wusste Herr Milchmeyer, woher die Damen und Herren kamen.«

»Nun lassen Sie uns weniger von Herrn Milchmeyer reden, als von Ihnen. Wie muss ich mir das vorstellen: Ein Kollege verunglückt, Sie werden gerufen, untersuchen ihn …«, Strobel schaute kurz von seinen Notizen auf, starrte das Telefon an und wartete, mit dem Stift aufs Papier tippend, auf eine Antwort. Er konnte endlich einmal aus sich herausgehen und würde sich in diesem Job noch seine Sporen verdienen. Mark war zufrieden mit seinem Kollegen.

»Richtig. Ich nehme den Verunglückten, so er transportfähig ist, mit in meine Praxis auf dem Betriebsgelände, führe dort weitere Untersuchungen durch und lasse ihn bei schweren oder inneren Verletzungen ins Krankenhaus transportieren, wo ich den Vorgang dann dem dortigen diensthabenden Arzt übergebe.«

»Und wenn es sich um einen Todesfall handelt?«

»Stelle ich bei einer Untersuchung fest, dass keine Lebensfunktionen mehr vorhanden sind, rufe ich im

Zweifelsfall die Polizei hinzu, die einen Gerichtsmediziner mitbringt, wie im letzten Fall Karl-Heinz Otto, dann fülle ich den Totenschein aus.«

»Muss der Totenschein nicht von einem neutralen Arzt ausgestellt werden?«

»Warum? Wenn es Sie erwischen würde, riefe Ihre Frau auch nur den Hausarzt.«

»Als Betriebsarzt sind Sie Angestellter des Unternehmens …«

»… aber weder weisungsbefugt, noch in die eigentlichen Arbeitsvorgänge des Unternehmens integriert. Ich, der Kerl im weißen Frack, der regelmäßig die Arbeitsschutzbedingungen kontrolliert, auch mal vorbeugend eingreift, wo Gesundheitsschäden drohen, bin genauso Vertrauenspartner in persönlichen Gesprächen bezüglich der Zipperchen eines jeden und unterstehe, wie jeder Arzt, der ärztlichen Schweigepflicht. Ich habe in jedem Fall die Kompetenz, festzustellen, ob ein Mensch tot ist oder nicht. Und auch, woran er gestorben ist. Und bei unseren Kandidaten, das können Sie sich vorstellen, kannte ich die Todesursache schon, bevor sie gestorben sind.«

»Vielen Dank, Doktor Rosenbaum, das ist schon alles. Viel Spaß noch im Urlaub.«

»Vielen Dank, die Herren. Und Thorsten … mach's gut!«

Auf Thorsten Milchmeyers Stirn waren ein paar Schweißtropfen zu sehen, als er den Hörer grußlos auflegte. Mark beobachtete die willkommene Wendung mit Freude. Dass der gute Doktor Rosenbaum im letzten Moment die Absprache des Siezens in der Öffentlichkeit vergessen hatte, brachte Milchmeyer offenbar aus der pistazien-beigen Fassung.

KAPITEL 35

Schön, dich zu sehen!

Ich freu mich auch. Muss zugeben, dass ich hier schon eine ganze Weile herumlungere.

Und nun – Grüner Punkt, da bin ich. Dschinn aus der Flasche – was kann ich für dich tun?

Du vielleicht nichts für mich, aber ich vielleicht viel für dich.

Klingt spannend. Dass mein Berlin-Trip ansteht, weißt du ja.

Nur, dass du kommen willst. Aber vielleicht kannst du den nun auch bald konkret machen.

Bin dabei. Ist die Liebe doch so groß, ja?

Bild dir mal nicht zu viel ein. Aber ich muss dich das eine oder andere fragen.

Das sagen alle, die in einen Cascone-Workshop kommen und mehr mitnehmen wollen, als im Preis inbegriffen ist.

Ich meine das ernst.

Sorry, und ich albere hier rum. Erzähl mir, worum es geht.

Ungern online.

Wenigstens ein Stichwort. Ich poste es nicht an meiner Facebook-Chronik.

Dann ist es ja gut … Stichwort: dein Arbeitsmaterial.

Kann ich dir beantworten: Metall.

Witzig. Wer bereitet es auf?

Hier in Chicago ein Händler, der mir die Sachen fertig zugeschnitten liefert. Das ist für die US-Linie. Die europäische wird in Berlin gefertigt.

Das heißt, die Cascone-Skulpturen und Möbel hast du nicht mal selbst in der Hand gehabt?

Sei vorsichtig, was du sagst, Rebekka … Natürlich mache ich alles selbst. Zum Anfertigen und Veredeln komme ich rüber. Das sind die kreativen Prozesse. Ich kann mich mit der Beschaffung und der Vorbereitung des Materials nicht mehr befassen. Auch ein Bestsellerautor hat sein Team für Recherchen. So habe ich meins fürs Grobe.

Weißt du, wer die Leute fürs Grobe hier in Berlin für dich akquiriert und woher sie kommen?

Nun findet das Gespräch ja doch online statt.

Egal, weißt du es?

Ich müsste nachschauen. Die Leute, die meinen Showroom in der Kulturbrauerei *betreuen, die wissen mehr. Wir können zusammen hinfahren, wenn du magst.*

Würdest du das für mich tun?

Natürlich! Du bist mir zu einer echten Freundin geworden. Was immer ich dir von mir und meiner Arbeit vermitteln kann, will ich dir gern zeigen. Dein Interesse an mir ehrt mich übrigens.

Solange es dich nicht beschämt … Dann gib mir Bescheid, sobald du gebucht hast, ja?

Versprochen. Ich habe den Eindruck, das eilt.

Ja, tut es.

Sag mir warum. Du wirkst sehr engagiert für eine Frau, die gerade mal einen Paravent von mir besitzt.

Und die sich momentan auch nichts weiter leisten kann … es eilt tatsächlich, weil …

Ja?

Weil …

Ja-ha?

Andrew, das kann warten. Komm nach Berlin, und ich erkläre dir alles.

Sehr gut. Ich melde mich. Und freue mich auf dich, meine Onlinebraut.

Gut, Bräutigam, ich mache hier die Heiratsanträge, verstanden?

Gut, so behalten wir das bei.

Bis bald.

Ciao.

Verließ sie das *Vico House* doch einmal, dann als Joggerin. Ihre Papiere trug sie unter dem Shirt am Körper. So gelangte sie schnell und relativ unauffällig an alle Ecken der Stadt. Joggte sie morgens die Friedrichstraße hinunter zur S-Bahnhof, um dort in den Zug zu steigen, teilte sich vor ihr ein Meer aus Fahrrädern, die Geräusche machten wie ein ganzes Feld aus Mähdreschern. Anzugmänner und Mütter mit behelmten Kindern auf dem Fahrradsitz fuhren bei Rot über die Kreuzung vor dem Friedrichstadtpalast und verteilten sich auf die umliegenden Kitas, Ministerien und das FDP-Büro, vor dem morgens espressoschlürfend die politischen Jungstars lungerten.

An diesem Morgen bog Rebekka in die Reinhardstraße ein und lief direkt weiter zum Hauptbahnhof. Ihr Weg führte dann an der ›Titten-Kita‹ vorbei, einem eigens für Regierungsbeamtennachwuchs erbauten Kindergarten. Weil die Bundesregierung nicht genügend Nachwuchs aus den eigenen Reihen lieferte, meldeten bald auch andere Eltern ihre Kinder an, bis die Kita schließlich wieder geschlossen wurde, als bei Renovierungsarbeiten festgestellt wurde, dass Asbest verbaut worden war. Melancholisch stimmte nun der Anblick des Gebäudes in der Morgensonne, das sich mit seinen beiden gen Himmel aufgerichteten Nippeln des busenförmigen Daches in Dauererregung zu befinden schien.

Bis zum Bahnhof Zoo waren es drei Stationen. In der Bahnhofsmission hatte Rebekka nach mehreren Telefonaten einen Ansprechpartner ausfindig machen können.

Kevin Schröter kannte als Streetworker nicht nur jeden seiner Schützlinge, sondern er wusste auch ganz gut Bescheid darüber, was sich an den anderen Berliner Aufnahmestationen abspielte. Dass er von einer Handvoll Obdachloser, die er kannte, von heute auf morgen nichts mehr gehört hatte, war auch ihm untypisch vorgekommen. Jeder von ihnen hatte überraschend einen Arbeitsplatz gefunden, was sich daraufhin herumsprach wie die ultimativen Lottozahlen, und wurde nie wieder gesehen.

Kevin erwartete Rebekka bereits am Bahnsteig. Er stand da, ganz in Schwarz, Kapuzenjacke, erkaltete Zigarette in der Hand, heller Dreitagebart, ein Strubbelpony hing in seine stechend dunklen Augen. Rebekka erkannte ihn sofort, ohne ihn vorher gesehen zu haben.

Rebekka trug *G-Star*-Jeans und dazu ein Kapuzenshirt von *Ralph Lauren*. Ihre Haare hatte sie unter einer schwarzen Strickmütze verborgen, zwei rote Locken hingen ihr ins Gesicht. Der heutige Tag war anthrazit und blau, der Himmel spielte mit, und ihre Meditation hatte Rebekka auf der Fahrt zum Bahnhof Zoo in aller Ruhe absolviert, denn um diese vormittägliche Uhrzeit waren die Züge fast leer.

Kevin begrüßte sie mit einem festen Handschlag.

»Isses okay, wenn wir zu *McDonald's* gehen? Ich hab noch nichts gegessen.«

Das war eine klare Ansage, und Rebekka stimmte zu.

Während sie eine Cola trank, stopfte Kevin zwei Cheeseburger, neun Chicken McNuggets und eine große Portion Pommes in sich hinein. Er wischte sich mit einer Serviette über den Mund und bekam richtig Farbe im Gesicht.

»Sind die Batterien wieder aufgeladen?«, fragte Rebekka amüsiert.

»Und wie! Also, schieß los. Hab ja schon verstanden, dass du eher so was wie eine Privatschnüfflerin bist und ich mir hier nicht aus Versehen die Polizei ins Haus geholt habe. Stimmt doch, oder?«

»Stimmt. Ich will dir auch nicht irgendwas von Recherchen erzählen, auch mein Name tut nichts zur Sache. Ich bin klipp und klar einem Verdacht auf der Spur, und dafür brauche ich Leute wie dich.«

»Mal sehen, was geht.«

»Außer diesem Essen geht ein Fuffi. Ich will mehr von der Sache hören, die du mir am Telefon angedeutet hast.«

»Dass Leute von uns verschwinden. Sowohl aus der Bahnhofsmission hier am Zoo als auch aus den Stationen Residenzstraße und Franklinstraße. Kann ich den Fuffi gleich haben? Sonst versagt mir hier vielleicht noch die Stimme.«

Rebekka zog einen Schein aus ihrer Hosentasche und behielt ihn in der Hand.

»Da ist er. Du bekommst ihn. Rede weiter.«

»Die Leute von der Straße fallen ja eigentlich immer nur negativ auf. Und wenn sie weg sind, dann fallen sie halt gar nicht mehr auf. Dann bleibt ein Bett frei, und der Nächste nimmt es sich. Die Anzahl ist immer die gleiche. Hab mich mal umgehört …«

Ungeduldig schaute Kevin sich um. Rebekka kannte den Blick. Der Junge wollte eine Zigarette rauchen.

»Ich habe eine Schachtel dabei. Die kommt als Lohn noch oben drauf.«

»Hey, was sitzen wir dann noch hier?«

Sie standen auf und gingen hinaus in die Sonne. Der süße Geruch von Fast Food mischte sich mit den Abgasen der Busse auf dem Vorplatz, die über den Kudamm bis nach Tegel fuhren. Vormittags war es hier ruhig bis auf ein paar versprengte Touristen auf der Suche nach der Gedächtniskirche und nach einem Zeichen für den verruchten Ruf, den der Bahnhof Zoo einst genoss und der sich mit der Abschaffung der Fernzüge an diesem Bahnhof verflüchtigt hatte.

Kevin zündete sich eine Zigarette an und steckte das Päckchen ein.

»Es sind definitiv fünf Leute, bei denen ich mir sicher bin, dass ihnen etwas zugestoßen ist. Es kann kein Zufall sein, dass von denen einer nach dem anderen plötzlich mit Sternchen in den Augen von einem Job redete und sich aus dem Staub machte, um dann nie wieder hier aufzutauchen. Irgendwann kommen die alle wieder, auch wenn's dazwischen mal so aussieht, als hätten sie's gepackt.«

»Hast du auch Namen für mich?«

»Die sind in dem Fuffi drin. Aber ich habe eine Bedingung: Wenn sich da etwas tut, wenn da irgendeiner was gemacht hat und in den Knast kommt für, dann lädst du mich zur Party ein, alles klar?«

»Versprochen!«

Rebekka begann bereits, sich auf diesen Tag ihres Wiedersehens mit Kevin zu freuen.

Kevin zog zu Rebekkas Verwunderung ein nagelneues *i-Phone* aus der Tasche. Er tippte ein bisschen darauf herum und hatte schnell gefunden, wonach er suchte.

»Über diese Typen solltest du versuchen, etwas herauszufinden. Hans Schubert, 45, Lutz Rotter, 55, Rudi Dwertmann, 62, Günter Reimann, 53, Alfred Schöller, 50 und 'ne Frau, Gisela Zander, 46.«

Kevins Informationen waren die perfekte Ergänzung zu einem Anruf von Mark. Er hatte auf ihre Mailbox gesprochen, weil sie nicht ans Telefon gegangen war, und von Milchmeyers Vernehmung erzählt. Dann hatte er die Namen der Metaller aufgezählt, deren Tod niemandem angekreidet werden konnte. Zwölf Karteikarten hingen noch an der Pinnwand in ihrem Zimmer im *Vico House*, und als 13. die mit dem Namen Karl-Heinz Otto.

»Hörst du mir noch zu?«, vernahm sie Kevins plötzlich ziemlich laute Stimme.

»Klar!«

»Okay. Also, richtig gut erinnern kann ich mich an Lutz. Der schlief seit einer Weile ab und an mal hier in der Mission, als ein betuchter Heini ankam und ihm die Adresse für seinen ersten Arbeitseinsatz in die Hand drückte. 400-Euro-Job klang schon mal besser als ein Ein-Euro-Job, sagte er sich damals und dackelte munter da hin. Am Abend kam er noch mal auf einen Kaffee vorbei, wir sind ja hier auch so was wie eine Familie, und meinte, er könne dort jetzt in so einer Art Baucontainer wohnen. Alles schick, Bett, Spind, Heizung, Kaffeemaschine, *Dixie*-Klo. Und er müsste sich den Container nicht teilen, obwohl noch ein zweites Bett drin stand. Klang alles erst mal gut. Wir verabschiedeten uns. Er war guter Dinge. Ich habe nie wieder von ihm gehört.« Er zündete sich die nächste Zigarette an der ersten an. »Nur dass ich das für ein gutes Zeichen hielt. Das Blöde ist«, er verschränkte die Arme und schaute Rebekka herausfordernd an, »das ist nur der Tropfen aufm heißen Stein. Könnten mehr sein. Aber allwissend und allumfassend bin ich ja hier auch nicht unterwegs.«

»Ich hab was von Jüngeren gehört, so 20 bis 30.«

»Die würde ich nicht mitkriegen.«

»Wieso nicht? Ist doch eher deine Generation.«

»Eben drum! Denkste, ich kann dem irgendwas abgewinnen, wenn einer in meinem Alter auf der Straße landet? Versager, allesamt. Nee nee ... Die Alten, die sind cool. Sind ja manchmal so was wie Eltern für mich.«

Kevin schaute sie an, als wolle er genau darüber noch ausführlicher reden. Rebekka ging nicht darauf ein. Das war ein Programmpunkt aus seiner täglich aufgeführten Show. Er kam bestimmt nicht aus unkomplizierten Verhältnissen, aber Rebekkas Empathie galt ihrem Fall, und für Kevin gab es 50 Euro.

Sie gingen noch ein Stück am Europacenter vorbei und wieder zurück zum Bahnhof Zoo, ein nicht mal so ungleiches Paar, und Rebekka nahm ihn beim Verabschieden kurz in den Arm.

»Danke dir, Kevin. Ich halte dich auf dem Laufenden.«

Er steckte den Schein in seine Hosentasche, eine Zigarette hinters Ohr und tippte beim Abschied nur kurz an die Schläfe, *man sieht sich*, bevor er auf der U-Bahn-Treppe verschwand und wieder abtauchte in seine Welt.

Rebekka blieb noch eine Weile stehen. Vor einem Supermarkt lungerten Frauen mit Laufmaschen in den knallbunten Strumpfhosen und tranken abwechselnd aus einer H-Milch-Packung und einer Flasche Wodka.

Neben ihnen war jemandem gerade eine Tüte Reis in eine Pfütze gefallen und geplatzt. Spatzen stürzten sich darauf, sie kamen plötzlich von überall her, es war ein ganzes Feld aus hüpfenden Spatzen. Die Damen mit den Laufmaschen mussten beiseite treten. Rebekka ging näher heran. Viele Spatzen schnappten sich Körner und flogen davon, selbst wenn sie in ihren kleinen Schnäbeln einen Teil der klebrigen Masse verloren, war es ihnen mehr wert, einen eigenen Schatz zu sichern, als sich zusammen mit den anderen gleich vor Ort den Spatzenbauch vollzuhauen. Zufrieden mit dem Tag ging Rebekka hoch zur S-Bahn. Hier am Bahnhof Zoo war noch richtig was los, wenn ein Sack Reis umfiel.

KAPITEL 36

Die Tür ihres Zimmers im *Vico House* war nur angelehnt. Sie stand am Fenster. Die Hände auf den Schreibtisch gestützt, schaute sie aus dem vierten Stock hinunter auf die Torstraße. Den morgendlichen Berufsverkehr da unten nahm sie kaum wahr. Ebenso wenig die brachialen Gebäude, von denen sich eins anbiedernd vor das andere zu drängen schien.

Die Tür fiel ins Schloss, das Geräusch riss sie aus ihrem Tagtraum. Sie fuhr auf, als ein Schal von hinten über ihren Hals geworfen wurde, dessen Schlinge sich unerbittlich fester zuzog. Instinktiv schnellten ihre Hände nach oben, versuchten, den Druck auf ihre Kehle zu lockern. Aber er zog noch fester daran, brauchte nur eine Hand dafür. Mit der anderen klemmte er ihre Hände fest aneinander. Sein Mund war nun dicht an ihrem Ohr.

»WO ... WARST ... DU?«

Sein Atem traf die Stelle, an der ihr Nacken Gänsehaut bekam und dabei keine Unterschiede machte. Beim Bad im Drachenblut war ein Lindenblatt auf diese Stelle gefallen und hatte sie genau dort verwundbar gemacht... Allmählich blieb ihr die Luft weg. Sie gab ihm das vereinbarte Zeichen. Die Klammer um ihre Hände löste sich. Sie griff nach dem Schal, streifte ihn ab, wandte sich ihm zu.

Er warf den Schal auf den Boden. »Ich konnte dich wochenlang nicht erreichen! Selbst dein blutarmer Wachhund da unten hat seinen Job gemacht und mich nicht zu dir gelassen!« Er zog sie an sich. »Rebekka, wo warst du?«

Sie legte ihren Kopf in den Nacken. Betrachtete ihn nun in aller Ruhe. Vier Jahre jünger als sie alterte er beruhigenderweise im gleichen Tempo mit ihr mit. Der vertraute Blick seiner braunen Augen. Dieser leicht spöttische Ausdruck, der in seine Mundwinkel gemeißelt schien. Zwei, drei Fältchen mehr auf der Stirn als beim letzten Mal. Volle Lippen, über die sie nun ihre Finger gleiten ließ, während er sie noch immer unverwandt anschaute. Sie lehnte am Schreibtisch und blickte zu ihm auf. Fuhr ihm durchs Haar, in dem noch nicht einmal eine Spur von Grau zu sehen war.

Sie griff nach seinen Händen. Die beiden breiten Ringe am rechten Ring- und linken Mittelfinger. Der Keltische Knoten in Sterlingsilber und ein glatter Weißgoldring, dem die Gravur *Julia 12.6.1999* eine Art von Bedeutung verlieh.

Er schob sie zum Fenster. Fegte mit einer Hand ihren Pass, den Laptop und ihr Handy beiseite. Setzte sie auf den Schreibtisch.

»Mach das nie wieder.«

Er löste ihr Haar, tauchte sein Gesicht tief in ihre roten Locken.

»Das kann ich dir nicht versprechen.«

Und sofort war sie wieder da, jene Atmosphäre aus aufgeladener Luft, der maximalen Spannung, die überhaupt zwischen zwei Menschen entstehen konnte. Er musste ihr nur den Mantel abnehmen, ihren Nacken berühren, den Rest machten ihre Gedanken, die sich im selben Moment losrissen und im freien Galopp über ein weites Feld dahinrasten. Jetzt schaute er sie an, legte seine Hände an ihren Kopf, seine Lippen nur einen Hauch entfernt von ihren. Sie konnte ihn riechen und schon fast wieder schmecken, als sei kein Tag, keine Stunde vergangen. Diesen Moment liebte sie am meisten, jenen Moment vor dem Kuss. Wenn beide auf das nie vereinbarte Zeichen warteten, das dann immer kam. Der Kuss war ein einziger und dauerte Stunden. Sie streifte ihre Schuhe ab, während er sie zum Bett trug. Er küsste sie, während er sie auszog. Sie schob seinen Pullover nach oben, über seine Schultern und den Kopf. Er küsste sie, während er sich zwischen ihre Beine drängte. Ihre Hände suchten Halt an den Bettpfosten. Er biss in ihre Lippen, während er ungestüm in sie eindrang. Ihre Hände umklammerten nun alles, was sie greifen konnten. Sein Kuss erstickte den Schrei, der aus ihr herauswollte. Er nahm sich, was er von ihr kriegen konnte und noch mehr. Er kam heim zu ihr, tobte sich aus in ihr, rächte ihre nicht vorhandene Chance miteinander. Und liebte sie mit jeder

Faser seines Körpers. Sie verlor sich völlig in ihm. Spürte ihren Höhepunkt kommen, als er plötzlich innehielt. Ihr Gesicht fest in seinen Händen, küsste er ihr die Tränen von der Wange. Rieb sich an ihren Lippen. War tief in ihr. Bewegte sich nicht. Sie wurde unruhig, fast wahnsinnig. Schlang Arme und Beine um ihn. Wollte ihn nie wieder loslassen. Nie wieder. All die konturlosen Begriffe: *Liebe machen*. Sie machten keine Liebe. Sie hatten sie schon. *Miteinander schlafen*. Sie schliefen nicht miteinander. Zum Schlafen blieb keine Zeit. *Sich lieben* traf es vollkommen. Denn sie liebten sich wirklich.

Er drang ein letztes Mal tief in sie ein. Seine Lippen fest auf ihren. Sie schnappte nach Luft, flehte ihn an, nicht aufzuhören und wurde im selben Moment mitgerissen. Sie waren eins und blieben es für eine gefühlte Ewigkeit.

Sie hatte es gern, wenn sie sich am Tag trafen statt in der Nacht. Rebekka kannte das Gefühl, sich verloren zu fühlen nach einer schönen Nacht: das Gefühl, danach umso tiefer zu fallen und ins Bodenlose zu stürzen. Sie hatte diesen Film gesehen, der ein Verhältnis zweier sich völlig Fremder sezierte. In dem es hieß, dass sie sich fremd bleiben mussten, damit es funktionierte. Denn wenn man sich einmal offenbart hatte, dann musste man sich trennen. Man konnte nicht mehr im Heute bleiben. Hatte man sich seine Liebe gestanden, wie man ein Verbrechen gestand, dann musste das letzte Mal folgen, und es musste sein wie ein letzter gemeinsamer Gang, ein letztes gemeinsames Bad, die letzte gemeinsame Ölung, ein bleibendes, nie zu wiederholendes Ritual.

Sie lagen nackt auf dem Bett, den Blick zur Decke, Mark rauchte eine Zigarette, den Kopf auf Rebekkas Oberschenkel gebettet.

»Du bist darauf gestoßen, und die Serie der Todesfälle in der Recyclingfirma hörte auf.«

»Will heißen?«

Mark lachte.

»Dass du, mein Rotlöckchen, wahrscheinlich die Täterin warst und uns alle testen wolltest.«

»Dann habt ihr schändlich versagt und den Test nicht bestanden!«

Die Pinnwand mit den verbliebenen 13 Karteikarten hatte sie hinter einem Vorhang versteckt. Unter den Namen standen Notizen, die Rebekka vorerst für sich behalten wollte. Ihr Instinkt hatte sie nicht getäuscht, nur weil es noch kein weiteres Opfer gegeben hatte, war Marks Interesse an der Sache erloschen.

Sie nahm Mark die Zigarette aus der Hand und zog einmal daran. Als sie ihm die Zigarette zurückgab, nahm er sie zwischen die Finger und schaute sie an wie ein filigranes Kunstwerk. »Nun habe ich sogar deine DNA.«

Rebekka strich ihm über den Kopf.

»Ach Schätzchen, dein ganzer Körper ist nichts als eine einzige DNA-Probe von mir.«

Mark drehte sich um und küsste Rebekka auf den Mund.

»Und noch eine. Danke!«

Er stand auf und schob die Wand zur Badewanne auf, die mitten im Zimmer stand.

Mit geschlossenen Augen vernahm sie kurz darauf das beruhigende Rauschen des Wassers. Und das Klingeln seines Handys. Rebekka schaute aufs Display. Julia. Vorsichtig legte sie das Handy zurück.

»Tu das nie wieder, Rebekka.«

Er trocknete sein Haar mit einem Handtuch. Zog sich an. Sie schaute ihm zu.

»Was meinst du?«

»Das weißt du genau. Einfach so abzutauchen. Ich muss wissen, wo du bist.«

Er nahm sein Handy und steckte es in die Hosentasche.

»Ich brauchte Zeit für mich.«

»Sagt die Einsiedlerin auf ihrer Insel.«

»Außerdem wärst du dann der einzige Mensch auf der Welt, den ich ins Vertrauen ziehe.«

Er lachte und beugte sich zu ihr.

»Damit kann ich leben.«

»Ich mit dir auch.«

Die Tür fiel hinter ihm ins Schloss.

Rebekka stand auf und ging zur Badewanne, auf deren Rand noch das feuchte Handtuch lag, das Mark gerade benutzt hatte. Sie drückte ihr Gesicht hinein und atmete tief ein. In der Anfangszeit, damals, als sie sich gerade begegnet waren, lief sie tagelang wie auf Wolken durch die Stadt. Den Spruch begriff sie erst dann in seiner ganzen Tragweite. Verliebt sein hieß, immer den Blick des anderen auf sich zu fühlen, sich in jeder Fensterscheibe des eigenen Aussehens zu vergewissern. In alltäglichen Situationen die Gegenwart des anderen zu spüren. Im Gespräch mit Leuten gedanklich das Wort an den anderen zu richten. Ständig mit dem anderen Zwiesprache zu halten. Unkontrolliert zu lachen beim Tagträumen. Sich alltägliche Situationen mit dem anderen vorzustellen, in der Hoffnung, sie eines Tages zu erleben. Alles in allem ein Ausnahmezustand.

In ihrer Verliebtheit, die sich auch nach Jahren noch so intensiv anfühlte wie am Anfang, gab es keinen Moment, in dem sie sich gedankenlos gehen ließ, ein Umstand, der sowieso nicht Rebekkas Wesen entsprach. Selbst wenn sie allein vor ihrem Fernseher im *Vico House* saß, wandte sie Mark ihren Blick zu und kommentierte die eine oder andere Filmszene für ihn. Seine Hand lag dabei in ihrem Schoß, seine Antworten waren die griffigen Sprüche, die sie so an ihm liebte. Ein Mann mit Humor wurde in jeder zweiten Partnerschaftsanzeige gesucht oder angeboten, was das bedeutete wussten doch die Wenigsten.

Rebekka stellte das warme Wasser an, das in einem dicken Strahl in die Wanne floss, und hielt die angerissene Flasche mit Duschbad darunter. Sofort begann das Wasser zu schäumen. Langsam stieg sie hinein. Es war ihr nicht ganz wohl bei dem Gedanken, in nur zwei Stunden die Otto-Kinder zu treffen. Und Ingrid. Und Erik. Sie hatte die letzten Anrufe und E-Mails nicht mehr beantwortet. Trotzdem hatten sich sowohl Ulrike als auch Ingrid sofort auf die SMS vom Morgen gemeldet. Sie brauchte eine Ausrede.

Rebekka tauchte im Badewasser unter. Ihre Haare saugten sich voll, und sie fuhr sich mit beiden Händen durch ihre Locken. Etwa eine Minute hielt sie das durch. Dieses Abtauchen und Luftanhalten war das Gegenprogramm zu ihrer Platzangst, die sie schmerzte und verunsicherte wie eine Achillesferse.

Hier hat sich keine Mordserie erledigt, wie Mark behauptet. Die Serie war schon lange vorbei. Karl-Heinz Otto gehört nicht dazu. Sein Tod ist nur der Tropfen, der das Fass zum Überlaufen brachte.

Bei *Recycling, Verschrottung und Co.* hatten drei Ottos angeheuert. Einer von ihnen war jetzt tot. Der andere, Jörn, geistig verwirrt. Die Dritte im Bunde, Ulrike, auf eine erschreckende Art fragil und knallhart in einem.

Dieser Tag hatte die Farbe von Metall.

Rebekka stand vor dem Spiegel und kämmte das noch feuchte Haar straff nach hinten. Sie knotete den Zopf mit einem Band zusammen und schob ihre *Burberry*-Sonnenbrille wie einen Haarreifen auf den Kopf. Sie trug eine Carotincreme auf, zog ihre Lippen mit dunkelrotem Gloss nach und tupfte sich drei Tropfen *Paul Smith*-Herrenparfüm in den Ausschnitt ihres weißen Hemdes.

Zwei Schachteln *Marlboro* beulten die Tasche von Rebekkas Jeans aus. Obwohl sie seit Jahren nicht mehr rauchte, brachte sie gewohnheitsgemäß aus jedem *Duty Free* eine Stange Zigaretten mit.

Zur nächsten *Call a Bike*-Station waren es vom *Vico House* aus nur wenige Meter. Doch Rebekka lief in aller Ruhe die Torstraße hinunter bis zur Friedrichstraße, nutzte jeden Schritt, um sich wieder einzugewöhnen in dieses ihr so vertraute Viertel von Berlin.

Nach einer halben Stunde stand sie im Fahrradladen des Verkäufers mit dem üblen Ruf. Sie hatte schon mehrfach beobachtet, wie unzufriedene Kunden ihre Räder – geliehene und gekaufte – zurückbrachten und ihr Geld zurück verlangten. Rebekka hatte sein Vertrauen gewonnen, was vielleicht nicht schwer war, als sie sich nach dem Zapfhahn im hinteren Teil des Ladens erkundigte.

»Denn kann ick länga ufflass'n. Denn zählt der Laden als Kneipe. Cleva, watt?«

Noch lieh sie sich jedes Mal bei ihm ein Rad aus. Er schrieb ihren Namen – immer wieder mit ihrem Pass vergleichend – umständlich in ein Buch, ließ sie ein Rad aussuchen, prüfte Reifen und Ventile, gab ihr den Pass zurück und nuschelte: »Zahlung sofort.«

»Wie lange haben Sie geöffnet?«

»Muss ja bis Mitternacht. Mindestens. Schaun sich mal die Massen von Touris an. Denkense, von denen sieht eina zu, dett ick ma früha Faiaahmd hab?«

»Warum schreiben Sie dann ›geöffnet bis Mitternacht‹ in die Tür und schaffen sich einen Zapfhahn an?«

»Weil ick dett muss, Mensch! Wovon soll ickn leben? Von ditt, watt die Kanackn für unsaeens übrig lassn?«

Auf diesen Moment hatte Rebekka gewartet.

»Ich höre noch ein Mal das Wort ›Kanacke‹ von Ihnen, und den nächsten Häftling mit Migrationshintergrund, der in Tegel freikommt, schicke ich hier vorbei, damit Sie ihm das Wort BUCHSTABIEREN können!«

Ein Dienstausweis der JVA Tegel schwebte vor der grobporigen Nase des Fahrradmannes, und dem fiel es nicht schwer, das Passbild mit dem soeben ins Buch gekritzelten Namen in Verbindung zu bringen.

Rebekka zog die Schnürsenkel ihrer *Doc Martens* fest, straffte ihren Haarknoten, schnippte mit den Hosenträgern, zog den Reißverschluss ihrer Bomberjacke bis zum Hals und schwang sich aufs Rad.

Der Fahrradmann stand noch eine Weile in der Tür, kratzte sich im Nacken und bemerkte nicht den Wackelkontakt, der sein *OPEN*-Schild wie eine billige Sex-Reklame blinken ließ.

KAPITEL 37

Alle aus der Clique hockten wie immer unter der Eiche im Volkspark.

Rebekka erkannte sie schon von Weitem: Da wackelten zwei blonde Köpfe, drei dunkle, und wie auf ein Kommando drehten sie ihr alle zugleich die Gesichter zu, als Rebekka in Sichtweite auftauchte. An der Eiche lehnten ein Paar Stelzen, an denen sich Karoline zu schaffen machte.

»Rebekka!«

Ingrid stand auf und kam ihr entgegen.

»Ich hab's gar nicht geglaubt, als ich deine SMS gelesen habe.«

Das förmliche Sie, über das sie noch nicht hinweggekommen waren, war weggewischt wie ein Muster im Sand nach der Welle.

Nun erhob sich auch Erik langsam, beinah schwerfällig. Dabei nutzte er nur die Chance – ganz Charmeur – sich ein paar schmeichelnde Worte für Rebekka einfallen zu lassen.

»Dein Bomberoutfit steht dir genau so gut wie *Chanel*. Wie machst du das nur?«

Karoline ließ von den Stelzen ab, ihre Neugier war nun umgeleitet auf den Neuankömmling. Die anderen winkten ihr und blieben sitzen, als wären sie noch nicht dran.

»Treulose Tomate!«, sagte Ingrid vorwurfsvoll. Sie betrachtete Rebekka ungläubig mit ausgestreckten Armen. »Warum hast dich nicht mal gemeldet?«

Rebekka atmete auf.

»Ich wollte dir und Erik Zeit geben, euch tatsächlich noch mal um Nachwuchs zu kümmern.«

Erik strich über Ingrids Bauch und kicherte.

»Hat ja gefruchtet!«

»Ihr seid schwanger?«

Ingrid lächelte.

»Ja! Alle beide. Nur ist Erik schon im fünften Monat. Ich noch in der neunten Woche.«

Erik hatte tatsächlich ganz schön zugelegt in der kurzen Zeit, stellte Rebekka belustigt fest.

»Hi, Große!«

Nils, Achim und Ulrike standen plötzlich neben ihr.

Rebekka drehte sich zu ihnen um.

»Na, ihr Pilzköpfe? Immer noch siamesisch zusammengewachsen?«

»Wir hatten noch keinen Grund, uns zu trennen«, parierte Ulrike schnippisch und schielte dabei auf Rebekkas Hosentasche.

»Ach ja«, Rebekka nahm die beiden Schachteln *Marlboro* heraus, »kannste haben. Ich rauche immer noch nicht.«

»Hab ich ein Glück!«

Ulrike lächelte und setzte sich wieder. Sie riss eines der Päckchen auf und steckte sich eine an. Das andere verstaute sie unter vorsichtigem Blick auf die anderen in ihrer Handtasche. Obwohl sie keine Schnorrer zu befürchten hatte, schien sie ein schlechtes Gewissen zu haben. Und Rebekka ahnte, warum.

»Wie geht es Jörn?«

Rebekka setzte sich neben Ulrike auf die Decke. Die musterte sie kurz und amüsiert, wagte einen kurzen Ausflug in ein helles Lächeln, um sogleich wieder in das dunkle Gewölbe ihrer Gedanken hinabzusteigen.

»Meinem …«, sie schaute zu ihren Geschwistern,

»*unserem* Bruder geht es unverändert.« Rebekka schaute sie aufmerksam an, obwohl Ulrike lange nichts sagte.

»Unser viertes Blatt am Klee hat noch immer einen im Tee«, fuhr sie desillusioniert fort.

»Ach«, schaltete Nils sich ein, »das scheint dich ja zu amüsieren!«

Ulrike reagierte nicht. Nils bedeutete Rebekka mit einem Blick, sich nicht weiter nach Jörn zu erkundigen. Mit einem Mal schien sich der Raum um Ulrike zu verdichten. Sie wandte sich ab, rauchte und schwieg.

»Rotkäppchen? Trocken?«, fragte Ingrid fröhlich in die angespannte Stimmung hinein. Der Korken landete in der Baumkrone über ihren Köpfen. Aus dem Kofferradio dudelte Jazz.

»Das arme Rotkäppchen. Trocken isses auch n…«

»Erik!«, wies Ingrid ihren Mann zurecht.

Rebekka griff sich vier gefüllte Plastikkelche und ging zum Pilzkopftrio.

»Schöne Frau«, säuselte Achim, »wir haben uns seit der Brecht-Keller-Party nicht mehr gesehen. Wie geht es dir?«

Ingrid hatte Achims Frage aufgeschnappt und lauschte gespannt.

»Nun? Magst du irgendeinem von uns endlich die uns alle interessierende Frage beantworten?«

»Ich scheine euch ja tatsächlich gefehlt zu haben.«

Rebekka schaute in die Runde. Der Sekt und seine Wirkung zu freitagnachmittäglicher Stunde holte sie endgültig in ihre kleine, familienlose Welt voller neugieriger Freunde zurück.

Nils schüttelte den Kopf. Er war noch immer sauer wegen Ulrikes flapsiger Bemerkung zum Seelenzustand ihres Bruders Jörn.

»Das weniger. Ich wundere mich nur, von meiner Kindergartenfreundin nix mehr zu hören, wo doch ein modernes Mädchen mit Computer und Handy umzugehen weiß.«

Auf Trauerfeiern und Picknicks aufzutauchen und sich in familiäre Missstände reinzuhängen, war nicht, was Nils durchgehen ließ. Er erntete den üblichen bösen Seitenblick von Ulrike.

Gelassen griff Rebekka zur Sektflasche und schenkte Nils zuerst nach.

»Manchmal verliere ich die Dinge aus dem Blick. Dann schäme ich mich und melde mich nicht mehr. Auch mein Besuch heute war für mich eine Überwindung, bin aber sehr froh, mich dazu durchgerungen zu haben.«

Sie lächelte Nils ganz offen an.

»Und, was hast du so Wichtiges zu tun gehabt?«, fragte er gereizt.

»Ich habe mich um mein Geschäft in Brandenburg gekümmert.«

Ulrike horchte auf.

»Und wie läuft es?«

»Nicht gut«, sagte Rebekka lächelnd.

Ulrike war aufmerksam, hörte zu, merkte sich Dinge, die man ihr erzählte. Das gefiel Rebekka. Und die junge Frau hatte sich gemerkt, mit welcher Leidenschaft Rebekka von ihrem kleinen Partyservice erzählt hatte.

»Ich konnte den Laden retten. Von meinen vier Angestellten allerdings leider nur eine.«

»Und die anderen drei machen nun ihre eigene Party?«, warf Nils zynisch ein.

»Hör auf!«, wies Ulrike ihren ewig stichelnden Bruder zurecht und steckte sich erneut eine von den ergatterten *Marlboros* an.

»Und du solltest aufhören mit dieser Scheiße!«

Nils versuchte, seiner Schwester die Zigarette aus der Hand zu schlagen.

»Bist dem Tod grad von der Schippe gesprungen und turnst nun schon wieder drauf rum!«

Rebekka schaute Ulrike fragend an. Ulrike verdrehte nur die Augen und machte eine herablassende Kopfbewegung hin zu ihrem Bruder. »Was hast du eigentlich studiert?«, lenkte sie etwas unbeholfen ab.

Sie waren wieder in der Kennenlernphase. Rebekka wunderte sich nur, dass Ulrike nicht fragte, *ob*, sondern *was* sie studiert hatte.

»Ich habe nicht studiert, sondern in der Gastronomie gelernt.«

Ihre Kneipenlaufbahn hatte Rebekka so gut auswendig gelernt, dass sie schon selbst daran glaubte.

»Dabei wäre Journalismus mein Traum gewesen, doch dafür gab es in meiner Familie zu viele Verwandte im Westen. Journalismus hieß, Bekenntnis zum Staat, aber – das wisst ihr alles selbst. Habt ja Ähnliches erlebt.«

»Was hast du denn erlebt?«, fragte Nils mit geheucheltem Interesse. »Kommt jetzt eine Geschichte aus dem politischen Knast?«

Der große, allwissende Nils braucht also noch immer jemanden um sich, den er klein halten oder klein machen kann.

Rebekka spürte sie wieder, die Spannung, die sich seit dem Gespräch mit Ulrike im *Hackendahl* in ihr angestaut hatte. Nils war der Parasit einer jeden Situation.

Er war einfach da, hängte sich überall rein, biss sich in einer beliebigen, gern völlig unwichtigen Sache fest und begann, jede schöne Atmosphäre um ihn herum leer zu saugen. Und genau deshalb platzte Rebekka der Kragen.

»Was hast du gegen mich? Musst du deinen Zynismus an mir ausleben? Zu geizig für einen Therapeuten?«

Nils schloss den Mund, schaute Rebekka aus großen Augen an und schien nicht zu wissen, ob er anerkennend lächeln oder weitermotzen sollte.

Da er schwieg, redete Rebekka einfach weiter. Sie kam gerade so richtig in Fahrt.

»Was ich erlebt habe? Wahrscheinlich den gleichen Mist wie du. Mist, den du nicht selbst verzapft hast, sondern deine Eltern oder – wie in meinem Fall – mein Großvater. Und deine Eltern hatten wahrscheinlich noch nicht mal Spaß beim Verzapfen. Sondern deine Mutter schrieb ihre Gedichte, ging in die Kirche, während dein Vater wohl für das sozialistische Vaterland bei der SERO forschte. Und wofür das alles? Damit es einem ewigen Meckerer wie dir eines Tages an nichts mangelt! Typen wie du kotzen mich an.«

Sie hielt inne. Alles schwieg und starrte. Rebekka spürte, dass sie zu weit gegangen war. Sie hatte Pulver verschossen, was hier nur verletzte und nicht verteidigte, wofür es doch gedacht gewesen war. Sie hatte sich provozieren lassen. Ausgerechnet von Nils.

Rebekka atmete tief durch.

Natürlich ließ sich Nils genau diesen Umstand nicht entgehen. Ein kleines, unsicheres Lächeln blitzte auf in seinem Gesicht, doch er fing es sofort wieder ein.

»Mein Vater war bei der SERO, das stimmt. Neu ist mir allerdings, dass es im Kindergarten an der Wandzeitung geschrieben stand.«

Rebekka hatte sich schnell wieder im Griff.

»Vielleicht erinnerst du dich ja an die blumige Rede des Firmenchefs auf der Beerdigung eures Vaters.«

»Du scheinst ja genau hingehört zu haben.«

»Richtig. Und das solltest du jetzt auch tun. Meine Mutter hat euren Vater oft getroffen. Auch später, nach dem Mauerfall, als sie ebenfalls in Tempelhof arbeitete, in einer kleinen Kanzlei nicht weit vom Sitz der Recyclingfirma. Sie sagte immer, sie fände es komisch, in welchem Maße Müll seit der Wende an Wert gewonnen habe.«

Rebekkas Mutter war alles andere als intellektuell gewesen und zu solch philosophischen Gedanken ganz und gar nicht in der Lage. Aber es tat Rebekka gut, ihr postum noch etwas Glanz zu verleihen und sie in ihre Ermittlungen einzuspannen. Sie nippte an ihrem Sektglas und sandte ein tonloses Stoßgebet zum Himmel.

Nils gab sich damit zufrieden. Er setzte sich, prostete seinem Bruder Achim zu, der zaghaft mit ihm anstieß, und sagte nur: »Die Spiele gehen weiter.«

Rebekka vernahm ein genervtes Stöhnen von Erik.

Ihre Unbeherrschtheit tat ihr leid. Sie saß hier zusammen mit Menschen, die ihr vertrauten, in deren Mitte sie sich einst geschlichen hatte wie ein Dieb bei Tageslicht, und auf deren ungetrübtes Entgegenkommen sie angewiesen war.

»Entschuldige bitte«, sagte Rebekka in Nils' Richtung. Er nickte nur und stopfte sich eine Bulette in den Mund. Achim kicherte.

Ulrike kniff Rebekka versöhnend in die Seite und zog sie zurück auf die Decke.

»Ich überleg mir noch, ob ich die Entschuldigung annehme«, hörte sie Nils noch sagen, doch sie wollte nicht weiter auf ihn eingehen.

»Nun lass sie doch!«, mischte sich jetzt Achim ein, der hellste der dunklen Pilzköpfe, zumindest, was die Haarfarbe betraf. Dabei ließ er Rebekka nicht aus den Augen. Er selbst war noch immer gekleidet wie ein Nerd, was in liebenswertem Kontrast zu seiner latenten Flirterei mit jedem weiblichen Wesen stand, das nicht seine Schwester war. Sein dunkelblondes Haar überdeckte jetzt eine grüne Hornbrille vor den auffallend hellen Augen.

Rebekka befand sich auf dünnem Eis, das bereits verdächtig unter ihr krachte.

Sie mochte diesen sorglosen Haufen lässiger Leute und hatte sich zu lange nach keinem der vier Geschwister erkundigt. Von Ingrids Schwangerschaft hatte sie nichts gewusst. Noch nicht einmal Ulrike hatte sie angerufen, obwohl die junge Frau damals gerade einen Schlaganfall – oder zumindest den Verdacht darauf – überstanden hatte. Auch auf Ulrikes Verdacht, ihr Vater sei ermordet worden, war Rebekka nicht mehr eingegangen.

Sie hat es niemandem erzählt. Sie vertraut keinem. Sie baut auf mich.

Rebekka sprach besonders langsam und suchte dabei den Blickkontakt zu jedem Einzelnen.

»Es war höchste Eisenbahn, mich endlich selbst um meinen Brandenburger Partyservice zu kümmern. Es gibt da draußen eine Pferderennbahn, die ein ziemlich abgehalftertes Überbleibsel aus der DDR war. Und ein kluger Investor hat sich diese unter den Nagel gerissen.«

Ein paar Meter weiter spielten ein paar Jungs und Mädchen Fußball. Schrille Rufe nach mehr Einsatz und Toren waren zu hören. Der Duft von Gegrilltem lag in der Luft.

»In einer Gegend, die normalerweise wenig Grund zum Partymachen hat, werden plötzlich wieder neue Häuser gebaut und alte saniert. Familien aus allen Ecken von Berlin ziehen dahin. Meine Mädels im Partyservice haben sich völlig verzettelt und alles angenommen, was an Anfragen kam. Haben sich kein bisschen um das Material gekümmert, sprich, nicht früh genug beim Schlachter geordert und später die Preise vom Fleischer gezahlt. Und so wurde die Gewinnspanne kleiner. Und der Laden auch.«

»Aber du warst doch immer dabei! Wie konnte dir denn das passieren?«

Ulrike suchte nach einer logischen Erklärung, als fühlte sie sich persönlich getroffen vom Eigensinn ihrer Freundin, sich einfach wegzustehlen. Und das war sie wohl auch, vermutete Rebekka und wandte sich ihr zu.

»Weißt du, ich war unglaublich viel im Land unterwegs. Als es letztes Jahr beinah zu gut lief, eröffnete ich noch zwei weitere Ladengeschäfte, beide kurz vor der polnischen Grenze. Unter der Woche blieb ich dort, am Wochenende schaute ich hier nach dem Rechten. Papierkram, ein paar Fördergelder, gefühlt tausend Anträge für irgendwas. Und das, solange noch alles gut lief.«

Sie trank ihr Glas leer.

»Und nun stell dir vor, was alles zu tun war, als es dann schlecht lief und ich die beiden neuen Geschäfte wieder schließen musste.«

Ulrike hing an ihren Lippen. »Nun bist du ja da!«, sagte sie erleichtert und schenkte Rebekka nach.

Achim musterte ihre Bomberjacke und die fest geschnürten Springerstiefel.

»Und das da ist noch dein Brandenburg-Outfit?«

»Hoch leben die Vorurteile!« Rebekka lächelte. »Nein, das Outfit ist Absicht.«

»Wie meinst du das?«

»Mein verlogener Fahrradhändler hält mich so für eine von den Seinen.«

Achim lachte laut auf.

Plötzlich brachen Sonnenstrahlen durch die dichte Baumkrone, unter der sie saßen.

Ingrid rückte an Rebekka heran.

»Ich kann dir gerne etwas unter die Arme greifen mit deinem Partyservice. Zumindest online. Ich hänge sowieso nur zu Hause rum.«

Rebekka horchte auf.

Ingrid redete ganz ungeniert weiter.

»Lass mich dir eine schöne Website gestalten. Vielleicht können wir mal rüber nach Brandenburg fahren, wo war das noch mal?«

»In diesem Nest bei Hoppegarten«, sagte Rebekka vorsichtig und schob sich eine Haarsträhne hinters Ohr, liebevoll beobachtet von Achim.

»Dann lass uns in *dieses Nest bei Hoppegarten* fahren, alles fotografieren und als schöne kleine Präsi ins Netz stellen.«

Rebekka lächelte.

»Gute Idee. Ich habe alles neu dekoriert. Die Auslagen sind viel übersichtlicher, die Schaufenster nun auch als solche zu erkennen, drinnen eine kleine orientalische Sitzecke, sehr plüschig, mit einer Wasserpfeife, hinten raus geht's in einen kleinen Garten mit Holzbank und Windspielen in den zwei Kirschbäumen. Und Ella – meine letzte verbliebene Mitarbeiterin und Statthalterin – sieht aus wie Mary Poppins. Das gibt eine tolle *Homestory.*«

»Du sagst es!«

Ingrid hatte ihr die ganze Zeit mit offenem Mund gelauscht, als habe ihr Rebekka aus eben dem ein Wort nach dem anderen herausgefischt.

»Wann fahren wir?«

»Gar nicht.«

Das Lächeln auf Ingrids mit 38 Jahren immer noch mädchenhaftem Gesicht erstarb, doch Rebekka redete ungerührt weiter: »Ich habe jetzt hier in Berlin zu tun. Aber ich lasse es dich wissen, wenn ich deine Hilfe brauche.«

Rebekka fühlte sich schlecht. Ein so naives, ehrliches Lächeln war zu selten, um es zu zerstören. Aber es half nichts. Die Auslagen, das Schaufenster und den Garten mit der Holzbank sowie auch Mary-Poppins-Ella in dem kleinen Nest bei Hoppegarten zu erfinden, war als Lüge Teil ihrer Arbeit. Aber dass sie in Berlin zu tun hatte, war wenigstens so etwas wie eine Wahrheit.

KAPITEL 38

Der morgendliche Himmel über Berlin hatte blaugraue Streifen, als die Sonne aufging und Rebekka die ersten wärmenden Strahlen spürte. Während sie sich auf dem

Dach des *Vico House* in ihrem Liegestuhl rekelte, dachte Rebekka an den Abend im Park zurück. Es war fünf Uhr morgens. Um diese Uhrzeit war sie hier oben noch allein.

Rebekka war zehn Bahnen im Pool geschwommen. Sie wärmte ihre Hände an einem Kaffee im Pappbecher. In sieben Stunden war sie mal wieder mit Ulrike im *Hackendahl* verabredet. Gedanklich ging sie die kommenden Stunden durch. Eine Stunde lang würde sie sich noch die *Berliner Zeitung* und einen zweiten Kaffee gönnen. Danach ein heißes Bad mit Aroma-Ölen in ihrem Zimmer. Dann wäre es sieben Uhr. Auf dem Laptop liefe dann die Nachrichtensendung des französischen Fernsehsenders *TF1* und parallel dazu auf dem Bildschirm an der Wand der Nachrichtensender *N24* ohne Ton mit dem Laufband der Schlagzeilen. Bis acht Uhr hätte sie die Informationen des Tages zusammen und von da an noch Zeit für einen Spaziergang und die Vorbereitung auf ihr Gespräch mit Ulrike.

In ihrem Refugium auf dem Land hatte sie Morgen wie diesen vermisst. Die Stadt hatte ihr gefehlt, dieses laute, stinkende, unfreundliche Puzzle aus Lebensträumen zahlloser Nationalitäten und Generationen. Die einen hatten gerade aufgegeben, die anderen legten gerade los. Und sie selbst fühlte sich immer wie ein Gast, der willkommen war und dessen Abwesenheit bemerkt worden war.

Ulrike war pünktlich. Sie trug einen gepunkteten Plisseerock und dazu ein eng anliegendes, ärmelloses T-Shirt, das ihre muskulösen, gebräunten Arme auf angenehme Art betonte. Ihre Pilzkopffrisur wirkte wie ein Fahrradhelm, den sie natürlich nie tragen würde.

Rebekka sah sie und winkte ihr zu, doch Ulrike warf keinen Blick ins Café. Sie wirkte innerlich aufgewühlt, als sie ihr Fahrrad am Laternenmast vor dem Eingang ankettete. Eine routinierte Bewegung, die ihr nicht wie sonst von der Hand ging.

Dann erst wurde ihr Blick suchend, und so etwas wie ein kurzes Strahlen der Erleichterung lag in Ulrikes Blick. Die beiden Frauen begrüßten sich.

»Tomatensuppe zur Beruhigung?«, fragte Rebekka geradezu.

»Ja!«

Ulrike lächelte und schielte auf die Flasche *Becks* auf Rebekkas Platz.

»Zwei Tagessuppen und noch ein Bier bitte«, sagte Rebekka.

Die Kellnerin am anderen Ende des Tresens nickte und hob verstehend die Hand. Lautlos hantierte sie hinter der Bar und reihte sich nahtlos ein in die gemütliche Kneipenatmosphäre und die dunkle Holztäfelung mit ihrer beeindruckenden Aufreihung verschiedenfarbiger Likör- und Whiskyflaschen.

»Nils war gestern ziemlich geladen.«

Rebekka hatte nicht vor, lange um den heißen Brei herumzureden. Ulrikes Bruder war Rebekka ein Rätsel, und Rebekka mochte keine Rätsel. Sie mochte Klarheit und diese auch im Umgang mit anderen Menschen. Sie wollte keine Zeit vergeuden und erst herausfinden müssen, wer der andere war. Diese Zeit hatte niemand, und es gehörte sich in ihren Augen nicht, sich interessanter zu machen, als man eigentlich war, und andere mit dem großen Rätselraten aufzuhalten.

»Er war schlecht drauf«, sagte Ulrike entschuldigend. »Die Sache mit Jörn geht ihm nahe.«

Die Kellnerin stellte ein Bier vor Ulrike.

»Prost«, sagte Rebekka versöhnt. »Dann erzähl mir von Jörn.«

Ulrike schaute sie misstrauisch an.

»Und dann? Verschwindest du wieder vom Bildschirm mit unserer Familiengeschichte im Gepäck?«

Ihre Zweifel berührten Rebekka. Sie hatte recht damit.

»Du kannst ihn jeden Tag treffen.«

»Wen?«, fragte Rebekka verstört und ärgerte sich im selben Moment über ihre Gedankenlosigkeit. »Entschuldige! Wir sprachen von Jörn. Es tut mir leid, ich war gedanklich noch beim gestrigen Abend mit euch im Park.«

»Ja, das war eigenartig«, fuhr Ulrike versöhnt fort. »Ein schönes Wiedersehen und doch irgendwie seltsam. Zumal Jörn nicht dabei war. Er ist übrigens rausgeflogen bei *Recycling, Verschrottung und Co.*«

Rebekka war die Enttäuschung anzusehen. Nur mit Mühe gelang es ihr, gleichgültig zu wirken. Auf Jörn hatte sie für ihre weitere Recherche gebaut. Sie hätte sich sofort um ihn kümmern müssen. Nun war es zu spät.

»Was ist passiert?«

»Der ist total durchgedreht. Kam eines Morgens da an und tat, als habe er im Lotto gewonnen. Hatte er aber nicht.«

Ulrikes Armreifen rasselten, während sie sich aufgeregt durchs Haar fuhr.

»Trotzdem warf er Milchmeyer seinen Job vor die Füße. Nun fährt er den ganzen Tag S-Bahn. Dort kannst du ihn immer treffen, wenn du nur an der richtigen Station in die Ringbahn einsteigst.«

Ulrike beschloss den Satz mit einem Schluck Bier und schaute Rebekka abwartend an. Sie hielt ihrem Blick stand. Auf Jörn konnte sie später noch einmal zurückkommen. Heute musste Rebekka Ulrikes Draht zu Ingrid und Erik aufspüren.

»Ich freu mich für Ingrid und Erik. Die beiden sind ein Paar, das überrascht. Wahrscheinlich auch sich selbst.«

»Und das überraschend Kinder in die Welt setzt, obwohl kein Sex mehr stattfindet.« Ulrike klang teilnahmslos.

»Du bist ungerecht.«

Rebekka machte aus ihrem Befremden keinen Hehl. Die Schonzeit ihrer Trauer konnte Ulrike ihr gegenüber nicht mehr geltend machen.

»Entschuldige! Ja, ich hätte auch nicht gedacht, dass es bei den beiden noch mal klappt.«

»Und warum nicht?«, fragte Rebekka und bemühte sich wieder, die Frage so beiläufig wie möglich klingen zu lassen.

»Weil Erik eigentlich nicht die Nerven dazu hat, noch mal Vater zu werden und dann auch zu sein …«

Rebekka grub weiter an dem begonnenen Tunnel und wartete geduldig auf den Durchbruch, der sich in Gestalt eines Lichtes am Ende zeigen würde. Bald.

»Erik und du, ihr seid gute Freunde, nicht wahr? Du magst ihn. Das weiß ich.«

Ulrike schaute Rebekka prüfend an und trank langsam an ihrem Bier.

»Und das gefällt mir«, fügte Rebekka hinzu.

»Warum bedeutet es dir etwas, mit wem ich befreundet bin oder besser – wer mit mir?«

Rebekka rieb ihre Hände aneinander und hatte plötzlich das Gefühl, Kies rieselte zwischen ihren Fingern hervor. Sie rieb immer heftiger, bis sich ein Juckreiz einstellte und ihre Hände sich röteten.

»Hast du das auch manchmal?«, fragte Ulrike plötzlich besorgt.

Rebekka nutzte die Ablenkung.

»Ja, normalerweise beginnt das im Gesicht. Immer mit den ersten Sonnenstrahlen. Nun sind es schon die Hände.«

Ulrike hielt ihr eine Handcreme hin.

»Und irgendwann ist es der ganze Körper. Nein danke.«

Rebekka griff zu der Tube Carotincreme, die sie immer bei sich trug.

»Hab da so meine Geheimnisse.«

Sie lächelte Ulrike nun offen an und hoffte, die würde den Ball an genau der Stelle aufnehmen.

»Die hab ich auch!«

»Ja? Und haben deine Geheimnisse irgendetwas mit … Erik zu tun?«

»Du bist wirklich die Erste, der ich davon erzähle.«

Rebekka hielt zwei Finger für zwei weitere *Becks* in die Höhe.

»Aber bestimmt nicht die Erste, der auffällt, dass du so was wie einen kleinen Narren an ihm gefressen hast.«

»Stimmt! Dabei lebt er ein so was von langweiligem Leben. Donnerstag wird der Müll geholt, der normale, am Montag dann der im gelben Sack. Ingrid ist froh, den Kalender zu haben, in dem die Daten mit der richtigen Müllsorte vermerkt sind. Nicht mal darum muss sie sich kümmern. Eriks Gehalt reicht für beide. Danke!«

Sie nahm der Kellnerin die Flasche Bier aus der Hand und setzte an für einen großen Schluck. Mit der anderen Hand kramte sie das Alutütchen mit Aspirin aus ihrer Hosentasche.

»Ingrid muss nicht arbeiten gehen, solange Erik in regelmäßigen Abständen Aufträge bekommt. Er ist für sie das, was man im übertragenen Sinne einen Lottogewinn nennt. Ingrid kann einkaufen, wann und was sie will mit einer Geldkarte, auf der zwar ihr Name steht, in die sie aber nichts einzahlen muss.«

Sie ließ das Pulver in ihren Mund rieseln und spülte es mit Bier hinunter.

»Sie hat viele Jahre als Kindergärtnerin gearbeitet. Erinnerungen an jene Zeit hängen gerahmt in ihrem Arbeitszimmer unterm Dach. Arbeitszimmer! Pah! Obwohl sie seit Jahren nicht mehr arbeitet. So überflüssig wie ein Hobbyraum für Leute ohne Freizeit. Erik hat ihr dieses Zimmer eingerichtet mit einem antiken Schreibtisch, einer grünen Anwaltslampe, mit einem Bildschirm, flach wie ein Schreibblock, und einem Computer, schnell wie der Mercedes E 55 im Carport vor der Tür. So und nicht anders ist das.«

Rebekka staunte über die Gedankenlosigkeit, mit der Ulrike ihre Gesundheit aufs Spiel setzte. Das war etwas, woran sie sich bei ihrer Freundin nie gewöhnen würde. Dabei hatte sie geredet wie ein Wasserfall und eine ziemlich präzise Beobachtungsgabe an den Tag gelegt. Erik hatte sich bei ihrem Treffen in *Harry's Bar* genauso lapidar zu seiner Ehe geäußert, selbst im Tonfall klang Ulrike wie er. Zu Erik schien Ulrike tatsächlich eine ganz besondere Bindung zu haben, die offenbar nichts Gefährliches, nichts Anrüchiges hatte, sondern auf purer Sympathie zu beruhen schien. Also war es wohl Ingrid, mit der Ulrike wenig anzufangen wusste.

»Ingrid weiß nicht, dass Erik und ich uns manchmal treffen. Er ist eine Vertrauensperson für mich. Mit meinen Brüdern kann ich nichts anfangen, das war schon immer so. Meine Eltern gibt es nicht mehr. Er kümmert sich um mich, steckt mir manchmal Geld zu, ist Vater und bester Freund in einem.«

Rebekka nahm ihre Bierflasche und stieß mit Ulrike an.

»Das kann ich gut verstehen. Ich hatte allerdings gedacht, du und Jörn kämt gut miteinander aus. Ihr habt zusammengearbeitet.«

»Das Miteinander war eher ein Nebeneinander. Und nun ist ja auch das vorbei.«

»Wo, sagtest du, kann ich Jörn treffen?«

»In der Ringbahn. Steig einfach irgendwo ein, irgendwo sitzt er schon drin. Und zwar in der, die so rum fährt«, eine Handbewegung im Uhrzeigersinn malte einen Kreis in die Luft. »Was das betrifft, ist er sehr präzise.«

Rebekka schüttelte den Kopf.

»Im Ernst, Ulrike, ich mach mir Sorgen um ihn.«

Ulrike griff nach ihrem Handy. Sie hielt es Rebekka vor die Nase.

»Hier«, sagte sie, eine Spur von Enttäuschung in der Stimme, »seine Handynummer. Versuch's doch.«

Rebekka speicherte die Nummer in ihrem Telefon ab.

»Ich muss dann auch los«, sagte Ulrike unvermittelt und kramte in ihrer Hosentasche nach Kleingeld, den Blick dabei auf Rebekka gerichtet.

»Lass stecken«, sagte Rebekka erwartungsgemäß.

Ulrike verabschiedete sich mit einer schnellen Umarmung von ihr. Rebekka schaute ihr nach. Plötzlich wusste sie, dass es keine Enttäuschung in Ulrikes Blick gewesen war, als sie ihr Jörns Nummer gegeben hatte. Es war tief empfundene Eifersucht.

KAPITEL 39

Freddy war verändert. Er war schon immer ein zappliger Typ gewesen, bei dem man sich fragen konnte, ob er zum Schlafen statt eines Bettes nicht eher ein Kettenkarussell brauchte. Doch so aufgeregt wie jetzt hatte Rebekka ihren guten Freund noch nie erlebt. Außerdem redete er ständig von Afrika.

Lustlos nippte Rebekka an ihrem Glas und versuchte, auf dem mittlerweile unbezahlbaren Sitzmöbel von Cascone eine einigermaßen erträgliche Haltung zu finden.

»Warum willst du ausgerechnet nach Afrika? Gibt es hier nicht genügend knackige Jungs für dich?«

»Na hör mal!«, entgegnete Freddy tatsächlich entrüstet, »ich mach doch keinen auf Sextourist wie ihr Frauen, die da runter fahren wie ihre männlichen Altersgenossen nach Thailand!«

»Hoch leben die Vorurteile«, sagte Rebekka versöhnend.

»Das sagt die Richtige! Was war das denn grad für eine Frage? Kannst du dir tatsächlich nicht vorstellen, dass auch eine Spreewaldgurke wie ich mal Spaß hat an Safari und Sonnenuntergang am Meer?«

Rebekka spürte, wie es in Freddy kochte. Dieser Hund bellte zu laut, um nicht getroffen zu sein, und ein bisschen kam sie sich in ihrer Freundschaft zu ihm verraten vor. Vor Wochen hatte Freddy plötzlich Afrika für sich entdeckt, ohne jemals dort gewesen zu sein. Er war im Streit aus der Personalabteilung gerannt, wo er ganze vier Wochen Urlaub für sein Reisevorhaben beantragt hatte. Zwei waren ihm genehmigt worden.

Sie saßen in der Lobby. Rebekka trank Campari Orange, und Freddy schaute ihr dabei zu. Das Flackern in seinen Augen irritierte sie. Er wirkte, als habe er gerade eine neue Droge ausprobiert und brannte nun darauf, die nächste Dosis zu nehmen.

»Du sollst nur gut auf dich aufpassen. Da unten …«

»In Südafrika, Mensch!«, sagte Freddy ungehalten und schien sich gerade zum politisch korrekten Mitglied der Gesellschaft erklärt zu haben.

»Ja!«, entgegnete sie zurechtweisend, »genau dort, in Johannesburg, um genau zu sein, wird ein weißes Jungelchen für weniger Geld ermordet, als du bei dir hast! Und das sind keine Vorurteile, sondern Tatsachen. Also wenn du nur auf das schnelle Abenteuer aus bist, dann amüsier dich in der *Roots Bar*, das geht schneller und du bist abends wieder zu Hause, mit wem auch immer im Schlepptau.«

»Ja, Mama!«, sagte er schnippisch und stand auf.

Rebekka blieb sitzen und schaute ihn an.

»Was ist los?«

»Nichts.«

Weil er stehen blieb, wusste sie, dass er reden wollte. Sie berührte ihn sanft am Arm.

»Bist du einsam?«

»Ach, weiß nicht.«

Freddy machte sich los, ging aber immer noch nicht weg, als solle sie ihn noch weiter anbetteln, doch endlich etwas zu sagen.

»Also, was ist los?«

»Ich bring dich nach oben.«

Gemeinsam gingen sie zum Fahrstuhl. Als sich die Tür hinter ihnen schloss, taute Freddy förmlich auf.

»Hab mich länger mit einem Typen unterhalten. Wir kamen eigentlich über unser Graffiti an der Wand miteinander ins Gespräch. Ab wann denn so was Kunst ist und so. Hatte ich noch nie drüber nachgedacht.«

Er schaute Rebekka prüfend von der Seite an.

»Ich auch nicht«, antwortete sie wahrheitsgemäß.

»Überhaupt konnte ich prima reden mit dem. Die meisten gehen ja eh nur vorbei, tun cool und sind auf dem Weg zu ihren wichtigen Treffen im Dachrestaurant. Der hatte auch einen Termin da oben sitzen, ließ sich aber Zeit, mit mir zu quatschen. Und da hab ich gemerkt, dass mir so etwas fehlt.«

»So etwas? Und ich? Bin nicht auch ein bisschen *so etwas* für dich?«

»Ach, das verstehst du nicht. Natürlich bist du mir wichtig, sonst ständen wir jetzt nicht hier. Apropos«, er drückte auf den Etagenknopf, »damit wir nicht morgen auch noch hier stehen.«

»Und dein neuer Gesprächspartner ist Afrikaner.«

»Nein! Hach!« Freddy machte eine übertrieben tuntige Geste und brachte Rebekka zum Lachen. »Weiß nicht, der hatte nur so was kosmopoli... kosmopol..., also, der war irgendwie so ein Reisender wie du und hat mir mal so richtig die Augen geöffnet, was es da draußen noch so alles zu sehen gibt.«

»Das ist mir bei dir ja noch nie gelungen!«

»Du bist ja auch meine Brandenburgtante.«

»Vielleicht war es ein Vertreter, der Reisen verkauft?«

»Wenn ja, dann ein guter. Aber es geht nicht um ihn.«

»Nicht von deinem Ufer?«

»Und selbst wenn er von meinem Ufer, dort aber hinterm Busch versteckt, wäre, ginge da nichts. Nicht mein

Typ und zu alt. Aber der kannte sich irgendwie überall aus, nicht nur in Afrika … Ich glaube, dort ist eher mein Unterbewusstsein hängen geblieben.«

Sie waren auf Rebekkas Etage, er brachte sie noch zur Tür.

»*Roots Bar*. Dann weißt du, ob du noch fahren willst.«

»Okay. Verstanden. Ich nehme dich mit.«

»Nach Südafrika?«

»In die Bar, du Träumerin!«

KAPITEL 40

Obwohl Jörn nicht überrascht gewirkt hatte, als Rebekka ihn anrief und schnell in eine Verabredung einwilligte, wusste sie nicht so recht, was für ein Mensch sie erwartete. Und dann saßen sie eine halbe Stunde lang nur nebeneinander, während die Stadt dem Zug ihr hässliches Hinterteil zuwandte.

Es schien ihn aber nicht zu stören, dass Rebekka neben ihm saß. Manchmal spürte sie seinen Körper an ihrer Seite, wenn die Bahn in den Schienen ruckelte oder um eine Kurve fuhr und sie aneinandergedrückt wurden wie beim Schunkeln in einer Kneipe. Während sie schweigend saßen, tastete sich Rebekka kurz gedanklich an Jörn heran. Der Tod des Vaters schien in ihm einen seelischen Zusammenbruch ausgelöst zu haben. Vielleicht hatte er etwas beobachtet und warf sich nun vor, nicht gehandelt zu haben. Es könnte der Grund für sein seltsames Verhalten sein, den ganzen Tag mit der Ringbahn um Berlin zu fahren und Menschen zu beobachten, als wollte er in deren Leben schlüpfen und damit seinem eigenen entkommen. Alle machten sich große Sorgen um ihn, doch die Sorge der anderen schien ihn nicht zu erreichen.

Jörns rötliche Pilzkopffrisur wirkte irgendwie künstlich. Die Haare waren strähnig und ungekämmt. Seine grünen Augen schauten müde und sahen aus wie blindes Fensterglas. Ihn umgab eine Aura wie ein ausgetrockneter Salzsee, bei dem nur wenige Regentropfen genügten, damit Flamingos das Ufer besiedelten.

»Was starrst du mich so von der Seite an?«

Rebekka erwachte aus ihrem Tagtraum.

»Entschuldige.«

Er trug schwarze Jeans und ein neongrünes T-Shirt unter einer schwarzen Lederjacke. Seine Hände griffen nervös ineinander, die Fingernägel waren brüchig. Ihnen gegenüber saß ein T-Shirt mit den Worten *Hungry German Youth* darauf und einem besonders dürren Kerl darin.

»Schon in Ordnung. Wir sind in Tempelhof. Lass uns aussteigen.«

Am Blumenladen wurden Schnittblumen aus Kartons gepackt. Rebekka entdeckte am Boden ein Messer mit Plastikgriff und langer Klinge, gedankenlos beiseitegelegt und vergessen. Das Bild prägte sich ihr ein, und sie wurde es für eine ganze Weile nicht mehr los.

Jörn trottete neben ihr, ohne einen Blick für die Menschen und Dinge um ihn herum.

Freitagabend in Berlin, der Juni fühlte sich an manchen Tagen wie Oktober an. Eine Imbisskneipe am S-Bahn-Ausgang. Unter deren Holzverschlag, zum Schutz vor

Wind und Regen mit Plastikfolie abgedichtet, saßen Gäste wie Insassen am Tisch. *Lebenslänglich!* Rebekka schüttelte unmerklich den Kopf. Das war keine anheimelnde Freitagsrunde, nach der sich jeder in sein eigenes Wochenende verabschiedete. Das hatte nichts mit dem Wohlgefühl zu tun, das den fünften Wochentag umgab und sie sogar auf dem Marktplatz in Tulle heimgesucht hatte. Diese Runde hier fand täglich und rund um die Uhr statt, unterbrochen lediglich vom einsamen Torkeln nach Hause zur Musik von *Spreeradio*. Tief liegende Wangen, Gelächter, bei dem die Augen nicht mitmachten. Drei Türen weiter ein leeres Café, vor dem ein älteres Paar beim Bier saß. Leere Blicke in Richtung Rebekka und Jörn.

»Hier?«, fragte Rebekka in Richtung des Biergartens mit abgeschabten Tischen und Stühlen und nassen Zweigen und Kippen auf dem Boden.

»Gleich, aber ich möchte etwas essen, du auch?«

Sie gingen in das Café hinein, und Rebekka wusste beim ersten Blick auf die Auslagen, dass sie hier nichts essen würde.

»Nicht für mich. Wenn dir der Appetit noch nicht vergangen ist, dann such dir etwas aus.«

»Falls du für mich bezahlen wolltest: Ich habe selber Geld!«, entgegnete Jörn schroff und ging nach draußen an den einzigen Tisch mit Wachstuchdecke.

Rebekka folgte ihm.

»Ich wollte dich nicht einladen«, sagte sie wahrheitsgemäß, »wie käme ich denn dazu?«

Jörns Gesicht strahlte zum ersten Mal.

»Gut!«

Er schaute sich um und rief nach der Wirtin, die sich schwerfällig erhob.

»Zwei Radler und was Herzhaftes bitte.«

»Herzhaft hammer nur Currywurst und Kartoffelsalat. Sonst nur Kuchen.«

»Dann das Herzhafte.«

Kurz darauf standen zwei Biergläser vor ihnen. Sie stießen an.

Jörn lehnte sich zurück, das Glas in der Hand.

»Weißt du, was das Schlimmste ist, wenn man sich selbst noch jung fühlt, und der Vater oder die Mutter stirbt?«

Rebekka horchte auf. Jörn hatte mit dem Vater nun auch den zweiten Elternteil verloren. Als sie das Flackern in seinen Augen sah, griff sie beruhigend zu seiner Hand.

»Sag's mir.«

»Dass man selbst der Nächste ist.«

Jörn trank einen großen Schluck und stellte das Glas behutsam wie eine Chinavase wieder zurück auf den Bierdeckel.

»Die haben es mir genommen, für immer, dieses schöne Gefühl des Jungseins, des Kindseins und der Unendlichkeit der Zeit.«

»Wer sind *die*?«, hakte Rebekka vorsichtig nach. Der Anblick dieses erwachsen aussehenden Jungen berührte sie sehr.

Jörn ging nicht auf ihre Frage ein.

Er nickte in Richtung des schweigenden Paares vor dem Café. »Schau sie dir an.«

Vom Tempelhofer Feld gegenüber kam eine Truppe aus Eltern und Kindern vorbei, die Väter und ihre kleinen Söhne hatten Luftballons an ihre Rucksäcke gebunden, die Mütter liefen, ins Gespräch vertieft, hinterher. Die Fröhlichkeit und Unbeschwertheit der Passanten kamen nicht an bei dem Wirtsehepaar. Das Geschehen schien für die beiden so wenig abwechslungsreich wie der S-Bahn-Verkehr oben auf der Brücke zu sein.

»Sitzen da, warten auf Gäste, die nicht kommen, weil Kneipe und Garten völlig verkeimt sind. Wissen, dass es egal ist, ob Freitag ist oder Montag, weil sich die Tage eh nur durchs Wetter unterscheiden. Vom Alter her könnten das meine Eltern sein. Nur dass die nun nebeneinander auf dem Friedhof vor sich hin rotten und gerne noch einen solchen Tag geschenkt bekommen hätten. Und noch einen. Und noch einen. Nur die hier«, angewidert wandte er seinen Blick ab, »haben nichts verstanden, gar nichts.«

»Was sollten sie denn verstehen?«, fragte Rebekka behutsam. Ihr Blick wanderte wie unbeteiligt an der Kulisse aus Café, Handyladen und Imbisskneipe entlang.

Jörns Augen blickten müde. Diese Müdigkeit hatte sich am Abend der Beerdigung in seinem Gesicht breitgemacht. Nun hatte sie ihn komplett übermannt. In Jörns Alltag gab es ganz offensichtlich keine wachen Momente mehr.

»Sie sollten vielleicht ganz einfach mal verstehen, dass das hier nicht mehr die Probe ist, sondern schon der Auftritt, nach dem der Vorhang fällt!«

Von der Luftballonfamilie war ein kleiner Junge etwas hinter den anderen zurückgeblieben. Sein Vater ließ ihn gewähren und beobachtete ihn aus wenigen Metern Entfernung. Unmittelbar neben dem Jungen machte sich ein alter Mann in einer abgeschabten Cordhose und einem fleckigen Anorak an einem Müllbehälter zu schaffen. Er zwängte seinen Arm hinein und stand da in skurriler Verbeugung. Während seine Hand in dem Unrat wühlte, richtete der Mann seinen Blick in den Himmel über dem Tempelhofer Feld. Was seine Hand da unten erfühlte, malte er sich in die Wolken. Enttäuscht, kein Leergut oder sonst wie Brauchbares gefunden zu haben, zog er die Hand wieder heraus.

Rebekka hatte Flaschensammler mit Handschuhen gesehen, dieser hier trug keine und leckte vor dem erstaunten Blick des Jungen seine Hand wie eine Eiswaffel ab. Erst dann holte er ein Taschentuch aus seiner Manteltasche und rieb sich jeden einzelnen Finger trocken.

Der Luftballon am Rucksack des Vaters hüpfte wie wild auf und ab, als er nach seinem Sohn griff und ihn mit sich wegzog, während sich der Kleine immer weiter staunend nach dem Alten umdrehte.

»Hier war das Büro meines Vaters.«

Rebekka zuckte zusammen, als Jörn nach langem Schweigen zu reden begann.

»Ich weiß.«

Er musterte sie nun aus engen Augenschlitzen.

»Musst es ja wissen, wenn deine Mutter hier gearbeitet hat. Seit wann hat sie denn hier einen Job gehabt?«

Rebekka spürte Jörns unvermittelte Wachheit. Er schien gedanklich auf etwas gestoßen zu sein und kostete das nun aus. Mit absoluter Ruhe zog Rebekka das richtige Register und wiederholte die Lüge wortgetreu, mit der sie sich der Familie schon einmal vorgestellt hatte.

»Die letzten zwei Jahre bis zu ihrer Rente. Um die zu feiern, flog sie nach Ägypten und starb dort an einem Hitzschlag. Meine Mutter und dein Vater trafen sich hin und wieder auf einen Kaffee. Das Büro, in dem meine Mutter noch für ein paar Stunden die Woche ihre Rente aufbesserte, war ganz in der Nähe der Firma.«

»Stimmt«, entgegnete Jörn wie ein mit der Antwort seines Schülers zufriedener Lehrer.

»Und hier war bis vor Kurzem auch noch dein Büro«, fügte Rebekka hartnäckig hinzu.

Jörn schaute sie befremdet an.

»Wenn sie dir schon meine Handynummer gegeben hat, dann hat dir Ulrike wahrscheinlich auch von meinem Auftritt in der Firma erzählt.«

»Hat sie. Was ist passiert?«

»Warum interessiert dich unsere Familie so sehr? Ich hab – im Gegensatz zu meinem völlig überflüssigen Bruder Nils – nichts dagegen, aber ich möchte es gerne wissen.«

»Du verstehst dich nicht gut mit Nils?«

»Und du beantwortest eine Frage mit der nächsten. Bist du eine Freizeitpsychologin oder so eine Esoteriktante?«

Rebekka trug ein Kopftuch, das im Nacken geknotet war, schwarze Marlene-Dietrich-Hosen, *Doc Martens* und über einem weißen Seiden-T-Shirt ihre ranzige Lederjacke. Sie lachte laut, und das müde Pärchen schaute kurz auf. Rebekka nutzte die Gelegenheit und bestellte noch zwei Bier.

»Vielleicht bin ich ja einsam genug, um mich nach einer Familie wie deiner zu sehnen. Vielleicht hab ich in euch Freunde, die ich sonst nie hätte.«

Jörn schaute sie abschätzend an.

»Eine große Familie schützt nicht vor Einsamkeit. Schau mich an.«

»Warum halten dich alle für kaputt?«

Rebekka ging kein Bisschen auf den selbstmitleidigen Ton ein. Und das schien ihm zu gefallen.

»Tun sie das?«

Jörn tat überrascht, strengte sich bei seiner Schauspielerei allerdings nicht sonderlich an.

Rebekka kam diesem einen Moment näher, den sie jedes Mal aufs Neue so sehr herbeisehnte: den Moment, an dem der erste Knoten sich löste. Es galt entweder, stärker am Seil zu ziehen oder geduldig an der Verknüpfung zu nesteln, dann wäre es so weit. Sie wartete nur noch das Bier ab.

»Hier«, sagte die Wirtin barsch, »wir schließen dann auch.«

Sie stießen an und tranken.

»Warum hast du deinen Job bei *Recycling, Verschrottung und Co.* hingeschmissen?«

»Vor allem, weil ich nicht mehr dort ein und aus gehen wollte, wo mein Vater ebenfalls ein und aus ging. Dann dieses ganze Gesäusel von Milchmeyer und den Kollegen.«

Rebekka blieb angespannt, alle Sinne waren geschärft, den jungen Mann hatte sie fest im Blick.

»Wenn du sagst ›vor allem‹, was ist es noch?«

»Du würdest nicht so penetrant fragen, wenn du nicht selbst irgendwelche Hintergedanken hättest.«

Jörn trank sein Glas in großen Schlucken leer und stellte es geräuschvoll auf den Tisch. Mit verschränkten Armen lehnte er sich zurück und schaute Rebekka herausfordernd an.

»Stimmt.«

Rebekka beschloss, etwas aus der Deckung zu kommen, bevor Jörn völlig zumachen und wieder in seine Umnachtung abtauchen würde.

»Meine Mutter hat mir noch einiges mehr erzählt. Dein Vater ...«

Jörn zog die kaum sichtbaren Augenbrauen hoch. Rebekka hielt kurz inne, doch sie konnte keine Spur von Ablehnung in seinem Blick erkennen.

»… schien noch immer unter dem frühen Tod eurer Mutter gelitten zu haben. Darf ich dich was fragen?«

»Nur zu«, sagte Jörn lakonisch. »Das tust du ja eh die ganze Zeit.«

»Ulrike sagte, eure Mutter sei an Krebs gestorben.«

»Unser Ulrikchen war damals grad eine kleine Schulanfängerin. Was weiß die schon? Die hat behalten, was Vater ihr erzählt hat. Und ein Krebstod ist allemal besser, als ein Strick um den Hals deiner eigenen Mutter.«

Rebekka spielte gar nicht erst die Überraschte.

»Warum hat sie sich umgebracht?«

Jörn rückte ganz nah an Rebekka heran. Seine Augen waren jetzt von einem satten, klaren Grün wie die Wiesen in Kerry. Statt seines schmuddeligen Äußeren nahm Rebekka nur noch den Geruch von Sauberkeit wahr, der ihr das letzte Mal beim Besprühen ihres Kopfkissens im Gartenhaus begegnet war.

»Hast du so viel Zeit, dich um so olle Kamellen fremder Leute zu kümmern? Obwohl es deinem Partyservice so schlecht geht, wie du meiner Schwester erzählt hast?«

Aus dem verlorenen Bürschlein war von einem Moment auf den anderen ein provozierender ganzer Kerl geworden. Und er schien Vertrauen zu Rebekka gefasst zu haben.

»Oder hat deine Mutter doch mehr mit meinem Vater geteilt als nur den Kaffee?«

Das ist auch eine Idee. Eine sehr gute sogar.

»Das glaube ich weniger«, entgegnete Rebekka. »Aber ich fühle mich tatsächlich zu euch hingezogen.

Und bedaure es sehr, euren Vater nicht kennengelernt zu haben. Warum hat sie sich umgebracht?«

»Meine Mutter fühlte sich verfolgt. Pah … wie wohl jeder Dritte damals. Unser Pfarrer, der auch die Andacht auf der Beerdigung meines Vaters gehalten hat, war ihr einziger Vertrauter.«

Rebekka erinnerte sich an einen Fall, der durch die Presse ging. Der Ehemann war der Stasispitzel seiner eigenen Frau gewesen. Anneliese Otto war in Hohenschönhausen vernommen worden. Ihr Mann hatte ihr bei der Rückkehr Vorwürfe gemacht. *Recycling, Verschrottung & Co.* hatte auch Aktenvernichtung im Angebot. Hatten Ulrike und Jörn in der Firma mitbekommen, wie ihr Vater dabei mitmischte? Hatte er versucht, durch seine eigene Position in der Recyclingfirma seine eigene Vergangenheit, die ja noch in irgendeinem Archiv liegen musste, zu beseitigen? Wiederholt gab es Meldungen über illegale Schredderaktionen in den höchsten bundesdeutschen Behörden. Solange es Menschen und somit Betroffene waren, die über ihre eigene Vergangenheit wachten, konnte die gleiche Vergangenheit auch von Menschen manipuliert werden. Immer deutlicher wurde Rebekka die Vorstellung, Karl-Heinz Ottos Tod hinge nicht mit den anderen Todesfällen zusammen. Und das war ein Gedanke, der ihr bisheriges Ideenhaus zum Einsturz brachte.

»Lass uns gehen«, sagte Jörn, »morgen ist ein langer Tag, und ich beginne mit der Frühschicht. Und wir S-Bahner starten sehr früh.«

Sie schaute ihn an. Nahm seine Hand. Und sah tatsächlich das erste Mal ein breites Lächeln auf seinem Gesicht.

Zeugen gesucht
Junger Mann attackiert und verletzt – Polizei sucht dringend Zeugen

Freitag, 18. Juni 2010 ca. 19 Uhr;
S-Bahn-Station Berlin-Tempelhof

Zu einem Übergriff auf einen jungen Mann an der S-Bahn-Station Berlin-Tempelhof am heutigen Freitag sucht die Polizei Berlin dringend Zeugen. Ein 18-Jähriger sah sich am Abend gegen 19 Uhr den Messerstichen eines Mannes ausgesetzt. Auch nachdem der Verletzte bereits am Boden gelegen hatte, setzte der Angreifer seine Attacke fort und flüchtete anschließend unerkannt zu Fuß. Nach den bisherigen Erkenntnissen ließ der Angreifer von seinem Opfer ab, weil ein Passant beherzt einschritt und den Täter anschrie. Der 18-Jährige erlitt bei dem Übergriff schwere Bauchverletzungen sowie mehrere Prellungen und wird im Krankenhaus stationär behandelt, ist aber außer Lebensgefahr…

Rebekka schloss die Website.

Auf Berlin ist Verlass. Da bleibt kein Messer ungenutzt liegen.

Rebekka, ich komme übermorgen nach Berlin. Ich will dich sehen. Mein Zeitplan ist eng. Ich kann nur drei Tage bleiben. Aber mindestens einer davon gehört dir. So du das willst. In Vorfreude, Andrew.

Rebekka schaltete den Computer aus und war nur noch glücklich.

KAPITEL 41

Erik nahm sie an der Tür in Empfang. Er legte den Finger an die Lippen.

»Psssst ... Karoline schlief endlich ein nach längerem Aufstand, der uns beinah das Jugendamt ins Haus brachte.«

Er hatte wieder die Marotte an sich, in der Vergangenheitsform zu reden, das würde ein lustiger Abend werden, freute sich Rebekka. Sie schaute sich um und schielte ins Wohnzimmer.

»Sie schläft natürlich nicht hier«, ergänzte Erik, und nun wies sein Zeigefinger zur Treppe, »sondern oben. Aber trotzdem müssen wir leise sein.«

»Okay«, flüsterte Rebekka und schlich hinter Erik ins Wohnzimmer.

Er schloss die Tür hinter ihr und bot ihr einen Platz an, doch Rebekka blieb stehen und schaute sich um.

»Ihr habt es schön hier.«

Und das war die Wahrheit. Der Raum war geschmackvoll eingerichtet. Der Wohnbereich mit großer Fensterfront ging direkt in eine offene Küche über. An den Wänden afrikanische Kunst, satte Farben auf Leinwand und

Stoff, ein Tuareg, ein Mann mit Trommel, zwei Liebende. Weiße Polstermöbel, auf denen Tochter Karoline nicht allzu oft zu spielen schien, ein Eckschrank aus weißem Holz, hinter dessen Glas Rebekka kleine Skulpturen ausmachte. Der Blickfang war ein Schreibtisch aus dunklem Holz, darauf eine gewisse Ordnung in den Papieren und Zeichenutensilien, aber auch eine gewisse Leichtigkeit, die über der gesamten Szenerie aus Küchenarbeit, Papierkram und Kinderspielzeug lag. Aus dem Kücheneck roch es verführerisch nach gebratenem Gemüse. Ingrid war nirgends zu sehen.

»Sie kommt gleich«, deutete Erik Rebekkas suchenden Blick. »Darf ich dir einen Drink anbieten? Einen Aperitif?«

»Campari Orange, wenn du hast.«

»Ist der Papst katholisch?«

Erik lächelte, mixte das Getränk für Rebekka und füllte ein weiteres Glas mit *Martini.*

»Lass uns schon mal anstoßen. Meine Leber pfeift so laut, dass ich mein krankes Herz nicht mehr hören kann.«

»Keine Scherze damit, Erik!«

Rebekka zog die Augenbrauen hoch und stieß mit ihm an.

»Mach dir keine Sorgen um mich. Ich lebe so entspannt, dass ich mir einen ganzen Fuhrpark an Lastern leisten kann. Apropos: Hast du auch welche? Und wenn ja, warum nicht?«

»Hm, hast du zwei Stunden Zeit für meine Ausführungen dazu?«

»Alle Zeit der Welt. Und wenn wir schon von Lastern reden – da ist Ingrid. Meine ganz persönliche Schwäche.«

Rebekka hatte sie nicht hereinkommen hören. Sie begrüßten sich, nahmen sich in den Arm. Ingrid tat die Schwangerschaft sichtlich gut. Ihr Gesicht strahlte frisch und erholt.

»Schön, dass du da bist. Ich hoffe, Erik hat dich gut unterhalten. Er hat nämlich heute einen Clown gefrühstückt.«

»Und der hält vor bis zum Abendessen, apropos: Ingemaus, Ratatouille ist fertig. Habs zum Warmhalten unten in der Röhre. Lass uns vorher etwas trinken. Orangensaft für dich?«

Rebekka beneidete die beiden beinah ein bisschen. Sie gingen auf eine kluge Art miteinander um, das war ihr schon beim Kennenlernen im Brecht-Keller aufgefallen. Nicht zu viel und nicht zu wenig an Nähe, irgendwie zog der eine mal stärker, mal schwächer am Band als der andere, aber verbunden waren sie immer. Rebekka überlegte, ob Ingrid von ihrem Treffen mit Erik in *Harry's Bar* wusste, denn sie hätte das Gespräch gern an dieser Stelle fortgesetzt. Doch es war Erik, der ihr die Zweifel nahm.

»Rebekka weiß nun übrigens auch alles über uns.«

Rebekkas Blick war offen auf beide gerichtet. Ingrid hatte auf dem Sofa neben ihrem Mann Platz genommen.

»Alles? Wirklich alles?«, hakte sie nach.

»Ja.«

»Weiß sie auch von deiner Antipathie gegen getrennte Schlafzimmer?«

Die Frage hatte Ingrid an Rebekka gerichtet, der die Situation plötzlich unangenehm wurde.

»Ich glaube, dahin hatte uns das Gespräch noch nicht geführt, aber das geht mich auch nichts an.«

»Und eine Antipathie kann man das bei mir nun wirklich nicht nennen.«

Er beugte sich zu seiner Frau und deutete einen Kuss auf ihren Bauch an.

Erik klang leicht vorwurfsvoll. Irgendwie wirkte die Szenerie auf Rebekka mit einem Mal inszeniert. Sie wollte sich nicht getäuscht haben in den beiden und trank gieriger als gewollt ihr Glas leer.

»Na, das nenne ich einen Zug. Komm, ich mach dir noch einen.«

»Deine frischen Hemden habe ich auf Bügel gehängt …«, sagte Ingrid beiläufig.

Erik mixte Rebekka gerade einen zweiten Drink und schaute sich dabei suchend um.

»Oben. An deinem Kleiderschrank. Einpacken musst *du* sie!«, ergänzte Ingrid.

»Du verreist?«, fragte Rebekka überrascht.

»Ja. Morgen. Deshalb sollst du morgen für mich auf die Auktion gehen.«

Sie ließ sich ihre Enttäuschung nicht anmerken.

»Ich weiß, nur dachte ich …«

Was habe ich gedacht? Dass er in Süddeutschland einem Sammler eine Maske abschwatzt. Die frischen Hemden sprechen allerdings für eine längere Reise.

»… dass du wenigstens noch im Lande bist.«

»Ich fliege nach Afrika.«

»Sollen wir dann etwa aus Afrika hin und her telefonieren, während ich in der Auktion bin?«

»Nix hin und her, ich rufe dich an, und gut ist es. Wo ist das Problem?«

Natürlich hatte Rebekka kein Problem damit. Allerdings hatte sie sehr gehofft, Andrew Cascone mit Erik bekannt zu machen. Und der landete einen Tag nach der Auktion in Berlin. Sie hatte gehofft, Erik sei dann zurück in der Stadt. Sie wollte Andrew ihr Berlin zeigen, ihre Freunde, die sie in Wahrheit nicht hatte, aber von denen Erik gut hätte einen mimen können.

»Wann kommst du wieder?«

»Ich bin nur vier Tage weg.«

Rebekka lächelte erleichtert.

Könnte klappen.

»Und wohin geht es?«

»Nach Liberia. In den Norden, genau genommen.«

»Da kann man hinfliegen?«

»Natürlich! Laufen dauert zu lange.«

»Aber da herrscht doch Bürgerkrieg!«

»Du bist gut informiert. Aber der ist seit zehn Jahren vorüber.«

»Kein Krieg in Afrika ist je vorüber. Solange es Öl gibt, gibt es Armut!«

»Dann darfst du deinen Fuß nirgendwo hin nach Afrika oder Asien setzen. Überall das Gleiche, nur dass du an manchen Stellen das Wort ›Öl‹ durch ›Diamanten‹, ›Erze‹ oder ›Gold‹ ersetzt, das Elend hingegen hat immer denselben Begriff. Das mag ja alles ganz furchtbar sein, ist aber auch von uns Gutmenschen nicht zu ändern.«

Genüsslich meldete sich Ingrid zu Wort, ein halb volles Glas mit Orangensaft in ihrer Hand drehend.

»Frag ihn lieber, wie die Frau heißt, die er da trifft.«

In Eriks Gesicht wuchs sich ein breites Lächeln zu einem glücklichen Lachen aus, als wäre ihm selbst erst eingefallen, wofür oder für wen er nach Afrika flog.

»Landai ist ihr Name. Eine Toma-Maske. Hat eine

etwas spitze Figur, ihr Gesichtsausdruck ist alles andere als freundlich aber … aaaaaaahhhh!«, er schien ganz in seinem Element, »ihre Patina … hmmmmmm …«

Erik stand auf und setzte sich neben Rebekka.

»Eine Opfermaske, die zur Initiation von Jungen verwendet wurde, hole ich von dort. Ein Stück Holz, das von Generation zu Generation weitergegeben wurde. Die ging durch Tausende von Händen. Du siehst, spürst, riechst den Gebrauch an ihrer Patina.«

»Woran?«

»Aaahhh! Wusste ich es doch, dass ich dir noch etwas über Patina erzählen kann.«

»Nicht wirklich«, konterte Rebekka, »der Begriff ist mir schon mal begegnet.«

Es war ein schönes Gefühl, wenn sich ihre Recherchen auch einmal im wahren Leben auszahlten, wie jetzt an diesem zwanglosen Abend mit ihren Freunden.

»In der Metallkunst. Bei Andrew Cascone.«

Erik wirkte überrascht. Sein Redefluss von eben schien mit einem Mal versiegt zu sein.

»Sag mal, Rebekka, gibt es eigentlich irgendetwas, worin du dich nicht auskennst?«

»Naja, ganz so viele Themen hatten wir ja noch gar nicht.«

»Nein, aber das Spektrum vom Brandenburger Partyservice zu Andrew Cascones Metallpatinierung ist schon ein breites.«

»Und dazwischen ist nicht viel, muss ich dir ehrlich sagen.«

Ingrid kicherte und schenkte sich noch einen Saft ein. Erik winkte ab. Er schien sich gerade an das Ratatouille im Ofen zu erinnern. Er gab Ingrid einen freundlichen

Wink, worauf sie mit dem Glas in der Hand hinter dem Küchentresen verschwand.

»Cascone kommt nach Berlin, weißt du davon?«, fragte Erik.

Rebekka konnte ihre Freude nicht verbergen.

»Genau das wollte ich dir eigentlich erzählen und dich fragen, ob du mich nicht zu einem Treffen mit ihm begleiten möchtest.«

Erik lehnte sich zurück und schaute Rebekka forschend und im selben Moment amüsiert von der Seite an.

»Das musst du mir erklären.«

»Andrew Cascone und ich haben ein Date.«

»Ist nicht dein Ernst! Du triffst den Mann, den keiner je zu Gesicht bekommen hat, aber dessen Workshops alle besuchen, auf den hier wahrscheinlich Dutzende Journalisten warten und der eine oder andere hoffnungsvolle Kunstlaie?«

»Genau so ist es. Aber du hast recht«, und damit war es Rebekka tatsächlich ernst, »ich glaube es auch erst, wenn er vor mir steht.«

»Hut ab, Lady. Dein Glück ist eine Schmeißfliege, die an dir kleben bleibt.«

Erik schien tatsächlich beeindruckt zu sein. Rebekka fühlte einen gewissen Stolz darüber, ein Gefühl, das ihr im Umgang mit Menschen etwas abhanden gekommen war. Wer keine Verbindungen einging, konnte auch nicht deren schöne Seiten genießen.

»Natürlich komme ich mit, das heißt«, er blinzelte ihr vertrauensvoll zu, »wenn ich nicht störe.«

»Bevor du wieder da bist, werde ich ihn schon getroffen haben, und vielleicht will er mich ja dann wiedersehen.«

Rebekka kam sich vor wie ein Schulmädchen. Neben den ernsthaften Themen, die sie mit Cascone zu besprechen hatte, hoffte sie auf leichte, schöne, unbeschwerte Momente mit ihm. Und eigentlich auch auf mehr.

»Na, das macht dann die Sache nicht einfacher für mich, aber das Risiko, mich zum Dödel neben zwei Verliebten zu machen, nehme ich auf mich.«

Er nahm Rebekkas Hand in seine.

»Es wäre toll, wenn du das arrangieren könntest. Das meine ich ernst.«

»Essen!«, flötete Ingrid und hatte bereits den Tisch gedeckt.

KAPITEL 42

Ihr Bett war eine Kissenburg. Statt noch ein paar Bahnen im Pool zu schwimmen, entschied sich Rebekka, nun endlich mit der Lektüre von Anneliese Ottos Gedichten zu beginnen.

Sie goss eine Chinasuppe auf und legte eine Scheibe Emmentaler auf das Nudelquadrat.

Anneliese Otto hatte nicht viel Zeit mit ihren Kindern verbringen können, doch in der Kürze jedem etwas mit auf den Weg gegeben. Die Jungs wirkten trotzig dem Leben gegenüber. Diese Schutzhülle war dünn wie Seidenpapier und ließ das Pulsieren ihrer Gefühle durchscheinen. Freude und Lust und Trauer und Verletzbarkeit waren genauso spürbar wie die aufgelegte Härte, Zynismus und Aversion.

Rebekka hatte ein ziemlich genaues Bild von der Familie Otto: Die Jungs hatten ihre Mutter ihr Leben lang vermisst und den Vater mehr als geschätzt. Er wurde schon deshalb von ihnen geliebt, weil er ihnen eine Mutter wie Anneliese erobert hatte, die hübsch war und obendrein intelligent, die ihre Meinung vertrat, was ihr genügend Probleme für ein langes Leben eingebracht hätte. Eine feingliedrige, sanfte Frau war sie gewesen. Und Ulrike ihr Abziehbild.

Von der Autorin gab es ein Foto, das auf der Innenklappe aller vier Gedichtbände abgebildet war. Sie schaute von unten in die Kamera. Ihr Haaransatz ragte als Dreieck in die Stirn, die dunklen Locken waren aus der Stirn gekämmt. Ihr Lächeln war breit und wirkte ansteckend, die Zähne makellos. Ihre Augen leuchteten sogar auf diesem winzigen Schwarz-Weiß-Foto.

Rebekka blätterte in einem der Bücher. Sie trug alle vier seit Wochen mit sich herum, das komplette Oeuvre dieser jungen Frau, die innerhalb kurzer Zeit vier Kinder zur Welt gebracht, vier Gedichtbände veröffentlicht und sich umgebracht hatte.

Rebekka hatte zu Lyrik nie einen Zugang gefunden, damit ging es ihr wie mit abstrakter Malerei, zeitgenössischem Theater und Zwölftonmusik: Sie fühlte sich nicht unterhalten und im selben Moment wie der letzte Stümper, weil sie sich nicht unterhalten fühlte. In diesen Kunstformen steckte eine Art von Kreativität, die größer als alles zu sein schien und damit für Rebekka von vornherein unerreichbar. Mehrmals hatte sie Anlauf genommen, die Gedichte zu lesen, schließlich aber immer wieder nur in den schmalen Bändchen geblättert.

Sie schenkte sich einen Rotwein ein und trank das erste Glas mit wenigen Zügen leer. Als wollte sie sich Mut antrinken, um in dem Tagebuch einer Fremden zu lesen. Genauso vorsichtig schlug sie nun zum gefühlten hundertsten Mal die erste Seite des ersten Bandes auf. Nils war im selben Jahr wie das erste Buch geboren. Rebekka ebenso. Und Anneliese Otto war gerade volljährig geworden. Zwei Jahre später kamen der zweite Band und das zweite Kind. Jörn. Drei Jahre danach der dritte Band. Ulrike. Drei Jahre danach der vierte Band. Achim.

Nach zwei Stunden hatte Rebekka alle vier Bände durch und fing beim ersten wieder an. Scheinbar rastlos gingen die Sätze ineinander über. Ohne Atempause prasselten Worte aufeinander und fügten sich zum Schluss doch zu einem stimmigen Bild. Hier war eine Meisterin am Werk, zumindest eine, von der sich Rebekka nicht nur unterhalten, sondern wachgerüttelt fühlte. Rebekka machte sich nichts vor, ohne den Tod des ihr völlig fremden Karl-Heinz Otto in jener Berliner Recyclingfirma hätten sie diese Gedichte so wenig interessiert wie jedes andere.

Anneliese Otto schrieb von Fragen, die keine Ruhe gaben und sich immer nachts in Pferde verwandelten, die im Garten vor dem Haus weideten und ihn dann verwüsteten. Sie malte sich ihre eigene Beerdigung aus und die Dinge, die sie mit ins Grab nehmen wollte, die Freiheit zum Beispiel, und einen großen Sack voller Flöhe.

Rebekka hatte nicht erwartet, in irgendeiner Zeile ein Abbild wenigstens eines der vier Kinder zu entdecken oder des Mannes, der ihr die Kinder gemacht hatte. Doch jene seltsame Kälte, die sie beim Lesen verspürte, passte einfach nicht zu dem Konterfei der Frau auf dem Buchumschlag. Unterschwellig jedoch war es noch etwas anderes, das Rebekka stutzig machte.

Nach weiteren zwei Stunden begann sie zum dritten Mal mit dem Lesen. Sie blätterte vor und zurück. Setzte den Stift an und wieder ab. Immer dann, wenn sie etwas notieren wollte von dem, was sich da so unglaublich breit machte als Wald in dieser Ansammlung aus Bäumen, spürte sie, dass es dafür keine Worte gab. Es war die Sprache. An immer wieder derselben Stelle zuckte Rebekka beim Lesen zusammen. Dann wechselte die Sprache der Autorin ihren Ton, dann war es, als wäre ihr Instrument neu gestimmt. War es vorher Dur, dann war jetzt Moll und der Himmel um einiges dunkler, aber klarer als zuvor.

Genauso klar sah Rebekka und klappte das Buch zu.

Sie setzte das Glas an, nahm einen großen Schluck, ohne zu spüren, dass es leer war.

Ein vergessener Tropfen landete auf dem leinenen Einband. Wie eine letzte Träne, wenn das Weinen schon vorbei war.

Rebekka starrte das Buch an. Hier lag die Lösung. Und sie hatte sie seit einigen Wochen in ihrer Handtasche mit sich spazieren getragen.

KAPITEL 43

Diesen scheiß Job würde er bald wieder an den Nagel hängen. Abends waren keine Kneipenbesuche mehr drin, weil dann seine Nachtschicht begann, und an den Wochenenden war er viel zu platt, um sich auf die Pirsch nach den alten Seilschaften zu begeben. Er kannte kaum noch einen von der Straße, hatte den Draht zu den anderen völlig verloren und nicht mitbekommen, wohin die Karawane nun ohne ihn weiter gezogen war. Der Typ, für den er hier die Drecksarbeit machte, trieb sich dummerweise auch ständig hier rum. Hatte der kein Zuhause? Machte einen auf Chef und drückte sich immer so umständlich aus. Sie handelten hier nicht mit Blutkonserven, sondern scheiß verrottetem Metall. In der letzten Zeit machte der auch noch einen auf Kumpel, wollte immer wissen, wie's läuft. Und der hatte so eine komische Art, ihn anzuschauen. War zwar freundlich, im selben Moment aber Angst einflößend. Lutz Rotter hatte nie Angst gehabt im Leben. Mit Angst in den Knochen ließ sich auf der Straße nicht lange überleben. Aber dieser Typ gab ihm ein komisches Gefühl, das aus allen Ecken seiner kleinen Metallbuchte auf ihn zu kroch und ihn dann bis in seinen Schlafcontainer verfolgte.

Lutz Rotter bemerkte nicht, dass sich ihm von hinten jemand näherte. Die Flex machte einen höllischen Krach. Die Tür des Elektrokastens hatte er bereits abgeschliffen. Die Seitenteile dauerten länger. Er hatte sich bemüht, den Dreck abzuwaschen, die Katzenpisse und Schlimmeres. Aber nun flogen nur noch Funken, und das Kreischen der Schleifscheibe verwandelten die dicken Polster seines Ohrenschutzes in ein beinah einschläferndes Rauschen.

Trotz seiner Schutzbrille spürte er das Brennen zuerst in seinen Augen. Er stellte die Flex aus und nahm die Brille und den Ohrenschutz ab. Seine Augen brannten wie Feuer, er rieb darin herum und atmete hastig, was er nicht hätte tun sollen, denn das Brennen nahm nun über die Luftröhre seinen ganzen Körper in Besitz. Nur noch mühsam hielt er sich auf den Beinen, und erst dann, beim Fallen, sah er die Gestalt im Schutzanzug, neben der er auf dem Steinboden aufprallte.

KAPITEL 44

Mittlerweile konnte Rebekka die Stelle in Anneliese Ottos Lyrikband auswendig. Sie bemühte sich, die Gedanken an das Gelesene für ein paar Stunden beiseitezuschieben.

Fokus. Im Hier und Jetzt sein. Alles andere danach.

Das graue *Jil Sander*-Kostüm hatte Rebekka bereits einmal Glück gebracht. Pünktlich zum Beginn fand sie sich in dem gediegenen Raum des Auktionshauses Meisenberger in Berlins Charlottenburg ein. Sie schaute hinauf zu den Kronleuchtern und nach vorn auf ein samtumspanntes Podest, auf das nun das erste Werk getragen wurde, das zu versteigern war. Laut Katalog musste sich Rebekka noch bis zur Nummer zehn gedulden. Erik hatte ihr sogar nahe gelegt, bis zum Schluss zu bleiben, wenn sie etwas lernen wollte, denn dann erst folgten die echten Schätze. Er selbst hatte die Figur, eine *Lobi* aus Burkina Faso, bereits vor Tagen eingeliefert, was bei Meisenberger schon einem Ritterschlag gleich kam. Aufgrund der vollen Lager der Altbestände an Kunstwerken war es schwer, ein Stück in einer Auktion unterzubringen. Als treuer Käufer und vertrauenerweckender Händler bekam Erik Assmann jedoch immer seine Chance.

Und diesmal kam dazu, dass es sich bei der *Lobi* um ein besonderes Stück handelte, von dem er sich, wie er sagte, tatsächlich nur trennte, weil er dringend Geld brauchte.

Im Stamm der *Lobi* gab es kaum Handwerker, die auf das Schnitzen von Figuren spezialisiert waren. Jeder Mann konnte von den Göttern den Auftrag erhalten, selbst eine Figur zu schnitzen. Daher besaßen die Skulpturen eine so große Formenvielfalt.

Rebekkas Schützling aus dunklem Holz, das erstaunlich leicht auf der Hand lag, hatte ein langes Gesicht, hängende Brüste und einen spitzen Bauch. Wirklich alte Skulpturen waren selten, da nicht zuletzt die klimatischen Bedingungen den Holzskulpturen nur eine vergleichsweise geringe Lebensdauer erlaubten. Auch bei diesem Stück gab es keine Altersangabe, nur wenige Stücke hatten überhaupt eine, nicht mal die bei *Christie's* und *Sotheby's*. Rebekka blätterte im Katalog des Auktionshauses und prägte sich die Details erneut ein, Nummer, Beschreibung und Provenienz. Der heutige Tag war anthrazit und braun, und sie durfte keinen Fehler machen. Nach dem Verkauf würde Erik Assmann mit der Zahlung Geduld haben müssen. Der Käufer wartete meist noch ab, ob sich im Nachhinein Probleme herausstellten bezüglich der Herkunft des Stückes oder seiner Echtheit. Bereits ein Mal hatte Erik eine bittere Pille geschluckt, die ihn aus beruflicher Sicht beinah das Leben kostete. Eine seiner Skulpturen, deren Foto er in seinen Onlinekatalog gestellt hatte, tauchte im Internet als Fälschung auf. Nur Tage später nahm ein Händler Kontakt mit Erik auf. Der Preis, der nun für die Figur verhandelt wurde, war nicht einmal die Hälfte des Einkaufspreises. Erik biss in den sauren Apfel und verkaufte. Genau diese

Figur, ebenfalls eine *Lobi*, wurde einen Monat später in Zürich für eine halbe Million Euro verkauft.

Ganz so viel würde diese nicht bringen, sie war ein kleiner Ladenhüter, durch die Aufnahme in Meisenbergers Katalog jedoch zu einem interessanten Objekt hochstilisiert. Erik hatte Rebekka gebrieft: Sollte der Auktionator lange zögern zwischen den drei Aufrufen »Zum Ersten ..., zum Zweiten, ... zum Dritten!«, dann läge ein hohes Tischgebot vor, und der aktuell gebotene Preis wäre noch zu weit davon entfernt. Dann müsse Rebekka bieten.

Sie hielt sich hinten an der Wand bei den Telefonbietern auf. Drei junge Frauen wie Stewardessen gekleidet und nebeneinander an einer langen Tafel aufgereiht, führten leise Gespräche mit den anonym bleibenden Bietern am anderen Ende der Leitung.

Lobi wurde aufgerufen.

Rebekka wählte Eriks Nummer. Statt eines Klingelns hatte sie sofort seine Stimme im Ohr.

»Startgebot 24.000«, flüsterte Rebekka. Der Auktionator hatte inzwischen die Bühne betreten, die Figur stand auf einem Sockel neben ihm und war an der Wand dahinter noch einmal als Foto abgebildet.

»Okay. Warte ab.«

Eine der drei Frauen am Tisch mit den Telefonen sagte leise *»vingt-quatre mille«* in den Hörer.

»Einer bietet am Telefon.«

»Welche Sprache?«

»Französisch.«

»Gut. Paris oder Brüssel. Wie sieht es im Saal aus?«

»Bisher noch kein Gebot.«

»Warte ab.«

Die Frau am Telefon hob die Hand.

»25«, sagte der Auktionator. Er sah aus wie ein Lehrer, der hier die Vertretung übernommen hatte, fand Rebekka. Sein Blick schweifte durch den Saal und hinüber zu den Tischen mit den Telefonen. Er zögerte lange, bis er sich dazu durchringen konnte, zum Auktionshammer zu greifen.

»Schaut er noch?«

»Ja.«

»Klingt nach Tischgebot. Geh mit.«

Rebekka hob die Hand. Der Blick des Auktionators hatte sie sofort fixiert, wie ein Angler, der auf der bewegten Wasseroberfläche endlich seinen Schwimmer entdeckt.

»26 die Dame ganz hinten. Bietet jemand mehr als sechs…«

»Was passiert am Telefon?«

»Es kann nur einer reden, Erik! Hör mir jetzt einfach zu! … Sie hebt die Hand. 27.«

»Geh mit. Und dann sag mir ganz genau, was passiert.«

Rebekka hob die Hand.

»28.000 die Dame ganz hinten. Bietet jemand …«, hörte Rebekka die Stimme des Auktionators.

Rebekka schaute nach rechts, wo die junge Frau »*vingt-huit mille*« in den Hörer flüsterte. Am anderen Ende schien für einen Moment Stille zu herrschen. Die junge Frau schürzte die Lippen und räusperte sich leicht.

»Telefonbieter zögert …«, sagte Rebekka und sah im selben Moment, wie die Frau am Telefon die Hand erhob, »jetzt hat er geboten.«

»29.000«, rief der Auktionator in den Saal, obwohl sein Blick nur auf Rebekka gerichtet war.

»Steig aus«, sagte Erik.

»Sicher?«

»Ja. Telefonbieter hat zu lange gezögert. Wenn du jetzt bietest, bleiben wir auf einer *Lobi* um 30.000 Euro sitzen.«

»Gut.« Sie lehnte sich mit dem Rücken an die Wand.

»... und 29.000 zum Dritten!«, beendete der Auktionator hocherfreut den ersten Verkauf.

»Gut gemacht«, sagte Erik, »ab jetzt ist der Tag zu deiner Verfügung.«

Sie nahm den Katalog und verließ das Auktionshaus. Es war ein wunderschöner Nachmittag, um auf einen *Irish Coffee* ins *Café Einstein* zu gehen. Denn obwohl sie ein Vermögen besaß, war Rebekka glücklich darüber, in dieser kleinen halben Stunde 1000 Euro verdient zu haben.

KAPITEL 45

Der Keller war mehr als sein Refugium, war sein alchemistisches Kabinett. Hier ließ sich zaubern und kreieren. Seine Frau glaubte ihn seit zwei Stunden in Monrovia. Auch dort war es jetzt früher Abend. Aber er saß nicht schon wieder an der speckigen Bar eines Hotels, in dem er – wenn er Pech hatte, und das hatte er dort häufig gehabt – ein sauber ausgesägtes Loch um sein Zimmerschloss herum finden würde, wenn er von einem Spaziergang zurückkam. Er wartete dort nicht auf den mittlerweile vierten Zwischenhändler, der ihm schließlich einen Haufen Exportschnitzerei der Toma anböte, aus welchem er dann das Stück herausfischte, das zusammen mit vier oder fünf wertlosen Teilen die Reisestrapazen wettmachte. Er hatte Größeres vor. Und er hatte jede Menge zu tun damit.

Zufrieden schaute er auf sein Werk. Eigentlich war es die Vorstufe, der achte Monat einer Schwangerschaft. In der oberen Reihe hingen die sauber zurechtgeschnittenen Quadrate aus glänzendem Stahl, Aluminium, Kupfer, Bronze, Messing und Silber. In der Reihe darunter die gleichen Stücke in Tönen von Braun bis Schwarz. Darunter Türkis und Blau und Grün. Darunter alle Schattierungen von Orange bis Rot.

Essigsäure verschaffte den Bronzeteilen eine blaue Färbung, wie sie kein Himmel über Afrika haben konnte. Erhitztes Ammoniumchlorid auf Kupfersulfat mit destilliertem Wasser ließ ein antikes Grün auf jedem Metall entstehen, eine Landschaft voller verborgener Winkel.

Auf einem Metalltisch standen zwei Glasgefäße mit hellblauen Lösungen darin, die auf kleiner Flamme köchelten. Auf alten Ziegelsteinen vom Hof lagen patinierte Metallquadrate zum Trocknen.

Er schaute auf die Uhr. Die zweite Schicht war fällig. Er zog seine Gummihandschuhe an und legte ein Stück in Florentiner Braun auf seine Handfläche. Vorsichtig tauchte er den Schwamm in die Lösung. Strich behutsam über die erste Schicht in der Hoffnung, sie wäre trocken genug und dass nicht mal ein Krümel sich löste. Zufrieden betrachtete er sein Werk und legte es zurück zu den anderen. Nahm dann das zweite, dann das dritte. Eine

Stunde später hing eine weitere Reihe farbsatter Metallstücke an der Wand. Eine Landkarte seines Strebens.

Mit dem letzten Typ hatte er sich eigentlich ganz gut verstanden. Der war nicht ganz so sehr auf den Kopf gefallen wie die anderen vor ihm. Hatte genauso im Müll gehaust wie der restliche Abschaum. Sie alle hatten hier so etwas wie eine Chance bekommen. Die währte zwar nie lange, ihre Zeit lief genauso lange, wie ihre Disziplin währte, und diesbezüglich war jeder eines anderen Vaters Kind, wenn überhaupt. Aber für jeden von ihnen war die Arbeit für 400 Euro und den Hintern abends auf der von Schnapspullen umrandeten Matratze im Warmen mehr, als sie in ihrem ganzen scheiß Leben vorher gehabt hatten.

Metall wurde geliefert als das, was es war, als Kabel, Autotür, Straßenbahnschiene, Verteilerkasten. Es war widerlich, ekelerregend kalt und benutzt. Daran würde er sich, und das musste er sich nicht erst schwören, nie die Hände schmutzig machen. Doch die Hände dieser Versager waren bereits schmutzig. Da passte kein Dreck mehr drauf, und sie brauchten eine Chance. Nicht dass er sich je als Wohltäter gesehen hatte. Hier wusch eine Dreckhand die saubere. So war das Leben. Und dem Leben war es egal, ob es aus der Gosse kam oder dem Reagenzglas. Es passierte einfach. Und den Lebensabend der kleinen Versager konnte er auch hier passieren lassen.

Lutz Rotters Tod war in einer grauen Patinierung auf Kupfer an der Werkstattwand verewigt. Für diese Färbung eignete sich die Mischung am besten, die für jegliche Vorführungen in Workshops verboten war. Bei ihrer Zubereitung entstanden Arsen- und Antimonwasserstoff, und ohne Schutzanzug war dieser Prozess des Färbens nicht möglich. Er fand, das satte Grau an seiner Musterwand setzte diesem Mann ein gediegenes, beinah edles Denkmal. Wenn er schon kein Grab für seine letzte Ruhe hatte, weil sein geschredderter Körper wie all die anderen mit dem Müll einer ganzen Gesellschaft im Erdreich ruhten, dann war das hier die Kompensation für diesen etwas pietätlosen Vorgang.

Dass so kurz nach Lutz Rotter ausgerechnet Karl-Heinz Otto an seiner Werkbank das Zeitliche gesegnet hatte, war ein mehr als unbrauchbarer Zufall gewesen. Es war ein Zeichen, damit aufzuhören. Nicht aus moralischen Gründen mit dem Beseitigen der Hilfsarbeiter. Nicht mit der Kunst. Nur mit der Gewohnheit. Es war zu einfach geworden. Die Jungs beschafften das Material und bereiteten es auf, sie bespannten die Leinwand für seine künftigen Werke. Es ließ sich wunderbar arbeiten mit einem freien Rücken, in dem nur ein paar Zecken steckten, nach denen er sich aber zumindest nicht ständig umdrehen musste. Erst einmal war noch genug da an Material. Die Gutsherrenart des Großen ging ihm zwar wahnsinnig auf die Nerven, aber er hatte recht damit, jetzt einen Gang rauszunehmen und in den Umlauf zu bringen, was da war. Das Maul des Marktes konnten sie locker stopfen, und er würde seinen Werken in aller Ruhe beim Kursieren zuschauen. Jedes einzelne Stück würde mit jedem Verkauf eine neue Patina bekommen, die Griffigkeit und Unverwechselbarkeit, die ihnen keine Chemikalie verleihen konnte, eine Patina von Wert, von Wertschätzung, von Geld.

KAPITEL 46

Hey you – störe ich? Wie war die Auktion?

Großartig! (Jetzt rede ich auch schon in amerikanischen Superlativen)

Ein Erfolg?

Absolut.

Finanziell oder eher … ideologisch?

Ideologisch natürlich. Der Erfolg ist meiner, weil ich etwas gelernt habe.

Ich könnte dich anstellen.

Dann müsste ich nach Chicago ziehen.

In das Land der wilden Zwiebeln! Shegahg!

Klingt für mich eher nach Capone, Dillinger und Machine Gun Kelly …

… und damit nach einer feuchten Kelleretage unter einer stillgelegten – oder schlimmer noch: noch betriebenen – Maschinenhalle …

… gegen Pfosten getackerte Holzstühle mit einem Delinquenten drauf, dem das Ende seines Lebens schon aus allen Ecken entgegen fließt…

Wenn du wüsstest… Komm her. Chicago ist der Sound der ratternden Züge, die ich durch mein blindes Werkstattfenster zwar nicht sehen, auf jeden Fall aber hören kann.

Freundlicher als Berlin?

In Chicago hast du nicht die leiseste Chance, auf der Straße mit aufgeschlagenem Stadtplan ohne Hilfe davonzukommen.

Deine Stadt ist kleiner als meine.

Sie ist ein See so groß wie ein Meer.

Das klingt nach einer Einladung.

Richtig! Denn vor allem ist Chicago eine Stadt, die man am besten ohne nervendes Rückflug-Ticket besucht.

Aber erst mal bist du hier, wie ich gehört habe.

Ich dachte schon, du kommst nie darauf zu sprechen … Sehen wir uns, Rebekka? … Ich fliege in drei Stunden. Und es wäre schön, vorher noch ein Zeichen von dir zu bekommen.

Wie soll das Zeichen aussehen?

Wie deine Handynummer zum Beispiel.

Gut. Ich habe sie dir gerade geschickt.

Sehr schön, dieses Vibrieren in meiner Hand.

Bevor da noch mehr vibriert, wünsche ich dir einen guten Flug und freu mich auf deinen ersten Anruf.

Ich lande in Tegel. Morgen früh halb zehn. Ich rufe dich an.

Was für ein schöner Satz! Der letzte, meine ich.

Es ist unglaublich, oder? Ich sehe so aus wie auf dem Foto.

Das hoffe ich.

Warum hab ich kein Foto von dir?

Weil ich dann immer noch weglaufen kann.

Ich freu mich trotzdem auf dich.

Und ich mich auf dich. Bis morgen.

Bis morgen.

Rebekka saß auf ihrem Schreibtisch im *Vico House* und blickte nach unten auf die Straße. Das Chili in der kochend heißen Nudelsuppe trieb ihr Tränen in die Augen. Sie hatte ihm blauäugig ihre Handynummer gegeben. Andrew Cascone setzte ihre Vernunft außer Gefecht. Sie hatte ein Foto von ihm, eine Website, einen

Chat voller Schlagfertigkeiten und jede Menge Hoffnung, die ihr den Sinn vernebelte. Keinesfalls durfte Mark etwas von ihrer Schwärmerei wissen, obwohl sie ihn so gern an ihrem Leben teilhaben ließ. Immerhin musste sie ertragen, dass er entspannt und lächelnd zu seiner Frau nach Hause ging und umso glücklicher in seiner Ehe war, je besser er sich bei ihr, Rebekka, fühlte. Eines Tages könnte es jemand wie Andrew Cascone sein, der es sie wagen ließe, Berlin zu verlassen. Noch hatte sie das Alter und damit die Freiheit, überall neu anzufangen. Ihre Lust darauf stammte noch aus DDR-Zeiten mit Reisevorschriften, mit Ländern, die zu bereisen erlaubt waren, mit Lebenswegen, die genehmigt werden mussten.

Vielleicht hatte sie mit Karl-Heinz Ottos Todesanzeige auf Anneliese Ottos Lyrik stoßen müssen, damit sie eine unbestrafte Tat erkennen konnte. Vielleicht hatte sie diesen Paravent bestellen und Andrew Cascone kennenlernen müssen, damit sie eines Tages Mark vergessen konnte. Vielleicht gab es tatsächlich keine Zufälle, sondern vorgefertigtes Filmmaterial, das jeder für sich selbst abspielte, wenn ihm danach war, um es dann als Zufall zu verkaufen. Vielleicht folgte Rebekka den unmöglichsten Zusammenhängen, damit sie diese Stadt eines Tages hinter sich lassen konnte, in der sie sich gerade Feinde machte.

KAPITEL 47

Andrew Cascones SMS erreichte Rebekka, als sie vor dem Spiegel stand und zufrieden ihr Make-up betrachtete. Es war im wahrsten Sinne nicht zu dick aufgetragen, der morgendlichen Stunde angepasst, und der heutige Tag war rosa. Sie band sich die Haare zu einem Zopf, auf dem Bett lagen ihre Joop-Lederhose und ein rosafarbenes, tailliertes Hemd.

Wenn Sie sparen wollen, geben Sie weniger Geld aus.

Das Radio voll aufgedreht, nahm sie das leise Summen ihres Handys kaum wahr. Erst als sie das leuchtende Display sah, griff sie aufgeregt danach und atmete tief durch. Er war gelandet. Aus Chicago. Nur für sie.

»Heute wird das nichts mit uns. Lutter holt mich ab. Melde mich, sobald ich Zeitplan habe. Halt dir morgen Abend schon mal frei. Andrew«

Rebekka kehrte zurück zum Spiegel. Schminkte sich ab. Öffnete ihr Haar und bürstete es minutenlang durch. Sie räumte ihre Sachen zurück in den Schrank. Dann ließ sie sich aufs Bett fallen und stand bis zum nächsten Morgen nicht mehr auf.

KAPITEL 48

Das Summen ihres Handys weckte sie. Rebekka rieb sich die Augen. Auf dem Boden neben dem Bett lagen ein Pizzakarton und zwei leere Bierflaschen. Es war ihr ein Rätsel, wieso sie Cascones Absage so aus der Bahn hatte werfen können.

Sie griff zu ihrem Handy. Es konnte nur eine Nachricht von ihm oder Erik sein. Das erste Treffen wäre also kein romantisches Date zu zweit. Sie hatte Erik versprochen, ihm Cascone vorzustellen, und sie würde sich daran halten.

»*Good Morning,* R! Zeit mich zu treffen? Muss mit dir reden. Will der Sache nachgehen … Passt 20 Uhr? Wo? Ich nehme Taxi. A.«

Wie ein Teenager saß sie auf ihrem Bett und starrte auf das Display. Wunderbar. Er war einfach wunderbar. Und sie hatte ihn auf ihrer Seite.

Sie rief Erik an.

»Bist du wieder im Lande?«

»Logisch! Ich wartete schon auf deinen Anruf. Wie war dein Date mit Cascone?«

»Hm. Er hatte anderes vor aber … Er ist in der Stadt. Will sich heute Abend mit mir treffen. Hast du um 20 Uhr Zeit? Dann bringen wir das gleich hinter uns und …«

»Ja?«

»… danach habe ich ihn für mich.«

»Ach, diese Jugend von heute! Klar habe ich Zeit. Wo trefft ihr euch?«

»Sag du's mir.«

»Okay. Ich habe, glaube ich, eine großartige Idee, Rebekka.«

Der Klang seiner Stimme versprach ein Festbankett mit Kerzen und Zelten am Strand von Mombasa.

»Das Material, das Cascone für die Stücke auf dem europäischen Kunstmarkt verwendet, für das er mehrmals im Jahr völlig incognito hier anreist, um es mit seinem Können zu veredeln …«

»Ja, Erik?«

»… stammt von Milchmeyers Firma. Soll ich Milchmeyer fragen, ob er uns einen gemeinsamen abendlichen Gang übers Werksgelände genehmigt?«

Rebekkas Interesse war geweckt. Und das hatte nichts mit der Herkunft von Cascones Material zu tun. Diese Information hatte sie schließlich vom Chef selbst bekommen. Aufschlussreich war Eriks Draht zu Milchmeyer.

»Kennst du Milchmeyer so gut, dass du ihn das einfach fragen kannst?«

Sie spürte einen kalten Schauer auf ihrem Rücken.

»Nur vom Sehen, wenn ich Ulrike von der Arbeit abholte, und, naja, durch ihren übertrieben dankbaren Vater natürlich… Aber im Ernst, Milchmeyer schmückt sich doch mit Cascone. Hat angeblich Skulpturen in seinem Büro, die er sich selbst nie leisten könnte. Leihgaben übrigens!«

Rebekka wusste seit ihrem Besuch bei Milchmeyer, dass er nicht an Kunst interessiert war, sondern die *Moon-series* in seinem Büro lediglich eine Ausstellung der Materialien darstellte, die von *Recycling, Verschrottung & Co* aufbereitet wurden.

»Versteh, verstehe«, beschwichtigte Rebekka, bevor Erik sich noch mehr in Rage reden konnte.

»Fazit«, schloss Erik, »ich klär das! Um acht vor der Firma. Hast du die Adresse?«

»J… nein.«

»Schreib mit.«

Eriks Vorschlag kam sowohl ihr als auch Cascone entgegen.

Andrew Cascone wollte mit ihr über eventuelle Missstände bei der Beschaffung seines Recyclingmaterials reden. Rebekka hätte darauf geschworen, dass er seinen Aufenthalt in Berlin ganz bestimmt sinnvoll genug nutzen würde, um dahinterzukommen. Nur dass Milchmeyer nun auch noch mit von der Partie sein würde, bereitete Rebekka ein ungutes Gefühl.

Wüsste Mark von ihren Aktivitäten, würde er ihr endgültig die Freundschaft kündigen. Instinktiv spürte sie, warum ihr Marks Meinung nicht mehr so wichtig war: Sie hatte sich mehr, als sie zugeben wollte, in Cascone verliebt, und wusste, wie lächerlich das klingen musste bei einem Flirt, der lediglich im Internet existierte. Sollten sie sich jedoch offline so gut verstehen wie online, hätte sie Cascone für sich allein. Zumindest wusste sie nichts von einer Ehefrau oder Freundin. Sie hätten die Chance, sich tatsächlich kennenzulernen. Und im Schatten dieser großen Möglichkeit konnte Mark nur verblassen.

»Cascones Metalle kommen also aus Milchmeyers Firma?«

Seine Bestätigung brauchte sie noch für ihre Excel-Tabelle im Computer, wo sie all ihre Recherchen zusammenfasste, mit Datum und Uhrzeit und dem Namen dessen, von dem sie sie hatte.

»Darum bin ich doch so scharf drauf, ihn zu treffen,

und Milchmeyer geht es bestimmt genauso. Was hältst du von der Idee?«

»Die ist gut, dann hab ich mein erstes Date mit Cascone also in Begleitung zweier Bodyguards, in der *Metal*-Szene keine schlechte Sache. Milchmeyer wird Augen machen, wenn er mich wiedersieht.«

»Wiedersieht?«

»Erzähl ich dir später. Um acht in der Firma.«

Hier griff gerade ein Rädchen ins andere. Und Rebekka konnte die Maschine ein- oder ausschalten. Sie liebte dieses Gefühl.

Rebekka sandte eine SMS an Cascone, Adresse und Uhrzeit und jede Menge Vorfreude in wenige Worte verpackt.

Nun blieb ihr ein ganzer Tag für alles Schöne: Wellness im hauseigenen Kosmetiksalon, ein Bad im Pool, ein Spaziergang über den Jüdischen Friedhof in der Schönhauser, dann noch mal baden, cremen, schminken und vorbereiten. Sie wusste vieles über Andrew Cascone, vor allem aber, dass er als Mann ihre Kragenweite sein könnte und in dem Fall ein Gegenbesuch in Chicago anstand.

Diesmal ließ sie den Friedhof und die Gebrüder Grimm links liegen und ging direkt auf das Werksgelände zu. Erik erwartete sie bereits mit einem breiten Lächeln im Gesicht.

»Schöne Frau! Du siehst hinreißend aus.«

Rebekka trug einen Retro-Mix der 60er mit Bluse, Rock und Lederjacke. Ihre Haare hatte sie zu einem runden Dutt geformt. Nicht ganz geeignet für die Besichtigung einer Recyclingfirma, in jedem Fall aber für die Stunden danach.

Erik schaute auf die Uhr.

»Milchmeyer ist noch oben im Büro. Der könnte Cascone abfangen, wenn er hier aus dem Taxi steigt. Magst du denn schon mal einen Blick in die Metallecke werfen?«

Genau das hätte Rebekka gern zusammen mit Cascone getan. Er würde sich alles ebenso kritisch anschauen wie sie selbst. Ihr Puls schlug höher. Hier konnte sich der Kreis schließen, an dem sie bereits so lange formte, und irgendetwas in ihr wollte, dass Cascone in diesem Moment bei ihr war. Sie schaute sich um, blickte die Straße hinunter und dann hinauf zu Milchmeyers Büro, in dem als einzigem noch Licht brannte. Der Fabrikhof war menschenleer. Ihre Neugier siegte.

»Dann zeig mal her.«

Erik reichte ihr ganz gentlemanlike seinen Arm.

»Kommen Sie, Holde!«

Sie betraten die Werkhalle, die auch Milchmeyer ihr gezeigt hatte. Die Blumen für Karl-Heinz Otto hatte jemand weggeräumt. Alles wirkte verlassen und museumshaft.

Am Ende der Halle führte eine Metalltür in den nächsten Raum. Erik zog den Schlüssel aus der Tasche, schloss auf und ließ Rebekka den Vortritt. In dem Moment, als die Tür hinter ihnen ins Schloss fiel, wusste Rebekka, warum sie hätte draußen auf die anderen warten sollen.

Mit einem festen Griff umspannte Erik ihre Handgelenke mit Kabelbindern. Der Angriff war plötzlich gekommen und Rebekkas Reaktion zu spät. Er schob Rebekka wortlos vor sich her. Sie rief nicht nach Hilfe, ließ den Schrei, der in ihr steckte, nicht hinaus, keiner würde sie hören, und Schwäche durfte sie nicht zeigen, noch nicht.

In dem Raum flackerte eine Neonröhre geräuschvoll vor sich hin. Kurz darauf erstrahlte die enge Werkstatt in hellem Licht, und Rebekka konnte unschwer erkennen, wo sie war.

Das hier war Andrew Cascones Studio. Nicht Chicago, nicht Chinatown, keine Graffitiwände. Und das hier war Andrew Cascone. In Gestalt von Erik Assmann.

»Ich hoffte, das bliebe uns erspart, Rebekka.«

Der Mann, der immer im Präteritum sprach. Die leise, warme, tiefe Stimme war ein schmerzhafter Kontrast zu der Situation, in der Rebekka sich befand, und aus der es ganz offensichtlich keinen Notausgang gab. Sie wusste nicht, was schwerer wog: Erik Assmann dermaßen ausgeliefert zu sein oder die Enttäuschung, Andrew Cascone nun niemals kennenzulernen. Sie hatte sich mehr erhofft, als sie jemals irgendwem eingestehen würde, von diesem Mann und seinem Leben, in das er Rebekka so freimütig hatte eintauchen lassen, und all den Möglichkeiten, die in Rebekkas Fantasie ins Kraut geschossen waren.

»Mit deinem erfundenen Partyservice jedenfalls wirst du keinen mehr auf den Arm nehmen müssen. Und eine Todesanzeige wird es nicht geben, außer …«, er kam ganz nah an Rebekkas Ohr, und sie roch seinen *Martini*-Atem, »… deine lieben Angestellten schalten eine für dich.«

Erik drückte Rebekka auf einen Stuhl und fixierte ihre Beine mit Kabelbindern an den Stuhlbeinen. Das schnürende Gefühl von Platzangst kroch allmählich in ihr nach oben und hatte ihre Kehle bald fest im Griff.

Das Schlimmste war die Enge, die grausamste Folter, die Rebekka sich vorstellen konnte. Kein Fenster. Selbst die Tür war nur schemenhaft auszumachen.

Erik tastete ihre Lederjacke ab. Sie wurde stocksteif und spürte Schweiß auf ihrer Stirn. Jeder Gedanke an ihr unmittelbares Vertrauen zu Erik verwandelte sich in eine offene, schmerzhafte Wunde.

Er zog ihr Handy aus der Innentasche und ging die Telefonnummern durch.

»Freddy ... Da haben wir ihn ja. Er ist sicher gerade in Aufbruchsstimmung. Fliegt nach Johannesburg, hat er dir das erzählt?«

Rebekka schloss die Augen. Dass sie nicht selbst darauf gekommen war, raubte ihr die letzte Kraft.

»Sag ihm, dass deine Sachen bei dir angekommen sind und du dich nach deiner Rückkehr aus Chicago bei ihm meldest.«

Am anderen Ende Freddys vertraute Stimme, während Erik ihr das Telefon ans Ohr presste.

»Rebekka, endlich! Du und deine spontanen Entscheidungen, das mit dem Typen in Chicago musst du mir aber noch genauer erzählen, *en detail*! Du warst grad zur Tür raus, als mein lieber Afrikafreund hier auftauchte ...«

»Alles in Ordnung, Freddy, ich danke dir.«

Rebekka versuchte, nicht so gepresst zu klingen, wie es ihre Kehle war.

Er klang erleichtert. »Dann wünsch mir Glück für Afrika, bin grad am Packen.«

Kein noch so kleines Zeichen hätte Freddy jetzt verstanden, das war Rebekka klar. Erik hatte ihn völlig im Griff, und ihr selbst war die wichtigste Festung neben Mark soeben weggebrochen.

»Viel Glück und DENK AN MICH!«

Die letzten Worte hatte sie so laut gesagt, dass Erik ihr das Telefon vom Ohr nahm und auflegte.

»Was sollte das?«

»So verabschieden wir uns immer.«

Erik schaltete das Handy aus und legte es auf die Werkbank. Er griff erneut in die Innentasche von Rebekkas Jacke, zog eine Schachtel Marlboro heraus und zündete sich eine Zigarette an.

»Zu besonderen Anlässen rauche ich auch mal eine.«

Er schaute sie versonnen an.

Rebekka hatte so viele Gedanken zu ordnen, dass sie kein Wort sagen konnte.

Erik schnippte die Zigarettenkippe so, dass sie auf Rebekkas Oberschenkeln landete. Rebekka hatte sich am Morgen gegen die *Joop*-Hose entschieden, was sich nun als Fehler herausstellte. Leder hätte ihr mehr Zeit zum Reagieren gegeben. Nun aber brannte sich die Glut in wenigen Sekunden durch den Hauch von Stoff ihres Rockes, der zum Glück bis fast zum Knie reichte. Rebekka zwang sich, an etwas Banales zu denken. Der Minirock von *Chloe* mit dem korallenfarbenen Blütenmuster hatte 570 Euro gekostet und war nun hin. Allerdings spürte sie im selben Moment, dass sie es nicht bei diesem Gedanken belassen und sich einfach dem Ärger über das verdorbene Kleidungsstück hingeben konnte. Genau diese Reaktion wurde einem in den schwächeren Momenten der Kriminalfiktion als Wahrheit verkauft. Tatsächlich aber hatte sie eine Angst in sich, die sie jeden Moment losschreien lassen würde, die ihr Bewusstsein auf das Ende eines Sprungbretts zutrieb, das zehn Meter über einem leeren Schwimmbecken emporragte.

Rebekka roch verbrannten Stoff. Der Schmerz war nur noch eine Brandsekunde von ihrer Haut entfernt. Keine Lotion würde helfen, kein Make-up die Stelle auf ihrer Haut wieder herstellen, wie sie vorher war. Wenn eine Verbrennung nach diesem Gespräch hier nicht sogar die bessere Alternative war als das, was Rebekka in Eriks Augen sah. Denn da waren nur blanker Hass und eine Entschlossenheit, die Rebekka erzittern ließ.

Die Glut hatte sich durch den Stoff ihres Rockes gefressen und schmerzte auf Rebekkas Haut. Reflexartig bewegte sie die Oberschenkel und brachte dabei nur eine Bewegung zustande, die so hilfreich war wie einem Schiffbrüchigen ein Korkenzieher. Der Schmerz wurde größer. Die Bewegung, mit der Erik die Zigarette weggeschnippt hatte, war beiläufig gewesen, die Tortur schien nicht zum offiziellen Programm zu gehören, Rebekka musste sie aus einer Nachlässigkeit heraus ertragen, ohne eine Gegenleistung dafür erwarten zu können. Sie pustete mit aller Kraft, bis die glimmende Zigarette auf den Boden fiel.

»Die Zeit, einen Künstler aufzubauen, sei vorbei, heißt es. Die, die es gibt, genügten dem Markt. Der Markt sei voll. Ich habe mit Andrew Cascone das Gegenteil bewiesen!«

Erik lief langsam um den Stuhl herum. Rebekka hielt ihren Kopf gerade, auch wenn sie beinah die Beherrschung verlor aus purer Angst, und beobachtete ihn nur aus den Augenwinkeln.

»Als es mir gelang, mein Alter Ego bei *Lutter* unterzubringen, konnte ich mich zurücklehnen. Keine Flyer mehr, keine Onlineaktionen. Von *Lutter* hängen ein paar Plakate in der Stadt – und die Sache ist geritzt. Seit Cascone zu dieser Sammlung gehört, wollen die Leute etwas von ihm kaufen, weil hier nur eines zählt: Wer besitzt was? Die Leute wollen dazugehören zu den *Happy Few*.«

Bei jedem seiner Schritte und Handgriffe zuckte Rebekka zusammen. Mal griff er wahllos in ein Regal voller Plastikflaschen, nahm eine heraus, schaute sich das Etikett an, stellte sie zurück, dann wieder zu seinem Schweißgerät, bei dem er den Anschluss prüfte.

Unter der dicken Schicht von Angst, die Rebekka lähmte und ihre sonst so guten Instinkte erstickte, spürte sie eine Hoffnung. Sie war Erik zu ähnlich. Er würde ihr aus lediglich einem Grund nichts tun: weil er sie als ebenbürtig betrachtete.

»Haben die Leute *hier* gearbeitet?«

Rebekka hatte das Gefühl, jemand anderes redete für sie. Ihre Stimme gehörte irgendwie nicht mehr zu ihr, sondern machte da draußen ihren Job weiter, während Rebekka langsam vor Angst erstickte.

»Immer einer, ja.«

»Sie haben dir nichts getan.«

»Nein, und auch niemand anderem.«

»Warum, Erik?«

»Ein notwendiger Reinigungsprozess. Einmal mit dem Kamm durch die Gesellschaft gehen, Rebekka, und die Läuse bleiben hängen. Jeder hatte hier noch mal seine Chance. Konnte Geld verdienen und was draus machen, oder es versaufen. Haben's versoffen, sind aufmüpfig geworden, sind gestorben.«

»Was hast du mit ihnen gemacht?«

»Ihnen ein patiniertes Denkmal gesetzt. Hier …«

Rebekkas Blick folgte mühsam seiner Handbewegung zu einer Wand mit bunten Metallvierecken. »Anthrazit und Brauntöne einer solchen Qualität entstehen am besten auf Kupfer und«, er zählte zwölf Metallquadrate ab und legte sie vor Rebekka auf eine Werkbank, »und einer recht giftigen Ammoniakverbindung. Zwölf Gedenkplaketten. Sind die nicht edel?«

13 rosafarbene Karteikarten hingen noch an Rebekkas Pinnwand im *Vico House*. Jemand musste ihr Zimmer betreten, den Zusammenhang sehen und – selbst wenn sie dann tot war – die Bombe platzen lassen.

Das kann es doch nicht gewesen sein!

»Du hast dich einfach nach Chicago abgesetzt, mein Kind, zu deinem Schwarm namens Andrew Cascone. Die Welt – das kleine ›Mü‹ davon, das überhaupt von dir weiß – wird es glauben. Es war ein Leichtes, dem lieben Freddy dein Gepäck abzuquatschen und den Rest wegschließen zu lassen. Der Junge wird sich inzwischen prächtig amüsieren in *Sun City* und gar nicht mitbekommen, ob zurückkommst oder nicht. Zumindest nicht in den ersten Wochen. Und dann ist dieser Einheitsbrei, in den dich unser höchst effektiver Schredder verwandelt haben wird, versickert und vertrocknet und … *Dust in the wind!*«

Er lächelte, wie sie ihn noch nie hatte lächeln sehen. Dieser Mann war wahnsinnig, war krank. Er war so fanatisch wie sie selbst und – diese Erkenntnis war bitter und würde sie nun ihr Leben kosten – er war das bessere Chamäleon von ihnen beiden.

»Du hättest mich doch einfach weitermachen lassen können … Ich habe die Kunstwelt so wunderbar beherrscht! All die Idioten, die angeblich wissen, wie's geht und als nackte Kaiser am jubelnden Volk vorbeiziehen!«

Er stützte sich auf Rebekkas Oberschenkel, war ihrem Gesicht wieder ganz nah. Ihre Angst verwandelte sich in Wut, und, hätte sie es jetzt noch gekonnt, sie hätte gekreischt, gekratzt, getreten ... Doch ihr sonst so wachsamer Geist hatte einen Moment zu spät reagiert. Ihr Vertrauen in Erik Assmann hatte auch diesen Instinkt vernebelt.

»Ein Kippenberger malte einfach seine Lieblingskneipe und bezahlte dann seinen offenen Bierdeckel damit. Dann kaufte Flick seine Bilder, und die Preise explodierten. 20 bis 30 solcher Kaliber genügen der Welt. Niemand baut mehr auf einer Kunstmesse einen 40.000 Euro teuren Messestand auf, um einen unbekannten Künstler irgendwo reinzubringen. Dort sieht man heute nur noch die neureichen Kinder desinteressierter Eltern. Dann geht man da hin und sieht Fähnchen in Sandhaufen stecken und pink Hartweizengries, der ein Toilettenbecken füllt ... Und Berlin, BERLIN, BERLIN ...«

Er schien in seinem eigenen Theaterstück zu spielen. Rebekka fragte sich, ob das auch die anderen hatten mit ansehen müssen, oder ob sie der Premierengast war.

»... diese Stadt voll von Möchtegernkünstlern, die alle irgendwann mal ihr total spannendes Projekt verwirklichen wollen und auf dem Weg dahin die Nächte palavernd in ihren abgewrackten Stuben hocken, die sie ›Studios‹ nennen und die im Zweifelsfall von Papa oder dieser armen aber sexy Stadt finanziert werden. In beiden Fällen zählt nicht das Resultat, nur das SEIN und DAZUGEHÖREN zu etwas, das sich KUNST nennt und hier doch nur Bedeutungshascherei ist. NEIN!«, brüllte er nun und lief den schmalen Gang zwischen Wand und Werkbank auf und ab, »KUNST IST DER WILLE ZUR KUNST! Das Prädikat *Kunst* an sich ist nicht wertvoll. Ist sie nicht aus einem Willen geboren, dann ist sie nichts als ein Rädchen in der Beeindruckungsindustrie heute. Aber Ausdruck entsteht, wenn Eindruck verstummt! Stille zu schaffen, gelingt keinem mehr!«

Rebekka fühlte sich an ihr Gespräch in *Harry's Bar* erinnert, damit hatte er sie eingefangen, mit dieser Leidenschaft, die sich ihr hier als die dünne Schicht Eis über einem tiefen, dunklen See zeigte.

»Vor 50 Jahren war ein Ausstellungsmacher ein schlecht bezahlter Museumsdirektor, heute ist er ein Superstar! Mit einem Frachtjumbo wird Frida Kahlos Gesamtwerk aus Mexiko hergebracht, Sonderzüge aus der ganzen Republik karren das Publikum ran, VIP-Karten werden inflationär verteilt, weil sich der Normalbürger mit dieser niederen Kategorie der Wertschätzung zufrieden gibt.«

Scheinbar gedankenverloren griff er zu einem gläsernen Messbecher. Er füllte destilliertes Wasser aus einer Flasche hinein und goss aus einem Reagenzglas eine Flüssigkeit hinzu. Auf der Werkbank vor Rebekka stand ein kleiner Kocher, auf dem Erik den Messbecher platzierte.

»Bei der Untersuchung dieser Werkstatt wird man feststellen, dass du mindestens ein Mal da warst. Sogar ein Kaffeebecher von dir steht hier rum«, er zeigte auf das obere Brett eines Regals.

Der Eisladen am Alexanderplatz. Ihr einziger *Coffee-to-go* der letzten Monate.

Erik betrachtete zufrieden sein Werk und griff zu einem Schutzanzug an der Wand. Er zog ihn langsam über, den Blick auf Rebekka gerichtet. Dann zog er eine Gasmaske über den Kopf. Er tätschelte Rebekka die eiskalte Wange, während er sich Handschuhe überzog.

»Du wirst mir nicht mehr in die Quere kommen, sondern als die Initiatorin des Ganzen zusammen mit deinem Andrew Cascone den Bach runtergehen!«

Die Dämpfe aus dem nun brodelnden Glas breiteten sich im Raum aus.

»Was glaubst du, was seine Werke bringen, wenn die Meldung über seinen Suizid durch die Presse geistert?«

Rebekka kniff Augen und Lippen zusammen. Sie atmete so flach sie konnte und spürte, wie sich die feinen Fäden des Gifts durch ihre Nasenschleimhäute in den Rachen fraßen.

Halb ohnmächtig vor Schmerz spürte sie plötzlich Bewegung an den Kabelbindern ihrer Gelenke. Instinktiv bewegte sie Arme und Beine, die nicht mehr gefesselt waren. Sie wollte sich erheben und stürzte zu Boden. Ihre Augen tränten, und nur verschwommen erkannte sie den weißen Dampf unter der Decke des Raumes. Sie mühte sich, am Boden zu bleiben und kroch wie ein Chamäleon in langsamen Bewegungen in Richtung der Tür. Sie griff nach oben, berührte die Klinke und zog sich daran hoch. Mit letzter Kraft und ihrem ganzen Körpergewicht rüttelte sie daran. Vergebens. Die Tür war verschlossen.

Als Nächstes nahm sie einen schweren Schlag gegen ihren Kopf wahr, der ihr das letzte Bewusstsein raubte und sie wie einen nassen Sack auf den Boden warf.

KAPITEL 49

»Ich glaub, ich hab Scheiße gebaut!«

Mark erkannte die Stimme am Telefon nicht sofort. Er spürte instinktiv, dass sich am anderen Ende eine Tragödie abspielte, die auf den Notruf 110 gehörte. Also versuchte er, beruhigend auf den Anrufer einzuwirken.

Er saß in seinem Wagen und wollte sich gerade auf den Heimweg machen. Dienstschluss, Julia und die Kinder warteten auf ihn. Zwei freie Tage an der Havel standen an, auf dem Grundstück, das vom Schilf verdeckt von außen nicht zu sehen war, Zeit zum Angeln, Lesen, Schlafen.

»Ganz langsam … Mit wem spreche ich? Wo sind Sie? Was ist passiert?«

»Mark! Freddy hier. *Vico House*. Rebekka. Ich habe eine Riesendummheit gemacht.«

Mark war schlagartig alarmiert.

»Was ist mit Rebekka?«, fragte er strenger, als er es dem völlig konfusen Typ am anderen Ende antun wollte.

»Der kam hier an … ein gemeinsamer Freund, wie ich jetzt weiß, zumindest redete er von dieser Auktion, die sie für ihn wahrgenommen hat …«

Mark verstand nicht, was Freddy meinte, wollte aber keine Zeit mit Fragen vertun.

»Weiter!«

»… und er meinte, er käme vorbei, um auf ihren Wunsch hin Rebekkas Sachen zu holen. Sie gehe nach Chicago für eine Weile, mit einem gewissen … Mist! Den Namen hab ich jetzt nicht parat.«

»Freddy! Wer kam an und machte was?«

»Der kam hier rein, checkte für Rebekka aus und nahm

ihre Tasche mit, die immer gepackt da steht. Das ist so ein Deal zwischen uns, wenn sie schnell weg muss, übernehme ich das Auschecken, und sie holt ihre Tasche mit dem Nötigsten drin hier ab.«

»Aber sie hat sie nicht abgeholt«, Mark versuchte vergebens, ruhig zu bleiben, »also?«

»Nein, ich hatte sie aber grad am Telefon. Alles sei okay, sie habe ihre Sachen und …«

»UND?«

Mark ließ den Motor an.

»Das Gespräch war trotzdem komisch. Zum Schluss sagte sie, was sie sonst nie sagt: Denk an mich! Und dann war aufgelegt.«

Mark gab Gas.

»Wie heißt dieser GEMEINSAME FREUND?«, brüllte Mark in Richtung seiner Freisprechanlage. »An seinen Namen wirst du dich sicher noch erinnern?«

»J… ja … Thorsten … Thorsten Milchmeyer. Der ist Chef von …«

Doch Mark hatte bereits aufgelegt und forderte Verstärkung an zur Adresse von *Recycling, Verschrottung & Co.*

Er raste in die Recyclingfirma. Im Alleingang. Strobel zu rufen, hätte wertvolle Zeit gekostet.

In Milchmeyers Büro war trotz der Helligkeit Licht zu erkennen. Er war also dort, während alle anderen Feierabend hatten.

Mark stürmte die Treppe hinauf. Milchmeyer stand ruckartig von seinem Stuhl auf. Mark scannte den Raum mit einem Blick. Der Computer war heruntergefahren. Milchmeyer schien auf jemanden gewartet zu haben, nur eben nicht auf Mark Tschirner. Unten auf dem Hof fuhr Verstärkung vor, drei Polizeiwagen mit Blaulicht.

Mark schob Milchmeyer im Polizeigriff die Treppe hinunter und über den Hof.

»Wo ist Rebekka Schomberg?«

Doch Milchmeyer, diesmal im beigen Leinenanzug und blütenweißen Hemd, stöhnte nur auf vor Schmerz. Mark drehte die Schraube noch etwas fester.

»Ich weiß es nicht!«, wimmerte Milchmeyer nun.

Mark war erleichtert, als er Strobel auf sich zukommen sah. Er gab ihm ein Zeichen, er und die Kollegen sollten das Haupttor und die hintere Ausfahrt blockieren. Strobel verteilte sie auf ihre Plätze und kam auf Mark und Milchmeyer zugerannt.

Mark hatte Milchmeyer mittlerweile im Schwitzkasten und war ganz nah an seinem Ohr.

»Wo hast du sie versteckt? Und warum?«

»Vielleicht ist sie ... in der Werkstatt ... da geht sie manchmal hin ... sie hat einen Schlüssel ... schreibt irgendwas über Kunst und experimentiert ... ich lasse sie machen ...«, presste Milchmeyer hervor.

Mark ließ locker, und Strobel legte Milchmeyer Handschellen an.

Zu dritt betraten sie die Werkhalle und gingen auf eine alte, verbeulte Metalltür an ihrem Ende zu. Sie war verschlossen. Mark schlug fest mit der Faust dagegen und horchte dann an der Tür. Nichts.

»Ich muss den Schlüssel holen«, stöhnte Milchmeyer.

»Kein Bedarf. Hier riecht's doch verbrannt, nicht wahr, Strobel?«

»Und wie!«, pflichtete Strobel bei, während Mark Milchmeyer an ihn weiterreichte und mit einem kraftvollen Tritt die Tür aus ihren Angeln brach.

KAPITEL 50

Vorsichtig beugte sich Mark über Rebekka. Freddy stand nagelkauend in der Ecke des Krankenzimmers und wusste vor Wut und Trauer nicht, wohin er schauen sollte.

»Ich bin auf den Typen reingefallen. Ich bin schuld an allem!«

Mark wandte sich dem völlig hilflosen Kerlchen zu, für das er alle Hochachtung dieser Welt aufbrachte. Es hatte sein Gutes gehabt, Freddy hinter Rebekkas Rücken seine Handynummer zugesteckt zu haben. Dank seines Anrufs hatte er Rebekka im letzten Moment aus ihrer Gaskammer befreien können, wenn auch mit einem für Rebekka schmerzhaften Schlag der aufgetretenen Metalltür.

»Du bist zum rechten Zeitpunkt stutzig geworden. An allem anderen sind andere schuld, du hast Rebekka nicht in Lebensgefahr gebracht, okay? Im Zweifelsfall war sie das ganz allein.«

Freddy nickte unter Tränen. Er ging zaghaft auf das Krankenbett zu, in dem Rebekka lag und schlief wie ein Engel mit Kopfverband.

Rebekkas Rolle in dieser Geschichte war Mark tatsächlich nicht ganz klar. Sie hatte ihn zu einem Zeitpunkt, den sie ganz allein festgelegt hatte, einfach so aus dem Rennen genommen. Er war auf der Ersatzbank gelandet, und irgendein anderer durfte ihr nun die Pässe zuspielen. Aber wer? Und was hatte sie an jenem Abend in dieser unsäglichen Werkstatt gemacht, in die sich Erik Assmann regelmäßig zurückzog?

Die Spurensicherung hatte alle möglichen Fingerabdrücke gefunden, aber eben auch Rebekkas Spuren an einem Kaffeebecher. Sie schien entspannte Momente verlebt zu haben da unten, wo – wenn er den gemeinsamen Ermittlungen glaubte – ein Dutzend Menschen ihr Ende fanden. War ein Experiment schief gelaufen? Steckte sie selbst mit drin in einem Kunstdeal? Über diese Art von Geschäft hatten sie sich schließlich kennengelernt. War ihr Kennenlernen tatsächlich nur Programm gewesen?

Thorsten Milchmeyer saß in Untersuchungshaft. Er hatte beteuert, sie habe sich freiwillig und zum Arbeiten dort eingeschlossen, und er selbst habe damit nichts zu tun. Im Anschluss verlangte er nach seinem Anwalt und schwieg seitdem.

Erik Assmann war in Monrovia. Seine Frau bestätigte am Telefon, dass sie ihn am nächsten Morgen zurück erwartete.

Mark strich Rebekka zärtlich über die Wange. Freddy senkte den Blick und ging zur Tür. »Rufen Sie mich an, wenn sie zu sich kommt, ja?«, bat Mark eine Krankenschwester auf dem Flur.

»Sind Sie ein Verwandter?«, wurde er nun erneut gefragt, wie schon zuvor an der Aufnahme.

Und auch dieser Krankenschwester hielt er seinen Ausweis unter die Nase und sagte: »Ja!«

Draußen vor der Notaufnahme der *Charité* war es ruhig. Es war Mitternacht, der Himmel vom Vollmond hellblau gefärbt. Mark rechnete mit jeder Menge Mondverrückter an diesem Abend. Eine ganze Flotte an Krankenwagen stand bereit. Er zündete sich eine Zigarette an, Freddy lehnte ab.

»Jetzt mal in Ruhe, Freddy. Du sagtest, der Typ, der dich angerufen hat und schließlich Rebekkas Sachen holte, sei Thorsten Milchmeyer gewesen.«

»Ja.«

»Bist du dir sicher?«

»So sicher, wie das hier auf der Visitenkarte steht.«

Freddy reichte ihm die gleiche Karte, die auch in Marks Brieftasche steckte. Nun gingen Mark doch noch die Nerven durch, er hasste sich selbst dafür.

»Wie konnte dieser Typ dich dermaßen ködern, dass du seinen Beteuerungen geglaubt hast, Rebekka wolle aus dem *Vico House* auschecken? Warst du in ihn verliebt?«

Freddys Gesichtsausdruck mäanderte zwischen Verzweiflung und Wut.

»Das geht mir so dermaßen auf den Keks, immer dieselbe Frage!«

»Was meinst du?«

»Was schon?«

Freddy fingerte eine Zigarette aus Marks Päckchen und stopfte es ihm zurück in die Hemdtasche.

»Sobald ich von einem Urlaub in Südafrika rede, gelte ich als Sextourist. Kann ich mich gut mit einem Typen unterhalten, muss ich gleich in ihn verliebt sein.«

Er beruhigte sich wieder und fiel zurück in hilflose Lethargie.

»Ich kann es dir nicht beschreiben …«

Unvermittelt brach Freddy in Tränen aus. Mark schüttelte den Kopf, er konnte nicht glauben, was er sah. Dem Jungen hatte jemand das Gehirn gewaschen und den Weichspüler vergessen.

»Der Typ hat mich völlig gekriegt mit seiner Art. Er ist wie ein … Er redet wie ein Guru, nur dass ich auf so jemanden nie reinfallen würde. Er kommt mir vor wie ein Menschenfänger ... Es gibt sie einfach, diese Leute.«

»Und? Bist du in ihn verliebt? Der Typ sieht verdammt gut aus.«

Mark hätte sich am liebsten die Zunge abgebissen für diesen Satz, hatte er Rebekkas Schwärmerei für Milchmeyers Aussehen doch noch gut in Erinnerung.

Plötzlich änderte sich Freddys Gesichtsausdruck. Er musterte Mark abschätzig.

»Ich weiß ja nicht, welche Marke du am liebsten trägst, aber über *diesen* Geschmack lässt sich ganz bestimmt nicht streiten.«

»Was meinst du?«

»Milchmeyer als gut aussehend zu bezeichnen, wäre nichts als eine höfliche Geste.«

Mark schüttelte den Kopf über seine eigene Borniertheit. Er hatte die schlüssigste Lösung einfach nicht gesehen. Nur zur Bestätigung seines Verdachts griff er zu seinem Handy und rief über die Internetverbindung die Firmenseite von *Recycling, Verschrottung & Co.* auf. Nach mehreren Versuchen baute sich ein lupenreines Porträtfoto von Thorsten Milchmeyer auf.

»Ist das der nicht so gut aussehende Herr?«

»Meine Fresse! Schön wär's. Ist der 'n Model? Nie gesehen.«

KAPITEL 51

Für Mark war es eine Sache von zwei Feierabendbieren gewesen, Strobel mit ins Boot zu holen. Die Todesfälle in der Recyclingfirma, Milchmeyers ganz offensichtliche Verstrickung und die Bekanntschaft der Ottos mit dem Kunsthändler Erik Assmann konnte er mittlerweile zu einer Verschwörungstheorie formen, die Strobel ausgesprochen gut gefiel. Mark hatte ihm von Rebekka und ihren Nachforschungen erzählt, aber kein Wort über sein Verhältnis mit Rebekka verloren.

Als Partner war er auf den kleinen, ehrgeizigen Kollegen angewiesen. Und der witterte seine erste große Ermittlung, die ihm ohne den coolen, von allen Händen mit allen Wassern gewaschenen Mark Tschirner wieder nur in Krimis begegnet wäre. Und so fuhren sie nicht ziellos Streife, sondern gezielt zu Erik Assmanns Villa in Pankow. Parallel vernahmen zwei andere Kollegen Thorsten Milchmeyer, der inzwischen seinen Anwalt bei sich hatte und auf dessen Anraten hin immer noch schwieg.

Ingrid Assmann öffnete die Tür. Sie war Ton in Ton sandfarben und beige gekleidet und hatte eine in etwa so aufregende Ausstrahlung wie die Frau des aktuellen Bundespräsidenten, fand Mark und lächelte freundlich, obwohl er innerlich kochte.

»Ja bitte?«, fragte die Frau mit ergebenem Augenaufschlag.

Mark und Strobel zückten Ausweis und Marke. Mittlerweile gelang ihnen das schon synchron.

»Wir möchten mit Erik Assmann sprechen. Ist er inzwischen zu Hause?«

»Oh! Wir haben gestern telefoniert, nicht wahr?«

»Richtig«, sagte Mark mit einem freundlichen Lächeln.

»Mein Mann ist da …«, sie drehte sich um, den Blick zum Wohnzimmer gerichtet, »ERIK?«, und wandte sich wieder den beiden Männern zu, die sie unverhohlen und mit Interesse musterte. »Sie haben Glück, denn er ist gerade aus Afrika zurück.«

Mark lächelte sie weiter an und versuchte, sein Mitleid zu verbergen. Ihr Mann war so wenig in Afrika gewesen wie die Kanzlerin in Untersuchungshaft. Ihm war bei Erik Assmanns tagelanger Observation nicht entgangen, dass der Mann zwar viel unterwegs war, vorzugsweise jedoch mit einem Reisekoffer in der Hand auf dem Gelände von *Recycling, Verschrottung & Co.* verschwand. In seinem ganz privaten Reich perverser Alchemie.

Nun stand Erik Assmann vor ihnen, eine *Süddeutsche Zeitung* unter dem Arm und in dunkler Anzughose, hellem Hemd und Strickjacke und mit diesem interessierten Gesichtsausdruck, den Mark von Rebekka kannte, wenn sie ihn anschaute und auf der Suche nach neuen Informationen war, die sie dann wie Bausteine einfügen würde in ihr ganz eigenes Ideenhaus.

Instinktiv scannte Marks Blick das Hemd und die ganze Erscheinung des Erik Assmann nach verwaschenen Blutflecken oder anderen Spuren der dunklen Seite dieses janusköpfigen Ungeheuers.

Erik Assmann hingegen betrachtete interessiert die Ausweise und Polizeimarken der beiden Herren vor seiner Haustür, als habe er so etwas noch nie gesehen und wolle unbedingt mehr darüber erfahren. Mark durchschaute die Taktik seines Gegenübers sofort und freute sich innerlich bereits auf den Moment, da diese in sich zusammenbrechen würde.

»Wir sind hier zur Klärung eines Sachverhalts.«

»Fuhr ich zu schnell?«

»Darum kümmert sich die Verkehrspolizei«, sagte Mark schroff, dem die Arroganz des Erik Assmann sofort auf die Nerven ging.

»Dürfen wir reinkommen?«, fragte Strobel, während Mark tief durchatmete.

Assmann ahnte, warum sie hier waren. Er hatte Milchmeyer nicht mehr erreichen können. Also hatte Rebekka überlebt, und Milchmeyer hatten sie erwischt.

Er gönnte der Rothaarigen ihre Gnadenfrist, denn er und sie waren vom gleichen Kaliber. Dass sie allerdings sofort ihren Geliebten mit seiner Behörde auf ihn hetzte, stufte sie in seiner Achtung herab. Sie hätte die Angelegenheit gut allein zu Ende bringen können. Er hatte ihr die Fäden in die Hand gegeben, mit denen sich sogar eine gemeinsame Sache hätte stricken lassen. Vielleicht hatte er ja Glück und in Rebekka ein so brutal passendes Pendant gefunden, dass ein Verkehrsdelikt als Grund für diese Vernehmung tatsächlich näherlag als sein Angriff auf sie.

»Natürlich, kommen Sie nur«, sagte Erik Assmann und ließ die beiden Herren an sich vorbei ins Wohnzimmer. Ingrid Assmann nahm dort soeben ihre kleine Tochter auf den Arm, um sie nach oben zu bringen.

»Du sollst nicht so schwer tragen!«, wandte sich Erik Assmann beinah vorwurfsvoll seiner Frau zu. Mit einem Blinzeln sagte er leise zu Mark: »Sie bekommt ein Baby, daran muss ich sie ständig erinnern!«

Man sah Ingrid Assmann die Schwangerschaft noch nicht an, und mit einem beherzten Schwung hatte sie ihre Tochter auf den Arm gehievt und trug sie aus dem Zimmer.

»Kann ich Ihnen etwas anbieten?«, fragte Erik Assmann, nachdem Mark und Strobel Platz genommen hatten.

»Nein, danke«, sagte Strobel.

»Wie kann ich Ihnen weiterhelfen in Ihrem *Sachverhalt*?«

Mark hätte ihn am liebsten sofort gefragt, was er als Kunsthändler auf dem Gelände einer Recyclingfirma zu suchen hatte, und das vorzugsweise nachts, speziell vorletzte Nacht. Es drängte ihn, zu fragen, was er Rebekka angetan hatte in jener Nacht. Aber noch war ihm nichts nachzuweisen, und die zwölf toten Metallarbeiter waren der eigentliche Grund dieser Vernehmung. Die Zwiebel gehörte von außen nach innen geschält, und Mark würde schon sehen, ab wann die Tränen liefen. Also fing er ganz außen an.

»Wir haben Thorsten Milchmeyer festgenommen.«

Wenn diese Information etwas in Erik Assmann auslöste, dann wusste er das geschickt zu verbergen, stellte Mark enttäuscht fest. Assmann schaute die beiden abwechselnd an.

»Er ist ein Bekannter von mir. Leitet eine Firma, in der wiederum einige gemeinsame Freunde arbeiten oder«, Erik Assmann mimte kurz Trauer, und Mark musste sich abwenden, so gereizt war er, »arbeiteten.«

»Haben Sie Einblick in die Firma? Ist Ihnen an Thorsten Milchmeyer in den letzten Wochen etwas aufgefallen? Hat er sich verändert? Hat er Ihnen jemals von beruflichen Problemen erzählt?«

Jede Einzelne von Strobels Fragen verneinte Erik Assmann mit einem Kopfschütteln.

»Ist Ihnen aufgefallen, dass es in seiner Firma in den letzten zwei Jahren verstärkt zu Arbeitsunfällen gekommen ist?«

»Ein paar von Milchmeyers Mitarbeitern starben jung. Das bekam ich mit. Milchmeyer war betroffen und erwähnte vor Kurzem, wie seltsam er das fände, denn die Arbeitsschutzbedingungen dort seien vorbildlich. Aber dass er selbst …« Erik Assmann schüttelte ungläubig den Kopf. Dann schaute er auf, immer noch mit einem gelassenen Gesichtsausdruck. Er war die Ruhe selbst.

»Darf ich eine Zwischenfrage stellen?«

Strobel schaute zu Mark und sah dabei aus, als käme ihm der Kaffee aus der Dienststelle hoch.

»Gerne«, sagte Mark.

»Was habe ich damit zu tun?«

»Wahrscheinlich nichts. Doch wir ermitteln hinsichtlich dieser Todesfälle und sind dabei auf Thorsten Milchmeyer gestoßen, dessen Umfeld wir natürlich etwas näher durchleuchten müssen. Nicht zuletzt, um ihn zu entlasten, so es überhaupt Belastendes gibt.«

»Hören Sie, er übernahm die Firma von seinem Vater. Die Milchmeyers sind Familienmenschen. Die lassen alles zu, aber ganz bestimmt nicht, dass ihr Lebenswerk beschmutzt wird.«

Müll, alles Müll, dachte Mark und lächelte süffisant.

»Denn ihr Lebenswerk ist nicht etwa dreckiger Müll, sondern sauberes Recycling.«

Mark gefror die Überlegenheit im Gesicht. Erik Assmann schien sich daraufhin zwei Pluspunkte einzutragen.

Mark konnte nicht mehr an sich halten und hoffte, Strobel würde ihn nicht stoppen.

»Kennen Sie in diesem Zusammenhang eine Frau namens Rebekka Schomberg?«

Mark hätte sich gewünscht, dass Erik Assmann wenigstens ein klein wenig blasser geworden wäre. Doch der schien innerlich zu wachsen und sich wie ein strebsamer Schüler auf den Moment seiner Antwort zu freuen.

»An dieser Stelle müsste ich wahrscheinlich meinen Anwalt hinzuziehen, aber wissen Sie was?«

Er schaute in die kleine Runde, als sei er tatsächlich an einer Antwort interessiert. Doch es kam keine.

»Ich gestehe.«

Mark wusste nicht, was er mehr hasste: diesen Menschen oder seinen Job.

Strobel schaute verunsichert zu Mark. Der schüttelte nur unmerklich den Kopf. Nein, Erik Assmann würde er ganz bestimmt nicht auch noch seine Rechte verlesen.

»Was gestehen Sie?«, fragte Strobel.

Erik Assmann war anzusehen, dass sein Puls sich erhöhte, und Mark hätte ihm gern gesagt, dass er sich zu früh freute.

»Ich gestehe, dass ich mich unrechtmäßig bereicherte.«

»Woran?«

»An einem Namen. An Reputation.«

»Will heißen?«, fragte Mark mit zunehmendem Interesse. Er konnte sich nicht erklären, was dieser Typ, der sich so gestelzt ausdrückte, im Schilde führte.

»Sie gestatten?«

Assmann stand auf und ging zu seiner Hausbar. Er holte eine *Martini*-Flasche heraus.

»Sie sind im Dienst. Ich darf.«

Er wollte nicht nur den Moment, sondern auch seinen Drink genießen. Das war ihm anzusehen.

»Hörten Sie jemals von Andrew Cascone?«, fragte Assmann nun mit hochgezogenen Augenbrauen. Er trank genussvoll aus seinem Glas und wartete ab.

Strobel zuckte mit den Schultern. Mark fühlte sich kurz an ein Gespräch mit Rebekka erinnert, wusste aber nicht mehr, in welchem Zusammenhang der Name gefallen war.

»Ich habe unter dem Namen *Andrew Cascone* Geschäfte gemacht. Kunstgeschäfte, um genau zu sein.«

»Mit afrikanischen Skulpturen?«, erkundigte sich Strobel, dem dieser Abend eine interessante Lektion zu sein schien, wie Mark bedauernd feststellte.

»Aber nein!«

Erik Assmann gab sich entgeistert, als wäre es das Letzte, womit er sich befassen würde. »*Recycled Art* in ihrer schönsten Gestalt: in Metall und Farbe. Und da gibt es eine ganze Palette neben den lausigen Farben, die Sie kennen.«

Mark wurde ungeduldig, wollte das Gespräch wieder in die richtige Spur bekommen.

»Darum kümmern wir uns auf dem Präsidium«, er legte seine Visitenkarte neben Assmanns *Martini*. »Melden Sie sich morgen und erzählen Sie alles im Detail. Jetzt will ich wissen, was Ihr Geständnis mit meiner Frage zu tun hat: Kennen Sie eine Frau namens Rebekka Schomberg?«

»Es hat sehr viel damit zu tun. Sie ist eine Stalkerin. *Meine* Stalkerin, um präzise zu sein.«

»Wie darf ich das verstehen?«

Mark war leicht amüsiert. Mit dieser Taktik hatte er nicht gerechnet.

»Nun ja, sie muss mich gekannt haben, bevor ich sie kannte. Schnüffelte in meinem Freundeskreis herum, bis sich für sie schließlich Karl-Heinz Ottos Beerdigung als willkommene Gelegenheit ergab, mich persönlich kennenzulernen. Und alle anderen mit. Seitdem werde ich sie buchstäblich nicht mehr los.«

Mark konzentrierte sich und blendete alles ringsum aus. Sein Körper schaltete den plötzlich in ihm aufkommenden Schmerz aus wie bei einem Schock, so blieb der Fokus auf dem Wesentlichen: zuhören, registrieren, überprüfen.

»Einmal erwischte sie mich in der Stadt, in *Harry's Bar*. Von Ulrike Otto erfuhr ich, dass Frau Schomberg sich zudem ständig im *Hackendahl* mit ihr verabredete. Und das auch nur, um sie nach mir auszufragen. Das gelang ihr natürlich blendend, so gutgläubig, wie wir alle waren. Plötzlich hörten wir wochenlang nichts, und dann tauchte sie auf einem Picknick auf. Letzte Woche stand sie sogar bei Ingrid und mir vor der Tür … NICHT WAHR, MEIN SCHATZ?«, rief Erik Assmann in Richtung Flur, wo seine Frau ein paar Kinderspielsachen zusammenräumte.

Ingrid Assmann schaute kurz herein, zwei Puppen und ein halbes Pferdegestüt aus rosa Plastik auf dem Arm balancierend.

»Ja, Rebekka war gerne bei uns. Auch wenn mir ihre Zuneigung zu meinem Mann etwas auf die Nerven ging.«

Sie zwinkerte ihrem Mann zu und ging die Treppe hinauf zum Kinderzimmer.

In aller Ruhe wandte sich Erik Assmann wieder den beiden Polizisten zu.

»Ich hielt das alles noch für eine ganz normale … nennen wir es … Freundschaft. Auch wenn die in unserem Alter eigentlich schon bestehen und kaum neue neben sich dulden.«

Erik Assmann kicherte. Ihm ging es richtig gut und mit jedem Schluck *Martini* offensichtlich noch besser.

»Die Initiative ging also nie von Ihnen aus? Rebekka Schomberg ist doch eine attraktive Frau«, hakte Mark nach.

»Oh ja! Sie ist eine Schönheit, im Auge des Betrachters natürlich, und diese Frau betrachtete ich zugegebenermaßen«, sein Blick wanderte unverhohlen zu Mark, »sehr gern.«

Voll auf die Eins, dachte Mark und schloss die Augen. Er war wieder so eifersüchtig wie bei Milchmeyers Vernehmung und hasste sich selbst dafür. Er öffnete den oberen Hemdknopf. Strobel musste weitermachen. Und Strobel spürte das.

»Lassen wir den Vorwurf des Stalkings mal außen vor. Sie kennen die Dame aber vor allem von privaten Anlässen?«

»Nein, durchaus auch geschäftlich«, antwortete Assmann, Strobel nun ganz zugewandt.

»Wie sah sie denn aus, Ihre Geschäftsverbindung zu Rebekka Schomberg?«

»Sie kaufte ein Stück aus meiner, entschuldigen Sie, aus Andrew Cascones Kollektion. Einen Paravent. Letzten Sommer war das, glaube ich. Ich müsste nachschauen«

Rebekkas größter *Faux pas*. Eine nicht wieder gut zu machende Leichtfertigkeit. Mark war außer sich gewesen, als Rebekka ihm von ihrem Kauf und der Lieferung erzählt hatte. Wer so lebte wie sie, sich am liebsten unsichtbar durch die Welt bewegte, konnte sich keine Möbel liefern lassen wie jeder Durchschnittsbürger, und auch keine noch so bildende Kunst. Er schüttelte innerlich den Kopf und bemerkte nicht, wie aufmerksam Erik Assmann all seine Gesten registrierte.

»Und dann?«

»Dann schrieb sie mich im Internet an. Wollte mich kennenlernen. Es begann bei *Facebook*, aber wir tauschten auch normale Mails.«

Mark konnte seine Wut und Enttäuschung nur schwer verbergen. Wüsste auch nur einer von seinem Verhältnis zu Rebekka, würde ihm der Fall weggenommen werden, abgehakt und im Rinnstein der Berliner Gosse enden.

»Wie darf ich mir das vorstellen?«, fragte Strobel höflich. »Bleiben Sie mit jedem in Kontakt, der eins Ihrer Stücke gekauft hat?«

»Ach, das läuft bei mir unter Groupie-Post. Die einen Groupies sind älter, die anderen jünger, stört mich nicht. Ich verkaufe, das zählt.«

Erik Assmann spürte eine große Genugtuung dabei, Mark Tschirner leiden zu sehen. Das Jungelchen hatte etwas mit der Dame, die sich ausgerechnet in Andrew Cascone verknallt hatte. Das musste wehtun, *touché*, und das würde er nun so lange durchdeklinieren, bis Rebekka geliefert und er von jedem Verdacht befreit war.

»Aber die Dame hat schon ganz schön was an Tempo vorgelegt, das muss ich sagen«, fügte Assmann süffisant hinzu.

»Haben Sie ihre E-Mails behalten?«, hakte Strobel nach.

»E-Mails, Chats, alles, was Sie wollen.«

»Das lassen wir prüfen«, sagte Mark unwirsch und gab Strobel ein Zeichen.

Erik Assmann wirkte gut gelaunt, als er sagte: »Das können wir auch direkt hier tun. Wenn Sie erlauben …«

Er ging zum Schreibtisch und klappte den Laptop auf.

»Kommen Sie ran. Brauchen Sie Stühle? Das könnte länger dauern.«

Mark und Strobel erhoben sich, beinah gehorsam, und sahen dabei aus wie die Musterschüler, die dem Biologielehrer nun zu dessen Weisheit letztem Schluss folgten: der Bakterienkultur, die in einer Petrischale endlich Leben zeigte.

Er öffnete ein Word-Dokument, und Mark erkannte bereits an der ersten Zeile Rebekkas Art zu reden – die offensichtlich auch ihre Art zu schreiben war.

Mark war wie gelähmt. Ganze Monologe standen da mit Ergüssen über die Berliner Kunstszene, ihre Liebe zum Reisen, die Idee, zusammen mit Erik Assmann das *Art Institute* in Chicago zu besuchen und sich mit den Bronzeplastiken von Magdalena Abakanowicz zu fotografieren an einem der schönsten Plätze im *Grant Park* am *Michigan Lake* … Obwohl Rebekka ihm nie davon erzählt hatte, hörte er sie aus jedem Wort heraus.

»Einen Chat zu speichern, ist mühsam. Ich fügte also alles zu einem Text zusammen. Sie ist toll. Sie ist poetisch, belesen und schlagfertig.«

Strobel spürte Marks Unbehagen und versuchte, der Situation etwas Brisanz zu nehmen.

»Sie sprachen von einer geschäftlichen Verbindung. Haben Sie sich deshalb Ihre Online-Konversationen aufgehoben?«

Erik Assmann zog die Augenbrauen hoch.

»Nein, sondern weil ich Menschen, die sich ausdrücken können, als Bereicherung meines recht tristen beruflichen Alltags betrachte. Geschäftlich wird es hier«, er scrollte im Text weiter nach unten, »hier geht es um eine

Auktion, an der Rebekka Schomberg unbedingt teilnehmen wollte. Hat sich mir regelrecht aufgedrängt.«

Er ließ die beiden an seinem Laptop stehen, woraufhin Strobel wie besessen weiter im Text herumsuchte. Erik Assmann schenkte sich währenddessen einen weiteren *Martini* ein. Ihm schien die Party großen Spaß zu machen.

Mark tat sich immer schwerer damit, sich nichts anmerken zu lassen.

Welche Gefälligkeiten hat sie diesem arroganten, farblosen Schnösel, auf den zu Hause merkwürdigerweise eine schwangere Ehefrau wartete, eigentlich noch getan?

Mark spürte Hass, der sich immer wieder in Verwirrung auflöste und dann aufs Neue ausbrach.

Er brauchte unbedingt frische Luft und hätte gern draußen auf der Terrasse eine Zigarette geraucht, um sich seine Rache an Rebekka in allen Details auszumalen. Hatte sie ihn dermaßen an der Nase herumgeführt?

Die Buchstaben auf dem Computerbildschirm verschwammen vor seinen Augen.

Das alles durfte nicht wahr sein. Rebekka war ein so warmherziger, intelligenter Mensch voller Leidenschaft. Sie hätte sich ihm gegenüber doch nie so sehr verstellen können. Sie war für Assmann auf einer Auktion gewesen. Angeblich, weil sie Assmanns Gesellschaft schätzte, wie sie sagte, weil sie durch ihn besser über Ulrike Otto informiert würde, wie sie sagte, weil sie ihm einen Gefallen hatte tun wollen, wie sie sagte. Sie experimentierte in seiner Werkstatt auf dem Recyclinggelände herum, die mutmaßlicher Tatort für zwölf Morde war. Sie plante einen Trip nach Chicago mit einem Typen, der unter falschem Namen eine ganze Kunstschiene installiert hatte.

Sie hatte Mark auf ein Verbrechen angesetzt, an dem sie mittlerweile selbst Spaß fand. Zwölf tote Metaller waren einem Kunstdeal zum Opfer gefallen, an dem Rebekka mittlerweile prächtig mitverdiente. Darum hatte sie ihn aus dem Rennen genommen.

»Geht es Ihnen nicht gut?«

Assmann klang tatsächlich besorgt und hielt Mark seinen *Martini* hin.

»Nehmen Sie einen Schluck und setzen Sie sich.«

»Nein danke.«

Mark hatte sich wieder gefangen und gab Strobel ein Zeichen, ihn fortfahren zu lassen.

»Was hat Sie bewegt, der Recyclingkunst, wie Sie sie nennen, den Vorrang vor Ihrem eigentlichen Geschäft mit afrikanischer Kunst zu geben? Was treibt Sie regelmäßig in die Werkstatt auf dem Gelände der Recyclingfirma?«

Erik Assmann stellte das Glas aus der Hand. Sein Blick drückte Missachtung aus. Die Rothaarige hatte also doch kein Potenzial für eine gemeinsame Sache. War tatsächlich zu ihrem privaten Bullen gerannt und hatte gepetzt, statt die Geschichte nach dem kleinen Zwischenfall am Vorabend zu vergessen und zusammen weiter zu spinnen. Sie war so dumm, ihn unterschätzt zu haben. Nichts war ihm nachzuweisen, gar nichts. Sie hatte verloren. Und er würde ihr die Morde an den Metallern anhängen. Einen nach dem anderen.

»Geschmack, Interesse und selbst Leidenschaft für eine Sache verändern sich, Herr Kriminalhauptkommissar Tschirner. Was machen Sie eigentlich in Ihrer Freizeit? Golfen? Berge besteigen oder andere Frauen als Ihre eigene?«

Strobel gab Mark ein Zeichen. Sie hatten genug gehört und Strobel viel Klärungsbedarf mit seinem Kollegen. Jedes weitere Wort würde sich als Nachteil für ihre Ermittlungen erweisen, denn den Spieß hatte Erik Assmann an dieser Stelle eindeutig umgedreht.

KAPITEL 52

Das nächste Klingeln an Erik Assmanns Tür fiel harscher aus.

Tschirner und Strobel waren endlich gegangen, sie hatten ihm so gar nichts nachweisen können. Als Alibi diente ihm sein Flugticket nach Monrovia. Bevor sie die Passagierlisten nachträglich checkten, hätte er sich längst dahin abgesetzt. Milchmeyer saß in U-Haft, und wenn er seinen Kettenhund von Anwalt am Start hatte, dann war er auch so klug, zu schweigen. Rebekka Schomberg wiederum konnte der Polizei erzählen, was sie wollte, sie hatte keinerlei Handhabe gegen ihn, Erik Assmann. Ihr Laptop mit den Aufzeichnungen zur Familie Otto war dank Freddy in seinem Gewahrsam. Der Markenfälscherei mit dem Namen Andrew Cascone würde er sich selbst bezichtigen. Und von den zwölf Pennern, die er beseitigt hatte, war nicht mal mehr ein Spuckefaden übrig.

Also ging Erik Assmann gelassen zur Tür und öffnete.

Auf dem Zettel, den Tschirner ihm vor die Nase hielt, stand:

BESCHLUSS
gem. §§ 105, Abs.1 und 165 StPO wird die Durchsuchung der Wohnräume des Erik Assmann angeordnet.

Während er und Strobel auf seinem Sofa gesessen hatten, war also nicht nur gegen Milchmeyer, sondern bereits gegen ihn selbst ermittelt worden. Ein Detail, das Erik sich sofort für das Gespräch mit seinem Anwalt vormerkte. Obwohl ihm zum ersten Mal flau im Magen wurde, brachte er eine gewisse Contenance auf, mit der er Tschirner in seinem Redefluss unterbrach.

»Ich habe meine Lesebrille nicht auf – aus welchem Grund sollten Sie mein Haus durchsuchen dürfen?«

»Wir ermitteln in einer Strafsache und vermuten Beweismaterial in Ihrem Haus.«

Erik trat zur Seite und nahm nur im Augenwinkel wahr, wie Tschirner und Strobel seinen Schreibtisch durchsuchten, während zwei Herren im Anzug in der Tür warteten.

Er zog sein Handy aus der Tasche.

»Darf ich meinem Anwalt eine Nachricht senden?«

Einer der Wachhunde in der Tür nickte. »Sie dürfen ihn sogar anrufen.«

»Er sitzt gerade in einer Verhandlung, ich kann ihn nicht mit einem Anruf stören.«

»Machen Sie«, sagte der Aufpasser nun schon leicht genervt.

Als Tschirner Rebekka Schombergs Laptop schließlich triumphierend in die Höhe hielt, wusste Erik Assmann, dass ihm nicht mehr viel Zeit blieb, sich mit dem soeben gebuchten Flug nach Monrovia abzusetzen.

KAPITEL 53

»Frau Schomberg ist bei Bewusstsein. Sie hat nach Ihnen gefragt.«

Mark gab Strobel ein Zeichen, mit der Vernehmung von Erik Assmann zu beginnen. Nebenan vernahmen zwei weitere Kollegen Thorsten Milchmeyer, der allmählich mürbe wurde und zu reden begann. Mark war all das egal, selbst Julia und die Kinder, die inzwischen allein an die Havel gefahren waren. Sogar seine Wut auf Rebekka und seine Ratlosigkeit konnte er während seiner rasanten Blaulichtfahrt zur *Charité* verdrängen.

Er rannte aus dem Fahrstuhl in ihr Zimmer, sie saß aufrecht im Bett und sah mitleiderregend aus mit ihrem Kopfverband.

»Rebekka!«

Sie streckte wortlos die Arme nach ihm aus, und er drückte sie fest an sich. Minutenlang saßen sie und hielten sich so fest wie noch nie, als gälte es jetzt noch, sich zu retten aus einem Strudel, der sie beide in ein tiefes, unergründliches Tal reißen würde, wenn nicht doch einer stärker wäre als der andere und nicht beide diesen immensen Willen zum gemeinsamen Überleben hätten. Nicht ohne den anderen sein. Nie mehr von dem anderen getrennt sein.

Als sie sich sanft losließen und in die Augen schauten, wischte Rebekka zärtlich die Tränen von Marks Wangen. Er hatte nicht einmal gemerkt, dass er weinte, sondern nur ein Gefühl von Glück gehabt, das ihn beinah betäubte.

»Erzähl mir alles«, sagten beide gleichzeitig.

Mark wusste, dass er zuerst an der Reihe war, weil er somit Rebekkas Schilderungen etwas erleichtern würde.

»Wir haben alle beide, Assmann und Milchmeyer …«

Rebekka schluchzte, sie konnte sich kaum beruhigen.

»Assmann wollte mich umbringen. Er hat mir die Fesseln nur abgenommen, um es so aussehen zu lassen, als wäre ich allein in der Werkstatt gewesen!«

»Schschsch …«, Mark strich ihr beruhigend über den Kopf, »ich weiß. Wir haben einen zweiten Schlüssel im Regal gefunden. Er wusste, dass du nicht in der Lage sein würdest, die Tür selbst zu öffnen. Und du kannst beruhigt sein, wir haben ihn auf den letzten Drücker gekriegt.«

»Was hatte er vor?«

»Nun«, sagte Mark nicht ohne Stolz, »bei der Hausdurchsuchung in Assmanns Villa fand ich deinen Laptop. Während Strobel ihn auswertete, fuhr ich ins *Vico House* und schaute mir dein Zimmer genauer an. Die Notizen an deiner Pinnwand und das, was Strobel aus deinem Laptop herausholte, ergaben ein schlüssiges Bild. Zurück bei Assmann sah ich ihn gerade in ein Taxi steigen. Es war leicht, ihm bis nach Tegel zu folgen. Diesmal wollte er tatsächlich nach Monrovia. Doch auch diesmal blieb sein Platz im Flieger leer.«

»Er wird nichts zugeben. Der Kerl ist mit allen Wassern gewaschen.«

»Er nicht, aber Milchmeyers Fassade beginnt zu bröckeln. Und wie schön wir den einen gegen den anderen ausspielen können, muss ich dir nicht erklären.«

Rebekka versuchte ein Lächeln und verzog vor Schmerz das Gesicht. Mark gab ihr einen Kuss auf die Stirn.

»Das Interessante ist, dass Strobel und ich den Fall schon glasklar vor uns liegen haben und nur noch einen Fragenkatalog abarbeiten. Milchmeyer hat vor gut zwei Jahren den eigentlichen Wert seines Unternehmens entdeckt und sich Leute gehalten, die ihm Metalle aller Art billig beschafften. Seine Allianz mit Assmann, den er durch Ulrike Otto kennenlernte, hat dann etwas Dynamit in die Sache gebracht. Assmann, der immer nur die Kunst anderer verkaufte, wollte sich und dem Markt das ganz große Ding beweisen. Milchmeyer rekrutierte nach und nach die Leute aus der Obdachlosenszene, brachte sie auf dem Gelände unter und hielt sie so fernab von der Gefahr, dass sich ihre Jobs und vor allem das, was sie in Nachtschichten fabrizierten, herumsprachen. Nicht mal unter den Angestellten waren sie ein Thema. Diese Gedankenlosigkeit ist erschütternd, aber offensichtlich normal.«

Mark schaute Rebekka fragend an. Sie nickte ihm aufmunternd zu.

»Geht schon. Mach weiter. Hab ja keinen Hirnschaden.«

Zärtlich strich Mark ihr über die Wange. »Wo ich hintrete, wächst normalerweise kein Gras mehr.«

»Diesmal schon!«

Rebekka lachte wieder schmerzverzerrt und zog an den roten Locken, die unter ihrem Kopfverband hervorschauten.

»Erik Assmann war das Gehirn hinter der ganzen Sache. Er baute Andrew Cascone per Internetpräsenz und mit tatsächlich gefertigten, absolut neuartigen Skulpturen und Möbeln zu einer Marke auf. Nur dass Cascone sein Alter Ego war und in der Realität so sehr existierte wie der Weltfrieden…«

»Und den Weltfrieden hätte ich gerne gehabt«, unterbrach ihn Rebekka. »Mark, ich hatte mich in Cascone verliebt. Kannst du dir etwas so Törichtes vorstellen?«

»Zuerst war ich wütend«, gab Mark zu, »doch mittlerweile kann ich dich verstehen. Assmann ist ein Guru, ein Menschenfänger erster Klasse. Das hat sogar dein nicht sonderlich heller Freund Freddy mitbekommen.«

»Mit dem hab ich noch ein Hühnchen zu rupfen!«

»Lass ihn, der rupft sich schon selber.«

»Und die zwölf Metaller? Wie hat Assmann sie ermordet?«

Mark verschränkte die Arme und holte tief Luft.

»Er hat sie patiniert.«

Rebekka nickte. Doch diese Antwort genügte ihr nicht. Zwölf Menschen nacheinander, zwölf Körper ließen sich nicht einfach so nach und nach in Teppichrollen packen und irgendwo ablegen, ohne dass auch nur einer gefunden wurde. Verschwommen kam ihr Erik Assmanns Bemerkung in den Sinn. *Dust in the wind.*

»Wie wurden sie beseitigt?«

»In der hauseigenen Schredderanlage. Zusammen mit dem restlichen Müll. Gut verpackt und durch. Die Spurensicherer machen gerade eine Nachtschicht.«

Rebekka musste sich plötzlich übergeben, Mark hielt ihr schnell eine Nierenschale aus Pappe vors Gesicht.

»Danke«, sagte sie mühsam und wischte sich den Mund ab, während Mark die Schale in den Müll warf. »Danke für alles, Mark, du musst eine riesen Wut auf mich haben.«

Er sagte nichts und schaute sie nur an.

»Was passiert mit den beiden?«

»Wenn wir ihnen alle 13 Morde nachweisen können, kommen die nie wieder raus. Und wir sind mit unseren

Ermittlungen ganz weit vorn, da können die sich eine Fußballmannschaft an Anwälten leisten.«

»Wieso 13 Morde? Karl-Heinz Otto war kein Metaller.«

»Ich bin mir sicher, der hat zu viel mitbekommen und musste ebenfalls entsorgt werden. War ja augenscheinlich ein ganz heller Kopf.«

Rebekka lehnte sich an Mark.

»Ich bin müde.«

»Na klar, Kleines. Ich lasse dich schlafen. Deine Version der Geschichte erzählst du mir beim nächsten Mal.«

»Küssen musst du mich nicht!«

Rebekka schämte sich wegen ihrer Verfassung.

»Holen wir alles nach.«

Er gab ihr einen Kuss auf die Stirn und drehte sich in der Tür noch einmal um.

»Bist du ein bisschen stolz auf mich, Rebekka?«

»Du hast keine Ahnung, wie sehr.«

Die Tür schloss sich hinter ihm, und Rebekka sank zurück ins Kissen.

Zwölf Morde standen kurz vor der Aufklärung. Der 13. stand wie die böse, ungebetene Fee daneben und würde für noch mehr Unheil sorgen. Dessen war Rebekka sich sicher.

KAPITEL 54

Ulrike klang anders als sonst am Telefon. Es war zehn Uhr morgens. Berlin schwelgte im Sommerfeeling. Rebekka tastete vorsichtig über die Narbe, die sich quer über ihre Nase zog. Der Schmerz von den gezogenen Fäden ließ allmählich nach.

Sie streifte eine hellblaue Tunika über ihren weißen Häkelbikini und wollte sich gerade auf den Weg zu einem Spaziergang an der Spree machen. Um die Museumsinsel herum, am Monbijoupark, war dieses Morgengefühl der Stadt am intensivsten zu spüren. Die Liegestühle der Strandbar waren noch leer, alles hier schien auf das große Fest am Abend zu warten.

»Rebekka, wir müssen uns treffen.«

»Natürlich, ich bin da. Sollen wir ins *Hackend…*«

»Es ist ernst. Ich muss dir etwas erzählen. Und meine Brüder kommen mit. Alle drei.«

So ernst also.

Jetzt, da der Otto-Fall geklärt war, bedeutete jede weitere Begegnung mit der Familie, dass Rebekka die Lüge größer werden ließe, die zwischen ihr und den anderen stand.

»Mach einen Vorschlag.«

»Heute um sechs, bei mir zu Hause. Schreib dir mal die Adresse auf.«

An dem Spaziergang hatte Rebekka diesmal nicht die gleiche Freude wie sonst. Der Ausgang des Falls musste die Familie unzufrieden stimmen. Zwölf Morde waren Erik Assmann nachgewiesen worden. Der Prozess lief noch. Thorsten Milchmeyer stand in einem getrennten

Verfahren wegen Beihilfe vor Gericht. Und obwohl es das Strafmaß nur marginal verändert hätte, beteuerten beide hinsichtlich des Todes von Karl-Heinz Otto ihre Unschuld. Es konnte für niemanden Genugtuung geben, wenn sie dabei blieben. Und selbst wenn sie auch dafür verurteilt würden, bliebe dieser letzte Fall in Wahrheit doch ein ungelöster.

KAPITEL 55

Ulrikes Wohnung war so klein, dass bei fünf Leuten sofort Hochbetrieb herrschte.

Achim nahm sie an der Tür in Empfang. Er war der Charmeur wie immer und bewunderte lautstark Rebekkas sommerlichen Aufzug.

»Klasse Kaftan!«

»Danke, Achim.«

»Magst was trinken? Wasser oder Schampus?«

»Gibt's was zu feiern?«, fragte Rebekka, als sie ins Wohnzimmer kam und dort Nils, Jörn und Ulrike in recht ausgelassener Stimmung mit Sektgläsern in der Hand auf dem Bett lümmeln sah.

Ulrike sprang auf und legte ihre Arme um Rebekkas Hals.

»Ich freu mich sehr, dass du da bist.«

»Am Telefon klangst du aber gar nicht erfreut.«

»Hmmmm …«, sagte Ulrike kokett, »da warst du ja auch noch nicht hier!«

Nils stand auf und schenkte Rebekka ein Glas Champagner ein.

»Frieden?«

Sie schaute ihn verdutzt an, konnte ihre Rolle in diesem offensichtlichen Spiel noch nicht ganz ausmachen. Als ihr Jörn auf die Schulter klopfte, sie aus glasklaren Augen anschaute und zu einer neuerlichen S-Bahn-Runde einlud, musste Rebekka sich setzen. Sie fühlte sich ohnehin noch etwas mitgenommen, seit sie das Krankenhaus verlassen hatte, und kam in Versuchung, die ganze Szenerie als Folge ihrer Kopfverletzung zu interpretieren.

Ulrike setzte sich neben sie. Doch Rebekka ging nicht mehr auf den spaßigen Ton dieser Veranstaltung ein.

Mit etwas gedämpfter Stimme fragte sie geradezu: »Feiert ihr hier so ausgelassen, weil Erik und Milchmeyer im Gefängnis sind? Hat euch nicht geschockt, was dort, in *eurer* Firma, jahrelang gelaufen ist?«

Es gelang ihr einfach nicht, den Vorwurf aus ihrer Stimme zu nehmen, doch Ulrike reagierte wider Erwarten sehr gelassen.

»Ich habe Erik gemocht, sehr sogar, wie du weißt. Er hat viel für mich getan. Aber nun, gerade jetzt in diesem Moment, tut er mir den größten Gefallen überhaupt.«

Ringsum verstummten schlagartig Gespräche und Gelächter.

Achim stand im Türrahmen, als wolle er Rebekka den Weg versperren. Nils lehnte am Fensterbrett. Jörn saß rücklings auf einem Stuhl vor Rebekka. Und Ulrike setzte sich ein Stück von ihr weg, wie, um sie bei dem Folgenden besser beobachten zu können.

»Du hast dich sehr ins Zeug gelegt, den Tod meines …«, Ulrike schaute in die Runde und in unbewegliche Gesichter, »unseres Vaters aufzuklären. Das war sehr groß von dir. Nun bist du also mit uns mitgegangen, das heißt, es wird nun auch zusammengehangen. Prost!« Gläserklirren unterbrach Ulrikes Monolog, Rebekka leerte ihr Glas mit einem Zug. Sie wollte nicht glauben, was jetzt kommen würde. Die Zeilen aus Anneliese Ottos Gedicht hatte sie plötzlich wieder Wort für Wort im Kopf wie einen perfekt auswendig gelernten Vers.

Achim schenkte Rebekka nach.

Ulrike lehnte sich versonnen zurück.

»Mein Vater war der perfekte Mann. Diese Fantasie von Millionen von Frauen muss mit meinem Vater geboren worden sein – und ist nun auch mit ihm gestorben. Leider.«

In ihrem Gesichtsausdruck waren sich die Otto-Kinder einig. Sie schauten alle gleich herausfordernd zu Rebekka.

»Er war Vater von vier Kindern, Witwer einer aufmüpfigen Poetin. Dem rannten die Pfarrer und die intellektuellen Freunde meiner Mutter die Tür ein. Immer gab es gesellige Runden bei uns daheim. Er hat zwar nach Mutters Tod nie wieder eine andere an sich ran gelassen, aber geliebt hat er die Frauen doch. In Wahrheit aber nur sich selbst im Spiegelbild ihrer Augen.«

Ulrike zündete sich eine Zigarette an. Diesmal gab keiner einen Kommentar dazu ab.

»Keiner hat was gesagt, alle haben sie es gewusst. Alle saßen sie bei uns auf dem Sofa, bei hellem Bier und Erdnussflips und Doppelkorn haben sie fürs Land gekämpft. Aber nicht für eine wie mich. Ich war ja die Tochter von den beiden Großen. Kindesmissbrauch in der DDR. Am Wertvollsten wurde sich vergriffen. Heute reden sie davon. Von den schlimmen Dingen da in den Kinderheimen und Jugendwerkhöfen. Da musste ich nicht erst hin. Ich hatte es zu Hause.«

Rebekka musste ihr Glas auf den Boden stellen, so sehr zitterten ihre Hände.

»Wenn ich so zitterte wie du jetzt, hat es ihn besonders angetörnt. Ich musste mich auf ihn setzen, mich auf ihm rhythmisch hin und her bewegen, bis er kam. Manchmal war ihm das aber auch zu wenig. Ich hatte gehofft, diese Bilder wieder loszuwerden und nach seinem Tod nun endlich zur Ruhe zu kommen, die Bilder vom Schlafzimmer, dem großen Bett meiner Eltern. Damals erklärte mir mein Vater, dass er nichts tun würde, was ich nicht wolle.«

Rebekka schaute in die Runde. In die Gesichter von Ulrikes Brüdern. Einer nach dem anderen senkte den Blick zu Boden.

Sie haben es alle gewusst. Sie waren alle dabei.

»Meine Mutter war glücklich über die Aussicht, an der Seite eines so großartigen Mannes zu leben, und dabei für ihre eigenen Gedichte inspiriert zu werden. Sie wollte so gern eine richtig große Lyrikerin werden. Und mein Vater war gut im Manipulieren – erst meine Mutter und dann uns Kinder –, wir alle waren sein Werkzeug. Mir hat er später erzählt, dass meine Mutter darunter gelitten habe, so wenig Anerkennung als Schriftstellerin zu bekommen. Außerdem hätte sie es nicht gemocht, dass er sich nur noch der ›Müllforschung‹, wie sie es nannte, widmete. Immerhin hatte sie meinen Vater übers Schreiben kennengelernt. ›Schreibende Arbeiter‹ gab es damals, und sie schloss sich ausgerechnet dem Zirkel des Müllbetriebs an, weil der dafür bekannt war, hin und wieder die wirklich interessanten Autoren des Landes einzuladen. Mein Vater selbst hat nie eine Zeile geschrieben, war aber Blender genug, sich über diverse Artikel in der Betriebszeitung zum Autor hoch zu stilisieren, und am Ende waren alle froh, einen Trottel gefunden zu haben, nur nutzte der Trottel seine Chance und griff sich bei der erstbesten Gelegenheit eine Jungautorin ab – meine Mutter. Und nach jedem Kind kam ein Gedichtband raus.«

Jetzt sprach Ulrike emotionslos, als hätte sie die Rede mehrfach geprobt.

Hat sie auch.

»Ich war immer seine Prinzessin. Mein Vater hat alles getan, um mich einzigartig wirken zu lassen. Bereits als ganz kleines Mädchen hatte ich das Gefühl, meine Mutter sei eifersüchtig auf mich. Sie ließ uns so oft mit ihm allein. War auf Lesereisen unterwegs und fuhr zur *Leipziger Buchmesse*. Seine Zuneigung hat mir so lange geschmeichelt, bis sie mir wehtat. Doch da war es zu spät, da hatte er längst alle Macht über mich. Wenn ich gesagt habe, das gefiele mir nicht, meinte er immer nur, ich solle mich nicht so wichtig nehmen. Und dass man nicht einfach jemanden – schon gar nicht den eigenen Vater – irgendwelcher Sauereien beschuldige. Was ich mir denn einbilde. Wenn er das meinem Lehrer erzähle, der ständig zum Elternbesuch kam, würde ich ja sehen, was ich davon hätte. Dann könnte ich gleich die Schule wechseln …«

Ulrike ließ den Satz ins Leere laufen und schaute Rebekka herausfordernd an.

Rebekka stellte die Frage, die ihr die ganze Zeit unter den Nägeln brannte, auch wenn sie damit das Minenfeld von Ulrikes Kindheit für ein anderes verließ.

»Hast du von den Todesfällen in der Firma gewusst?«

»Klar!«, entgegnete Ulrike selbstsicher. Die anderen drei schauten Rebekka an, als warte jeder von ihnen auf den nächsten Satz und darauf, wohin sich das Zünglein an der Waage bewege.

»Ich habe den Mord an meinem Vater in die Todesserie eingebaut und damit zwei Fliegen mit einer Klappe erschlagen.«

Erwartungsvoll schaute sie Rebekka an.

»Mein Vater ist von dieser Erde getilgt, und die Mordserie in der Firma fand ihr Ende.«

»Was hast du getan, Ulrike?«

»Ich habe dir erzählt, dass ich alten Leuten den Po abgewischt habe? Dass ich auch mal Pflegerin war?«

»Ja. Hast du.«

»Die alten Leute und ihre Krankengeschichten haben mich auf die Idee gebracht. Hast du schon einmal etwas gehört von …«

Rebekka konnte keine Regung zeigen. Selbst wenn sie es gewollt hätte – in ihrem Gesicht tat sich nichts. Rein gar nichts.

»Lobotomie?«

»Nein, habe ich nicht. Du wirst es mir erklären.«

»Eine Form der Psychochirurgie. An der Stelle, an welcher der Nagel in das Gehirn meines Vaters eindrang, zerschmetterte er sämtliche Fantasie, stumpfte Gefühle ab, vernichtete abstraktes Denken und ließ ein roboterähnliches, kontrollierbares Individuum zurück. Zu seinem Glück, das hat ihn ja bis zum Schluss nicht verlassen, schlug mein Vater mit dem Hinterkopf auf der Werkbank auf. Zusammen mit seiner Hirnwunde war somit genug Schaden angerichtet. Er war schon tot, als ich den Nagel wieder rauszog.«

Rebekka stand auf. Sie konnte sich kaum auf den Beinen halten, ihr Kreislauf machte ihr zu schaffen. Achim stützte sie und hielt sie dabei fest im Arm. Nun gehörte sie auch optisch in diesen Kreis aus Verschwörern, kam es Rebekka in den Sinn, und sie machte sich los.

»Warum erzählt ihr mir das?«

Sie meinte alle vier damit, denn alle hatten die Chance von Ulrikes Geständnis für ihre eigene Absolution genutzt.

Doch sie überließen auch weiterhin Ulrike das Wort.

»Weil du jetzt zu uns gehörst. Du hast ihn ein zweites Mal gesühnt, diesen Missbrauch über Jahre und auch den Tod unserer Mutter, die sich vor Scham erhängt hat.«

Ulrike hob ihr Glas, die anderen taten es ihr gleich.

»Und das, liebe Rebekka, werde ich dir nie vergessen.«

Rebekka atmete tief durch. Sie richtete sich innerlich auf, stellte ihr Glas zur Seite, und schaute jedem Einzelnen noch einmal lange ins Gesicht. Nils. Achim. Jörn. Ulrike. Keiner verzog eine Miene. Alle schauten gleich ernst, und keinem war mehr nach Lachen zumute.

»Lebt wohl«, sagte Rebekka. »Zu euch gehöre ich nicht und habe ich niemals gehört.«

Wieder eine der seltenen Wahrheiten in Rebekka Schombergs Leben, und sie ging ihr runter wie Öl.

EPILOG

In ihrem Zimmer im *Vico House* schaltete Rebekka ihren Laptop ein. Beim Blick auf das E-Mail-Postfach schlug ihr Herz höher, und die kleine innere Uhr mit dem Zeitzünder lief schneller.

Sie hatte *Google*-Alerts für alles im Zusammenhang mit den Namen *Swetlana Taubman* und *Mathieu Ceva* abonniert und nun eine Nachricht zum Thema erhalten. Der Link führte sie zu einem Fernsehmitschnitt einer Nachmittagssendung des französischen Fernsehsenders *TF1* vom April 1992.

Die Sendung war an Banalität nicht zu übertreffen. Die Sequenz lediglich drei Minuten und elf Sekunden lang. Perchavanne hing gelangweilt wie ein ungeladener Gast im Polstermöbel seiner eigenen Show. Mathieu tänzelte vor ihm herum und schien sich der Lächerlichkeit des Ganzen nicht bewusst zu sein. Er war nicht als Tänzer gebucht worden, sondern lediglich als farbiger Körper, der sich zur besten Nachmittagsstunde der Fantasie bügelnder Hausfrauen anbieten sollte. Die nutzten den kleinen Ausflug ihrer Gedanken, dieser zügellosen Monster, voller Verheißung eines anderen, eines ebenso möglichen Lebens, das sie jederzeit beginnen könnten und doch nie haben würden. Die Hausfrauen entsprachen dem Bild, das die Fernsehmacher von einfach gestrickten Gemütern hatten. Sie erfreuten sich tatsächlich an Kochrezepten, Gymnastikübungen, der Sterndeutung mit Frau Luna und – dem tanzenden Mathieu, der voraussehbar schnell das Sakko in die Kulissen schleuderte, viel zu lange an der Gürtelschnalle hantierte, die

Weste mit Blick in die Kamera aufknöpfte und endlich auszog. Das alles tat er hastig mit Blick auf die billige Kulisse einer Bar und die dort bereit sitzenden Damen, von denen jede auf die Gunst des Jünglings zu hoffen schien.

Inzwischen waren auch die Taschentücher gebügelt, wo hinein die Hausfrau heimlich rotzte und weinte, wenn sie sich des ganzen Theaters wieder einmal bewusst wurde, zu dem ihr Leben geronnen war.

Eine Bardame nach der anderen gesellte sich nun zu Mathieu und hakte ihren Körper ein in den Rhythmus und die typischen Tanzbewegungen zur Musik der frühen 90er.

»I've got the power, he's gonna break my heart, he's gonna break my heart of hearts …«

Die Damen zerrten schließlich an seinen Hosenträgern bis, ach du Schreck, die Hose fiel und ein schwarzer, gut gefüllter Tanga mit Goldkettchen zum Vorschein kam.

»He's gonna break my heart, he's gonna break my heart of hearts, he's got the power oh-oh-oh-oh …«

Die Musik war zu Ende, Perchavanne wandte sich bereits seinem nächsten Gast zu, die Damen verließen ihre Barkulisse, und Mathieu sammelte im Hintergrund seine Klamotten ein. Auch das war auf die dürstende Hausfrau abgestimmt, die noch nicht einmal einen ordentlichen Abspann ihrer kleinen Nachmittagsfantasie verdient hatte. Mathieu blieb nun noch einen Moment in ihren Gedanken. Die Sendung war live gewesen, und so wusste die bügelnde Hausfrau den jungen Mann in Paris, vielleicht ganz in ihrer Nähe.

Was sie nicht wusste, war, dass er kurz vor der Sendung die 60-jährige Swetlana Taubman ermordet hatte.

Rebekka ballte die Fäuste. Ein unerträglicher Kopfschmerz machte sich mit einem Mal in ihrem Schädel breit. Denn – das sah Rebekka am eingeblendeten Datum der Fernsehaufzeichnung – während Perchavanne gelangweilt den brunftigen Bewegungen seines tanzenden Showgasts folgte, lag Swetlana Taubman auf dem Boden ihres Appartements im XVIII. Arrondissement. Ihre Hände waren auf dem Rücken gefesselt. Aus ihrem Mund trat der Schaum sich auflösender Kristalle eines Abflussreinigers.

Rebekka stand auf und setzte Wasser für eine Chinasuppe auf. Im Posteingang hatte sie eine weitere Mail mit einem Link gefunden. Doch bevor sie auf diesen klicken würde, musste sie sich wieder beruhigen. Die Suppenschüssel in der Hand ging sie zurück zum Computer.

Wieder wurde sie auf eine Videosequenz des Fernsehsenders *TF1* geführt. Diesmal zu einem aktuellen Nachrichtenbeitrag vom Vorabend. Diese Meldung ließ Rebekka erneut zusammenzucken, brachte aber auch genau das Gefühl der Erleichterung, auf das sie schon so lange wartete.

»Er ist gerade 44 geworden, nun darf Mathieu Ceva nach 15 Jahren das Gefängnis La Santé *in Paris verlassen. Der ehemalige Komplize von Paco Bertrand, beide auch ›die Mörder der alten Damen‹ genannt, verlässt Paris in den kommenden Tagen und unter höchster Geheimhaltung in eine nicht genannte Region. Eine nur scheinbare Freiheit, denn der ehemalige Kellner des* Brazil *wird unter strengen Meldevorschriften stehen. Der Name Mathieu Ceva bleibt untrennbar mit dem seines Komplizen verwoben. Vor allem im 18. Arrondissement von Paris ermordeten die beiden in den späten 80er und frühen*

90er Jahren vermutlich mehr als 20 Frauen. Dennoch wurde Ceva 1993 allein vor Gericht gestellt. Sein Komplize war zwei Wochen zuvor im Gefängnis von Poissy an Hepatitis gestorben. Cevas Versuch, seinem verstorbenen Partner sämtliche Taten unterzuschieben, misslang. Ein Mord, der an Swetlana Taubman, konnte ihm persönlich nachgewiesen werden. Dafür saß er genau die Strafe ab, die auch Bertrand als der Haupttäter der Mordserie bekommen hatte.«

Danach gab sein Anwalt ein kurzes Statement ab.

»Ceva wird an einen geheim gehaltenen Ort ziehen und sich dort unter einem anderen Namen niederlassen. Auch er hat das Recht einer zweiten Chance. Er wird arbeiten und Steuern zahlen. Und versuchen, sich ein neues Leben …«

Während der Anwalt sprach, hatte Rebekka bereits ein zweites Fenster im PC geöffnet und einen Flug gebucht. Air France ab Berlin-Tegel nach Paris-Charles de Gaulle.

Ihr blieben zwei Stunden. Das Taxi brauchte eine gute halbe davon.

ENDE

DANKSAGUNG

Ich danke meiner Lektorin Claudia Senghaas, die mich das Abenteuer angehen ließ.

Ich danke Markus Gunti, der mir mit großer Geduld das Wesen der Kunst im Allgemeinen und das Mirakel von Auktionen im Speziellen vermittelte.

Ich danke meinem lieben Freund Matthew Runfola, der mich in die Welt der Patinierung einführte. *Thank you, M!*

Ich danke Kriminalrat a. D. Manfred Lukaschewski für seine Beratung, die sich schon für mich wie ein Krimi las.

Ich danke meinen Testlesern Ute Brachwitz und dem Autor Michael Korth, die der Ermutigung nicht müde wurden.

Ich danke meiner Tochter Emma, die meine körperliche und geistige Abwesenheit beim Schreiben tapfer ertragen hat.

QUELLEN / ZITATE

A Thousand Years © Gordon Matthew Thomas Sumner, from: *Brand New Day*, Universal 1999

Brandenburg © Rainald Grebe, aus: *Rainald Grebe und die Kapelle der Versöhnung*, Wortart / Made in Cologne 2005

The Power © Benito Benites & John »Virgo« Garrett III, *Wild Pitch Records* 1990

Silke Porath
Mops und Mama
978-3-8392-1489-3

»Der dritte Mops-Roman von Silke Porath – zum Bellen komisch!«

Tanja bekommt am selben Tag zwei schlechte Nachrichten. Die erste: Sie ist schwanger. Die zweite: Ihr Freund Arne, der als Tierarzt arbeitet, nimmt einen Forschungsauftrag im bolivianischen Urwald an. Sechs Monate lang wird er Fledermäuse beobachten. Ihre Mitbewohner sind für sie da – als Freunde und als potenzielle Ersatzväter. Die beiden überbieten sich bald in Fürsorge um die schwangere Tanja. Auch Mops Earl und sein Sohn Mudel mischen kräftig mit.

GMEINER

Wir machen's spannend